J가
   죽었대

JULIE CHAN IS DEAD by Liann Zhang
Copyright ⓒ 2025 by Liann Zhang Books Inc.

All rights reserved.
Korean translation rights arranged with
Transatlantic Literary Agency Inc., Toronto through Danny Hong Agency, Seoul.

Korean translation rights ⓒ 2025 by kt millie seojae Co.,Ltd

이 책의 한국어판 저작권은 대니홍 에이전시를 통한 저작권사와의
독점 계약으로 주식회사 케이티 밀리의서재에 있습니다.

저작권법에 의해 한국내에서 보호를 받는 저작물이므로
무단전재와 복제를 금합니다.

일러두기
본문의 주석은 모두 옮긴이주입니다.

차례

1부　　　9
2부　　　273

나를 키워준 2010년대 초 인터넷 유명인사들에게,
그리고 무엇보다 나를 실제로 키워준 어머니에게 바칩니다.

0

 짚고 넘어가야 할 사실이 한 가지 있어요. 저는 제 쌍둥이 자매를 죽이지 않았습니다.

❶

2월

"촬영 중이에요?"

"네?" 나는 특대형 탐폰 상자를 스캔하면서 카운터 건너의 십대 금발 소녀를 힐끗 쳐다봤다. 그 뒤로 쪼르르 몰려든 비슷한 부류의 세 친구도 올망졸망 호기심 가득한 눈으로 나를 훑었다.

"영상 말이에요." 금발 머리가 하나 마나 한 대답을 했다. "카메라가 어딘가 숨겨져 있는 거예요?"

그 말에 흥분한 친구들이 먼지 낀 천장 들보를 살피고, 매니큐어를 칠한 손으로 삼류 잡지들을 마구 뒤적거렸다. 스캔들로 도배된 얇은 종잇장 사이에 카메라가 숨겨져 있기라도 한 것처럼. 그중 하나가 문을 가리켰다. "찾았다! 저기야!" 그러고는 웃으며 손을 흔들어댔다.

나는 새어 나오는 한숨을 간신히 참았다. "저건 보안 카메라예요. 그리고 제발 잡지 좀 헝클어뜨리지 마세요. 대체 이게

다 무슨 소린지 모르겠네요."

하지만, 나는 안다.

나는 그 애들이 '누구' 이야기를 하는지 정확히 알고 있다.

"클로이 반 후센이잖아요, 맞죠?"

그럼 그렇지.

클로이 반 후센.

"진짜 팬이에요! 열 살 때부터 봐왔다니까요."

나는 이를 악물고 경직된 미소를 지었다.

"나는 클로이가 아니에요. 비닐봉지는 10센트입니다. 드릴까요?"

"아뇨."

금발 머리가 카드 단말기에 카드를 밀어넣었다. 아멕스 블랙카드다. 당연하게도.

부유한 부모와 한도 없는 신용카드. 이 금발 머리는 클로이의 타깃층이 분명했다.

"그래도, 저기, 촬영 중인 거 맞죠? 그러니까, 그게 아니라면 왜 여기 계시겠어요? 제가 맞혀볼게요! 이거 24시간 동안 캐셔로 살기 체험이죠?"

"아!" 다른 애가 말했다. "일주일 동안 새 직업 체험하기예요?"

"아니! 아니라고요!" 나는 단말기에서 영수증을 쫙 뜯어내 금발 머리의 손에 밀어넣었다.

"슈퍼푸드를 이용해주셔서 저엉말 감사합니다. 끝~내주는 하루 보내시길 바랄게요. 안녕히 가세요!"

금발 머리는 내 날카로운 말투에 움찔 놀라더니 조잘대는 친구들을 달고 허둥지둥 걸어 나갔다. 속닥거리는 목소리가 모깃소리처럼 웅웅거렸다.

"저 여자 재수 없어."

"클로이일 리 없어. 클로이가 얼마나 착한데."

"맙소사."

"뭔데?"

"쌍둥이 아냐? 왜 그 영상에 나왔던?"

"세상에. 맞아."

"이름이 뭐였지? 제니스?"

"조던?"

"제이드?"

"내 이름은 줄리야!" 내가 소리쳤다.

애들이 펄쩍 뛰었다. 눈이 휘둥그레진 채 나를 돌아봤다. 그중 하나는 꺅 소리를 질렀다. 금발 머리는 탐폰을 떨어뜨렸다. 그러고는 바로 상자를 집어 들고 내가 달려들 것 같은 맹수라도 되는 양 가게를 냅다 뛰쳐나갔다.

"고객에게 고함치면 안 돼." 내 옆 계산대에 있던 캐셔 베라가 말했다. 그녀의 황금색 '이달의 사원' 배지가 햇빛을 받아 반짝거렸다. "슈퍼푸드를 방문한 고객은 모두 기분 좋게 나가야 하잖아."

"뭐래."

순간 베라가 입을 딱 벌리며 눈을 반짝거렸다. 나에게 슈퍼푸드의 슈퍼 직원 십계명을 가르칠 기회라고 생각한 모양이었다. 마침 고맙게도 한 남자가 베라의 계산대로 걸어왔다. 베라는 남자를 향해 몸을 홱 돌리고 지저귀듯 말했다. "슈퍼푸드에 오신 것을 환영합니다! 오늘도 기분 좋은 하루 보내고 계신가요?"

하품을 참으며 카운터에 기대는 순간, 사무실 문에 난 때묻은 네모 창 너머로 나를 지켜보는 매니저가 보였다. 나는 그의 시선을 의식해 킷캣 한 박스를 꺼냈다. 일하는 척 빨간 직사각형 초코바를 재배열하면서 머릿속으로는 아까 그 여자애들을 떠올렸다.

내가 좀 심했나. 젊은 여자로 산다는 건 이미 일곱 번째 지옥 안에서* 사는 것과 같은데. 심지어 그중 하나는 생리 중이었고. 자신의 인터넷 우상을 쏙 빼닮은 애가 자기에게 고함치길 바라는 사람은 어디에도 없을 것이다.

그래도 나는 내 쌍둥이에 관한 이야기만큼은 결코 하고 싶지가 않다.

단지 그 이름이 살짝 들리는 것만으로도 내 머릿속은 뒤

---

*　단테의 《신곡》 중 일곱 번째 지옥은 타인 그리고 스스로를 향한 폭력을 상징한다.

죽박죽이 되고 속이 약간 거북해진다. 약간. 아주아주 약간 말이다.

아마 내 쌍둥이를 나만큼 잘 안다면, 내 반응에 박수를 쳤을 것이다.

여기 클로이 반 후센 팬들이 알아차리지 못한 믿기 힘든 진실이 있다. 클로이는 자기가 연기하는 작고 예쁜 천사와는 한참 거리가 멀다.

클로이와 단 한나절을 함께 보낸 것만으로도 이런 결론을 내릴 수 있었다.

그 짧고 떠들썩했던 재회는 우리가 스물한 살이자 어느 술 취한 운전자가 우리 부모님을 픽업트럭으로 밀어버린 지 꼬박 십칠 년이 지났을 때 이뤄졌다. 클로이의 입양을 신속하게 결정한 부부가 오직 한 아이만 원했기 때문에 주 정부는 우리가 슬퍼하는 법을 미처 깨우치기도 전에 우리를 갈라놓았다. 나는 헌 치토스 봉지를 세금 보고서 폴더로 사용하는 인색하고 입이 거친 광둥 출신 이모에게 보내졌지만, 내 쌍둥이 자매는 뉴욕에 사는 부유한 백인 부부에게 입양되어 합법적인 반 후센으로 재탄생했다. 아마도 클로이는 〈섹스앤더시티〉 스타일의 계단 딸린 갈색 사암 집에 살면서 캐시미어 체크무늬 스커트를 입고 핑크색 깃털 달린 펜을 들고 파벌주의로 똘똘 뭉친 사립학교를 활보하고 다녔을 것이다. 한편 나는 내 브래지어 끈을 재미 삼아 튕겨대는 사촌과 이층 침대를 나눠 써야 했다.

내가 클로이의 명성을 알게 된 건 미간을 찌푸리고 나를 보면서 알은체하는 사람들 때문이었다. '이봐요, 당신 꼭 클로이 반 후센 같아요.' 내 쌍둥이 자매의 럭셔리 라이프스타일 콘텐츠는 백만 명이 넘는 인스타그램 팔로워와 60만 명의 유튜브 구독자를 끌어들였다. 클로이가 더로우와 로에베를 걸치고 바하마와 보라보라 섬에서 협찬 휴양을 즐기는 동안 나는 계산대 뒤에서 각종 쿠폰을 스캔했다. (지금도 그러고 있다!) 나는 밤이면 몇 시간이고 클로이의 인스타그램을 스크롤하면서 화면을 통해 우리의 이질적인 삶을 수동적으로 받아들였다. 가끔은 내 엄지손가락이 DM 버튼 위를 맴돌기도 했다.

연락을 취할 땐 관계를 형성할 위험을 무릅써야 한다. 그리고 관계를 형성한다는 건 우리의 차이를 인정해야 하고 클로이가 이뤄온 모든 일들에 내가 실패했음을 더 확실히 해야 한다는 뜻이다. 같은 자궁에서 태어나 같은 세포 덩어리로 만들어진 내가 말이다.

그런데 클로이가 난데없이 내 삶에 다시 들어왔다.

나는 평소처럼 아침 교대 근무를 하고 있었다. 빽빽 우는 아기를 품에 안은 백금발 머리 여자가 가져온 바나나와 치아시드 한 봉지를 계산하는데 갑자기 영상 촬영팀이 계산대로 들이닥쳤다. 카메라 한 대는 나를 비추고 다른 한 대는 입구 쪽을 비추고 있었다.

클로이가 2000년대 영화의 주인공처럼 유리문을 밀고 으스대며 들어왔다. 뾰족한 키튼 힐이 바닥에 부딪쳐 또각또각 소리를 냈다. 머리에 우스꽝스러운 핑크색 베레모를 쓴 그녀의 등 뒤로 환한 햇살이 쏟아져 들어왔다.

"줄리?" 클로이가 거기서 나를 만날 줄은 몰랐다는 듯 놀랐다.

실제로 클로이를 보는 건 페이스튠이 설치된 왜곡 거울을 들여다보는 것 같았다. 그녀의 비단결 같은 머리카락은 느슨한 웨이브를 그리며 어깨에 사뿐히 내려앉아 있었지만 내 머리는 끝이 쩍쩍 갈라진 잉크 묻은 건초 같았다. 온갖 협찬 마사지로 빚어낸 그녀의 피부는 번쩍번쩍 광이 났지만 내 피부는 사흘간 잠 한숨 못 잔 듯 칙칙했다. 그녀의 손은 보드랍고 낭창낭창했고 셸락 네일을 한 뾰족한 손톱에서는 노동의 흔적을 찾아볼 수 없었다. 반면 생살이 드러날 때까지 물어뜯은 내 손에는 거스러미들이 죽어라 붙어 있었다.

"이게 정말 얼마 만이야!" 클로이가 군살 하나 없는 탄탄한 팔로 나를 끌어안으며 폭포수같이 눈물을 쏟아내는 동안 카메라들이 주위를 맴돌았다. "줄리, 너무너무 보고 싶었어."

나는 충격으로 얼어붙은 채 클로이의 향수 코너에 온 듯한 향기로운 품 안에 꼭 안겨 있었다. 나를 어떻게 찾았는지, 클로이가 왜 여기 있는지…. 수만 가지 질문이 머릿속에 떠올랐지만 자매 상봉을 에워싼 많은 사람들에게 압도당해 아무것도 묻지 못했다.

클로이의 영상을 보고서야 그 답을 알 수 있었다. 내막은 이랬다. 클로이는 몇 달 전 나를 찾으려고 사설탐정을 고용했다. 탐정은 검정 SUV를 타고 나를 미행했다. 출퇴근하는 동안 휴대폰에 코 박고 있는 내 모습은 나중에 다큐멘터리 속 멸종 위기의 유대류를 보여주듯 저작권 없는 음울한 음악과 함께 편집되었다. 이 만남이 있기 일주일 전 클로이는 우리 가게 매니저에게 연락해 촬영 허가를 받았다. 그날 근무하는 직원들은 모두 클로이의 등장을 알았고 영상 제작에 참여하게 된 점을 기뻐했다.

우리의 극적인 재회가 끝난 뒤 매니저는 영상의 남은 부분을 찍을 수 있게 나를 일찍 퇴근시켰다. (시급도 쳐주지 않은 채!) 클로이는 주차장에서 '깜짝 선물'이 있다며 안대로 내 눈을 가린 뒤 카메라가 장착된 차 조수석에 나를 밀어넣었다. 차가 달리는 사이 그녀는 보이지 않는 관객에게 부모님의 죽음과 우리의 이별 그리고 제대로 기억나진 않지만 있었을 법한 감동적인 디테일이 담긴 우리의 어린 시절 이야기를 들려주었다. 이따금 그녀는 문장을 마무리 지으며 귀를 찌를 듯 높은 목소리로 나에게 물었다. "그렇지?" 그러고는 내가 딱 고개를 끄덕일 만큼만 기다렸다가 다시 기억의 선로를 따라 열정적인 가

무를 이어 나갔다. 15분 뒤, 차에서 내리자 그녀는 내 주먹에 열쇠를 하나 쥐여주고 안대를 풀었다. 그곳이 도시의 반대편이라는 사실을 미처 깨닫기도 전에 클로이가 그 거리에 있는 어느 집을 가리키며 외쳤다. "이제 네 집이야!"

"뭐, 뭐라고?" 영상을 돌려볼 때면 나는 항상 이 대목에서 움찔한다. 내 눈부신 쌍둥이 옆에서 그토록 추한 표정을 짓다니! 마치 마약 방지 캠페인에 나오는 코카인 중독자 같았다.

"요즘 물가가 너무 올랐잖아. 식료품 가게에서 받는 돈으론 살아가기 힘들 것 같더라. 그래서 집을 사주기로 했지!" 클로이는 큭큭 웃고는 땀에 젖어 축축한 내 손을 잡고 새로 리모델링을 한 집 안으로 들어갔다.

믿기지 않았다. 그 오랜 세월이 지난 후에 우리가 손을 잡고 있다는 사실도, 클로이가 집을 사줬다는 사실도. 그것도 집 한 채를 통째로.

갓 칠한 페인트 냄새가 나는 어스레한 베란다에서 촬영이 이어졌다. 클로이는 그동안 나를 얼마나 그리워했는지 말했다. 숨도 쉬지 않고 어찌나 능수능란하게 이야기를 쏟아내는지 미리 준비한 티가 팍팍 났다. 그런데 그 순간, 클로이가 '네가 너무너무 그리웠어, 주주' 하고 속삭인 순간, 내 마음속 모든 방어벽이 그대로 무너져버렸다. '주주'는 '아기 돼지'의 광둥어 빌음과 비슷하다. 물론 나도 안다. 그게 살찐 이들을 비하하는 말로 들릴 수 있다는 걸. 하지만 맹세컨대 우리에게 이건 애정 어린 표현이다. 내가 귀엽고 조그만 맥덜*처럼 애지중지하고 사랑해줘야 할 존재라는 뜻이다. 클로이가 반짝반짝 광택 나는 입술로 내 어릴 적 애칭을 부르자 억눌렸던 감정의 문이 열리고 뜨거운 눈물이 쏟아져 나왔다. 나는 커다란 희망을 품고 그녀의 거짓말을 믿었다. 나를 그리워하고, 나를 생각하고, 나를 사랑했다는 거짓말을. 클로이는 나를 다시 자기 삶에 들이고 싶어했다. 나는 클로이가 나타나기 전까지는 내가 얼마나 뼈저리게 외로웠는지, 내가 얼마나 가족과 소속감을 갈구해왔는지 깨닫지 못했다. 그녀가 나를 다시 아기 돼지라 부르기 전까지는 말이다.

클로이는 구세주였다. 나를 시궁창에서 꺼내줄 아름다운 천사. *아담의 창조자.*

그때 촬영팀 중 한 사람이 말했다. "컷. 여기까지." 카메라가 딱 멈췄다. 클로이가 나에게서 물러났다. 그녀가 눈을 깜빡이자 반짝이던 빛이 사라지고 기이한 거리감이 비쳤다. "잘 있어, 줄리." 그렇게 클로이는 가버렸다.

그 만남은 나에게 리모델링한 집(집주인 표 날림 보수공사의 결과물로 기울어진 기둥, 페인트로 덧칠한 가전제품, 어두운 구석자리에 돋아난 버섯이 특징인 집) 하나를 남겼다. 그다음 주에는 유튜브 영상이 올라왔다. '잃어버린 쌍둥이 자매를 찾아 집을 사주다.

---

*   홍콩의 동화책이자 애니메이션 영화 주인공인 아기 돼지.

#감동주의'. 이 영상은 이틀 만에 조회수 천만을 넘겼다. 사람들은 클로이가 얼마나 관대한지, 이 재회를 보며 얼마나 울었는지, 내가 얼마나 행운아인지 떠들어댔다.

하지만 클로이는 영상을 올린 이후로 나에게 연락하지 않았다. 전화번호를 알려주지 않았다. 심지어 내 인스타그램을 팔로우하지도 않았다.

나는 그녀의 폭증하는 구독자 속에 아주 미미하게 한 자리를 추가한 눈팅족으로 강등되었다. 나는 그녀의 구독자 수가 백만, 2백만, 3백만, 어쩌다 보니 6백만까지 치솟는 것을 지켜보았다. 그녀가 틱톡에 계정을 개설하고, 뉴욕패션위크에서 유명인들과 교류하고, 여차하면 남성 인권운동 팟캐스트를 시작할 것처럼 생긴 꾀죄죄하고 문신 가득한 백인 남자친구를 대놓고 공개한 뒤 얼마 지나지 않아 결별문을 올리는 것을 지켜보았다.

가끔 누가 댓글을 올렸다. '쌍둥이는 어떻게 됐어요?'

클로이가 답했다. '줄리는 공인이 아니에요. 우리는 모두 줄리의 사생활을 지켜줘야 해요.'

사람들은 클로이를 믿었다. 잘못이란 걸 저지를 리 없는 사랑받는 클로이 반 후센이니까. 가끔은 나도 답글을 달고 싶었다. '나 여기 있어! 클로이는 날 영상 촬영용으로 이용한 것뿐이야! 실제로 클로이는 존나 못돼 처먹은 년이라고!!!!' 하지만 그녀의 광팬들이 자신의 인터넷 우상을 지키겠다며 내게 악플을 달 게 뻔했다. '클로이가 집까지 사줬는데 더 뭘 바라는 거야? 넌 짝퉁이야. 그저 클로이의 못생긴 버전일 뿐이라고. 너 같은 건 아무도 신경 안 써! 그렇게 절박해?'

영상은 폭발적인 조회수를 거뒀지만 (무려 2천만 회를 달성했다!) 사람들은 금방 나를 잊었다. 나는 10초간 입소문을 타다가 잊혔다. 나는 내 쌍둥이의 궤도에 떠다니는 쓸모없는 복제품이고 그녀의 화려한 삶에 더해진 하나의 각주이고 그녀의 팬 위키에 기록된 한 줄짜리 여담, '클로이에게 쌍둥이가 있다는 사실을 알고 있었나요?'에 불과했다.

1년이 지난 뒤 나는 클로이가 앞으로도 연락하지 않을 거란 사실을 받아들였고 내 정신건강을 위한 미약한 조치로 클로이의 소셜미디어 계정을 차단했다. 하지만 온라인에서 바리케이드를 친다고 현실에서도 차단할 수는 없는 노릇이었다.

내 쌍둥이가 승승장구할수록 나를 그녀로 오인하는 사람들이 늘어만 갔다. 나는 이제 그녀의 뼈아픈 배신을 상기하지 않고 이 주를 넘기는 일이 드물 지경이 되었다. 그 이름이 언급될 때마다 내 마음이 소용돌이쳤다. 밤에 허물어가는 집의 진동이 느껴질 때면 그녀의 목소리가 들리는 듯했다. 주주. 집이 신음했다. 그녀의 목소리가 벽들 사이에 갇혀 열두 번쯤 덧칠한 그 흰색 페인트를 긁어대며 필사적으로 기어 나오려는 것 같았다.

*

"고객들에게 소리치시면 안 됩니다." 내 매니저가 말했다.

베라다. 베라가 일러바친 거다. 매니저 뒤쪽으로 바보 같은 이달의 사원 증명서와 슈퍼푸드 50불 쿠폰을 들고 웃고 있는 베라의 사진이 걸려 있었다. 베라는 우리 지역의 자선단체에 버섯 수프 캔 45개를 기부했다. 정말 싫다.

"죄송합니다."

"이번 주 급료에서 줄리 씨가 훔친 껌값도 빼려고 해요."

껌 진열대는 분명 사각지대에 있는데. 그것도 베라가 이른 걸까?

매니저가 몸을 앞으로 기울이곤 낮고 단호하게 말했다. 입에서 점심으로 먹은 살라미 샌드위치 냄새가 확 풍겼다. "줄리 씨는 지난 십 년간 우리 슈퍼푸드에서 아주 중요한 역할을 해왔어요. 그래서 이번만 넘어가는 겁니다. 규칙을 어긴 게 어디 한두 번이어야지요. 다시는 이런 일 벌이지 마세요. 지금 내가 무슨 말 하는지 이해하시죠?"

나는 내 건조한 큐티클을 쳐다보면서 고개를 끄덕였다.

매니저가 그만 가보라고 했다.

나는 집에 가기가 두려웠다. 오늘 밤에도 클로이의 목소리가 벽면을 뚫고 새어 나올 테니까. 위로 삼아 구미 베어 한 봉지를 챙겼다.

하얀 파인애플 맛 구미 베어의 머리를 뜯어 먹고 있을 때 전화가 걸려 왔다. 휴대폰 화면을 본 나는 구미 베어가 목에 걸려 질식할 뻔했다.

번호 아래 뜬 위치 정보 때문이었다. 뉴욕.

뉴욕에 내가 아는 사람은 단 한 명뿐이다.

클로이.

❷

"여보세요?"

무겁고, 끊어지는 숨소리. 정적.

"여보세요?" 반복했다. "누구세요?"

소리가 또렷하게 들리지 않았다. 전화를 건 사람은 축축한 손으로 수화기를 막은 듯했고 목구멍에 거품이라도 낀 듯 컥컥 소리가 섞여 들렸다. 나는 휴대폰을 귀에 딱 붙이고 인상을 찌푸렸다. 그러면 더 잘 들릴 것처럼. "여보세요?"

그때 목소리가 들렸다. 내 쌍둥이 자매. 왠지 그런 것 같았다. 알아듣기 힘들었지만 같은 말을 반복하는 것처럼 들렸다. '실수야, 실수, 실수라고.'

"클로이? 맞아? 뭐가 실수라는 거야?"

컥컥거림과 신음 소리가 더 심해졌다.

나는 볼륨을 최대로 높이고 스피커폰으로 돌렸다. "내 말 들려? 무슨 일이야?"

"주주…. 미안해."

"뭐? 뭐가 미안한데? 클로이? 여보세요?"

전화가 끊겼다.

숨이 턱 막혔다. 혓바닥이 바짝 마르고 끈적끈적했다. 끈적거리는 젤리가 목구멍을 코팅하듯 감쌌다.

클로이에게 전화를 걸었다. 벨이 울리고 또 울렸다. '*안녕하세요, 클로이예요! 음성 메시지나 문자를 남겨주세요. 사랑해요!*' 본능적으로 삐 소리가 들리기 전에 전화를 끊었다. 뭐라고 해야 할지 알 수 없었다. 생각이 정리되지 않았다. 3년 동안 연락 한번 없다가 갑자기 전화했다고? 왜? 클로이가 내 전화번호를 아는 줄도 몰랐는데. 다시 전화를 걸었다. '*안녕하세요, 클로이예요! 음성 메시지나…*'. 전화를 끊었다.

음성 메시지를 남기면 내가 아직도 그녀에게 휘둘린다는 걸 증명하는 꼴이 될 거다. 여전히 신경 쓰고 있다는 걸 보여주는 셈이니까. 클로이는 다시 나와 연을 이어가겠다고 약속한 뒤 무자비하게 내쳤고 나는 어리석게도 그녀를 믿었다. 두 번이나 당할 수는 없다.

그리고 만약, 그럴 일이야 없겠지만, 장난이면? *오래전에 잃어버린 쌍둥이 자매 속이기: 내가 죽어간다고 했다 #웃김주의*. 장난질을 치는 건 클로이의 브랜드 이미지와 동떨어져 있었다. 하지만 전에도 콘텐츠는 다양했으니까. 나에게 집을 사준 것처럼. 어쩌면 새로운 걸 시도하고 있는지도 모른다. 요즘 장난이 다시 유행 중인가?

나는 휴대폰을 주머니에 쑤셔넣고 계속 맴도는 의혹들을

떨쳐내려 구미 베어를 한 움큼 씹으며 집으로 향했다.

*

클로이의 속삭임은 어디든 나를 따라다녔다. 칠 벗겨진 주방 조리대에서 말라붙은 라자냐 소스를 떼어낼 때도. *주주.* 거실 바닥에 누워 절대 청소할 일 없을 먼지 낀 천장 몰딩을 쳐다볼 때도. *실수야.* 화장실에서 당분 과다 섭취로 생긴 복통을 달랠 때도. *미안해.*

샤워하는 동안에도, 양치하는 동안에도, 머리를 말리는 동안에도 그녀는 나와 함께 있었다.

내가 어디에 있든, 무엇을 하든, 클로이는 나를 홀로 두지 않는다.

그날 밤 나는 잠들지 못했다.

❸

다음 날 아침, 나는 기진맥진했지만 슈퍼푸드에 출근해 평소처럼 하루를 시작하려 했다.

"봉투 드릴까요?"

"결제는 어떻게 하시겠어요?"

"아기가 정말 귀여워요!" 솔직히 지금껏 그렇게 못생긴 아기는 처음 보았다.

속은 시끄러웠지만 단순 작업에 몰두하다 보니 생각할 틈이 없었다.

휴식시간이 되었다. 마이클 부블레의 캐럴 〈울면 안 돼〉가 머리 위에서 흥얼흥얼 울려 퍼졌다. (매니저는 12월 이후로 음반을 교체하지 않았다.) 베라가 지난밤에 벌인 고양이 구충 작업 일화를 신나게 풀었다. 베라는 괴로울 정도로 자세히 이야기했는데 아무래도 그녀의 변태적 기질 때문인 듯했다.

나는 계산대에 기댄 채 아주 흥미롭다는 듯 베라의 이야기에 장단 맞춰 고개를 끄덕였다. *으윽, 베라, 말도 안 돼! 고양이 장 속에 사는 기생충이라니! 좀 더 이야기해봐!*

그때였다. 클로이가 예고도 없이 기어나와 내 어깨에 매달려 거품 끓는 쉰 목소리로 귓가에 속삭였다.

주주.

무시하면 할수록 소리는 점점 더 커졌다.

실수야. 실수. 실수라고.

만약에, 만에 하나라도, 어떤 끔찍한 일이 벌어졌고, 클로이가 나한테만 연락한 거면 어떡하지?

"줄리?"

나는 화들짝 놀랐다.

"자기, 오늘 안색이 좀 창백한데. 상태가 심상치 않아 보여."
베라가 말했다.

나는 손바닥으로 이마를 문질렀다. "감긴가 봐. 어젯밤에 잠을 잘 못 잤어."

"그 말 들으니까 몇 달 전 우리 집 푸들 영감님이 감기 걸렸던 게 생각나네. 믿기 힘들 거야. 동물도 사람처럼 감기에 걸린다는 걸 모르는 사람이 태반이니까…"

베라가 계속 주절댔다. 그렇지만, 베라의 삐뚜름한 안경에 비친 내 모습에 시선이 쏠려 집중할 수가 없었다. 기름기 묻은 지문 자국 때문에 얼굴의 세세한 부분이 흐려졌고 결국엔 클로이의 모습이 선명해졌다. 클로이의 쉰 목소리가 고막을 파고드는 벌레처럼 내 귀를 후려쳤다. *주주.* 클로이는 나에게 얽혀버렸다. 그녀를 떨쳐낼 수 없다.

근무시간 내내 클로이를 생각했다.

점심시간에 다시 전화를 걸어봤다.

받지 않았다.

집중할 수가 없었다. 바나나 PLU 코드조차 생각 안 났다.

집으로 돌아가 다섯 번 더 전화해봤다.

여섯 번째 전화에서 결국 자존심을 버리고 음성 메시지를 남겼다.

"아, 안녕. 나 줄리아. 너도 알겠지만 네 쌍둥이… 어, 그게, 네가 좀 걱정이 돼서. 다시 전화 줄래? 문자 할게." 전화를 끊고 머릿속으로 내가 했던 말을 다시 떠올리자 온몸이 오그라들었다.

문자를 보냈다. '안녕, 그냥 네가 괜찮은지 확인하려고. 괜찮은 거지?' 나는 전송된 문자가 읽음으로 바뀌기를 기다렸다. 하지만 바뀌지 않았다.

나는 걱정에 사로잡혀 주방을 서성거렸다.

마음의 안정이 절실해서 인스타그램을 스크롤하며 릴스에 달린 악플을 읽었다. 피드에 의류 광고가 떴다. 리본과 프릴이 달린 여성스러운 원피스. 상상 속에서나 어울릴 스타일이었다. 현실에선 촌스러워 보일 게 뻔한데도 그 허접한 사이트에 들어갔다. 55달러였다. 분명 위탁판매일 테고 (설사 배송이 된다 해도) 석 달이 지나서야 광고 이미지와 딴판인 옷이 우리 집 현관에 도착하겠지만, 나는 충동구매로 인한 찰나의 기쁨이 간절했기에 4개월 할부로 구매했다. 이메일 함에 구매 확인서가 날아들자마자 은행에서 잔고 부족 알림이 왔다. 후회가 밀려왔다. 주문을 취소하려고 이메일을 클릭했다. 고객센터 링크가 텅 빈 웹 페이지로 넘어갔다.

낙담한 채 클로이에게 보낸 문자를 다시 확인했다. 읽지 않은 그대로였다.

갑자기 극렬한 분노가 밀려왔다. 정말 원하지도 않았던 원피스에 돈을 낭비한 게 싫었다. 전화 한 통으로 몇 마디 중얼거리고는 내 인생을 뒤집어놓은 클로이가 싫었다. 쌍둥이 자매를 끊임없이 생각하는 것도, 그녀가 내 인생에 막강한 힘을 발휘하는 것도 싫었다. 하지만 무엇보다 싫은 건 클로이가 정말 두 팔 벌려 기회를 준다면 나는 무릎으로라도 기어가 손바닥을 핥을 거란 사실이다.

나는 인스타그램에 클로이의 아이디를 입력한 뒤, 차단 해제 아이콘 위에 손을 올렸다.

우리의 만남을 끝으로 최선을 다해 클로이의 소셜미디어를 멀리해왔다. 그녀의 사진과 영상은 초현실적인 다른 차원으로 가는 중독성 있는 출입구였다. 그녀의 피드를 스크롤하다 보면 마음속에서 우리의 현실이 뒤섞여 어느 순간, 클로이와 내 삶의 경계가 허물어지고 하나가 되었다. 나는 널찍한 킹 사이즈 침대에서 일어나 이탈리아산 대리석 세면대에서 양치하고 백라이트 거울 앞에서 열 단계에 걸친 스킨케어를 실시하고 터키산 타일로 뒷벽을 장식한 주방에서 달걀프라이를 만드는 사람이 나라고 믿기 시작했다. 생김새가 똑같으면 그런 망상에 기대기가 아주 수월해진다. 가끔 상상의 나래를 펼치다 잠이 들 때면 꿈속에서 그 장면들이 명료하고 현실감 있게 이어졌다. 하지만 좋은 것들이 원래 그렇듯 그 꿈은 결코 지속되지 않았다. 울려 퍼지는 알람 소리는 어김없이 나의 더없는 행복을 파괴했고 금이 죽죽 그어진 천장과 덕지덕지 페인트를 입힌 조명등 아래 눈을 뜨면 우리의 전혀 다른 현실이 무자비하게 내 가슴을 때렸다. 그렇게 간단히 차단을 해제하는 행위 한 번이면, 내가 갖지 못한 모든 것과 내가 실패한 모든 지점을 상기할 수 있었다.

이게 내 패턴이었다. 이 자기 파괴적이고 우울한 짓을 멈출 수가 없었다. 클로이는 나의 악습이었다. 나는 혐오를 키우는 방식에 중독되었다. 내 안이 독설로 채워지는 그 느낌을 갈망했다. 공허해지기보다 분노하고 질투하는 편이 나았다.

그리고 이번에는 호기심을 충족시킬 답이 필요했다. 내가 하려는 일을 정당화할 답이 필요했다.

나는 차단 해제를 클릭하고 페이지를 새로고침했다.

❹

클로이의 최신 게시물은 광고용 셀피였다. 목욕가운을 입고 얼굴에 마스크팩을 붙인 클로이가 윤기 나는 입술로 환한 미소를 지으며 하얀 소파에 앉아 있었다. 손에는 와인 잔을 든 채.

캡션: 이건 일상에서 벗어나 휴식을 취하라는 신호예요.♥🧘 와인 한 잔과 질 좋은 페이스 마스크팩(제 픽은 @KareKosmetics 상쾌한 오이 스킨 앰플 24배 히알루론산 수분 마스크예요.) 한 장 챙겨 최애 프로그램을 켜봐요. 우린 모두 쉴 자격이 있으니까요. #셀프케어 #광고 #KarePartner

나는 눈알을 굴리며 스크롤을 내려 날짜를 확인했다.

이 주 전이었다.

하아. 클로이는 보통 일주일에 최소 세 번은 업로드를 했다. 나는 클로이의 다른 소셜 계정들도 샅샅이 훑었다. 지난 이 주 동안 전혀 업로드되지 않았다. 당분간 쉬어간다는 공지도 없었다.

수백 개의 댓글로 보아 그녀의 팬들도 나만큼이나 불안해하고 있었다.

괜찮아요?

어디 있어요?

살아 있죠?

어제 나한테 전화한 거 보면 살아 있긴 하다.

스크롤을 내리자니 사다리를 타고 내려가는 느낌이었다. 댓글들을 하나하나 밟고 내려가면 팔로워들이 파놓은 걱정 웅덩이 속에 턱까지 푹 잠길 것 같았다. 나는 진절머리가 나서 침대 옆 협탁에 휴대폰을 던져놓고 샤워를 한 뒤 일찍 잠자리에 들었다.

잠이 오지 않았다.

계속 클로이가 떠올라 불안감을 억누를 수가 없었다. 뭔가 잘못되었다.

나는 다섯 번 더 전화했다. 음성 사서함으로 넘어갔다.

누군가에게 클로이가 괜찮은지 확인해달라고 해야 하나? 누구한테? 클로이의 친구들? 개인적으로 아는 친구가 한 명도 없다. 경찰한테 전화해 안전 점검을 요청할 수도 있다. 하지만 나는 클로이가 어디에 사는지 모른다. 전에 클로이와 연락할 일이 있을 때면 언제나 부동산 중개업자를 거쳐야 했다.

순간, 집문서가 생각났다. 클로이는 이 집의 법적 주인이니까 거기 주소가 있을 것이다. 영상 배경으로 볼 때 클로이는 오 년 동안 이사한 적이 없어 보였다.

어디에 뒀더라? 마지막으로 그 서류를 본 건 이모가 이 집 명의를 자기 이름으로 위조해 에어비앤비로 불법 임대하려 했을 때였다. (그때 이모는 클로이의 변호사들이 이모를 파산시킬 수도 있다는 내 거짓말을 듣고서야 물러났다.)

몇 시간을 뒤진 끝에 오븐 아래 서랍에서 베이킹용 유산지와 각종 사용설명서 사이에 뭉개져 있는 그 서류를 발견했다. 나는 먼지와 빵가루를 털어냈다.

첫 페이지에 반짝이는 검정 잉크로 적힌 주소가 보였다. 뉴욕.

주소를 손에 넣었지만 911에 전화를 걸 수 없었다. 두려움으로 손가락이 마비돼 움직이지 않았다. 경찰들에게 심문당하던 때가 떠올랐다. 다시는 겪고 싶지 않은 그 순간이 말이다.

열두 살 때였다. 이모가 은행 계좌를 개설해주면서 미래를 위해 저축을 시작하라고 조언해주었다. 당시에는 그걸 친절로 받아들였다. 나는 청소년기를 거치는 동안 슈퍼푸드에서 일해 번 돈을 거의 한 푼도 빼지 않고 저축했다. 11학년이 되자 계좌에 5천 달러가 넘는 돈이 모였다. 많지는 않아도 집을 떠나 꿈을 찾기에는 충분했다.

하지만 열일곱 번째 생일이 되기 일주일 전, 계좌의 저축액이 500달러로 떨어져버렸다. 은행에서는 미성년일 때 개설한 계좌는 보호자가 자금을 완전히 통제하는 수탁계좌라고 알려줬다. 내가 따지고 들자 이모가 이렇게 말했다. *너 키우는 데*

돈이 얼마나 들어가는지 알기나 해? 입이 하나 더 늘었잖아?

이모의 말이 내 가슴에 시커먼 구멍을 뚫었고 그 구멍으로 내게 남아 있던 열의가 모조리 빠져나갔다. 내 마음은 텅 비어버렸다. 며칠 후, 나는 내가 겪는 불행을 합리화하고 싶었다. 대체 어디서부터 잘못된 걸까. 부모님이 죽었다. 가족이 없다. 쌍둥이와는 연락이 닿지 않는다. 이모는 파렴치하다. 나는 고립 상태. 그것은 정신적인 매질이었다. 고칠 의지가 없을 때 문제를 인식하는 건 아무 의미가 없다. 그리고 존재한다는 것 자체가 형벌처럼 느껴질 땐 아무런 의욕도 생기지 않았다.

그러던 어느 날 밤, 반 친구에게서 그룹 프로젝트에서 내가 맡은 부분을 끝내 달라는 문자가 왔다. 그날 밤에 내가 무슨 생각으로 그랬는지 아직도 모르겠다. 답을 극도로 정직하게 한 이유 말이다. 어쩌면 내 태만함을 정당화하려 했는지도 모르겠다. 아니면 그저 관심을 받고 싶었나? 하지만 그 문자는 치명적이었다. 그 친구는 경찰에게 전화해 내 상태가 괜찮은지 확인해달라고 했다.

상태 확인 과정은 전혀 괜찮지 않았다. 경찰차 한 대가 사이렌을 울리고 빨강 파랑 경광등으로 밤하늘을 밝히며 이모 집 앞에 멈춰 섰다. 경찰들은 내가 막 살인이라도 저지르려 한다는 듯 문짝을 쾅쾅 쳤다. 두 경찰은 (둘 다 남자였다.) 방탄조끼, 경찰봉, 권총집을 쥔 손까지, 마치 총격전을 벌일 태세였다. 그중 한 경찰의 턱에 시뻘건 케첩이 묻어 있었다. 거실 소파에 파묻혀 쏟아지는 '내 안위와 정신적 안정성에 관한 폐쇄형 질문'을 감내하고 있자니 그 기름진 패스트푸드의 시큼한 냄새에 위장이 울렁거렸다. 그들의 시선 때문에 내가 한없이 보잘것없고 숨 쉬는 공기조차 아까운 인간이라는 느낌이 들었다. 그러는 내내 이모는 미소 띤 얼굴로 경찰들에게 차와 페이스트리를 내주었다. 그 미소에 속아 이모가 드디어 나를 동정하게 되었나 싶었다. 하지만 경찰이 떠나자마자 이모는 쿵쾅쿵 걸어와 내 얼굴을 쫙 갈겼다. *개뿔도 아닌 일에 아주 그냥 생쇼를 해요!*

수치심과 굴욕감이 내 마음을 가득 채웠고 그 어느 때보다 심한 무력감이 밀려왔다. 경찰과 이야기한다는 생각만으로도 그때 느낀 감정이 북받쳐올랐다. 오랜 시간이 지났지만 여전히 그 일은 하고 싶지 않았다.

어쩌면 스스로 변명거리를 만들고 있는 건지도 모르겠지만 경찰에 신고하기엔 시기상조 같았다. 아직 클로이에게 무슨 일이 일어났는지도 모르는 상황에 야단법석을 피울 필요가 있을까. 경찰이 개입하는 게 옳은 선택인지도 모르겠고. (그리고 솔직히, 경찰 개입이 옳은 선택인 경우는 극히 드물다.)

나는 지저분한 주방 바닥에 앉아 손톱을 물어뜯으며 클로이의 뉴욕 주소를 뚫어져라 쳐다봤다. 이런 식으로 계속 부시해봤자 클로이의 목소리는 결코 나를 떠나지 않을 것이다.

그리고 솔직히 털어놓자면 나는 한 가지 단순한 진실을 떨처낼 수 없었다. 나는 클로이가 보고 싶다. 이 일이 있기 전에도 그랬다. 화면을 통해 보는 것만으론 충분하지 않았다.

나는 다음 날 저녁에 출발하는 뉴욕행 버스 티켓을 샀다.

❺

 다음 날, 일부러 근무하는 내내 기침을 해 하루 휴가를 받아냈다. 그리고 퇴근하면서 임금 손실을 메우기 위해 델리 코너에서 샌드위치를 하나 슬쩍 했다. 집으로 가서 몇 가지 필수품을 가방에 챙겨 넣고 버스 터미널로 향했다.

 마지막으로 탑승하는 바람에 화장실 바로 옆자리에 당첨됐다.

 버스가 출발했다. 덜덜거리는 엔진에 허벅지가 따라 떨리고, 누군가의 차멀미 뒤처리 냄새와 오줌 냄새가 섞인 배기가스에 코가 꽉 막혔다.

 휴대폰이 울렸다. 매니저가 보낸 문자였다.

7:45PM 샌드위치 훔치는 거 다 녹화됐어요.
7:46PM 이 문제에 대해 이미 경고했을 텐데요. 출근하면 이야기 좀 해요. 더는 용납할 수 없습니다.

 나는 죄책감을 느껴보려 문자를 세 번이나 읽었다. 버스가 터미널을 나와 고속도로로 접어들었다. 매니저의 문자를 삭제하고 인터넷 커뮤니티 레딧에 접속해 강박적으로 스크롤했다. 초점 없는 눈으로 게시물을 훑었다.

클로이를 생각하며 물밀듯 밀려드는 어린 시절을 떠올렸다.

우리의 뇌가 어린 시절의 의미 있는 기억을 계속 담고 있지 못한다는 기사를 읽은 적 있었다. 어린 시절의 기억은 대부분 나이가 들면서 겪는 자극으로 생성된 허구에 지나지 않는다는 것이다. 저쪽에 생일 케이크용 양초, 이쪽에 잔디밭 한 뙈기, 틀니 때문에 말할 때 바람 새는 소리를 내던 할머니의 이야기 그리고 짜잔! 마치 진짜인 것처럼 재생될 준비를 마친 가공된 기억이 생겨난다.

논리적으로는 이 주장이 옳다. 내가 기억하는 모든 것이 조작되었을지도 모른다. 하지만 그 순간을 경험한 나의 감각들은 분명 진짜임을 알려줬다. 과거의 기억들은 눈을 감으면 릴스처럼 재생되었고, 공간의 질감과 따스하고 짭조름한 공기까지 느껴졌다.

엄마와 아빠에 대한 기억. 우리 가족. 우리 집.

우리 엄마는 항상 원피스를 입고 있었다. 가슴 부위가 딱 붙고 엉덩이를 지나면서 느슨해지고 치맛자락이 허벅지까지 내려오는 스타일이었다. 나는 엄마의 주의를 끌어보려고 그 보드라운 면을 잡고 치맛단을 따라 놓인 뻣뻣한 자수를 어루만지곤 했다. 자수는 검은머리박새, 자주색 제비, 벌새 같은 새들이 은은하게 반짝이는 실로 수놓아져 있었다. 엄마는 항상 붉은 립스틱을 바르고 머리에 핑크색 헤어롤을 감았다. 들쑥날쑥한 치아는 차 때문에 누렇게 착색되어 있었다. 아빠는 담배 냄새를 풍겼고 항상 칼라가 완벽하게 다려진 흰색이나 하늘색 폴로 티셔츠를 입었다. 하의는 갈색 바지를 입고 가죽 허리띠를 착용했다. 아빠는 실내에서 절대 슬리퍼를 신지 않아서 냄새 찌든 흰 양말에 먼지와 머리카락을 붙이고 다녔는데 그 때문에 항상 엄마한테 잔소리를 들어야 했다. 집 안에는 쌀밥과 사골국 냄새가 퍼져 있었다. 스토브 위에는 항상 뭔가가 끓고 있었고 끈적끈적한 조리대 위에는 뭔가가 양념에 재워져 있었다. 그리고 그곳에, 나보다 7분 먼저 태어난 클로이가 있었다. 세상으로 먼저 튀어 나가 내가 그 위대한 그림자 속을 미끄러져 나갈 수 있게 길을 닦아준 내 쌍둥이 자매. 클로이는 사랑스러운 미소로 무장한 채 내 끈끈한 손을 잡고 내가 혼자서는 절대 가지 않을 곳들로 데려가주곤 했다.

특별한 기억이 머릿속을 비집고 들어왔다.

우리는 세 살이었고 집에는 우리 둘뿐이었다. 그렇게 어린 아기들만 집에 두는 건 아마 불법일 거다. 아빠는 직장에 있었고 엄마는 간장과 식용유를 사러 가게에 가고 없었다. 보통 그런 외출은 10분을 넘기지 않았고 우리는 세 살치고 유난히 독립적인 아기들이었다. 아마 우리 둘이 함께 있기 때문이었을 것이다.

우리는 식료품 저장실에 들어가 통통한 손으로 쌀알을 한 움큼씩 쥐었다. 나는 그 단단하고 하얀 쌀알들이 조그만 손가락 사이로 스르르 빠져나가는 감각적인 마법에 매료되었다. 쌀알을 움켜쥐면 잘그락 잘그락 소리가 났다. 내 조그만 타원형 손톱에 거친 쌀가루가 뽀얗게 남았다. 그런데 어느 순간, 내가 눈치채지 못한 사이에 클로이가 저장실을 빠져나갔다. 그러고는 온데간데없이 사라져버렸다.

문 앞에서 엄마의 열쇠가 짤랑거릴 때까지 클로이가 사라진 지 얼마나 오래 지났는지 알 길이 없었다. 엄마가 어쩔 줄 몰라 하며 허둥지둥 클로이를 찾았다. 머리에 달린 헤어롤이 덜거덕거리고 장 봐온 물건들은 마룻바닥에 이리저리 널브러졌다. 나도 엄마를 따라 클로이를 찾고, 찾고, 또 찾았다. 땀으로 촉촉해진 오동통한 발로 매끈한 주방 타일을 밟고, 먼지 낀 모서리를 돌고 얼룩진 카펫을 딛고 다니면서 나와 똑같은 형태를 찾아 헤맸다. 우리는 세탁기, 침대, 테이블 아래, 옷장, 소파 쿠션 사이를 샅샅이 훑었다. 클로이는 아무 데도 없었다.

엄마가 흑흑 흐느끼며 나에게 소리쳤다. *네 언니 어디 갔어? 넌 알아야 하잖아! 어서 말해봐!* 사람들은 쌍둥이가 자연스럽게 연결되어 있다고 말한다. 텔레파시가 통하는 그런 유대감이 있다고도. 하지만 클로이와 나에게는 해당하지 않는 말이었다. 우리는 하나같아 보였지만 항상 분리되어 있었다. 클로이는 이를 활짝 드러내고 웃었고, 호기심이 너무 많아서 언제나 머리에 낙엽이 붙어 있었다. 클로이의 마음과 생각은 완벽한 미스터리였다. 나는 클로이가 어디에 있는지, 어디로 갔는지 전혀 알지 못했다. 엄마는 그걸 이해할 수 없었고 내가 고개를 가로저으며 눈물을 터뜨릴 때조차 나를 믿지 않았다.

우리는 마침내 클로이를 찾아냈다. 클로이는 창문으로 빠져나가 팬티 바람으로 텃밭에 무릎을 파묻은 채 토마토 모종을 뿌리째 뽑고 있었다. 엄마는 두 팔을 뻗고 마당으로 달려나갔다. *아가, 우리 아가.* 엄마가 소리쳤다.

클로이와 엄마가 뒷문으로 들어오는 모습을 보면서 화가 났던 기억이 난다. 울고 있던 건 클로이가 아니라 나였다. 클로이는 행복해하며 특유의 사랑스럽고 발랄한 미소를 지었다. 큭큭 웃음소리가 들려왔다.

아가, 우리 아가.

때로는 엄마에게 아기가 하나뿐인 것처럼 느껴졌다.

그러고 나서 나는 욕실에 몸을 숨겼다. 따뜻하고 습한 공기에 에워싸이는 느낌이 좋았다. 창문이 많지 않아서 안정감이 들었고 지나치게 자극적인 세상에서 차단된 느낌도 좋았다. 평화롭게 윙윙 돌아가는 환풍기 소리와 물때와 표백제의 사향 냄새도 좋았다. 세면대 아래 캐비닛에 들어가 청소용품과 두루마리 휴지 사이로 몸을 밀어넣으면 땀에 젖은 내 피부가 휴지를 감싼 비닐 포장지에 들러붙곤 했다. 나는 무릎을 끌어안고 앉아 내가 사라져도 엄마가 그렇게 난리를 칠지 궁금해했다. 하지만 그런 일은 없었다. 엄마는 날 찾지도 않았다.

나를 찾은 건 클로이였다. 클로이가 캐비닛 문을 열자 따스한 욕실 불빛이 쏟아져 들어왔다. 클로이가 웃었다. 마치 내 마음을 들여다보는 것 같았다. 진짜 나를 보는 것 같았다. 적어도 내 쌍둥이는 나를 신경 썼던 것이다. 클로이가 손톱 밑에 흙이 시커멓게 낀 손으로 잘 익은 망고 한 접시를 내밀었다. *엄마가 만들어줘떠. 너도 먹고 시퍼, 주주?* 클로이는 대답을 기다리지도 않고 캐비닛에서 두루마리 화장지를 옮겼다. 한 명 더 끼어들 공간이 생기자 내 옆으로 들어와 문을 닫았다. 우리는 어둠 속에서 함께 망고를 먹었다. 클로이의 통통한 허벅지가 내 허벅지에 닿았다. 안정감이 들었다.

이게 바로 내가 기억하고 싶은 클로이다. 그 피상적인 소셜 미디어 페르소나 뒤에 존재하기를 바라는 클로이. 내가 절절하게 되고 싶은 바로 그 클로이.

머리 위에서 안내방송이 울려 퍼졌다.

"도착지까지 30분 남았습니다."

열 시가 지난 시간. 날이 흐렸다. 나는 김 서린 창문을 닦아 줄줄이 기어오른 성에를 걷어내고 차가운 밤 풍경을 바라봤다. 환한 도시의 불빛이, 별 하나 없는 깜깜한 하늘을 밝혔다.

30분 후면 뉴욕이다. 한 시간 후면 클로이의 현관문 앞에 도착한다.

아마 나는 도착하자마자 자신의 정원에서 땅을 파고 있는 클로이를 보게 될 것이다. 살아 숨 쉬는, 건강한, 아무 걱정 없이 환한 클로이를.

6

클로이는 허드슨강이 보이는 맨해튼 아파트에 산다. 당연히 정원 같은 건 없다.

고층 빌딩을 올려다보는데 차디찬 바람이 내 얼굴을 때렸다. 갑자기 경외심과 현기증이 일었다. 어떻게 나와 같이 침대를 쓰고 함께 비누 거품을 내며 목욕하던 누군가가 이렇게 다른 삶을 살 수 있지?

그 건물에 출입하려면 스마트 키가 있어야 했다. 내가 그걸 갖고 있을 리가 없었다. 비밀번호도 당연히 몰랐다. 늦은 시각이라 드나드는 사람도 없었다. 나는 헐렁한 후드티와 재킷 차림으로 문 근처에서 어색하게 기다렸다. 배낭끈이 양쪽 어깨를 파고들었다. 숨을 내쉴 때마다 하얀 입김이 하늘로 올라갔다. 나는 콧물을 훌쩍거렸다.

저 멀리서 뭔가가 잽싸게 달려와 검은색 쓰레기봉투와 길가에 놓인 납작한 골판지 상자들을 뒤졌다.

그것이 고개를 들었다. 구슬 같은 검은 눈. 쥐다. 맙소사, 진짜 크다. 크기가 내 팔뚝만 한 변종이었다. 쥐가 텅 빈 시선으로 나를 쳐다봤다. 믿기지 않을 정도로 뚱뚱한 배가 도로에 척 닿아 있었다. 크기로 보아 나보다 더 잘 먹고사는 게 분명했다. 내가 훔친 슈퍼마켓 샌드위치로 배를 채울 때 쥐는 부유한 뉴요커들이 던져준 음식 찌꺼기로 잔치를 벌였을 거다. 세상이 나를 더 수치스럽게 만들고 싶다는 듯 배에서 꼬르륵 소리가 났다. 쥐가 놀라 후다닥 달아나버렸다.

나는 소매로 이마를 문지르고 피로에 신음했다. 내가 지금 여기서 뭘 하는 거지? 고작 문밖에서 무작정 기다리면서 쥐에게 질투심이나 느끼려고 뉴욕까지 왔단 말인가. 클로이는 아마 괜찮을 거다. 어쩌면 잠깐 공황발작을 일으켜 실수로 전화한 것을 내가 너무 과하게 생각하고 있는지도 모른다. 뭔가 문제가 있었으면 그녀의 소셜에 깔린 그 모든 친구들이 다 확인했을 거다. 그리고 양부모가 찍어내듯 완벽한 부자 백인들의 방식으로 그녀를 잘 돌보고 있을 거다. 롱아일랜드의 햄프턴에서 여름을 지내고, 크리스마스카드에 빨간 캐시미어 카디건을 맞춰 입은 가족사진을 담아 보내고, 밤이면 밤마다 서로 '아이, 러브, 유'를 주고받는 그들만의 방식 말이다. 그 사람들이 분명히 클로이를 안전하게 지켜줄 것이다. 나 여기 왜 온 거야?

쿵! 쿵! 쿵!

나는 펄쩍 뛰었다.

강렬한 광선에 눈앞이 깜깜해졌다. 팔을 들어 눈을 가리는

데 심장이 미친 듯이 뛰었다. 불빛이 꺼졌다. 나는 손가락 사이로 밖을 내다봤다.

한 남자가 주름 잡힌 눈을 가늘게 뜨고 나를 살피면서 문을 열어주었다. 그는 새하얗고 빳빳한 버튼다운 셔츠를 입고 버건디색 넥타이를 매고 있었다. 가슴 주머니 위에 꽂힌 윤이 나는 황동색 명찰에 '경비원 라모스'라 적혀 있었다.

"미스 반 후센, 이 추위에 밖에서 뭐 하고 계세요? 어서 들어오세요."

이 사람은 내가 클로이인 줄 안다.

그게 뭐 놀랄 일인가? 우리는 쌍둥이다. 그래서 항상 오해를 받아오지 않았던가. "고마워요. 그게… 제가 스마트 키를 깜빡해서."

나는 미소를 만들어냈다.

그는 동정 어린 웃음 대신 콧수염 난 입꼬리를 살짝 내렸다.

나는 몸을 휙 돌려 곧장 엘리베이터로 향했다. 그가 근심 어린 아버지의 눈으로 1초만 더 살피면 내가 클로이가 아니라는 사실을 분명 알아차리고 말 거다.

버튼을 막 누르려는데 그가 소리쳤다. "잠깐만요!"

나는 딱 멈췄다. 심장이 갈비뼈를 쿵쿵 때렸다.

"물건이 왔어요. 서명해주시겠어요?"

나는 숨을 후유 내쉬어 마음을 안정시킨 뒤에 돌아섰다. "당연히 그래야죠." 내 목소리가 갈라져 있었지만 그는 아무

말 없었다. 나는 최대한 아무렇지도 않은 척 안내데스크로 걸어갔다.

그가 상자 두 개를 건넸다. "협찬이 더 들어왔나 봐요?"

"아. 네." 나는 그가 눈치채지 못하기를 바라면서 서명을 휘갈겼다.

"요즘 우리 딸이 자꾸만 물어봐요. 아빠, 아빠, 언제 클로이 언니가 나한테 선물을 더 갖다줄까? 우리 딸은 산타보다 미스 반 후센을 더 사랑하거든요!" 그가 우렁차게 웃었다.

클로이가 경비원의 딸에게 협찬품을 선물해왔나? 클로이가 미는 브랜드 이미지에 딱이네. 나한텐 집을 '선물'했으니까. 경비원의 딸에게 선물한 것도 영상으로 만들었는지 궁금했다. 형편이 어려운 친구에게 협찬품을 기부합니다. #지속가능 #자선. "선물할 물건이 더 들어오면 바로 알려드릴게요."

그가 자기 가슴에 한 손을 얹고 말했다. "역시 천사시군요. 천사 말입니다. 미스 반 후센. 모든 일이 다 잘되시길 바랍니다."

나는 어색한 미소를 지으며 물건을 받아 들고 그가 이야기를 더 늘어놓기 전에 엘리베이터 쪽으로 걸어갔다.

그가 내 뒤를 바짝 따라 왔다. 등에서 열기가 느껴졌다. 뭐야? 사람을 왜 그냥 내버려두질 않는 거야? 그가 미소 띤 얼굴로 손을 뻗어 엘리베이터 버튼을 눌러주었다.

아.

그런 종류의 서비스와 배려에 익숙하지 않아서 어색한 웃음이 새어 나왔다. 팁을 줘야 하나?

엘리베이터가 땡 소리를 내며 도착하자 문을 잡아주었다.

"고마워요."

그가 27층을 눌러준 뒤 손을 흔들었다.

"편히 쉬세요, 미스 반 후센."

"라모스 씨도요."

문이 닫히면서 그 너머로 그가 사라졌다.

엘리베이터는 금색 거울과 거기 맞춘 금색 난간으로 꾸며져 있었다. 운동화가 푹신한 레드 카펫에 폭 파묻혔다. LED 화면 속 숫자가 똑딱거리며 올라갔다. 귀가 먹먹해지고 맥박이 요동치고 위장이 단단히 꼬였다.

❼

노크를 했다. 기다렸다. 또 기다렸다.

대답이 없었다.

나는 기다란 나무 문에 귀를 대보았다.

"클로이?" 아무 소리도 들리지 않았다.

전화를 걸려고 뒷주머니에서 휴대폰을 꺼냈다. 까만 스크린에 배터리 방전 표시가 깜빡거렸다. "아오, 씨발." 배낭을 뒤졌다. 충전기를 깜빡했다. 완벽하다.

지친 데다 스스로가 멍청이처럼 느껴져서 문손잡이에 배낭을 걸고 문에 등을 기댔다. 그런데 갑자기 손잡이가 돌아가면서 문이 벌컥 열렸다. 나는 뒤로 밀려 그대로 엉덩방아를 찧었다. 극렬한 통증이 온몸에 퍼졌다. 씩씩거리며 주먹을 꼭 쥐고 간신히 발을 디뎌 몸을 일으켜 세웠다. 몇 차례 욕설을 내뱉고서야 겨우 평정을 찾고 열린 문을 쳐다보았다.

클로이가 문을 잠그지 않고 나갔다는 게 이상했다. 아니, 아닌가. 이 건물은 보안이 된다. 거주자들은 화려하고 부유한 사람들이다. 클로이는 누군가 침입한다는, 그러니까 내가 하는 이런 걱정 따윈 하지 않았을 거다.

"클로이?" 내 목소리가 아파트 안에 울렸다.

나는 영상에 나오던 하얀 벽과 소파와 번쩍거리는 도시의 스카이라인을 알아보았다. 그런데도 실제 클로이의 아파트를 보는 건 이상했다. 어쩌다 텔레비전 세트장에 들어간 느낌이었다. 나는 얼굴 앞으로 카메라가 나타나고 누가 나한테 모든 것이 가짜라고 말해주기를 기다렸다. *서프라이즈!*

아파트는 영상에서 보던 것보다 작았다. 나무 마루와 높은 창문, 영혼 없는 현대미술 작품들. 로마 영웅의 흉상처럼 생긴 화병에는 핑크 카네이션이 빽빽이 꽂혀 있었다. 다용도 도자기 접시에는 파란색 보석이 두 개 박힌 반지가 놓여 있었고 그 옆에 열쇠 꾸러미가 있었다. 나는 반지를 집어 들었다. 묵직했다. 진짜 금이 틀림없었다. 제자리로 돌려놓으려다 멈췄다. 반지가 내 축축한 손바닥에 닿는 차가운 느낌 때문이었을까. 아니면 내 일주일 치 급여와 맞먹는 그 작디작은 물건이 클로이에게는 더러운 열쇠 꾸러미 옆에 던져놓을 정도로 아무것도 아니구나 싶어서인지도 모른다. 나는 그걸 제자리에 돌려놓을 수가 없었다.

반지를 주먹에 꼭 쥔 채 후드티 주머니에 손을 찔러넣고 아파트 복도를 훑어보았다. 가슴속에 질투가 끓어올라 더 나아갈 수가 없었다. 나도 모르게 여러 생각이 떠올랐다. 내가 먼저 태어났다면 어땠을까? 내가 반 후센 부부에게 입양되었다면?

내가 온라인 스타가 되었다면? 내가 이 모든 걸 가졌다면? 값비싼 반지들이 다용도 접시에 아무렇지도 않게 놓여 있는 이 아파트가 내 것이라면?

"들어간다." 나는 아파트 안으로 들어가 주방 조리대에 배낭을 내려놓았다.

"참고로, 난 줄리야. 네가 여기 있는지 어떤지 모르겠지만. 전화받고 걱정돼서 왔어."

스위치 옆을 지나면서 불을 켰다. 파리 한 마리가 귀 옆으로 쌩 날아갔다.

공기에서 뭔가 불쾌한 냄새가 났다. 오른쪽에서 조말론 향초 냄새가 슬쩍 풍겼지만 뭔가 썩는 냄새가 그 뒤를 이었다. 살짝 과일 향 같았다. 주방 쪽이었다. 깜빡하고 쓰레기를 내놓지 않았나 보다.

숨바꼭질하는 아이가 된 느낌이었다. 나는 침실 안을 살폈다. 욕실도 들어가 봤다. 옷장, 세상에, 워크인 옷장이다. 선반을 꽉 채운 디자이너 가방과 신발 라인. 액세서리를 두는 투명 유리 테이블. 각종 카르티에 팔찌, 롤렉스 시계, 번쩍이는 반지와 목걸이들. 매끈한 냉장고처럼 생긴 물건은 거대한 의류 스티머였다.

클로이는 없었다. 나는 주방과 거실로 다시 돌아갔다. 대리석 조리대 위에 엘라빌 25그램이라 적힌 약병 하나가 뚜껑이 열린 채 놓여 있었다. 약은 절반 정도 차 있었다. 어디에 쓰는 약인지 적혀 있지 않았다. 그저 취침 전에 한 알 복용하라는 복용법과 어린이 손에 닿지 않는 곳에 보관하라는 주의사항만 붙어 있을 뿐이었다. 요즘 모든 인플루언서들이 불안증세가 있네, 어쩌네 하며 징징대는 걸로 볼 때 항우울제 같았다. 약에 먼지가 앉지 않게 뚜껑을 닫아주었다.

계속해서 내 맘대로 돌아다녔다. 이제 클로이는 찾지도 않았다. 나는 마치 매물을 보러 온 예비 매수자처럼 클로이의 아파트를 확인했다. 수압을 평가하고 인덕션을 시험했다. 냉장고를 열었다. 얼음정수기가 달린 양문형 고급 밀레 냉장고였다. 내용물은 살짝 의외였다. 중국 음식 배달 용기, 줄지어 놓인 패션푸르트 맛 탄산수, 제각각 반쯤 남은 술병들. 신선한 과일이나 샐러드는 찾아볼 수 없었다. 그녀가 미는 지속 가능한 클린걸 에스테틱과는 거리가 멀어도 너무 멀었다.

어쩌면 내가 안티팬처럼 굴고 있는 건지도 모르겠다. 클로이는 뉴욕에 사니까 뭐든 필요한 게 있으면 아래층 식품 잡화점으로 달려가면 되는데. 상할 경우를 대비해 냉장고에 신선 식품을 쌓아두지 않는 게 지속가능인지 뭔지에 해당할지도 모르잖는가.

훔쳐 마신 샤르도네 한 모금이 목구멍을 뜨겁게 달구었다. 나는 냉장고 문을 닫고 식료품 저장 선반을 확인하려 발걸음을 옮겼다. 발끝에 뭔가 걸렸다. 심장이 쿵 떨어지면서 내 몸도 기우뚱 바닥으로 향했다. 마지막 순간 가까스로 창문을 짚었다. 번잡한 거리, 레고만 한 자동차들이 눈앞에서 어른거렸다. 나는 안도의 한숨을 쉬며 몸을 세웠다.

발끝에 걸린 게 뭔지 확인하려고 뒤를 돌아보았다.

그리고 그때 그녀가 보였다.

클로이.

8

클로이는 아일랜드 식탁 뒤에 있었다.

푸르죽죽하고 얼룩덜룩한 피부가 마치 뼈에 대충 걸쳐놓은 것처럼 축 늘어져 있었다. 트고 갈라진 자줏빛 입술 사이로 침과 이물질이 흘러내려 어두운 나무 바닥에 얼룩을 만들어놓았다. 부어오른 얼굴과 목은 마치 깨진 청록색 손톱으로 피부를 벗겨내려 긁은 것처럼 벌건 줄이 죽죽 나 있었다. 머리는 온통 헝클어져 대걸레 같았고 검은색 머리카락 몇 가닥이 얼굴을 사선으로 가로질렀다. 핏발 선 눈은 유리구슬같이 텅 비어 있었다.

나는 얼어붙었다. 아무것도 느껴지지 않았다. 심장박동도, 공기도. 시간이 완전히 멈춰버렸다. 내가 숨을 쉬는지조차 알 수 없었다. 시선을 돌리고 싶었지만 그럴 수 없었다.

파리가 윙윙거리며 날아가 그녀의 코끝에 내려앉았다.

퍼뜩 정신이 돌아왔다. 나는 비틀거리며 몸을 숙였다. 내장과 위와 목에서 뜨거운 이물감이 솟구쳤다. 쓰디쓰고 타는 듯 화끈거리고 축축했다. 나는 화장실로 달려가 변기에 모든 것을 쏟아냈다. 부글거리는 거품과 위산만 나올 때까지 모조리. 물을 내릴 기력조차 없었다. 나는 뒤로 풀썩 쓰러졌다. 머리에 닿는 욕실 매트가 부드러웠다. 온몸의 접힌 부위와 손발에 땀이 차올라 미끈거렸다. 더위와 추위가 동시에 느껴져 몸이 부르르 떨렸다. 손가락, 발가락이 저릿저릿했다. 호흡을 조절할 수 없었다. 주위가 번쩍거리다 흐릿해졌다. 시력이 왔다 갔다 했고 주위가 깜깜했다. 단단한 바닥에 누워 있는데도 땅이 파도치듯 움직이며 내 몸을 흔드는 듯했다. 나는 어느새 단단한 세라믹 욕조에 자궁 속 태아처럼 몸을 웅크리고 있었다.

나는 문이 활짝 열리고 클로이가, 어떻게든 살아 있는 클로이가, 손에 과즙이 풍부한 망고 접시를 들고 나타나기를 기도했다. 나는 클로이가 내 옆으로 슬며시 들어와 내 얼굴에서 땀에 젖은 머리카락을 쓸어 넘겨주고 안아주고 망고를 먹여주고 이 모든 게 다 장난이었다며 안심시켜주기를 바랐다. 다 괜찮다고 말해주길 바랐다.

하지만 문은 끝내 열리지 않았고 현실감이 훅 밀려왔다.

클로이가 죽었다.

나는 시큼한 맛이 나는 불안정한 호흡을 몇 번 내쉰 뒤 천천히 몸을 움직여 바로 앉았다. 생각을 정리했다. 경찰. 그래. 이번에는 반드시 경찰을 불러야 한다. 더 이상 피할 수 없다. 겁먹어서도 안 된다. 클로이에겐 경찰이 필요하다.

미끈거리는 손가락으로 휴대폰을 집어 전원을 켰다. 배터리가 없다. 이런 썩을.

어딘가에 클로이의 충전기가 있을 거다. 나는 욕실 선반으로 기어가 이리저리 뒤져보았다. 아무것도 없었다. 없을 수밖에. 누가 욕실에 충전기를 두겠는가?

침실에 있을 확률이 높았다. 거기 가려면 다시 주방으로 빠져나가야 했다. 클로이를… 봐야 했다.

머릿속이 핑핑 돌았다. 클로이의 죽은 모습이 떠오르자 망막이 불타듯 화끈거렸다.

자. 생각하지 말자. 호흡. 호흡. 호흡을 하자!

마음이 좀 가라앉자 일어나려고 세면대를 붙잡았다. 하지만 손이 땀에 젖어 있어서 단단히 쥘 수 없었다. 나는 무늬 벽지에 축축한 지문을 남기며 벽을 잡고 일어섰다. 얼굴에 차가운 물을 끼얹었다. 고개를 들자 클로이의 핏발 선 눈이 나를 쳐다봤다. 말라붙어 갈라진 입술이 소리 없는 고함을 지르는 듯했다. 거의 경고에 가까웠다.

나는 세면대에서 몸을 홱 빼며 비명을 질렀다.

하지만 그것은 거울에 비친 내 모습일 뿐이다. 전등을 켜지 않아 내 피부가 시커멓고 푸르죽죽해 보였던 거다. 내 얼굴을 무서워하다니, 내 꼴이 우스워 웃음이 터질 뻔했다. 그 순간 무거웠던 가슴이 아주 조금이나마 가벼워졌다. 좋아, 집중해.

나는 욕실 문을 열고 눈을 계속 벽에 둔 채 주방을 등지고 침실로 들어갔다. 협탁 위에서 충전기를 찾아 플러그를 꽂고 휴대폰을 켰다.

자동 업데이트 설치 중. 0%… 예상 시간: 1시간 15분.

깜빡. 다시 또 깜빡.

"뭐, 뭐라고…." 나는 머리카락을 움켜쥐었다. "지금 씨발 장난해?"

나는 클로이의 보드라운 면 베개에 얼굴을 파묻고 비명을 질렀다. 더 이상 목소리가 나오지 않을 때까지 지르고, 지르고, 또 질렀다.

울고 싶었지만, 클로이가 썩어가게 내버려둘 수 없었다. 당장 경찰서에 연락해야 했다. 클로이의 휴대폰을 찾는다면 그걸로 긴급전화를 걸 수 있을 거다.

"제발, 제발, 제발."

나는 중얼거리며 침실과 거실을 뒤졌다. 어디가 됐든 클로이의 휴대폰이 집에 있기만을 바랐다. 행운은 없었다. 주방을 흘깃 바라보자 눈물이 고였다.

있는 힘을 다해 클로이를 향해 걸음을 내디뎠다. 썩는 냄새를 흡입하지 않으려 입으로만 숨을 쉬었다. 그 냄새를 맡으면 다시 구토할 게 뻔했다. 나는 매끈하고 하얀 천장과 화려한 황금색 촛대들만 응시하면서 주방 아일랜드 식탁 뒤, 클로이가 감춰져 있는 곳까지 갔다. 그리고 그녀 옆에 쪼그려 앉았다.

"정말 미안해."

나는 그녀의 몸통과 다리를 더듬고 주머니를 뒤지고 탄탄한 배도 살폈다. 찾았다. 단단한 플라스틱 폰 케이스가 보였다. 그건 몸 아래 끼어 있었다. 꺼내려 했지만 클로이의 몸이 너무 무거워 휴대폰은 꼼짝도 하지 않았다.

나는 클로이를 옮겨야 했다.

"신이시여, 제발 이게 마지막이 되게 해주소서."

나는 신 같은 건 믿지 않지만, 지금 상황에선 할 수 있는 건 뭐든 해야 했다.

"정말 정말 미안해, 클로이. 곧 사람들이 도우러 올 거야."

나는 왜 클로이가 알아듣기라도 하는 것처럼 말하는지 알 수가 없었다. 온 힘을 다해 휴대폰에서 몸을 밀어냈다. 그녀의 몸이 굴러 엎어졌다. 나는 휴대폰을 집어 들고 욕실로 달려갔다. 배터리는 40퍼센트가 남아 있었다. 잠금 화면에 알림이 잔뜩 들어와 있었다. 나는 끙 신음 소리를 내며 알림을 밀어내고 긴급전화 거는 법을 기억해내려 했다. 그러다 화면 상단에 조그만 자물쇠 표시가 이미 열려 있는 걸 발견했다.

클로이의 휴대폰이 내 얼굴을 인식하고 잠금을 해제한 거였다.

신이 응답하셨나 보다.

나는 땀자국을 주욱 남기며 화면을 넘기고 911에 전화했다. 바로 연결이 되었다.

"911입니다. 어떤 응급상황이신가요?"

"사, 사람… 사람이 죽은 것 같아요."

"사망하신 것 같다고요?"

"아, 아뇨. 죽은 것 같은 게 아니고 진짜 죽었어요. 하루 이틀 된 것 같아요. 오래됐을 수도 있어요. 아, 젠장. 나도 모르겠다고요." 심장이 목구멍으로 튀어나올 듯 뛰었다. "그냥 도와줄 사람 좀 보내줄 수 없나요? 제발요!"

전화선 너머 여자가 주소를 요청해서 알려주었다.

"사망 원인을 알고 계신가요?"

"나, 난 몰라요. 아파트 들어왔다가 바닥에 쓰러져 있는 걸 발견했어요." 목소리가 갈라졌다. 가슴 깊은 곳부터 흐느낌이 새어 나왔다.

"네, 알겠습니다. 지금 팀을 보내드릴게요. 시체 옆을 벗어날 수 있으신가요? 신선한 공기를 좀 쐬러 가시겠어요?"

"아, 네. 좋아요." 나는 눈을 감고 길을 찾느라 벽을 잡고 비틀거리며 욕실을 나왔다. 일단 아파트 밖으로 나와 문 옆, 푹신한 복도 카펫에 앉았다. "나왔어요."

"응급 구조대가 곧 도착할 거예요. 조금만 참아주시면 돼요. 기다리는 동안 혼자 계셔도 괜찮으시겠어요? 아니면 계속 저와 통화하고 싶으세요?" 그녀는 뭘 해줄까? 경찰이 도착할 때까지 전화선 너머에서 나를 달래주려는 걸까? 아마 처리해야 할 다른 긴급상황들이 있을 거다. 나는 그녀가 볼 수 없는데도 고개를 가로저었다.

"괜찮아요. 끊으셔도 돼요."

"알겠습니다. 필요한 일 있으면 이 번호로 연락드릴게요. 진정하시고 조금만 기다려주세요." 전화가 끊겼다.

❾

 클로이의 휴대폰을 훔쳐볼 생각은 아니었다. 진짜로.

 어쩌다 보니 그렇게 됐다. 습관적인 행동이랄까. 소셜미디어 중독을 인정하는 것이 자랑스럽진 않지만 나는 화면에 번쩍이는 것이 없이는 살기 힘들다. 내 어두운 생각들을 잠재울 영상 없이는 가만히 앉아 있을 수가 없다. 소셜미디어는 희대의 시간 도둑이지만 믿기지 않을 정도로 중독성 강한 도피처이기도 하다.

 귀에서 휴대폰을 떼자마자 하얗게 빛나는 휴대폰 앱이 눈에 들어왔다. 나는 클로이의 홈 화면을 훔쳐봤다. 알림이 쉬지 않고 떴다. 초 단위로 배너가 떴다. 누가 인스타 게시물에 좋아요를 눌렀고 틱톡에 새 댓글이 달렸고 누가 사진에 태그를 했고…. 클로이는 이 넘치는 정보를 어떻게 감당했을까? 나는 과한 자극에 벌써 머리가 아팠다. 어쩌면 내가 너무 침묵에 익숙해져 있는 걸지도 모른다. 아침에 일어나면 유일한 알림인 알람만이 나를 맞이하니까.

 본능적으로 틱톡부터 열었다. 클로이의 잔상에서 벗어나기 위해서일 뿐이다. 그 험한 일을 겪었는데 이 정도는 누려도 되지 않나.

틱톡은 영상들이 (다소 개인적인) 알고리즘을 통해 생성되기 때문에 내가 즐겨 찾는 플랫폼이다. 내 피드에는 주로 자학썰이나 사람들이 부딪치고 넘어지며 난리를 떠는 슬랩스틱 코미디 영상 같은 짧은 콘텐츠가 주로 뜨는데 이런 건 어김없이 나를 웃겼다. 하지만 클로이의 틱톡은 그녀가 지루한 사람임을 알려줬다. 그녀의 추천 피드는 자신의 라이프스타일 콘텐츠를 따라 하는 영상들로 채워져 있었다. 간간이 틱톡 가짜 심리 치료사가 나타나 죄책감, 우울증, 부모 자녀 애착 관계 해결법을 주저리주저리 늘어놓았다. 나는 끙 신음 소리를 냈다. 나는 기분을 전환해줄 저속한 웃음거리를 찾고 있지 내 내면의 아이를 치유하려는 게 아니었다.

인스타그램을 열었다. 먼저 얼마나 많은 새 팔로워와 댓글, 좋아요를 얻었는지 보여주는 작은 그래픽이 보였다. 마지막 게시물이 올라온 게 2주 전이었는데도 여전히 항목별 (최대 표시 제한 숫자인) 100을 찍고 있었다. 소름이 끼쳤다. 이렇게 많은 사람과 관심의 한가운데 있는데도 그녀가 죽었다는 사실을 아무도 모르다니.

무정해 보이겠지만 이런 생각을 할 수밖에 없었다. 이제 클로이가 활동을 못하면 협찬금은 어떻게 되는 걸까? 그냥 한 푼도 못 받고 끝인 건가? 말도 안 된다. 클로이의 마지막 게시물은, 분석 페이지를 살펴보니 3백만 회가 넘게 노출되었다. 설령 그녀가 죽었다 해도 그 브랜드는 돈을 지불해야 한다. 대기업이 돈이 부족할 리도 없고 말이다.

순수한 호기심에 그녀의 DM을 열어봤다. 파란색 인증 배지 수만으로도 눈이 휘둥그레질 지경이었다. 동료 인플루언서부터 가수, 모델, 잡지사, 말 그대로 A급 유명인들까지.

요청 메시지 함을 클릭하자 그 방대한 양 때문에 로딩하는 데만 몇 초가 걸렸다.

그녀의 팔로워들에게서 온 수천 개의 DM이 관심을 호소하고 자기들이 얼마나 클로이를 사랑하는지 얼마나 많은 영감을 받았는지 떠들어댔다. 자기들의 성기 사진을 보고 싶은지 묻거나 사진을 그냥 보내버린 (다행히 앱에서 미리 블러 처리를 한) 남자들의 메시지가 몇백 개쯤 있었고 놀라우리만치 상세한 (그리고 이상하리만치 창의적인) 살해 협박도 일부 있었다. 상대적으로 덜 유명한 인플루언서들이 클로이와 접촉을 시도했다. 수백 개의 브랜드가 협업을 요청하고 있었다.

이메일도 열어보고 싶어 견딜 수가 없었다. 받은 메일 함에는 읽지 않은 메일이 2천 개가 넘게 와 있었다. 대부분 스팸 메일이었다. 나는 사이드바에서 그녀의 두 번째 계정을 찾아 필터링을 거친 메일을 보았다. 읽지 않은 메일은 다섯 개뿐이었다. 다른 메일들도 모두 자기 자리에 맞는 폴더에 들어가 있었다. 클로이는 깔끔했다.

최신 이메일은 케어코스메틱스에서 사흘 전에 온 것이었다.

제목: Re: 1월 결제 명세서

구미가 당겼다.

클릭했다.

안녕하세요, 클로이 씨!

최근 게시물과 릴스가 정말 좋았어요. 자세한 내역 확인해주셔서 감사합니다. 늘 그렇듯 저희는 클로이 씨의 다양한 콘텐츠 시도와 파급력에 놀랐어요. 계약에 따라 월말 결제 명세서를 보내드립니다. 첨부파일을 참조해주세요.

다음 달이 기다려지네요. 어떤 콘텐츠를 만들어주실지 정말 기대가 크답니다!

나도 모르게 PDF 파일을 로딩했다.

내 시선이 바로 **총액**에 꽂혔다. 나는 손으로 입을 틀어막았다.

화면을 확대했다. 순간 내 눈이 잘못됐나 했다. 아니었다. 그 숫자는 진짜였다.

4주 동안 인스타그램 릴스/틱톡 교차 게시물 하나와 일반 게시물 두 개를 올리고 클로이는 4만 5천 달러를 벌어들였다.

4만. 5천. 달러.

와우. 씨발. 이게. 뭐야?

내가 일 년을 꼬박 일해야 겨우 벌 수 있는 돈을 좆만 한 페이스 마스크 하나 쓰고 게시물 두세 개 올려서 번다고?

어떻게 이럴 수가 있지?

부러움에 안면이 일그러졌다. 세상이 너무 불공평해서 역겨웠다. 뭔가 부숴버리고 싶었다.

사생활 따위 개나 주라지. 어차피 죽었잖아. 나는 다른 이메일들을 스크롤해가며 첨부된 파일을 모조리 열어보았다.

몇 분 만에 스무 개의 결제 명세서를 보았다. 그중 1만 달러 이하짜리는 단 한 장도 없었다. 클로이는 한 달 만에 10만 달러가 넘는 협찬금을 긁어모았다. 거기엔 영상 한 편당 수천 달러씩 벌어들이는 그녀의 유튜브 채널은 포함되지도 않았다.

동네 끄트머리에 집 한 채 사주는 건 클로이에게 아무것도 아니었다. 정말 아무것도 아니었던 거다. 나는 한참 전에 그 집 가격을 검색해 보았다. 집은 27만 2천 달러에 매물로 나와 있었다. 클로이는 2, 3개월치 수입만으로 그 집을 살 수 있었을 거다. 그리고 그 한 시간짜리 *#감동주의* 영상에 끼워 넣은 밑도 끝도 없는 수십 개의 광고로 얼마나 벌어들였을지 내가 어떻게 알겠는가?

사실… 이젠 알 수 있다. 나는 그녀의 유튜브 애널리틱스에 접속해 3년 진까지 스크롤을 내렸다. 그리고 누적 수익금을 클릭했다. 5만 7천 달러. 흐음. 2천만 조회수면 이보다 훨씬 더 벌 줄 알았는데. 가만. 이게 다 무슨 소리야? 클로이는 내 약점을 이용해 만든 허접한 영상 하나로 내 연봉보다 더 큰 돈을 벌었다. 게다가 나한테는 한 푼도 주지 않았다! 이게 공평해?

맨션스케이프라는 앱이 그 영상의 중간 광고로 떴던 기억이 났다. (맨션스케이프를 통해 당신만의 집을 지을 수 있어요. 줄리처럼요. 중독성 있는 퍼즐을 맞춰 당신만의 가구를 디자인하고 손님들을 초대하세요! 클로이30 코드로 무료 맨션 코인 30개를 획득해 몰입감 넘치는 게임 플레이를 시작하세요. 이 영상의 일부를 협찬해주신 맨션스케이프에 감사를 전합니다.) 나는 '맨션스케이프'를 찾아 이메일을 뒤졌다. 삼 년 전 결제 명세서가 있었다. 인플루언서 코디네이터가 영상이 거둔 실적에 대해 지껄여대면서 2만 명이 넘는 사람들이 맨션스케이프를 다운로드하고 클로이의 코드를 사용했다고 했다.

명세서 금액은 12만 5천 달러에 달했다. 기본급이 7만 5천 달러이고 다운로드 수를 충족하면 대략 5만 달러의 인센티브가 지급되었다. 나는 너무 놀라 스크린에서 눈을 돌려야 했다. 어떻게 영상 하나로 그렇게 많은 돈을 벌 수 있지? 클로이가 아이디어를 제안했을 때부터 오고 간 이메일들을 읽어나가는 동안 충격은 점점 더 커졌다.

첨부된 유튜브 트렌딩 탭 분석에서 알 수 있듯 자선 관련 영상은 일반적으로 많은 시청자들의 호의를 얻고 있습니다. 여기에 게임 앱을 가장 많이 다운로드하는 8세에서 20세 사이의 연령층이 포함되어 있지요. 제 평소 콘텐츠와 달리 줄리의 중하류층 삶이 더 광범위한 시청자층의 긍정적이고 공감 가능한 참여를 이끌어낼 수 있다고 확신합니다. 규모가 큰 영상 제작인 만큼 제 투자금을 반영해 귀사의 예산 내에서 제 수익금 지분을 더 높여주실 수 있는지 알고 싶습니다.

감사합니다, 클로이 V.

그래 이거다. 진실이 여기 있었다.

나는 영상을 위한 소재일 뿐이었다. 광고를 위한 액세서리. 나는 아무것도 아니었다. 그냥 노리개에 불과했던 거다.

마음이 산산조각 났다.

갑자기 나는 울어버렸다. 클로이의 죽음 때문이 아니었다. 내가 잃은 것 때문에 울었다. 나는 순수하고 따뜻한 내가 될 수도 있었던 기회를 잃었으니까.

클로이가 처음 나를 찾았을 때 감사함에 벅차하던 내 모습이 떠올랐다. 그녀는 그저 나를 이용할 생각뿐이었는데. 그녀는 내 어린 시절의 별명인 주주가 나에게 미칠 영향을 알고 그걸 이용했다. 아기 돼지라는 말에 감동받고 감사해하던 나를 보면서 클로이는 속으로 웃었을까? 그녀가 전화했을 때 걱정했던 내가 슬펐다. 나는 그녀를 위해, 결코 돌려받지 못할 시간과 에너지를 모조리 쏟아부었다. 왜 그랬지? 그녀가 나를 전혀 신경 쓰지 않았다는 걸 알기 위해서? 난 1초도 나를 위한 적 없다는 걸 알기 위해서? 내가 팔로워에게 먹잇감으로 던져줄 우중충한 하층민의 표본이었단 걸 알기 위해서? 이게 무슨 빌어먹을 사건 전개란 말인가?

순수한 증오, 뜨겁고 악의에 찬 감정이 내 살과 근육을 휘휘 감았다. 클로이의 아파트로 들어가 가구란 가구를 모조리 뜯어버리고 싶었다. 명품 가방을 전부 잘라버리고 스킨케어 제품들을 온열 커버와 비데가 달린 우스꽝스러운 토토 변기에 넣고 물을 내려버리고 싶었다. 클로이는 물건도 부도 내 공감과 연민도 그 어떤 것도 가질 자격이 없었다. 그녀는 혐오스러운 인간이었다. 뼛속까지 이기적이고 자기애로 똘똘 뭉친 인간이었다. 그녀와 관련이 있다는 게, 그녀에 대해 긍정적인 기억을 가졌다는 것도 역겹게 느껴졌다.

나는 흐느꼈다. 주체할 수 없는 비명이 터져나왔다. 복도를 따라 문이 줄줄이 열렸다. 이웃들의 눈에 충격과 근심이 어렸다. 상관없었다. 나는 가슴 깊은 곳에서, 목구멍 저 뒤쪽에서 올라오는 비명을 마구 내질렀다.

어떤 손이 내 어깨를 잡았다. 나는 펄쩍 뛰었다.

라모스였다. 그 뒤로 경찰 한 명과 들것을 든 구급대원이 두 사람 보였다.

이제 곧 클로이를 싣고 갈 들것이었다.

10

 나는 눈물범벅에 퉁퉁 부은 눈으로 딸꾹질을 했다. 남의 일에 관심이 지대한 실크 가운 차림의 이웃들이 보였다. 한 남자의 휴대폰 카메라가 나를 향했다.

 "괜찮아요?" 라모스가 미간을 찌푸리며 고개를 갸웃했다.

 "아, 네." 나는 숨이 차서 웅얼거렸다.

 "사망자는 안에 있나요?" 구급대원이 물었다.

 나는 손톱을 물어뜯으며 고개를 끄덕였다.

 구급대원이 들것을 가지고 들어가자 경찰이 나를 옆으로 데려갔다. 경찰이 여자라 다행이었다. 마음이 좀 더 편안해졌다. 나는 경찰에게 사실을 이야기했다. 어쨌거나 핵심이 되는 내용을 말했다. 아파트로 들어가, 내 쌍둥이 자매의 시신을 보고, 신고 전화를 했다.

 경찰이 메모지에 내용을 휘갈겨 쓰면서 나를 힐끗거렸다. 그녀의 눈에 불꽃이 번쩍 튀었다. 거의 힐난하듯 날카로운 시선이었다. 그 시선에 불안해졌다. 내가 클로이의 죽음과 관련이 있다고 생각하나? 긴장감 탓인지 맥박이 빨라졌다. 나는 후드티 주머니 안에서 땀에 젖은 주먹을 쥐었다 폈다 했다. 손끝에 클로이의 반지가 느껴졌다.

"어떻게 사망하셨는지 알고 계시나요?" 경찰이 물었다.

나는 어깨를 으쓱했다. 그녀가 메모하는 걸 지켜보았다. 그녀가 다시 나를 쳐다봤다. 나는 내 피부에서 기어나가고 싶었다. 구조대원이 엘라빌 병을 내보이며 우리 쪽으로 왔다.

"이거 알아보시겠어요?"

주방 조리대 위에서 봤던 약이라 고개를 끄덕였다. 근데 왜 묻는 거지? 클로이가 과다복용했다고 생각하나?

"이거 아가씨 건가요?"

나는 클로이가 약을 과다복용했을지도 모른다는 생각에 심취해 아무 생각 없이 고개를 끄덕이고 말았다. 퍼뜩 그가 뭘 물었는지 깨달았을 땐 이미 다음 질문으로 넘어간 상태라 대답을 고칠 기회를 놓치고 말았다.

"자매분은 약물 남용 전력이 있었나요?"

머릿속으로 클로이와 약물 남용을 연관시킬 수가 없었다. 클로이는 스스로를 클린 걸이자 진저 샷과 셀러리 주스 옹호자이자 장내 미생물군 치유법 전달자로 묘사했다. 하지만 꾸며낸 진정성, 대중에 호소하기 위한 퍼포먼스적이고 통제된 정체성이 소셜미디어의 핵심 아니겠는가.

아까 냉장고를 열었을 때 본 술병들이 생각났다. 설마? 중독자였나?

충격적이었다. 완벽한 삶을 사는 줄 알았는데 화면 뒤에선 우리 둘 다 서로 다른 방식으로 부서져 있었던 거다.

"잘 모르겠어요. 원래 뭘 정말 잘 감추는 편이라서요. 정말로… 그게… 과다복용 때문인가요?"

"확실히 말씀드릴 순 없어요. 삼환계 항우울제 과다복용으로 사망하기는 힘들거든요." 그가 약병을 흔들어 보였다. "발작 가능성이 높은 기존 질환이 있는 게 아니라면요."

"발작이라고요?"

그 단어가 너무 충격적이어서 갑자기 코르셋이 갈비뼈를 죄어오는 느낌이었다.

"기도에 거품이 있었습니다. 삼환계 항우울제 과다복용 케이스에서는 보기 드문 현상이지요. 발작을 일으키지 않았다면요."

나는 팔짱을 껴 떨리는 팔꿈치를 잡았다. 클로이가 전화했을 때가 떠올랐다. 컥컥거리던, 숨이 막힌 듯한 신음.

"혹시 뇌전증이나 심장질환 같은 게 있었나요?"

"그럴 수도 있겠지만, 저는 몰라요."

클로이의 목소리가 머릿속을 비집고 들어왔다. 실수야. 실수로 약을 너무 많이 삼켜버렸나? 아니면 그럴 의도로 삼켰는데 후회했나? 만약 그랬다면 왜 911에 전화하지 않았지? 클로이는 미안하다고 했다. 확실히 들었다. 뭘 사과한 거지?

구조대원과 경찰과 라모스가 나를 쳐다봤다. 누가 나에게 질문을 했는데 내가 생각에 빠져 못 들은 듯했다. 사과하려는데 구조대원이 말했다.

"충격을 받으신 것 같군요. 잠깐 심호흡하실 시간을 드릴게요. 자매분의 신분증이 어디 있는지 아세요? 보고서를 써야 해서요."

"아, 아마도 집에 있을 거예요."

"주방 조리대 위에 배낭이 있던데 소지품들이 거기 들어 있나요?"

경찰이 내 배낭을 가리켰다.

내 신분증.

세상이 잠깐 고요해졌다. 내 목구멍에 뭔가 걸린 듯했다.

"미스 반 후센?" 라모스가 내 눈앞에서 손을 흔들었다. 그의 말이 귀에 울려 퍼졌다.

미스 반 후센.

순간, 어처구니없는 아이디어가 떠올랐다.

너무나도 잘못됐지만 너무나도 유혹적이었다. 마치 우연히 선홍색 화재경보기를 발견하고 손잡이를 당기고 싶은 충동을 억누를 수 없는 것처럼.

그녀의 아파트를 들여다보자니 시간이 느리게 흐르는 듯했다. 고급스러운 바닥, 티 하나 없이 깨끗한 소파, 값비싼 보석들. 클로이의 삶이 이렇게 헛되이 버려지는 게 옳은 일일까? 수많은 사람들이 목숨 걸고 살고 싶어할 그녀의 삶을 또 다른 무덤이 되게 하는 게? 오늘 밤 내가 줄리로서 이 자리를 떠난다면 나에겐 아무것도 없다. 썩어가는 집. 막다른 길에 다다른 직장, 텅 빈 은행 계좌. 미래도 없고 친구도 없고 나를 신경도 안 쓰는 이모와 사촌을 빼고는 가족도 없다. 심지어 이제는 분노를 쏟아부을 못돼 처먹은 자매도 없다.

반면, 클로이는 모든 것을 다 가졌다. 그녀의 삶은 내가 바랐던 모든 것, 아니 그 이상이다. 던져버리기엔, 세상에서 잊히기엔 너무 귀중하다. 내가 클로이였다면 정말 많은 것을 할 수 있었을 거다. 그녀보다 훨씬 더 많은 일을 할 수 있었을 거다. 그녀가 가진 것을 가졌다면 세상을 더 나은 곳으로 만들 수도 있었다. 그녀의 자산을 자선단체에 기부하고 기금을 모금하고 협찬받은 모든 것들을 도움이 필요한 이들에게 기부할 수 있었을 것이다. 바보 같은 영상을 만드는 대신 말이다.

나는 자격이 있다. 그렇지 않은가? 내가 아무것도 없이 허덕이는 동안 클로이는 모든 것을 가졌다. 숙명적인 정의의 심판이 내 앞에서 펼쳐지는 것 아닐까? 내가 겪은 고통에 대한 보상이 번쩍번쩍 빛나는 인플루언서의 삶이라는 새로운 형태로 찾아온 것이다. 심지어 원한 적도 없다. 세상이 퍼즐 조각을 내 손바닥 위에 올려놓고 맞춰보라고 유혹하고 있을 뿐. 어쩌면 클로이의 마지막 사과일지도 모른다. 사랑하는 쌍둥이 자매를 위한 그녀의 마지막 선물. 그녀의 인생.

그녀도 이러길 바랄 것이다. 나를 위해. 가족을 위해. 분명히.

분명히 그럴 거다.

"미스 반 후센?" 라모스가 다시 불렀다.

이건 라모스 탓이다. 진짜로. 그의 말이 모든 것을 확정 지었다.

대답하는데 숨을 쉬기 힘들었다. 거짓말을 하는 동안 심장이 미친 듯이 뛰었다.

"그, 그럴 거예요. 항상 앞주머니에 지갑을 넣고 다니거든요."

경찰은 더 물어보지도 않고 안으로 들어가 지갑을 가지고 왔다. 그리고 클로이의 신분증이 맞는지 확인하려고 나에게 물었다.

"줄리 챈?"

고개를 끄덕였다. 내 목의 관절 하나하나가 뚜두둑 소리를 내며 구부러졌다.

경찰이 신분증 사진을 힐끔 본 다음 나를 봤다. 거짓말인 줄 아는 걸까? 대체로 클로이가 더 세련되어 보인다는 건 알지만 시체에 비한다면 내 모습이 괜찮아 보여야 했다. 아닌가?

나는 입술을 깨물었다. 아직 늦지 않았다. 모든 것을 되돌릴 수 있다. 혼란스러워서 그랬다고, 나는 클로이가 아니라 줄리라고 말하면 된다. 이 길을 갈 필요가 없다. 모든 것이 내 손을 벗어나기 전에 멈추면 된다.

"그리고 당신은…" 경찰이 입을 열었다.

진실을 말해야 한다. 지금 당장. 들키기 전에.

"클로이 반 후센이고요, 그렇죠? 이 말은 하지 말아야겠지만 그게…" 경찰이 어색하게 키득거렸다. "대학 때부터 쭉 봐 왔어요."

나는 입이 떡 벌어지려는 걸 막으려 이를 꽉 깨물었다. 그래서 계속 힐끔거렸구나. 의심스러워서가 아니었다. 그녀는 팬이었던 거다. 그녀의 눈이 마치 팬미팅에서 우상을 마주한 것처럼, 벽 너머에 시체 따위는 없다는 듯 반짝거렸다.

"쌍둥이 자매를 계속 공개하지 않는 이유가 궁금했는데 이제 알겠네요. 만약 제 동생이 이런 일을 겪고 있다면 저도 동생이 주목받기를 바라지 않았을 거예요."

"아…."

경찰이 눈을 감고 고개를 저었다.

"죄송해요. 너무 프로답지 못했어요. 제가 왜 그랬는지 모르겠네요. 저는 그냥… 동생분의 명복을 빕니다."

나는 이 상황을 어떻게 받아들여야 할지 알 수가 없었다. 대체 무슨 일이 벌어지는 거야?

"얼마나 힘드실지 알지만 제대로 진행되는지 확인하기 위해 보고서를 써야 하거든요. 몇 가지 더 여쭤봐도 될까요?"

"다, 당연하죠."

심장이 쿵쿵거렸다. 내 안의 일부가 사실을 말하라고 소리쳤다. 하지만 어떻게 경찰에게 마룻바닥 위의 시체가 그녀의 인터넷 우상이라 말하지? 어떻게 뒤탈 없이 내 거짓을 고백할 수 있지? 경찰이 신분 위조라며 허리춤에서 수갑을 꺼내 내 손목에 채우고 감옥으로 끌고 가면 어떡하지?

하지만 경찰은 분명 나를, 그러니까 클로이를 동정하고 있었다. 그녀는 무의식적으로 내 쌍둥이의 얼굴을 가진 누군가를 믿을 준비가 되어 있었다. 어쩌면, 정말 어쩌면 그 점을 이용할 수 있을지도 모른다. 일이 다 탄로되지 않게 막을 수 있을 것 같았다.

"동생분이 여기 있은 지 좀 된 것 같은데. 왜 더 일찍 신고하지 않으셨어요? 집에 안 계셨어요?"

나는 침을 꿀꺽 삼켰다. 클로이라면 뭐라고 했을까? 클로이는 뭘 하고 있었을까?

"아, 저는 휴가 중이었어요."

경찰이 고개를 끄덕였다.

"그럴 것 같았어요."

땀이 등줄기를 타고 내렸다.

"그게, 음, 쉬는 동안 도시를 좀 벗어나고 싶었어요. 모든 스트레스에서… 벗어나고 싶어서. 그래서 동생이 절 위해 집을 봐준 거예요."

나는 줄리라는 이름을 말할 수 없었다. 너무 잘못된 느낌이 들었기 때문이다.

"햄프턴에 있는 집에 가셨어요?"

맙소사. 이 경찰은 진짜 열렬한 팬이었구나. 클로이의 여름 브이로그를 모조리 시청한 게 분명하다. 자기도 모르는 사이 나를 돕는 이야기를 만드는 거다. 경찰이 날 믿는다는 사실에 기대면 되겠다. 이건 행운 그 이상이다. 기적이다.

나는 고개를 끄덕였다. 경찰이 자기 수첩에 메모했다.

"만에 하나 저희가 조사해야 할 경우를 대비해야 해서요. 혹시 여행을 증명할 기록 같은 게 있나요?"

"음…." 이런, 망할. 생각해. 생각해. *생각하라고!* "택시를 탔어요. 현금으로 지불했고요. 실수로 제 위치가 유출되는 게 싫었거든요."

그녀가 한숨을 푹 쉬었다.

"이해해요. 팬들이 유명인 집에 들이닥치거나 라이브 방송 중에 허위 신고로 경찰 기동대가 출동하는 일이 얼마나 많은지 아시면 깜짝 놀라실 거예요. 사생팬들이 정말 많다니까요. 그런 어려움을 다 겪으셔야 하다니 마음이 아프네요. 혹시 햄프턴에 계셨단 걸 확인해줄 사람은 없나요?"

"어, 없어요. 사람들의 시선을 벗어나고 싶어서 거기 갔으니까요. 혼자 있고 싶어서요."

이어지는 질문에 마음이 불안해졌다. 멈출 새도 없이 질문이 튀어나왔다.

"지금 제가 의심받고 있는 건가요?"

"그저 현장 조사를 하는 것뿐이에요. 대부분 의례적인 질문이고요." 그녀가 시선을 마주쳤다. "살인의 징후가 있지 않은 한은요."

눈이 번쩍 뜨였다.

"살인이라고요? 약물 과다복용 아니었나요?"

"동생분의 중독이나 약물 문제 전력을 모르시기 때문에 확인을 위해 부검해야 할지도 몰라요."

맙소사. 부검하면 안 돼. 진짜 클로이란 걸 알아내면 어떡해? 그럼 나는 어떻게 되는 거냐고!

"걱정 끼쳐드리고 싶지 않아요. 살인 징후가 있다는 소리는 아니에요." 경찰이 말을 이었다. "우리는 그저 확실히 하고 싶어서…."

"제가 거짓말을 했어요!"

"네?"

"제가…." 목구멍이 막혔다. 너무 당황해서 딸꾹질이 났다. "제가 거짓말 했어요. 동생은 중독 전력이 있어요."

맙소사, 나 지금 무슨 소리 중이지? 뭔 소리 하는 거냐고! 하지만 멈출 수 없었다. 나는 필사적으로 내가 한 짓을 감춰야 했다. 더는 곤란해지고 싶지 않았다.

"저는 동생을 보호하는 데 익숙해요. 그러다 보니… 습관적으로 거짓말을 했어요. 죄송해요."

눈물이 뺨을 타고 흘러 턱 아래로 뚝뚝 떨어졌다. 내 쌍둥이 자매를 잃었다는 슬픔 때문인지, 들키는 것이 두려워서인지, 거짓의 길을 질주한다는 죄책감 때문인지 알 수가 없었다. 아마 전부일 것이다. 공포의 순간, 단 한 번의 거짓말이 내 안에 닫혀 있던 수문을 열었다. 나는 쏟아져 나오는 물길에서 헤엄쳐 나올 수 없었다.

"최근에 동생은 여러 문제로 힘들어했어요. 직장에서 물건을 훔치다 걸리는 바람에 해고될지도 모르는데 가족이나 친구들의 도움을 받지도 못할 상황이었어요. 그리고 전에 이런 말을 하더라고요. 고등학교 때 자살 충동이 있어서 경찰이 출동한 적이 있었다고요."

경찰은 내가 흐느끼는 사이사이 내뱉는 단어를 모조리 기록했다. 잘못된 행동의 역사. 일탈의 개요. 전부 사실이었다. 그래서 모든 것을 쉽게 털어놓았는지도 모른다. 나는 생각하지도 않고 술술 읊어댔다. 어쩌면 지금껏 내 짐을 고백하고 싶어서 누군가 물어봐 주기를, 누가 들어주기를 기다려왔는지도 몰랐다.

"동생은 절망했고 길을 잃은 상태였어요. 그리고 너무너무 우울해 보였어요. 그저 기계적으로 움직이는 것 같았죠. 저는 동생한테 머물 곳을 주면 나아질 줄 알았어요. 그런데 생각을 못 했어요. 제 약을 생각 못 한 거예요. 그리고 이제 동생이 죽어버렸어요!" 나는 또다시 울음을 터뜨렸다. "너무 죄책감이 들어요. 저는 어떻게 해야 하죠? 제가 다 망쳤어요! 제가 모든 걸 망친 거예요!" 나는 정말 망가졌다. 어떻게 이렇게 계속 거짓말을 할 수 있지? 나 왜 이러지?

목에 뭔가 걸린 느낌이었다. 들이마신 공기가 폐로 들어가려고 사투를 벌였다. 손끝이 저릿저릿했다. 눈앞에 별들이 어른거렸다.

"괜찮아요." 경찰이 내 등을 토닥여주었다. "호흡하세요. 더 이상 말하지 않아도 돼요. 이해합니다."

나는 그녀의 얼굴을 자세히 보았다. 연민에 사로잡힌 그 촉촉한 눈을 보는 순간 내가 해냈다는 걸 깨달았다. 그녀는 내 말을 진실로 받아들이고 내가 쏟아낸 말들을 포도알 삼키듯 먹어치웠다.

그녀는 나를 믿었다.

그녀는 내가 클로이라고 믿었다.

주먹 안에 단단히 쥐었던, 내 마음을 안정시켜주던 그 차가운 반지가 이제는 땀으로 축축한 손바닥 안에서 따뜻해져 있었다. 나는 반지를 집게손가락에 밀어넣었다. 원래 내 반지였던 것처럼 쏙 들어갔다.

"오늘 밤 곁에서 지켜봐줄 분이 있나요?"

"네, 여기 제 가족이 있어요."

너무나 자연스럽게 대답이 흘러나왔다. 생각할 필요도 없었다. 마치 클로이의 영혼이 내 안에 기어들어 내 턱의 힘줄을 잡아당기고 목구멍 밖으로 말을 내보내는 것 같았다.

구조대원들이 얼굴과 몸을 담요로 가린 클로이를 싣고 나왔다. 그녀가 엘리베이터 문 뒤로 사라졌다. 그렇게, 그녀는 가버렸다.

그 자리에 남아 있던 경찰이 이제 신분증의 정보를 옮겨 적기만 하면 된다고 부드러운 목소리로 알려주었다. 생년월일과 주소와 기타사항들.

그녀는 줄리 챈 이야기의 결말을 쓰고 있었다.

그리고 내 이야기의 서막을 알리고 있었다.

11

그날 밤 호텔에 묵었다.

넋을 놓은 채 샤워했다. 따뜻한 물이 맨살에 흩뿌려지고 물방울이 허벅지를 타고 떨어지고 증기가 피어올랐다. 샴푸에서 복숭아와 서양배 향이 났다. 그 향은 머리카락과 두피에 배어 너무 익어버린 과일처럼 역겨울 정도로 달콤한 냄새가 났다. 거의 썩는 듯한 냄새였다. 꼭… 클로이의 시체 냄새 같은. 입을 다물고 숨을 참았다. 하지만 그 냄새는 이미 콧구멍을 통과해 목구멍으로 들어가 끈적끈적한 시럽처럼 내 안에 달라붙었다. 나는 웩웩거리며 미친 듯이 샴푸를 헹궈냈다. 발작적인 몸부림에 비누 거품이 이마를 타고 내려 눈꺼풀과 각막 사이의 얇은 피부로 들어갔다. 눈이 따끔거리고 화끈거렸다. 눈에 물을 끼얹고 비볐다. 냄새는 악착같이 달라붙어 사라지지 않았다.

아무리 애를 써도 없앨 수가 없었다. 그 화끈거림. 그 냄새.

클로이의 냄새.

클로이. 클로이. 클로이.

나는 머리에 서걱거리는 비눗방울을 그대로 달고 샤워실을 걸어 나와 수건으로 몸을 감쌌다. 그리고 흠뻑 젖은 강아지처럼 떨면서 지난 몇 시간 동안 내가 했던 모든 끔찍한 결정을 복기하며 그 자리에 서 있었다.

언니가, 내 쌍둥이 자매가 죽었다. 그리고…

나는 언니의 삶을 훔쳤다.

그녀의 자리를 차지했다.

모든 것을 뺏었다.

아까 낀 반지가 갑자기 너무 꽉 끼고 너무 뜨겁게 느껴졌다. 그것은 내 잘못이 얼마나 큰지, 내 잔혹함이 얼마나 심각한지를 증명하는 불타는 표식 같았다. 나는 반지를 비틀어 빼 던져버렸다. 타일에 부딪친 반지는 보이지 않는 어딘가에 떨어져 쨍그랑거렸다.

내가 왜 이걸 해냈다고 생각했지? 클로이 말이라면 무조건 믿어버리는 무능한 경찰은 그럭저럭 속여넘겼다 치더라도 세상 사람들을 모두 속일 수 있을까? 클로이를 아는 사람들은 반드시 알아낼 거다.

반 후센 부부.

그들이 내가 자기들 딸이 아닌 걸 알게 되면? 그들이 경찰에 신고하면? 나는 감옥에 가게 될까? 뉴욕주에 사형제도가 있었나?

그리고 클로이. 나를 내치고 진심으로 나를 신경 쓴 적이 없다 해도 그녀는 여전히 내 자매, 내 가족이었다. 그런데 내가 어떻게 그렇게 끔찍한 짓을 저지를 수 있었지? 어떻게 그렇게 바보 같은 짓을 저지를 수 있었지?

대체 왜 그랬을까?

오, 주여. 오, 주여. 오오오, 주여.

나는 침대로 기어들어갔다. 젖은 머리카락이 새하얀 시트에 척척 들러붙었다. 나는 작은 공처럼 몸을 웅크리고 흐느꼈다. 지독하게 외롭고 무서웠다. 그 모든 게 다 악몽이기를 기도했다. 잠들었다 깨어나면 모든 것이 괜찮아지기를 기도했다. 클로이는 살아 있고 나는 아무 잘못도 저지르지 않았기를.

그 모든 일에 지쳐 기절하듯 잠들기까지 얼마나 오래 울었는지 모르겠다.

*

울려 퍼지는 알림 소리에 잠을 깼다. *띠링. 띠링. 띠링. 띠링.* 휴대폰이 울렸다. 내, 그러니까 클로이의 휴대폰이 테이블 끝에서 진동하다 바닥으로 쿵 떨어졌다.

나는 화면을 쳐다보았다. 누가 클로이에게 연락하고 있었다. 나는 머리 위에 베개를 덮어 소리를 죽여보려 했다. 전화는 끊기자마자 또다시 걸려 왔다.

클로이가 이 사람의 전화를 항상 받았으면 어떡하지? 그럼 받아야지. 안 그러면 뭔가 잘못되었다고 생각할 것이다.

정신이 번쩍 들어 휴대폰을 똑바로 잡고 눈을 가늘게 뜨고 밝은 화면을 봤다. 9:04AM. 암막 커튼 사이로 가느다란 빛이 새어 들어와 벽에 새하얀 빛줄기를 드리웠다.

나는 소셜미디어에서 온 메시지는 다 무시하고 문자 메시지를 읽었다. 전부 피오나에게서 온 것이었다. 피오나는 클로이가 각 회사에 메일을 보낼 때 참조로 추가했던 인물이었다. 매니저나 비서 같았다.

문자 메시지를 클릭했다.

7:08AM 안녕 클로이! 필라테스 잘 하고 있지? 쉬니까 꼭 필요한 일 아니면 연락하지 말라고 한 거 아는데 이건 꼭 필요한 일이야.

그래, 클로이는 휴가 중이었던 거다. 그나저나 얼마나 미쳐야 아침 일곱시에 필라테스를 할 수 있지?

7:09AM 네 영상이 레딧에서 난리가 났어. 인스타 팔로워는 1만 명 떨어져 나갔고!!! 여기서 굿 뉴스는 네가 커뮤니티를 들썩일 급이라는 거!!!

나는 인상을 찌푸렸다. 무슨 영상?

7:35AM 헤이?

8:01AM 영상이 탄력받고 있어. 틱톡이랑 인스타그램에도 올라왔고. 네 이웃한테 영상 내리라고 연락 중이야. 전화 줘! 진짜 비상이야!!!

이웃? 아, 생각났다.

내가 복도에서 무너져 내렸을 때 나를 촬영했던 남자.

클로이의 휴대폰에 레딧이 없어서 나는 앱 스토어에서 앱을 다운받았다. 페이스 아이디가 내 얼굴을 인식한다는 사실이 여하튼, 여전히 놀라웠다.

다운로드를 하는 사이 계속 문자를 읽어나갔다.

8:55AM 네 아파트 갔는데 대답이 없어서 여분 열쇠를 썼어. 그나저나 악취가 완전 진동하더라. (청소업체는 불러뒀어. 고맙다고? 별말씀을.) 필라테스 스튜디오에 전화했더니 안 왔다던데? 괜찮아? 전화 줘.

여분 열쇠가 있다면 둘은 분명 가까운 사이다. 좋지 않은 상황이다. 피오나가 진실을 알게 되면 어떡하지?

9:00AM 클로이, 이러지 마. 재미없어.
9:00AM 연락 줘.
9:00AM 살아 있긴 한 거야?

9:04AM 방금 안내데스크 아저씨랑 이야기했어. 쌍둥이 자매가 네 아파트에서 죽었다고? 대환장 파티. 루저라 하지 않았어? 연락 안 하는 줄 알았는데. 그 여자가 왜 네 집에 있었는데? 전화 좀!!

9:04AM **만약** 그게 사실이면 알려줘.

9:04AM 이용해볼 수 있겠어.

9:05AM 야, 클로이?

마지막 문자까지 읽었을 때 맥박이 펄떡펄떡 뛰었다. 놀랍게도, 웃음이 나왔다. *루저라 하지 않았어?* 놀랍지도 않았다. 피오나의 문자는 클로이가 나를 전혀 신경 쓰지 않았다는 사실을 확인해주었다. 눈곱만큼도 신경 쓰지 않았던 거다.

나는 레딧에 들어가 계정에 로그인했다. 내 영상이 커뮤니티 첫 페이지에 떠 있었다. 벨벳 카펫이 깔린 복도의 베이지색 벽면에 기대어 웅크린 나. 클로이 반 후센, 뉴욕에서 난리 치다.

침을 꿀꺽 삼키고 재생 버튼을 눌렀다. 영상은 멀리서 시작되었지만 천천히 줌인되었다. 나는 이성을 잃은 상태였다. 약에 취한 것처럼 보였다. 흐느끼고 비명을 질러댄 건 기억났지만 주먹으로 바닥을 치고 벽에 머리를 들이받은 기억은 나지 않았다. 영상은 5분 분량이었지만 38초에서 정지 버튼을 눌렀다. 수치스러웠다. 댓글을 보았다.

클로이는 진짜 유명한 인플루언서야. 고등학교 때 뷰티 튜토리얼을 자주 봤었는데. 대체 무슨 일이 있었던 거야?

    ┗ 특권의식은 사람을 망치는 법.

    ┗ 클로이 콘셉트는 긍정 마인드 아니었어?

    ┗ 저게 놀라워? 저런 인플루언서 팔이들을 믿는 게 바보지. 저거들은 사회의 기생충이야.

    ┗ 가짜 약팔이들.

    ┗ 저거들은 -> 저것들은

지독하고 악의에 찬 댓글을 하나하나 읽어나가는 사이 숨이 가빠지고 정신이 하나도 없었다. 사람들이 나를 어떻게 생각하는지 확인하고, 잔인한 댓글과 혐오에 찬 문장을 일일이 읽어나가는 건 뭔가 중독적이었다. 나는 분노로 가득 차 참교육을 시키겠다는 일념으로 한 유저에게 답글을 달려고 했다. 막 손가락을 움직이려는 찰나 피오나에게 다시 전화가 왔다.

❶❷

놀라서 휴대폰을 떨어뜨렸다.

화면에 뜬 발신자, 피오나의 이름이 어둑한 호텔 방에서 깜박거렸다.

받아야 할까?

상황을 분명히 하기 위해서라도 받아야 했다.

전화를 받았는데 내가 클로이가 아닌 걸 눈치채면 어떡하지?

그렇다고 안 받으면 더 수상하게 여기지 않을까?

나는 생각이 꼬리에 꼬리를 물고 늘어지기 전에 바로 전화를 집어 들었다.

"여, 여보세요?"

"장난해?"

피오나의 날카로운 목소리가 내 고막을 강타했다. 나는 움찔하며 볼륨을 줄였다.

"이때까지 뭐 했던 거야? 내가 비상사태라 했잖아. 우린 진짜로 입장을 발표해야 돼. 정말 네 쌍둥이가, 그러니까, 죽어서 그랬던 거야? 만약 그렇다면 확실히 하기 위해 입장문을 올려야 해. 내가 노트에 대충 끄적여봤어."

휴대폰이 띠링 울렸다. 피오나가 보낸 문자 같았다.

다행이다. 피오나는 아직 눈치채지 못했다.

"여보세요? 클로이, 지구로 귀환해! 정신 차리라고!"

"아, 응. 그래, 보낸 거 볼게."

침묵.

"그래서… 죽었어, 안 죽었어? 네 쌍둥이 동생 말이야."

입이 바짝바짝 마르고 심장이 두방망이질 쳤다.

"죽었어."

또 다른 사람에게 거짓말을 했다. 줄리의 관에 또 다른 못을 박았다. 나는 아주아주 깊이 잠수했고 그곳에는 빠져나갈 길이 없었다. 가라앉거나 헤엄을 치거나 둘 중 하나였다. 피오나가 한숨을 푹 쉬었다.

"클로이, 어쩌다 그런 일이. 정말 마음 아프다. 진짜 말 그대로 마음이 아파. 솔직히, 진짜, 진심으로 너무 슬프다."

나는 그녀가 실제로 슬픈지 아닌지 구분하기 힘들었다.

"근데 솔직히, 명복을 빌기는 하지만… 좀 놀랐어. 그 영상 이후로 네가 연락을 끊은 줄 알았거든. 걔는 네 아파트에서 뭘 하고 있었던 거래?"

나는 침을 꿀꺽 삼켰다. "말하자면 길어."

피오나는 말하자면 긴 그 이야기를 기다릴 뿐 아무 말도 하지 않았다. 나는 이야기를 지어냈다. 납득시킬 수 있게 애를 써가며.

"우, 우리는 한동안 연락하지 않았어. 근데, 어, 너도 알다시피, 줄리는 항상 찰거머리 같았잖아."

"완전."

흐음. 속이 쓰리다.

"예고도 없이 불쑥 나타났더라고. 내 생각에… 부모님 기일이라 위로 받고싶었던 것 같아."

부모님은 밝고 무더운 여름날 아침에 사망했다. 바람이 쌩쌩 부는 겨울이 아니라. 나는 피오나가 그런 자세한 내용까지는 모르길 바랐다.

"그날이 네 부모님 기일이라고 말해준 적 없잖아."

아오, 진짜.

"맞아. 그게, 너도 알다시피, 극복하려고 애쓰고 있어서 말이야."

사실이었다. 사람들은 슬픔이 갈수록 수월해진다고 말하지만 결코 그렇지 않다. 나는 만약 부모님이 살아 있었다면 어땠을까 하는 생각에 시달렸다. 그랬다면 이런 엉망진창인 상황에 처하지 않았을 테고 클로이와 나는 진짜 자매처럼 가까웠을 거다.

"계속 생각하면 난 치유되지 못할 거야. 그건 오래된 상처를 할퀴는 것과 비슷하거든."

"우와! 그 대사 환상적이다!"

그녀의 손톱이 휴대폰 화면에 타닥타닥 부딪치는 소리가 들렸다.

"입장문 초안 보냈어."

내 휴대폰이 띠링 울렸다.

"마음에 들 거야. 좀 전에 네가 한 말을 집어넣었어. 그리고 나도, 쌍둥이 뭐 그런 거랑 다른 줄은 알지만, 우리 할머니가 돌아가셨을 때 진짜, 너무, 너무, 너무 슬펐던 기억이 나거든. 그때 유일하게 도움됐던 게 일터로 돌아가는 거였어. 그러니까, 하루하루를 열심히 사는 것 말이야." 피오나가 웃었다. 완벽한 비음이었다. "그건 그렇고. 내일 행사 분위기 좀 살펴봐줄래?"

"행사?"

"벨라 마리 브랜드 론칭 파티 말이야. 너 휴가 가기 전에 참석한다고 해서 아직 명단에 있어. 애도할 시간이 필요하다면 충분히 이해하지만 거기 가면 인맥 쌓을 만한 사람들이 정말 많을 거야. 그래도 부담 갖진 마. 벨라 마리도 이해해줄 거야."

벨라 마리. 설마 그 벨라 마리는 아니겠지?

나는 통화를 스피커폰으로 돌리고 인스타그램을 뒤졌다. 내가 'B'를 치자마자 그녀의 이름 @bellamarie가 떴다. 서로 팔로우하고 있기 때문이었다.

벨라 마리 멜니버그는 인스타그램에만 3천2백만 팔로워를 보유했다. 나는 그녀를 단번에 알아봤다. 그녀의 투명할 정도로 창백한 피부, 낭창낭창한 몸, 백발에 가까운 금발. 커다랗고 파란 눈, 도톰한 입술, 작고 완벽한 코, 살짝 벌어진 치아까지. 그녀를 보자 침이 꿀꺽 넘어가고 뱃속이 울렁거렸다. 마음 한구석에 밀어뒀던 부끄러운 기억이 갑자기 떠올랐다. 나는 중학교 때, 텀블러에서 타의 추종을 불허하는 인기를 누리던 그녀에게 빠져 있었다. 그녀는 패션부터 섭식장애, 여행에 이르기까지 모든 '소녀'의 영역을 차지했다. 스크롤을 하고 있으면 10초가 멀다 하고 그녀의 창백하고 막대기처럼 마른 몸이 피드에 떴다. (나는 모든 사진을 리블로그했다.) 열세 살에 벨라 마리는 윔블던에 스카우트되었다. 십대 후반에는 프라다, 펜디, 디올 무대에 섰고 《보그》《얼루어》를 비롯해 모든 십대 소녀의 핀터레스트 보드에 등장했다. 하지만 그건 빙산의 일각에 불과했다. 그녀는 단순한 모델이자 잇걸이 아니었다. 그녀는 근본적으로 특권계급이었다. 그녀의 아버지는 러시아의 과두정치인이었고 어머니는 유명한 프랑스 귀족 출신으로 체조선수에서 모델이 되었다가 영화배우가 된 인물이었다. 그녀의 어머니는 남편이 죽은 뒤 중독에 빠져 그 후로 재활원에서 지내고 있었다. 가끔 그런 세세한 이야기가 벨라 마리의 흠잡을 데 없는 완벽한 삶을 좀 더 현실적으로 보이게 하려고 만든 의도된 얼룩처럼 보이기도 했다. 어쨌거나 중요한 사실은 벨라 마리가 부자라는 점이었다. 금수저. 바나나 하나에 50달러를 내더라도 눈도 깜짝하지 않을 부자. 그녀는 항상 전용기에 금발 모델들이나 식스팩으로 무장한 운동선수 남자친구들을 돌려가며 태웠다. 어느 밤은 파리에서, 다음 날은 발리에서. 그녀의 완벽한 콧등은 햇볕에 그을린 장밋빛 자국이 발그레하게 물들어 있었다.

그녀는 모든 것을 가졌다.

나는 그녀를 원했다. 그리고 그녀가 되고 싶었다.

"클로…, 내가 벨라 마리의 행사에 초대되었다고?"

"엥, 뭐야? 벨라도나들이 안 가면 누가 간다고 그래."

벨라도나? 더 묻고 싶었지만 의심을 살까 봐 겁이 났다.

"아 그래. 동생이 죽어서 머리가 어떻게 됐나 봐."

"어휴. 슬프다…. 근데 어때? 갈 수 있을 것 같아? 안 되겠으면 벨라 마리의 비서한테 연락해서 알려줘야 해."

생각해봤다. 벨라 마리다. 중학생 줄리였다면 미친 듯이 흥분했을 거다. 그리고 솔직히 어른 줄리도 살짝 흥분되긴 했다.

쌍둥이 자매가 죽자마자 행사 참석이라니, 끔찍한 아이디어다. 그곳엔 클로이를 아는 사람들이 가득할 거다. 가짜 냄새를 맡을 수 있는 사람들. 피가 흥건한 등심 스테이크로 분장하고 호랑이 굴에 들어가는 꼴이다.

하지만… 벨라 마리잖아.

내가 죽었다면 클로이는 어떻게 행동했을까?

그녀는 나를 루저라 여겼다. 찰거머리라 생각했다.

그녀는 영상을 만들 수만 있다면 내가 말라 죽어도 개의치 않았을 거다.

클로이라면 갔겠지.

"갈게." 내가 말했다.

"좋아! 초대장 다시 보낼게. 네가 잃어버렸을 경우를 대비해서. 아, 맞다, 줄리는 어떻게 죽었어?"

"약물 과다복용."

"그럴 줄 알았어."

나는 그 대답이 싫었다. 그럴 줄 알았다니. 나는 피오나가 더 말할 틈을 주지 않고 전화를 끊었다.

❶❸

피오나가 만든 입장문은 기가 막혔다.

클로이가 나한테 했던 말들도 피오나가 써준 건가? 나는 그 문제에 대해선 조사하지 않기로 했다. 클로이가 한 몇 마디 말들은 진심이라 믿고 싶었다.

몇 가지 세부 사항(주로 부모님의 기일과 관련한 내용으로 누가 사실을 캐내어 거짓말이라 떠들고 다닐까 봐)을 수정한 뒤에 내 노트 앱을 스크린샷으로 찍어 게시했다.

이제 세상에 알려졌다. 줄리 챈은 죽었다. 클로이 반 후센은 슬픔에 빠졌다.

모두 이 스토리를 사랑한다.

*

안녕하세요.

여기저기 돌아다니는 제 영상에 대해 말씀드리려 합니다. 허락 없이 촬영되고 맥락 없이 올려진 그 영상에는 아파트 앞에서 울고 있는 제 모습이 담겼습니다. 불쾌감을 느끼신 분들께 진심으로 사죄드립니다. 분명히 말씀드리지만 저는 마약을 하지 않습니다. 하지만 그때는 정신적으로 무너진 상태였습니다.

저는 아무리 힘든 문제라도 투명성을 지켜야 한다고 믿어왔습니다. 그래서 비록 고통스러운 슬픔이 따르는 일이지만 제 상황에 대해 솔직하게 말씀드리려 합니다. 제 유튜브 채널에서 보셨던 쌍둥이 동생이 어젯밤 사망했습니다. 저는 제 아파트에서 동생의 주검을 발견한 뒤 복도에서 공황발작을 일으켰습니다.

사랑하는 사람을 잃는 슬픔과 고통은 그 어디에도 견줄 수 없는 경험입니다. 하물며 쌍둥이를 잃는 것은 어떤 아픔일까요? 태어난 이래 저는 계속 줄리와 연결되어 있었습니다. 단순한 말로 설명할 수 없는 연결감. 정신의 연결, 영혼의 연결감이었지요. 그런 줄리가 죽자 제 일부도 죽어버렸습니다. 저는 저항할 수 없는 슬픔에 휩싸여 아파트 밖에서 발작을 일으켰습니다. 영상이 촬영되고 동의 없이 게시되었다는 사실이 실망스럽지만, 정신건강을 이야기하는 사람으로서, 그 영상이 사람의 슬픔이 지극히 현실적이고 추한 방식으로 표출될 수 있음을 알게 하는 계기가 되었기를 바랍니다.

개인적으로 해묵은 상처를 할퀴고 뜯으면 결코 치유될 수 없다고 믿기에 저는 의지와 목적을 가지고 계속 나아가겠습니다. 저는 줄리가 여전히 우리 곁에 있었다면 제게 바랐을 그런 삶을 살고 싶습니다.

무엇보다 중요한 건, 너무 늦기 전에 여러분이 사랑하는 사람들을 살피고 사랑한다고 말해주는 거랍니다.

여러분의 영원한,
클로이

14

나는 애정의 물결에 푹 잠겼다.

두 시간 만에 입장문의 조회수는 평소 게시물의 두 배를 넘겼다. 사람들은 비극에 열광했다. 심지어 일부 저급 뉴스 사이트에서 그 내용을 기사로 다루기도 했다. 클로이 반 후센의 슬픔에 대한 솔직함과 우리가 그것을 보고 싶어하는 이유.

거의 모든 댓글이 나를 지지했다. 내 정직과 순수를 찬양했다. 내 진정성을 사랑했다. 다른 인플루언서들이 힘든 시기를 겪는 나를 돕고 싶다며 DM을 쏟아부었다. 그 모든 좋아요와 긍정적인 댓글에 나는 순수한 황홀경에 취했다. 나는 계속 게시물을 새로고침하면서 올라가는 조회수를 지켜보았다. 결국 활동량이 너무 많아 휴대폰이 느려져 알림을 꺼야 했다.

예상보다 일이 잘 풀리고 있었다. 아무도 의심하지 않았다.

지난밤 던져버린 (배수관에 빠질 뻔했다!) 반지를 찾아 다시 손가락에 끼운 뒤 호텔에서 체크아웃하고 클로이의 신용카드로 결제했다. 나는 클로이의 아파트로 돌아가기 위해 우버를 이용했다. (우버 기사의 별점이 무려 4.9점이었다.) 나는 기사에게

팁으로 요금의 25퍼센트를 주었다.

　아파트 문 앞에 서자 심장이 미친 듯이 뛰었다. 들어갈 수가 없었다. 시체는 치워졌고 피오나가 청소부를 보냈다. 하지만 클로이의 퉁퉁 부어오른 푸르죽죽한 얼굴은 내 머릿속에 얽혀 있었다. 클로이의 들척지근한 썩은 냄새가 내 폐에 퍼져 있었다.

　나는 가방을 내려놓고 복도를 쿵쿵쿵 걸어가 옆집 문을 두드렸다. 문이 열리고, 남자의 품에 포동포동한 퍼그가 안겨 있었다. 그 생명체는 납작한 코로 콧물을 흘리고 분홍 혓바닥으로 침을 줄줄 흘려가며 숨을 쉬기 위해 사투를 벌였다. 그럴 줄 알았다. 내 이웃은 다른 사람들의 고통을 촬영하고 인터넷에 올리는 사디스트이자 동물 학대 옹호자였다.

　나를 본 남자의 눈에 후회가 스쳤다.

　"영상 내려요." 내가 말했다.

　그의 입이 벌어졌다. 그가 침을 꿀꺽 삼켰다. "죄송합니다. 그렇게 할게요."

　"지금요. 삭제하는 걸 봐야겠어요."

　그가 강아지를 내려놓았다. 강아지는 미니 하마처럼 뭉뚝한 꼬리를 짤랑짤랑 흔들며 아파트 안으로 후다닥 뛰어 들어갔다. 남자가 휴대폰을 꺼내 영상과 게시물을 지우고 휴지통을 완전히 비웠다.

　"동생분이 사망하신 줄 몰랐어요. 그냥 그쪽이 또 분노를 폭발시킨다고 생각했어요. 짜증이 치밀더라고요. 벽이 그리 두껍지 않잖아요."

클로이가 평소에도 분노를 폭발시켜 왔다고? 아침에 클로이의 처방약을 구글링해보고 그 약이 우울증 치료제로 흔히 쓰인다는 걸 알게 됐다. 그녀의 행동은 약 부작용일 수도 있었다. 아니면 그렇게 난리 치는 게 그녀가 치료하고자 했던 증상일지도 모른다. 나는 클로이가 생각보다 더 망가져 있었다는 생각이 들기 시작했다. 어쨌거나 그 남자가 자기 행동을 정당화하려는 방식이 거슬렸다.

"남의 공황발작을 촬영해서 조롱당하라고 인터넷에 공개하는 건 아주 저질스러운 짓이에요. 누가 당신 개를 죽여놓고 당신이 미친 듯이 우는 장면을 촬영한다면 어떨 것 같아요?"

남자는 신 것을 먹은 것처럼 얼굴을 일그러뜨리며 몇 걸음 물러났다.

"분명 엿 같은 기분이 들 거예요." 나는 그 남자에게 바싹 다가가 뜨거운 숨을 내쉬며 말했다. "그리고 또 나를 촬영하다 걸리는 날엔 내 변호사한테서 연락이 갈 거예요."

클로이한테 변호팀이 있는지 알 수는 없지만 나는 내가 원했던 반응을 얻어냈다. 그 남자는 하얗게 질려 비틀비틀 물러났다. 잔뜩 겁먹은 모습에 웃음이 나왔다. 나는 그대로 복도를 성큼성큼 걸어 내 아파트로 돌아왔다.

문에 등을 대고 있으니 아드레날린이 온몸에 퍼져나갔다.

날아갈 듯한 기분이었다. 땀 한 방울 흘리지 않고 마라톤을 완주할 수 있을 것 같았다.

클로이는 항상 이런 기분이었을까? 아니면 나를 바보 취급할 때 이모의 기분이 이랬을까? 환상적이다. 어떻게 지금껏 이런 기분도 못 느끼고 살았는지 모르겠다.

15

 청소업체는 일을 멋지게 해냈다. 바닥은 반짝반짝 광이 나게 닦여 있었고 클로이가 남긴 흔적은 찾아볼 수가 없었다. 향초까지 켜져 있었다. 딥디크의 베이 향이었다. 향초 컵 위에 심지의 열기로 빙글빙글 돌아가는 조그만 황금색 회전목마 액세서리가 붙어 있었다. 정말 멋졌다.

 새로운 공간에 익숙해지기까지 시간이 좀 걸렸다. 클로이가 양념류를 넣어두는 곳과 포크, 나이프를 두는 곳을 찾아봤다. 지난밤 열어보지 않았던 캐비닛도 뒤져보고 처방약이 가득 든 서랍도 살펴봤다. 조그만 약통들을 보자 마음이 불편해졌다. 한 번에 이렇게 많은 약을 처방받으려면 대체 얼마나 엉망이어야 할까? 동시에 살짝 놀랍기도 했다. 이 모든 약값을 감당하게 해주는 보험은 과연 어떤 걸까? 아마 클로이는 보험 없이 자비로 지불했을 거다. 돈이 있으니까. 나에게 이 모든 작은 약들과 의료진의 지원과 도움에 대한 대가를 지불할 능력이 있었다면 좀 더 의미 있는 삶을 살 수 있었을까?

욕실에는 메이크업과 스킨케어 제품이 바닥에서 천장까지 이어지는 수납장에 터질 듯 들어차 있었다. 수납장 하단에는 개봉하지 않은 제품들이 있었다. 가운데에는 협찬받은 제품들이 있었는데 그중 상당수는 클로이가 자신의 피부를 구했다고 주장했지만 아직 포장도 뜯지 않은 것들이었다. 그리고 반쯤 비어 있는 빈트너스 도터나 라프레리같은 고급제품도 손 닿는 곳에 놓여 있었다.

클로이의 침대에 누웠다. 푹신한 매트리스가 내 몸을 감싸고 값비싼 솜털 베개가 내 목을 모양 맞춰 받쳐주었다.

클로이의 옷을 입어봤다. 어떤 옷은 맞았지만 대부분 맞지 않았다. 배와 허벅지 때문에 내 몸이 클로이보다 조금 더 컸다. 그녀가 아침 일곱 시에 필라테스를 하는 동안 내가 주로 숨쉬기 운동만 했던 걸 고려하면 이해가 되었다. 다행히 발 사이즈는 같았다. 나는 지미 추와 마놀로 블라닉을 모조리 신어보았다. 알록달록한 운동화와 한 번도 신지 않은 빈티지 어글리 슈즈들. 그녀가 신던 버켄스탁까지 신어봤다. 발바닥 찍힌 자국마저 너무나 똑같아서 마음이 불편했다.

황금빛 롤렉스를 차보는데 누가 노크를 했다. 욕이 튀어나왔다. 만약에 또 그 옆집 사는 머저리라면…. 한숨을 쉬면서 문을 열어 보니 복도에 조그만 필리핀계 여자가 서 있었다. 처음에는 누군가 싶어서 쳐다보기만 했다. 그러다 한쪽 어깨에 걸친 이케아 가방만 한 토트백과 다른 쪽 어깨에 멘 옷가방이 눈에 들어왔다. 피오나가 고용한 청소부가 드라이클리닝한 옷들을 찾아온 것 같았다. 무슨 말부터 해야 할지 몰라 두려웠다. 나는 집안일로 도움을 받아본 적이 없었다. 오히려 도움을 주는 쪽이었다. (소변을 보면서도 모바일 게임에서 눈을 떼려 하지 않던 사촌동생 때문에 변기 옆에 튄 말라붙은 오줌 자국을 닦아내야 했던 적이 셀 수도 없을 지경이었다.) 원래 고용된 청소부들은 미간에 못마땅하다는 표시를 장착하고 고용인을 쳐다보나? 아니면 보수를 기다리는 건가? 아님 팁? 청소비?

"하느님 맙소사." 그녀가 탄식하듯 말했다. "얼굴이 썩었네. 썩었어." 아, 네. 그렇게 됐네요. "뭐야? 안 들여보내줄 거야? 계속 거기 서 있을 거냐고."

피오나였다. 비음을 듣자 단박에 알 수 있었다. 왠지 모르겠지만 나는 그녀를 바짝 마른 백인 여자로 상상했다. 이렇게 조그맣고 배짱 좋은 필리핀 여자가 아니라. 피오나가 클로이의 콘텐츠에 등장하지 않은 이유가 이해되었다. 피오나는 클로이가 미는 '브랜드 이미지'에 맞지 않았던 거다.

나는 새삼 깨달았다. 클로이가 팔로우하는 사람들을 일일이 살펴보고 얼굴을 익혀야 한다는 것을. DM도 읽어보고.

"미안. 들어와."

피오나가 집 안으로 밀고 들어왔다. "아파?"

"뭐라고?"

"목소리가 이상한데."

"그래?"

망할. 이모는 사기꾼인지 아닌지는 목소리와 평정심에서 판가름이 난다고 했다. 이모는 노숙자 같은 차림새로 백화점에 들어가도 힘 있는 재력가같이 세련되고 오만한 분위기를 풍길 수 있다면 훔친 라메르 통에 니베아를 채워 영수증 없이 반품하고도 주머니에 빳빳한 2천 달러를 넣고 돌아올 수 있다고 했다. (이 방법은 라메르가 환불 규정을 바꾸기 전까지 다섯 번이나 먹혔다.) 인정하기 싫지만 이모의 방법을 따라야 할 것 같았다. 클로이의 영상을 더 많이 보고 그녀의 특권의식을 실생활에 접목해보고 그녀의 말투와 특유의 표현법을 연구해야겠다.

하지만 지금은 피오나의 불신부터 해결해야 했다. 나는 목청을 몇 번 가다듬었다.

"목이 좀 아픈 것 같기도 하고."

"전염성만 없다면야. 나도 단핵구증에 걸렸다가 이제 막 나았어."

"그나저나, 청소부를 보내줘서 고마워."

"아파트에서, 완전, 말 그대로 송장 냄새가 나더라고. 그 냄새를 맡으니 차라리 죽는 게 낫겠더라. 암튼, 내일 입을 드레스 가져왔어. 바로 입어볼래? 너무 크면 말해. 마지막으로 손 볼 시간은 아직 있으니까."

피오나가 옷가방 지퍼를 열자 스커트를 따라 반고흐식 수련 연못 자수가 놓인 눈부신 에메랄드 실크 드레스가 모습을 드러냈다. 한 마디로 '비싼' 드레스라는 표현이 딱이었다. 꼭 유명 연예인이 레드 카펫에서 입고 나올 법한 드레스였다.

나는 열렬히 고개를 끄덕이고는 침실로 가져가 입어보았다. 일단 목부터 집어넣었다. 엉덩이는 문제없이 통과했고 어깨끈도 예쁘게 자리 잡았다. 에메랄드빛이 내 피부색에 완벽하게 어울렸다. 하지만 지퍼를 올리려 할 때였다. 지퍼가 3센티미터 올라가다 딱 걸려 버렸다. 배가 꽉 조이는데 재질이 실크라 신축성이 전혀 없었다.

피오나가 문을 두드렸다. "어때? 들어가도 돼?"

"안 돼!"

"뭐라고? 왜?"

"아, 아니, 그게 아니라. 드레스는 괜찮아. 멋져. 그게, 말 그대로 완벽해." 나는 드레스를 벗어 옆에 놔두고 내 옷으로 갈아입은 뒤 밖으로 나갔다. 나는 미소 띤 얼굴로 물었다. "이건 얼마짜리야?" 반품해야 할지도 모르겠다. 기적이 일어나지 않는 한 내일까지 실크 드레스에 내 불룩한 배를 밀어넣을 방도가 없다.

피오나는 무슨 바보 같은 소리를 하냐는 듯 나를 쳐다봤다. 내가 당연히 가격을 알아야 한다는 듯.

"동생이 죽어서 뇌가 망가셨나 봐." 나는 물 한 잔을 따라 마시며 웃어넘기려 했다.

피오나가 한숨을 쉬었다. "슬레이트 스탠 맞춤 제작. 동물

실험을 거치지 않은 일본산 손명주에 자수는 앙고라 울. 소매가는 1만6천 달러 되겠습니다."

마시던 물에 질식할 뻔했다. 1만6천이라고? 세상이 제대로 미쳐 돌아가는구나.

"우리는 벨라 마리 행사에서 게시물을 만들어 올리기로 하고 공짜로 받았고."

"아, 근데 말이야. 이건 순전히 가정일 뿐인데, 만약에 내가 내일 이걸 안 입으면 어떻게 돼?"

피오나의 입이 떡 벌어졌다.

"그러니까," 나는 덧붙였다. "내가 만약 다른 분위기로 가고 싶으면?"

"이건 널 위해 맞춤 제작한 드레스야. 슬레이트는 그걸 재판매할 수 없어. 그러니까 네가 드레스 값을 지불해야 하는 거지. 근데 돈이 문제가 아니야." 피오나는 양쪽 옆구리에 손을 얹고 나를 뚫어져라 쳐다봤다. "슬레이트한테 맞춤 주문을 받아내려고 얼마나 애썼는지 기억 안 나? 로비를 몇 개월이나 했는지! 네가 말을 바꾸면 모양새가 안 좋아질 거야. 슬레이트가 개진상같이 온갖 얘기를 떠들고 다닐 테니까. 원래 인플루언서들 뒷얘기 하고 다니는 게 취미생활이잖아. 그게 바로 슬레이트가 내세우는 '진정성 있는' 브랜드의 일부분이지." 피오나는 눈알을 굴리고 허공에 손가락으로 따옴표까지 그려가며 '진정성 있는'을 강조했다. "슬레이트가 소셜에서 한바탕 난리

친 뒤 재스민 데이비스가 나락 간 거 기억나지? 일주일 만에 50만 달러를 잃고 이제 이상한 아마존 구매대행업체 협찬이나 받고 있잖아. 인플루언서들이 전부 슬레이트와 일하고 싶어하는 이유가 그거야. 슬레이트가 승인 도장 땅땅 찍어주면 우리의 진정성이 바로 증명되는 셈이니까."

나는 드레스 한 벌이 그토록 심각한 의미를 지닌 줄 몰랐다. 이 사람들은 대체 뭐가 문제일까? 성폭행으로 기소된 사람도 이렇게까지 추궁당하진 않을 거다.

"그래도 내 동생이 죽었는데. 이해해주지 않을까?"

"그럴지도. 네가 벨라 마리의 행사에 갈 계획이 없다면. 근데 아니잖아. 그러니까 넌 슬레이트의 드레스를 입어야 해. 그리고 벨라 마리의 비서한테 네가 참석한다고 말했기 때문에 약속을 깰 순 없어. 게다가 넌 벨라 마리한테 밉보이고 싶지 않잖아."

뭐가 다 이렇게 복잡해? "갈 거야." 나는 애써 당황한 기색을 감췄다. 클로이의 삶을 제대로 즐길 기회도 없었는데 드레스에 내 마지막 운명을 맡길 수 없었다. "그냥 물어본 거야…. 궁금해서."

피오나가 천천히 고개를 끄덕였다. "그렇다면야. 그리고 미팅이 있는데…."

"다 뒤로 미뤄줄 수 있어? 있잖아? 그냥 하루 쉬어." 나는 피오나를 문 쪽으로 밀었다. "당연히 유급 휴가야. 지금은 그냥 나 혼자 있고 싶어."

"하지만 이 미팅은 제시카 피터스하고…"

나는 피오나의 코앞에서 문을 쾅 닫고 침실로 달려가 에메랄드 실크 드레스를 노려보았다.

내 쌍둥이가 죽었고 나는 그녀의 삶을 훔쳤다. 그건 중범죄일 거다. 하지만 지금 당장은 어떻게 내 몸을 드레스에 끼워 넣을지부터 걱정해야 했다.

16

벨라 마리의 행사까지 네 시간밖에 남지 않았다.

스타일 팀이 30분 안에 오기로 했고 나는 화장실에서 사투를 벌이고 있었다. 벌써 몇 시간째였다.

지난밤, 나는 선반에서 먼지 쌓인 다이어트 차를 발견했다. 예전에 클로이가 유료 광고를 몇 번 올린 적 있었는데 섭식장애를 조장한다는 불만이 제기되어 광고를 중단한 제품이었다.

나는 여섯 팩을 우려냈다. 그래. 여섯 팩.

나도 안다. 당연히 알고 있다. 끔찍한 결정이란 걸. 아마 장내 유익균을 제거하고 대장을 약하게 만드는 짓일 거다. 하지만 나는 절박했다. 나빠 봐야 뭐 얼마나 나쁘겠는가? 그냥 변비약 같은 것일 뿐인데.

오케이, 인정한다.

아주 지랄맞도록 나빴다.

너무 오래 앉아 있어서 비데 일체형 토토 변기가 내 볼기짝에 영구 박제된 것 같았다. 심각한 복부 경련으로 땀이 비 오듯이 흐르고 탈수되어 입이 바짝바짝 타들어갔다. 항문에

선 불이 나고 있었다. 곧 치질 환자가 될 거란 확신이 들었다.

하지만 다 괜찮다. 아주 잠깐 쉴 때 몸무게를 재어봤더니 놀랍게도 2.3킬로그램이 빠져 있었다! 다 수분 무게라 다시 돌아오겠지만 배가 홀쭉해진 게 눈에 보였다. 그리고 차의 효력이 나타나기를 기다리면서 발견해둔 XXXS 사이즈 보정속옷도 몇 벌 있었다. 몇 개 껴입고 숨 참는 법을 알아내고 기도문 몇 개 속삭이면 드레스를 입을 수 있을 거다.

누가 문을 노크했다.

피오나가 틀림없었다. 나는 물을 내리고 손을 씻고 일랑일랑 스프레이를 사방에 뿌리고 욕실을 비틀비틀 걸어 나갔다. 한걸음 디딜 때마다 머리가 어질어질했다. 나는 24시간째 공복 상태였다.

문을 열었다.

피오나가 나를 쓰윽 훑어봤다. 뒤에 메이크업 아티스트와 헤어 스타일리스트가 서 있었다. 피오나가 입술을 삐죽 내밀고 고개를 끄덕였다. "날씬해 보이네. 다행이다. 어제 너무 끔찍해 보여서 걱정했거든. 넌 슬퍼하는 게 안 어울려." 피오나는 직설적으로 말했다.

사이버 스토킹을 한 터라 메이크업 아티스트와 헤어 스타일리스트를 어렴풋이 알아봤지만, 침실에 들어가 인스타그램에서 두 사람의 이름을 다시 확인했다. 메이크업 아티스트는 페르난다, 헤어 스타일리스트는 킴이었다.

거실로 돌아오니 스타일 팀이 일할 준비를 하고 있었다. 나는 요동치는 위장을 부여잡고 클로이가 어떤 식으로 대화했는지 기억해내느라 머리를 굴렸다. 메이크업 의자에 앉자 피오나가 행사의 개요를 들려주었다. 참석하는 사람들, 함께 사진을 찍어야 할 사람들 그리고 곧 나락 행이 예정되었거나 미성년 팬을 그루밍했다는 (의혹이 제기된다는) 이유로 피해야 할 사람들에 대해 들었다. 그 사이 페르난다가 메이크업 스펀지로 내 얼굴을 두들기고 킴이 내 엉킨 머리를 잡아당겨 풀었다. (아까 변기에 앉아 있을 때 고통에 휩싸여 머리카락을 움켜쥐었던 듯했다.)

"참, 그리고 아일라 해리스한테 인사하는 거 잊지 마."

"아일라 해리스?"

피오나가 아이패드를 보여주었다. @iloveisla, 팔로워 31만 2천 명. 그녀의 프로필은 이랬다. "디지털 크리에이터, 힘 넘치는 두 블랙 걸의 싱글맘 ♥️🖤. 로마서 3장 23절."

피드를 스크롤했다. 메이크업 영상을 담은 릴스 몇 개. 파격적이고 실험적인 콘셉트의 잡지 화보. 자연스러운 가족사진들. 그녀는 사생활을 보호하려 자녀들의 얼굴을 이모티콘으로 가려놓았다.

"이 사람이 뭐가 그렇게 특별해?"

"다른 비서들하고 이야기해봤는데 다들 다음 벨라도나로 아일라를 꼽더라고."

변기에 앉아 있는 동안 벨라도나를 검색해봤다. 긁어모은 정보에 따르면 벨라 마리는 별로 유명하지 않은 인플루언서들을 자기 휘하에 두는 취미가 있었다. 그들은 일단 벨라 마리의 세력권에 입성하면 여지없이 폭발적인 인기를 얻었다. 그런 인플루언서들을 벨라도나*라 불렀는데, 그들을 (물질만능주의, 과소비, 허영심, 비현실적인 체형 추구, 진정성 없는 대기업 브랜드 홍보 이외에도 자기들이 누리는 특권을 인정하지 않고, 사회적 공감 능력이 부족하다는 등의 이유로) 유해한 집단이라 생각한 일부 안티팬들이 붙인 이름이었다. 그 단어는 주로 헤이터들이 설쳐대는 커뮤니티에서 쓰였고 일반적인 소셜미디어 생태계에는 널리 알려지지 않았다. 내가 볼 때 피오나가 어디서 그걸 주워듣고 써먹기 시작한 듯했다.

나는 호기심에 클로이가 벨라 마리를 만났을 때를 찾아봤다.

오 년 전, 클로이는 유튜브에 30만, 인스타그램에 7만1천 팔로워를 보유했다. 벨라도나의 일원이 되고 일 년 후 그녀의 팔로위 수는 두 배가 되었다. 그때부터 그녀의 소셜미디어는 기하급수적으로 성장했다. 우글거리는 오버 작렬 유튜버에서 공인된 A급 인플루언서의 반열에 오른 것이다.

"그런데 왜 아일라야?" 내가 물었다.

피오나가 당연한 걸 왜 묻냐는 표정을 지었다. "에멀린 때

---

*   독성 식물, 이탈리아어로 아름다운 여성이라는 뜻.

문이잖아?"

난 빠르게 에멀린의 이름을 구글링했다. @em94. 인스타그램에 1천1백만, 틱톡에 5백만 팔로워를 보유했다. 그녀는 벨라 마리의 사촌으로 벨라와 똑같은 금발에 마른 몸을 가졌지만 눈이 꿰뚫어 보는 듯한 파란색이 아닌 갈색이었다. 그러니까 천상계가 아니라 지상계였다. 그녀의 주력 분야는 여행과 패션이었다. 그녀는 팟캐스트를 진행하면서 자신의 호화스러운 삶을 불평하고, 겉보기엔 '비밀의 발견'처럼 보이지만 보통 사람들이 십대 때 깨우치고 지나간 것들을 철학적인 척 떠들어 댔다. 나는 그녀의 활동을 이렇게 묘사하고 싶다. *난 부유하고 슬프지만 지상계의 아름다움을 가졌지. 그러니까 나를 팔로우 하라고, 촌뜨기들아!* 그녀는 자신의 반려견 매들린을 위해 반려동물 계정도 운영 중이다. 매들린은 운동 삼아 남의 발목을 물 것처럼 생긴 하얀색 요키였는데 그 계정에는 20만 명의 팔로워가 있었다.

최근 네티즌들이 그녀가 수년간 트윗에 올린, 소수자들을 동물에 비유하거나 이민자 유입에 대해 불평하는 인종차별적 글을 발견했다. 나는 그 글들이 끔찍하게 인종차별적이라 생각하진 않는다. (솔직히 내 기준이 밑바닥이긴 하다.) 하지만 읽기가 극히 불편한 내용이었다. 그녀는 눈물을 펑펑 쏟으며 사과하는 영상을 올렸다. *8년 전 일입니다. 저는 겨우 십대였어요. 저는 변했고 지금도 성장 중입니다. 저는 매일 힘 있는 유색인*

종들과 함께하며 그분들을 지지하고 격려하기 위해 살고 있습니다. 제 말에 상처 입은 분들께 진심으로 사죄드립니다. 그녀의 팬들은 단박에 그녀를 용서했다. 아마도 눈물 흘리는 모습이 미친 듯이 예뻤기 때문이리라. 댓글이 달렸다. 어렸잖아. 8년 전이라고! 사람은 변해!

"아일라와 친하게 지내야 해." 피오나가 말했다. "그룹에서 너희 둘만 유색인종 같아 보이니까."

나는 고개를 끄덕이느라 내 아이라이너 꼬리를 올리려던 페르난다를 방해하고 말았다. 나는 입 모양으로 사과했다.

레딧의 클로이 관련 게시판 /r/chloevansnark에서 몰래 활동하던 중에 클로이가 백인들하고만 어울린다고 비난받는 걸 본 적이 있었다. 누가 이렇게 말했다. 클로이 반 후센은 내재화된 인종주의의 전형적인 예 같아. 난 클로이가 동양인과 어울리는 모습을 한 번도 본 적이 없어. 심지어 지구상에서 가장 다양성 있는 도시에 살면서! 그녀가 백인 남자만 만난다는 건 두말할 필요도 없지. 자기 몸을 식민지화시키고 싶어 안달 난 것 같아. 아마 '화이트'로 태어났으면 좋았겠다 싶겠지.

오직 클로이만 그런 비난을 받았다. 벨라 마리가 그녀의 스칸디나비아계 친구들과 게시물을 올릴 땐 아무도 불만을 제기하지 않았다. 클로이가 소수자니까 소수자 그룹에 있어야 한다는 논리로 클로이를 몰아세웠다. 멍청이들이 분명했다. 생물학적으로 아시아인일지라도 클로이는 확실한 백인으로 자랐다. 반 후센 가는 메이플라워호에 올랐던 먼 조상들의 고난을 떠벌리며 대대로 내려온 돈으로 지은 대저택의 정원에서 빈둥거리는 부류의 가족같았다. 성장 과정을 고려하면 클로이가 하얀 얼굴들과 어울려 다니는 것이 전혀 놀랍지 않았다.

하지만 나는 클로이가 그런 비난에 반박하지 않았다는 점에 놀랐다. 피오나가 유색인종인데 그거면 반박할 증거로 충분하지 않나? 그리고 나는 클로이에게 다른 유색인종 친구들이 있다고 확신한다. (그러길 바란다.)

인정한다. 클로이 안티 게시판을 돌아다니는 건 유해하다. 하지만 나는 유혹을 뿌리칠 수 없었다. 스크롤할 때마다, 악의적인 게시물을 볼 때마다 내 안에 끔찍하게 매혹적인 탑이 쌓여가고 그 탑을 이루는 벽돌 한 장 한 장이 내가 클로이의 삶을 가져도 마땅하다고 말해주었다.

그 토끼굴*은 나를 빨아들여 온갖 원색적인 음모론 속에 뱉어놓았다. 이를테면 반 후센 가에서 클로이를 입양한 건 자신들의 친환경 에너지 회사를 위한 기자간담회에서 인종차별적 발언을 했기 때문이라는 설이 있었다. 미국산 태양광 패널이 중국에서 제작되는 싸구려 제품보다 월등하다는 식의 이야기였다. 이는 중국 투자자들이 프로젝트에서 발을 빼는 결

---

*   소셜미디어 사용자가 자신의 관심사와 관련된 콘텐츠를 따라 기디 온라인 세상에 깊이 빠져들게 되는 현상을 토끼굴 효과라고 한다.

과로 이어졌다. 중국이 재생 에너지에 쏟아붓는 어마어마한 자본을 고려해본 그들은 이내 실수를 깨달았다. 사회정치적 신념이 어떻든 막상 손에서 돈이 마구 빠져나가면 누구라도 백기를 들게 되어 있다. 그래서 반 후센 부부는 자기들이 실제로 인종차별주의자가 아니라는 걸 증명하기 위해 중국 아이를 입양했다. 허무맹랑하다. 나도 안다. 완전히 소설이다. 정신 나간 사회 기생충들이 굴욕감을 주려고 만든 이야기가 분명하다.

한편, 내가 관찰한 바에 따르면 클로이가 양부모와 최상의 관계를 맺고 있는 것 같진 않았다. 연락이라곤 반년 전, 8월에 저녁 식사 자리에 참석한다는 문자가 끝이었다. 그전에 주고받은 메시지도 전부 부자연스럽고 이상할 정도로 형식적이었다. 그러고는 오랫동안 아무런 연락도 없었다. 내 공황발작이 화제가 된 뒤로도 마찬가지였다.

반 후센 부부가 1년 전 은퇴했다는 기사가 있었다. 어쩌면 와이파이가 터지지 않는 태국의 어딘가를 돌며 휴가를 보내고 있을 수도 있었다.

어쨌거나 그들의 관계가 냉랭한 편인 게 더 나았다. 내가 클로이가 아니란 걸 알아낼 사람이 있다면 그건 바로 그녀를 길러준 그 부부일 테니 말이다.

피오나에게 물어보고 싶은 것이 또 하나 있었다.

해마다 6월이면 벨라 마리가 벨라도나들과 함께 여행을 간다는 말이 있었다. 벨라 마리의 지원으로 어느 개인 섬에서 일주일을 보낸다는 것이다.

그런데 이상한 점은 관심에 굶주린 벨라도나들이 으레 호화로운 여행을 실시간으로 찍어 올릴 줄 알았는데, 이상하게 침묵을 지키더라는 것이다. 팔로워들은 인스타그램 스토리가 처음 시작된 해에야 그 사실을 알아차렸다. 일상을 담은 게시물을 생중계하듯 스토리에 올리던 인플루언서들이 그 일주일간 잠잠했기 때문이었다. 좀 더 자세히 살펴보니 그 기간에 올라온 사진이나 영상조차 전부 예약된 게시물이었다. 그런데 일주일이 지나자 그녀들이 열대 태양을 듬뿍 받으며 해변에서 휴식을 취한 것처럼 갓 태닝한 구릿빛 피부를 뽐내며 셀피를 찍어 올리기 시작한 것이다.

보통 나는 그런 이야기들을 전형적인 인터넷 음모론으로 치부했다. 그런데 지난 오 년간 클로이의 캘린더에서 6월 중 일주일이 비어 있는 게 아닌가. 올해도 마찬가지였다.

"진짜 머리가 어떻게 됐는지 아무것도 생각이 안 나. 6월에 가는 여행에 대해서 좀 알려줄 수 있어?"

"6월에 가는 그 여행?"

나는 고개를 끄덕였다. "올해는 어디로 가? 이제 몇 달 안 남았잖아."

피오나가 눈을 가늘게 떴다. "날 시험하는 거야?"

"시험?"

피오나가 미간을 찌푸렸다. "지난번 물어봤을 때 길길이 날뛰면서 다시는 말도 꺼내지 말라고 난리 치더니. 너 진짜, 말 그대로, 사람 잡겠더라."

이상했다. 나는 피오나가 클로이의 삶에 대해 다 아는 줄 알았다.

"합격!" 나는 바나나 향 세팅 파우더 냄새를 훅 들이켜며 최대한 자연스럽게 말했다. "축하해."

피오나가 눈알을 굴렸다. "너 진짜 줄리 때문에 맛이 가버렸구나."

17

진짜 지릴 것 같았다.

다이어트 차 때문이 아니다. (뭐, 어쩌면 약간은 그럴지도 모르겠지만.) 긴장감 때문이었다.

나는 우버에 앉아 벨라 마리가 빌린 행사장을 바라보았다.

센트럴 파크가 내다보이는 근사한 호텔이었다. 몸에서 상탈 33 향수와 헤어스프레이가 섞인 냄새가 나고 배를 감싼 세 벌의 보정속옷 때문에 숨 쉬는 게 힘들었다. 무엇보다 나는 이제 클로이를 아는 사람들 속으로 들어가야 했다.

내가 왜 여기까지 왔지? 이건 엄청난 실수다. 그냥 세간의 이목을 피해 조용히 지내야 했다. 스위스로 건너가 전원생활을 추구하는 코티지코어로 브랜드 이미지를 바꿔야 했다. 실제로 사람들과 교류하지 않을 수 있게 말이다.

내가 왜 이런 짓을 했지? 정신이 나갔나?

그래. 그럴지도 모른다. 나는 죽은 언니의 신분을 가로챘다. 그런 짓을 사전적 정의로 정신이 나갔다고 하는 거다.

"손님, 내리실 건가요?" 우버 기사가 물었다.

나는 피오나가 여기 와서 안내해주면 좋겠다고 생각하며 심호흡했다. "네." 문을 열고 나가는데 심장이 쿵쾅거렸다.

호텔로 향하기 전에 마음을 안정시키려 몇 번 더 심호흡을 했다. 내 루부탱이 나를 빅풋의 환생처럼 어기적어기적 걷도록 했다. 파파라치들은 진짜 연예인들이 도착하기를 기다렸다. (농담이 아니라 진짜 아미 해머 닮은 사람이 보였다. 근데 아미 해머는 식인 논란으로 퇴출되지 않았나?) 파파라치 몇몇이 내가 연예인이라도 되는 양 사진을 찍고 내 이름, 아 아니, 클로이의 이름을 불렀다. 나는 그 자리에 서서 익숙하지 않은 카메라와 플래시 세례를 받으며 어색하게 포즈를 취한 뒤 서둘러 호텔로 들어갔다. 경비원이 '더 벨 바이 벨라 마리' 론칭 이벤트 초대장을 스캔했다. 그러고는 고급 버전의 아베크롬비 매장 향수 냄새가 나는 넓은 호텔 로비를 지나 행사를 위해 마련된 엘리베이터로 안내해주었다. 빨간 벨보이 수트를 입은 남자가 한쪽 구석에서 자신의 유일한 임무인 '버튼 누름'을 수행하기 위해 대기하고 있었다. 문이 막 닫히려는데 누가 외쳤다. "잠깐만요!"

우리의 전문 승강기 운전원은 그 외침에 복종했다.

여자가 숨을 헉헉대며 말했다. "고마워요." 그녀는 검정 슬립 드레스를 정리하고 손가락으로 금발 머리를 매만지며 엘리베이터에 올랐다. 그녀의 헤이즐그린 눈동자에 나를 알아본 기색이 비쳤다. 그녀가 입을 딱 벌렸다.

"세상에! 클로이!" 그녀가 유리라도 깨버릴 만큼 크게 소리쳤다. 승강기 운전원조차 움찔했다. 그녀가 나를 안으며 프랑스인처럼 내 양 볼에 입을 맞췄다. 그녀에게서 달콤한 설탕과 베르가모트 향이 은은하게 풍겼다.

"왔어?" 나는 클로이가 팔로우하는 사람들을 머릿속으로 스캔하면서 그녀의 에너지 레벨에 맞추려 꺄악 소리쳤다. 참석자가 누군지 대충이라도 파악하려고 인스타그램 #getreadywithmes 스토리까지 다 훑어봤지만, 하느님 맙소사, 세상에는 금발 머리에 헤이즐 눈동자에 입술 필러를 맞은 백인 인플루언서가 너무너무 많았다. 그들을 구분하는 건 올림픽 스포츠 급이었다.

엘리베이터 문이 스르르 닫히고 우리는 올라가기 시작했다.

그녀가 환한 미소를 머금고 내 옷을 훑었다. "그 자수! 말해주지 마. 음…. 슬레이트 스탠이지?" 그녀의 덧니를 보자 번쩍 떠올랐다. 찍어낸 듯 하얗고 가지런한 치아를 지닌 다른 인플루언서들 사이에서 그녀의 미소는 눈에 띄었다.

@AngeliqueGray11. 그녀는 유튜브와 틱톡에 50만, 인스타그램에 1백만 팔로워를 보유했다. 프로필은 '뉴욕타임스 1위 베스트셀러 《디저트로 치유하기》 저자. 복합 외상 후 스트레스 장애 생존자'였다. 나는 그녀에 대한 기사를 훑어보았다. 그녀는 부모의 학대 아래 영양실조에 걸릴 정도로 굶으며 자랐다. 현재 그녀는 어린 시절 먹을 수 없었던 모든 달콤한 것들을 만드는 프로 제빵사였다. 정말 감동적이었다. 당연히 그녀의 인터넷 활

동 분야는 베이킹 영상과 레시피였다. 그녀의 피드에는 유명한 하키 선수인 남편 소머의 영상도 있었다. 그는 넓은 어깨에 조각 같은 턱선을 지녔으며 눈빛이 흐리멍덩한 게 뇌진탕을 한두 번쯤 겪었을 것 같은 남자였다.

하지만 무엇보다 중요한 건 그녀가 가장 최근에 벨라도나가 되었다는 점이었다.

그녀를 알아냈다는 것이 기뻐서 웃음이 나왔다. 나는 배를 쏙 집어넣고 드레스를 자랑했다. "유일무이한 드레스지."

그녀는 가슴에 한 손을 얹고 말했다. "진짜 끝내준다. 정말 반하겠어. 너무 아름다워. 반짝반짝 빛이 나. 그리고 네 피부! 네 안에 한국인의 피가 흘러서 그런 거야. 하루 종일 유리같이 반짝이는 피부라니! 비밀 좀 알려줘 봐."

나는 중국인이고 며칠 전까지만 해도 세안할 때 도브 비누를 썼고 세럼으로 보디로션을 발랐다. (지금은 스킨수티컬즈와 라메르로 바꿨지만.)

"다 케어코스메틱스 덕분이지." 나는 웃었다. 그녀가 개인적인 질문을 하지 않아서 기뻤다.

그녀도 웃었다. 숨넘어가듯. 마치 케어코스메틱스를 홍보하는 사람 치고 그걸 쓰는 사람이 아무도 없다는 걸 안다는 듯이. "난 너한테 완전히 반했어." 헉 소리를 내며 손바닥으로 자기 입을 탁 쳤다. "아, 맙소사! 내가 너무 생각 없이 굴었지? 네 쌍둥이 자매 이야기 들었어. 정말 마음이 아프다. 이름이 뭐라고 했더라?"

"줄리."

이제 그 이름을 말하기가 너무 쉬웠다. 죄책감은 이제 사라졌다.

줄리 챈은 죽었다. 줄리 챈은 죽었다. 줄리 챈은 죽었다.

자, 보시다시피 아무렇지도 않다.

나는 줄리가 아니다. 다시는 그녀가 될 수 없다. 줄리 챈은 결코 돌아오지 않을 것이다.

"부디 마지막 가는 길이 평온했기를." 안젤리크가 말했다. "줄리를 위해 기도할게."

나는 '넌 줄리를 알지도 못하잖아'라고 말하는 대신 "고마워" 하고 말했다.

엘리베이터 문이 열리자 라이브 음악이 귓가에 울려 퍼졌다. 벨라 마리는 교향악단을 아예 통째로 데려다 놓았다. 턱시도를 입고 팝송의 클래식 버전을 연주하는 사람이 오십 명은 되어 보였다. 꼭 19세기 영국이 배경인 드라마 〈브리저튼〉 속에 들어온 기분이었다. 그곳은 통풍이 잘되는 나무로 만든 공간으로 오픈 바와 백만 송이 꽃으로 장식되어 있었다. 방 한가운데 금빛 촛대가 놓인 긴 직사각형 테이블이 세 개가 있었다. 각각 서른 명쯤 앉을 수 있을 것 같았다. 맨 위쪽에는 열 개의 의자가 딸린 더 작은 테이블이 있었다. 꼭 결혼식 피로연 같았다. 각 디너 세트 앞에 우아한 캘리그래피로 이름을 적어넣은 자리표가 놓여 있었다. 오, 감사합니다. 딱 필요하던 것이었다. 바로 옆에 있는 자리표를 슬쩍 보니 주요 뉴스 매체와 잡지사 기자들의 이름이 몇 개 보였다. 그 이름 아래 직함이 세리프체로 조그맣게 프린트되어 있었다. 《보그》부터 《배니티 페어》, 《더 뉴요커》부터 《포브스》까지 목록은 계속 이어졌다. 그들은 그저 패션 평론가나 평범한 편집자들이 아니었다. 참석한 손님들은 편집주간이나 대표 같은 직함을 가졌다. 벨라 마리는 생각보다 훨씬 탄탄한 인맥을 갖추고 있었다.

서빙하는 직원이 금색 샴페인 잔이 담긴 쟁반을 들고 우리에게 다가와 물었다. "웰컴 드링크 드시겠어요? 마리 앙투아네트가 마셨던 수입산 빌 다브레 생수에 갓 짜낸 레몬을 넣어 만든 레모네이드가 있어요. 알코올과 버진 옵션이 있습니다."

음료 하나마저 어찌나 고급스러운지 그녀의 입에서 튀어나오는 말을 절반도 알아들을 수 없었다. 어쨌거나 나는 아무것도 마실 생각이 없었다. 뭘 마시면 불안증이 일 거고 동양인 특유의 알코올성 홍조 때문에 모두의 이목을 끌 게 뻔했다.

"사양할게요."

서빙 직원이 고개를 갸웃했다.

"정말이세요? 무알콜 옵션도 있어요."

나는 미소 지었다. "아뇨, 정말 괜찮아요. 고마워요."

"하지만 다른 손님들은 다들 드시고 계세요. 벨라 마리 씨가 그래야 한다고 하셨거든요."

"아뇨. 저는 됐어요."

서빙 직원의 눈빛이 겁먹은 듯 흔들렸다. 그러고는 안젤리크에게 몸을 돌렸다.

"버진으로 할게요." 안젤리크가 말했다.

"정말 안 드실 건가요?" 서빙 직원이 안젤리크에게 잔을 건네고는 다시 물었다. "정말 맛있어요. 후회 없으실 거예요."

맙소사. 끈질긴 여자였다. 나는 그녀를 쫓아버리기 위해 잔을 하나 집었다. 그녀가 다음 손님에게 이동하자 마음이 놓였다.

안젤리크가 눈빛을 반짝거리며 나를 보았다. "비밀 하나 알려줄까?" 그녀가 천천히 속삭이듯 말하자 심장이 두방망이질 쳤다. 내가 가짜란 걸 알아차렸나? 내가 진짜 클로이가 아니란 걸? 그녀가 뜸을 들였다. 배경음악이 깔렸다.

"나 임신했어."

내가 뭘 기대했는지는 모르겠지만 어쨌거나 최악은 아니었다.

그녀에게 어떻게 반응해줘야 할지 고민했다. 임신이 항상 좋은 소식인 건 아니니까.

그녀는 미소 지었다. 내 생각은? 억지스러운 미소다. 행복해하려고 애쓰지만 마음속에 무거운 뭔가가 있다. 내가 잘못 봤나?

"축하해."

"고마워." 그녀가 고개를 끄덕이며 부드러운 목소리로 말하고는 시선을 돌렸다.

흠. 좋은 일이 아닌 듯했다. 연민 같은 감정이 가슴에 퍼져 나갔다. 안젤리크를 거의 알지도 못하는데 걱정이 되었다. 그녀는 다정해 보였다. 나는 음료를 내려놓고 그녀를 따라 회전 유리문을 지나 센트럴파크가 내다보이는 거대한 발코니로 나갔다. 열 램프와 잘 가꾸어진 초록 나무들 사이에 배치된 직원들이 우리의 휴대폰을 받아 들고 사진을 찍어주었다. 클로이의 시그니처 포즈 몇 가지를 연구해둔 터라 최대한 따라 하려 했지만 생각보다 고된 작업이었다. 배를 쏙 집어넣고 미소 짓는 행위는 일종의 지구력 운동이었다. 나는 가장 잘 나온 사진을 골라 페이스튠으로 보정할 수 있게 피오나에게 보냈다. 피오나가 답했다. 갓벽!

안젤리크는 나를 데리고 다녔다. 우리는 몇몇 다른 인플루언서들과도 어울렸다. 다행히 안젤리크가 '오, 세상에!', '너 XXX구나!' 따위로 대화의 포문을 열어주어서 이름 알아맞히기 게임을 할 필요가 없었다. 모두 나를 클로이로 인지했다.

눈곱만큼도 의심하지 않았다. 그건… 놀라웠다.

오해하지 말길 바란다. 나는 들키고 싶지 않다. 하지만 마음 한구석에 클로이를 향한 안쓰러움이 일었다. '친구들'이라는 인플루언서들 가운데 클로이를 진정으로 아는 사람이 아무도 없었다. 그들의 대화는 브랜드 딜, 알고리즘, 시청하는 프로그램이나 최신 소셜미디어 스캔들뿐이었다. 나에게 거의 질문도 하지 않았고 (다들 자아도취 상태라 그런 듯했다.) 간혹 질문할 때도 내가 뭘 지껄여대든 상관하지 않았다.

마침내 두 벨라도나가 안젤리크와 나에게 합류했다. 나는 둘을 바로 알아보았다. 세련된 검정 머리의 여자는 켈리 하트였다. @harts4kelly. 인스타그램 4백만, 유튜브 1천2백만, 틱톡 1천3백만 팔로워를 가졌다. 그녀는 소셜미디어 베테랑으로 내가 중학교 때 보던 몇몇 크리에이터 중 하나였다. 그녀는 열네 살 때 자기 집 지하실에서 영상을 만들기 시작했고 열일곱 살에 여학생들에게 고데기 사용법을 가르친 뒤로 유명해졌다. (그녀 덕에 나는 내 머리카락 일부를 태워 먹었다.) 초창기 크리에이터들이 다들 그랬듯 그녀도 나를 포함해 모두의 관심 밖으로 밀려났다. 그때 이후 그녀는 콘텐츠를 리액션 영상으로 바꿨다. *오 마이 갓, 미쳤어. 진짜 미쳤어*를 반복하고 또 반복하고, 또 반복하면서 영상 속 대사를 더 크게 외쳐대는 그런 영상 말이다. 본질적으로 그녀는 아이패드에 중독된 아이들의 뇌를 죽이는 콘텐츠를 만드는 셈이었다. 하지만 그 콘텐츠로 그녀의 커리어는 되살아났고 팔로워는 세 배로 늘어났다. 지금 그녀는 머리끝부터 발끝까지 명품으로 도배해 백화점 마네킹 같아 보일 지경이었다.

그리고 한물간 아역배우에서 인플루언서가 된 릴리 슈미트. @lilyschmidt. 인스타그램 4백만, 유튜브 2백만, 틱톡에서 백만 팔로워를 보유했다. 2년 전 그녀는 다운증후군을 지닌 남자아이를 입양하는 일련의 영상을 만들었다가 불량품 반품하듯 파양해 헤드라인을 장식한 인물이었다. 그녀는 저작권 없는 신파 음악을 깐 눈물 영상에서 자신은 그런 스펙트럼을 겪는 아이를 돌볼 준비가 되어 있지 않아서 아이를 원래 있던 곳으로 돌려보내는 편이 더 낫다고 호소했다. 1년 뒤, 그녀는 웬디라는 뇌가 제 기능을 하는 어린 여자아이를 태국에서 입양했다. 지금 그녀는 엄마 콘텐츠를 만들고 있다.

"요즘은," 릴리가 갈색빛 도는 금발 머리를 만지작거리며 말했다. "늘 피곤해. 매일 풀타임 근무라니까. 다섯 시 운동, 일곱 시 미팅, 열한 시 후원 브런치, 그리고 여섯 시까지 내내 블로그를 하지. 이메일은 말해 뭐해."

"이메일!" 켈리가 신음했다.

"웬디한테 저녁 만들어줄 시간도 거의 없어. 보모가 두 명 있어서 그나마 다행이지."

안젤리크가 고개를 절레절레 흔들며 한숨을 푹 쉬었다. "무슨 느낌인지 알 것 같아."

"어떨 땐 회사원이 되고 싶다니까. 그 사람들은 매일 다섯 시면 퇴근하고 자기 삶을 살잖아. 그런데 인플루언서들은? 일, 일, 일. 매초, 매분. 우리처럼 사는 게 얼마나 힘든지 사람들은 몰라."

"그치?" 스피어민트 껌을 씹는 켈리의 새틴 레드립이 꼭 실리콘 비엔나소시지 같았다. "하루만이라도 인플루언서로 살아 보라지."

나는 한쪽 눈썹을 치켜올렸다.

"진짜 힘들어." 릴리가 대답했다.

"완전 동감이야." 안젤리크가 말했다.

모두가 나를 바라봤다. "그렇지." 내가 말했다. "진짜 그래."

"우리 오빠는 컨설턴트인데 유급 휴가가 4주야." 켈리가 말을 이었다. "그 4주 동안 오빠가 실제로 뭘 하겠어? 진짜 휴가를 즐기는 거지! 우리였다면 그 망할 시간 내내 영상 찍고 해변에서 사진 찍고 레스토랑 리뷰나 해야 할걸. 으윽! 진짜 피곤하다! 우리한텐 휴가가 없어. 진짜 쉬는 거 말이야."

켈리의 스피어민트 향 풀풀 나는 관심이 갑자기 나를 향했다. "너 게시물이 딱 끊겼더라. 정말 너답지 않게 말이야, 클로이. 내 말은, 널 봐. 동생이 죽었는데도 지금 여기 있는 널. 여전히 일하면서. 그런데 휴가는 어땠어?" 세 여자가 호기심 어린 눈을 껌뻑거리며 나를 쳐다보았다.

레모네이드를 내려놓지 말 걸 그랬다. 홀짝거리면서 생각할 시간을 벌 수 있었을 텐데. "어, 좋았어. 휴식이 필요했거든."

"잘됐네…" 켈리가 눈을 가늘게 떴다. "정말 잘됐다." 켈리에겐 내 신경을 긁는 뭔가가 있었다. 의심하는 건가? 그건 아닌 것 같았다. 켈리의 말은 날이 서 있었고… 거의 화가 난 듯했다. 남들 모르게 클로이가 켈리와 싸운 걸까?

"내가 하루 동안 서비스 직원으로 일하면서 영상을 찍었거든." 다행히 릴리가 화제를 자기에게 돌렸다. "뭐, 솔직히 별거 아니더라고."

"나 그거 봤어." 안젤리크가 외쳤다. "맥도날드에서 일한 영상 맞지?"

릴리가 고개를 끄덕였다. "진짜 생각지도 않은 행운이었다니까. 6백만 회를 기록하고 지금도 계속 느는 중. 근데 호불호 비율이 놀라울 정도야."

"세상에 헤이터가 얼마나 많은지" 켈리가 말했다.

"너무 많지." 안젤리크가 맞장구쳤다.

"개인적으로" 켈리가 말을 이었다. "난 그 영상이 정말 통찰력 있다고 생각해."

"아주 통찰력 있는 영상이지." 안젤리크가 말했다.

이 대화에서 나를 빼주길.

"솔직히 난 서비스 직원들이 항상 불평하는 이유를 모르겠어." 릴리가 양손을 흔들어대며 말하는 사이 카르티에 팔찌가 딸깍거렸다. "진짜 쉽게 일하면서 말이야. 주문 몇 개 받고 현금 좀 세고 주문 받은 거 봉지에 좀 챙겨넣고. 그런 건 뇌 없어도 하겠다. 나도 다 때려치우고 맥도날드에서 일할까 생각…"

음악이 멈추고 누군가 저녁 식사 시간을 알렸다. 완벽한 타이밍이었다. 1초만 늦었어도 누구 눈알에 손가락이 박혀 비명이 난무하는 사태가 벌어졌을 테니까.

우리는 무리 지어 중앙홀로 이동했다. 자리표 사이에서 내 이름을 찾는데 안젤리크가 내 손을 잡고 앞쪽의 더 작은 테이블로 자신 있게 끌고 갔다.

안젤리크에게 이건 아니라고, 내 자리는 일반 테이블일 거라고 말하려는데 내 이름이 눈에 딱 들어왔다.

그게 다가 아니었다.

내 자리는 벨라 마리 옆이었다. 가운데 바로 옆자리.

절친이 앉는 그런 자리 말이다.

내가 조사한 바에 따르면 클로이와 벨라 마리는 특별히 가까운 사이가 아니었다. 하지만 이런 자리 배치는 둘이 완전 가깝다는 증거가 아닌가.

어떻게 이럴 수가 있지?

더 깊이 파고들었어야 했다. 클로이의 방을 샅샅이 뒤져 일기를 찾아내고 커뮤니티를 128페이지까지 철저히 살폈어야 했다. 나는 준비가 턱없이 부족했다. 벨라 마리는 뭔가 잘못되었단 걸 알아차릴 거다. 내가 가짜란 걸 모두 알아차리고 말 거다. 씨발, 내가 왜 이런 짓을 했지? 대체 난 뭐가 잘못된 걸까?

밖에서 경찰 사이렌 소리가 울린다. 나 때문에 왔나? 오래전 경찰들이 내 상태를 확인하러 왔던 때가 떠오른다. 그 적대감, 절망감. 나를 노려보는 이모의 눈, 나를 몰아세우는 이모의 날카로운 목소리. 담즙이 목구멍으로 역류한다. 땀이 등줄기를 타고 흐른다. 나는 무너져 내린다. 숨을 쉴 수 없다. 나는 눈을 감고 냉정을 되찾으려 애를 쓴다. 어둠 속에서 클로이의 얼굴이 떠오른다. 그녀의 늘어진 몸, 보랏빛 입술, 핏발 선 눈. 하지만 이제는 꿈틀거리는 구더기들이 그녀의 피부를 삼키고 있다. 그녀의 치아가 움직이기 시작한다. 딸깍, 딸깍, 딸깍. 갑자기 그녀의 동공이 나를 향해 스르륵 움직인다. 까맣고 영혼 없는 동공. 그녀가 바짝 마른 입술을 열어 속삭인다. '속았지.' 그녀가 돌진한다. 썩어가는 두 팔을 나에게 내민다. 그녀의 손가락이 내 팔뚝을 단단히 감싼다. 나는 비명을 지르고 그녀의 손아귀에서 휙 빠져나온다.

하지만 내 앞에 서 있는 건 클로이가 아니다.

벨라 마리다.

18

 벨라 마리가 수정처럼 맑고 파란 눈으로 나를 보았다. 너무 밝아서 그 속에 떨고 있는 내 모습이 비쳤다. 황홀했다. 어느새 클로이는 내 마음속 깊은 곳으로 사라져버렸다.

 벨라 마리의 얼굴이 완벽하게 걱정스러운 표정으로 변했다. "놀라게 할 생각이 아니었는데, 자기야."

 자기야.

 그녀의 발음은 모호하고 알아듣기 힘들었다. 마치 모든 유럽 국가의 언어가 그녀의 아름다운 입속에서 자리다툼을 벌이는 것 같았다. 나는 그녀가 삼십대 초반인 걸 알았지만 그녀는 스무 살에서 단 하루도 넘기지 않은 듯 보였다. 그녀의 피부는 젊고 분위기는 성스러웠다. 제어하기 힘든 감정에 목구멍이 부어오르고 별안간 외면하고 싶은 욕구가 솟구쳤다. 두려움과 경외심 사이를 가르는 경계선 언저리에 갇힌 느낌이었다.

 그녀가 눈을 깜빡여 나를 최면에서 깨워주었다.

 주위가 빙글빙글 돌면서 정신이 돌아왔다. 모두 나를 쳐다보았다. 침묵이 흘렀다.

맞다. 벨라 마리가 나를 잡았는데 내가 피 튀기는 살인이라도 본 듯 비명을 질렀지.

나는 침을 꿀꺽 삼켰다. 그리고 참석자들을 향해 몸을 돌렸다. "저 괜찮아요." 내가 대수롭지 않은 듯 웃자 사람들이 시선을 거뒀다. 음악이 다시 살아났다. 나는 다시 벨라 마리에게 집중했다. 여전히 그녀의 시선을 피한 채. "미, 미안해. 정신이 딴 데 가 있었어."

"아니, 아니야. 사과하지 마. 자기야. 내 잘못이야. 내가 뒤에서 다가온 탓이지. 그러면 안 되는 거였어."

"맙소사. 아니야. 언제든지 뒤에서 다가와도 돼!" 나는 움찔했다. 말이 입에서 와르르 쏟아져 나왔다. 벨라 마리가 나를 정신 나간 애라 생각할 것 같았다. 죽고 싶었다.

그녀가 웃자 심장이 콩닥거렸다. 그녀의 숨결에서 나는 은은한 꿀 향이 공기를 채웠다. 그녀가 다가와 안젤리크가 했던 것처럼 내 뺨에 입을 맞췄다. 그녀의 피부가 닿은 내 얼굴 부위가 따뜻해졌다. 그녀가 부드러운 손을 내 등에 대고 내 자리로 안내해주었다. "자, 어서 앉아."

나는 땀에 젖은 손바닥을 꽉 끼는 드레스에 문질렀다. 내 거친 호흡에 금방이라도 솔기가 터질 듯했다.

옆에 앉은 벨라 마리가 내 손목에 손바닥을 얹어 산만한 움직임을 잠재워주었다. "에메랄드빛이 정말 잘 어울려. 아름다워."

"그래?"

"응. 근데…" 그녀의 눈에 근심이 어렸다. "오늘 심하게 긴장한 것 같네. 괜찮은 거야?"

아, 그거, 내가 죽은 쌍둥이 언니랑 인생을 바꿔치기해서 그래. 이제 발 빼기엔 너무 늦었지. 그리고 내 옆에 앉은 중학교 때 우상이 내가 아름답다면서 나를 '자기야'라 불러. 뱃속이 울렁울렁하는 건 긴장감 때문일까 아니면 다이어트 차의 여파일까?

나는 계속해온 변명을 들이댔다. "줄리가 죽어서 충격이 컸나 봐."

벨라 마리가 혀를 탁 차고는 고개를 갸웃하자 백금발 가닥이 그녀의 백조 같은 목을 타고 흘러내렸다. "가엾은 클로이." 그녀가 내 등을 문질렀다. "정말 안됐어. 네가 얼마나 고통스러울지 상상도 안 돼. 마음이 너무 아파."

친절하기까지? 신은 정말로 우리를 불공평하게 만들었다.

"고마워."

그녀 뒤에서 누가 머리를 쏙 내밀었다. 금발 머리에, 눈동자가 흐린 갈색이라는 점을 제외하면 벨라 마리와 놀라우리만치 닮아 있었다. 맞다. 벨라 마리의 사촌 에멀린이었다. "나도 줄리 이야기 들었어. 정말 마음 아프다."

그 옆에 앉아 있던 백설 공주를 닮은 여자가 끼어들었다. "내가 도움이 필요한지 묻는 메시지 보냈는데. 못 봤지?"

"나도!" 또 다른 인플루언서가 말했다. 보라색 스모키 눈화장을 한 여자였다.

"나도 보냈어." 에멀린이 말했다.

"맞아." 벨라 마리가 말했다. "우린 그룹 채팅방에 애도 글을 남겼어. 근데 네가 못 본 것 같더라. 다들 네 빈 자리가 얼마나 큰지 실감했어."

그룹 채팅이라고? 사이버 스토킹을 그렇게 했는데도 그룹 채팅방은 보지 못했다. 그리고 수많은 DM을 그렇게 읽었는데도. "미안해. 너무 정신이 없었어."

"아." 에멀린이 말했다.

"너무 슬퍼." 백설 공주가 말했다.

"진짜 너무 슬퍼." 스모키 눈화장이 말했다.

"무엇보다 약물 중독이라니." 벨라 마리가 안타까움에 고개를 절레절레 흔들었다. "그건 정말 힘든 죽음이야."

나는 이맛살을 찌푸렸다. "그거 어떻게 알았어?" 공개된 정보가 아니었다.

벨라 마리는 한 박자도 쉬지 않고 바로 대답했다. "리사가 말해줬어. 비서들이 어떤지 알잖아. 항상 비밀을 교환하지. 비밀은 비서들 세상의 화폐 같달까." 그녀가 내 흘러내린 머리카락을 귀 뒤로 넘겨주었다. 그녀의 손가락에 관자놀이가 간질간질했다. 몸에 전율이 일었다. 누가 나를 그렇게 만져준 게 언제가 마지막이었지?

"네가 잘 극복했으면 좋겠어. 정말 충격이 컸을 거야. 여기서 내 이야기를 하고 싶진 않지만 나도 비슷한 경험을 했거든. 우리 엄마가 알코올 중독으로 고생하고 계셔서. 그게 얼마나 힘든지 알아. 마음이 계속 어두운 곳으로 끌려 들어가지."

로맨스 영화의 주인공이 된 듯 가슴이 부풀어 올랐다. "그렇게 말해줘서 정말 고마워. 난 그냥 원래 자리로 돌아가려고 애쓰고 있어. 다 혼란스러워서."

"혼란스러울 때지." 에멀린이 말했다.

"진짜 혼란스러울 시간이야." 백설 공주가 앵무새처럼 반복했다.

"혼란 그 자체일 거야." 스모키 눈화장이 덧붙였다.

"흐음." 벨라 마리가 신음했다. "진짜 그럴 거야. 내가 도와줄 일이 있으면 뭐든지 꼭 알려줘."

바로 그때 아일라 해리스가 종종걸음으로 허둥지둥 우리 테이블로 왔다. 딱 붙는 핑크 스팽글 드레스 때문에 움직임이 자유롭지 않아 보였다. "늦어서 미안." 그녀가 갈색 눈 앞으로 흘러내린 곱슬머리 한 가닥을 젖히며 벨라 마리에게 속삭였다. 형광 초록색 아이라인이 눈에 띄었다. "애들이 오후 내내 들러붙어 징징대는 통에 제시간에 집을 나설 수가 없어서."

벨라 마리는 부드럽게 미소 지으며 고개를 까딱했다. 그녀의 시선이 조금 과하다 싶을 정도로 오래 아일라의 드레스에 머물렀다. 반짝이는 핑크 드레스가 다른 손님들의 차분한 뉴트럴 톤과 극명한 대조를 이뤄 마치 모래톱에 떨어진 크리스마스 장식 같아 보였다. 아일라는 불안한 시선으로 테이블 주위를 두리번거리다 나를 발견하고는 미소 지으며 고갯짓했다.

나도 미소 지으며 고개를 끄덕여 인사했다.

"와줘서 정말 고마워." 벨라 마리가 마침내 입을 열었다. "아직 저녁 식사는 시작 전이야. 자리에 앉으면 돼."

아일라가 왼쪽 끝자리에 앉자 우리 테이블이 완전히 채워졌다. 모두 열 명이었다. 나는 스모키 눈화장과 백설 공주를 제쳐두고 안젤리크 옆에 앉아 있는 건강하게 그을린 키 큰 금발 머리가 누군지 알아내기 위해 고심했다. 오늘 밤은 사이버 스토킹으로 하얗게 지새워야 할 거다. 사람이 많아서 다 캐고 다니기가 여간 힘든 일이 아닐 터였다.

우리가 벨라도나인가? 벨라 마리와 아홉 명의 신봉자들?

그런데 켈리가 나를 뚫어져라 쳐다봤다. 눈이 마주치자 그녀가 활짝 웃고는 씹던 껌으로 풍선을 불었다. 풍선이 팡 터지는 순간 내 몸이 움찔했다. 그녀는 내 반응에 행복한 듯 싱글거렸다. 그리고 혓바닥으로 입술 주위에 남은 찐득찐득한 당분을 핥았다.

"정말 재밌네. 하마터면 행사 호스트한테 자리 배치에 대해 불평할 뻔했다니까. 원래 벨라 마리 옆은 주로 내 차지였거든." 켈리는 시기심으로 눈을 이글거리며 어색하게 웃었다. 그녀가 여학생들에게 고데기 사용법을 가르치는 그 건전한 영상을 만들던 소녀라는 게 믿기지 않았다. 나는 여전히 그녀의 형광 핑크 치아 교정기와 청록색 톱 아래로 살짝 보이던 하얀색 스포츠 브라를 기억했다. 그녀의 말투는 부드러웠고 살짝 수줍었다. 지금은 내가 비키니라도 입으면 잘근잘근 씹어대며 품평할 것 같다. 어쩌다 저렇게 변해버렸을까?

어쨌든 그녀의 수동 공격적 암시는 명확했다. 벨라 마리는 나를 (사실은 클로이를) 더 좋아하고 켈리는 그걸 질투한다. 그게 날 실망시키진 않았다. 질투란 원래 본인보다 우월한 사람에게 느끼는 법이니까. 그녀의 말에 제대로 자신감이 생겼다.

"변화를 줄 때가 됐나 보지."

"변화라고?" 켈리가 턱을 치켜들고 웃었다. "변화라면 내가 잘 알지. 내가 어떻게 그 자리를 그렇게 오래 지켜냈겠어?" 그녀가 몸을 기울이자 스피어민트 향이 훅 퍼졌다. "너무 자신만만하지 마. 넌 우리 모두가 얼마나 쉽게 대체될 수 있는지 정확히 알아둬야 해."

대체된다는 말에 신경이 곤두섰다. 우연일지 몰라도 마음속에 경고 벨이 울렸다. 새 인생을 시작하자마자 적을 만들면 안 된다. 질투는 그럴 수 있다 치지만 의혹은 반드시 피해야 했다.

"그냥 농담이었어." 나는 일부러 키득거리듯 말했다.

"아! 나도. 아는 줄 알았는데." 그녀가 고개를 옆으로 살짝 기울이고는 눈을 가늘게 뜨고 입꼬리를 살짝 올렸다. "동생이 죽어서 많이 약해졌나?"

나는 볼 안쪽을 깨물었다. 날을 세우고 빈정거린 게… 장난이라고? 서로 깎아내리면서 애정을 표현하는 사람들이 있다고 들었다. 어쩌면 그녀를 완전 잘못 알고 있었던 걸지도 모르겠다. 그 못된 말들이 진심을 보여주는 지표란 말인가? 뭔가 이상한 집단 내 우정 의식이라고?

"슬퍼서 그런가 봐." 나는 설명을 시작했다.

"놀라운데." 그녀는 시선을 거두지 않은 채 냅킨에 껌을 뱉었다. 그녀의 혀에서 껌과 함께 끈적한 침이 흘렀다. "그게 말이야." 그녀가 목소리를 낮췄다. "우리가 지금 다른 누구도 아닌 줄리 이야기를 하고 있잖아."

나는 침을 삼켰다. "무슨 뜻이야?"

"너흰 친하지도 않았잖아. 인터넷에서 열광하니까 우리가 모두 쌍둥이 콘텐츠를 더 찍으라고 했는데, 네가 그랬지. 사람들이 너희 둘을 한데 묶어 보는 게 싫다고. 넌 줄리가 네 브랜드를 망칠 거라 생각했어. 뭐라고 했더라? 비루하다고 했나? 널 불편하게 만든다나 어쩐다나? 뭐 그런 투로 말했었지."

"아." 클로이가 나를 싫어한 줄은 알았지만 그 말 한마디 한마디에 심장이 무너져내렸다.

"너한테 필요한 가족은 우리밖에 없으니까 괜찮다며. 네가 그렇게 말했잖아."

"내가?" 정신이 아득해졌다. 나는 대화를 끝내고 싶었다.

"네가 그랬어. 그리고 바로 얼마 전까지만 해도 넌 여전히 그렇게 생각했고."

음악이 멈춰서 보니 벨라 마리가 서 있었다. 벨라 마리가 그 대화를 끝내줘서 고마웠다. 그녀는 크리스털 샴페인 잔을 나이프로 쳤다. 쨍그랑. 쨍그랑. 쨍그랑. 모두 그녀를 돌아보았다. 농담이 아니라 그녀의 얼굴을 보자 모든 손님들의 표정이 환해졌다. 그리고 마치 우리가 세상의 기근을 끝내기라도 한 듯 박수 치고 환호했다. 그 소리가 너무 크고 맹렬하고 압도적이어서 내 몸속 뼈가 덜커덕거릴 정도였다. 나는 사람들의 반응에, 벨라 마리가 공간을 장악하는 방식에 경외심을 느꼈다. 그녀는 매혹적이었고 스포트라이트 아래 반짝반짝 빛이 났다. 그녀의 머리카락이 황금빛 폭포수처럼 흘러내렸다.

모두 조용해졌다.

"여러분을 환영합니다. 그리고 제게 귀 기울여주셔서 감사합니다." 마이크 없이도 그녀의 목소리는 홀 전체에 맑게 울려 퍼졌다. "벨 바이 벨라 마리 론칭 행사에 참석해주신 모든 분들께 일일이 고개 숙여 감사드리고 싶어요. 저와 저희 팀이 심혈을 기울여 제작한 우리 브랜드를 몰입형 디너 이벤트를 통해 선보일 수 있어 얼마나 기쁜지 몰라요. 다만, 시작에 앞서 여러분께 휴대폰을 잠시 내려놓라는 부탁의 말씀을 드리고 싶어요." 사람들 사이에서 탄성이 새어 나왔다. "사진을 찍고 싶은 마음은 충분히 이해합니다. 하지만 다시 연결되기 위해 연결을 끊어야 할 때도 있는 법이지요. 우리는 여러분이 이 행사에 들어간 예술적 기교와 노고를 온전히 유념해주시고 존중해주시길 바랍니다." 그녀가 말을 멈추고 교실을 통제하는 선생님처럼 청중들을 바라보았다. 사람들이 휴대폰을 가방에 넣었다. 순식간에 모든 휴대폰이 시야에서 사라졌다. "자, 이제 지체 없이 우리의 쇼를 시작합시다!" 그녀가 승리의 미소를 머금고 손뼉을 두 번 쳤다.

익숙한 선율의 교향곡이 울려 퍼졌다. 나는 기분이 처질 때면 격정적인 클래식 음악을 듣곤 했다. 이 곡은 카미유 생상스의 〈죽음의 무도〉 같았다. 확실히, 이런 행사에는… 좀 강렬한 감이 있었다.

부드러운 하프 선율이 공기 중에 흐르는 사이 웨이터들이 줄줄이 들어왔다. 각 손님당 한 명씩이었다. 웨이터들은 쟁반과 종 모양의 금속 덮개를 들고 우리 뒤에 자리 잡았다. 그러고는 솔로 바이올린이 등장하자 마치 안무에 맞춰 춤을 추듯 허리를 숙여 쟁반을 테이블 위에 놓았다. 금속 덮개에 양옆으로 쭉 늘어난 추하고 일그러진 내 형상이 비쳤다. 클로이의 퉁퉁 붓고 늘어진 푸르죽죽한 얼굴이 떠올랐다. 플루트 소리와 함께 하얀 장갑이 덮개를 열고서야 그 입맛 떨어지는 기억에서 벗어났다…. 캐비어와 금박을 올리고 그 위에 식용 꽃을 얹은 얇게 썬 바게트가 모습을 드러냈다.

하아. 기대에 비해 살짝 실망스러운 전개였다. 나는 좀 더 근사하고 풍성한 음식을 기대했다. 하지만 쏟아지는 박수갈채로 보아 모두 만족한 듯했다. 파인 다이닝에선 보통 이런 식으로 시작하나 보다. 웨이터들이 떠나자 모델들이 바이올린 리듬에 맞춰 테이블 주위를 성큼성큼 걸어 다녔다. 모두 베이지, 검정, 금색 옷을 차려입고 있었다. 늪에라도 빠졌다 나온 듯 축축이 젖은 머리에는 꽃 액세서리가 장식되어 있었다. 기다랗고 정교한 귀걸이가 마치 귓구멍에서 식물이 자라듯 매달려 있었다.

이제 알 것 같았다. 몰입형 디너. 모델들은 말 그대로 음식과 같은 색깔의 옷을 입고 음식에 올려진 꽃과 같은 꽃을 달았다. 모델들이 한 바퀴 돌고 나서 일정한 간격을 두고 곳곳에 멈춰 섰다. 일부는 꽃장식과 촛대 사이에 놓인 테이블에 올라가 포즈를 취했다. 모두 마네킹처럼 움직임을 멈췄다. 우리는 바게트를 먹었다. 모델들이 너무 가까이 있어서 좀 어색했다. 폐소공포증 증세가 시작될 것 같았다. 내 앞에 있는 모델의 갈비뼈가 보였다. 그녀의 홀쭉한 볼과 실같이 가는 머리카락. 황금색 레이스 칼라가 없었다면 그녀는 조그만 베이지색 드레스를 입은 굶주린 빅토리아 시대 어린이 같았을 것이다. 그들 앞에서 음식을 먹자니 거의 죄책감이 들 지경이었다. 살짝 가학적이었다.

웨이터들이 접시를 치우자 모델들이 나갔다.

새로운 음식이 들어올 때마다 같은 안무가 펼쳐졌고 매번 음악이 바뀌었다. 샐러드에는 차이콥스키의 〈감성적인 왈츠〉가 흘러나오고 올리브와 회향 열매를 닮은 액세서리를 단 모델들이 초록색 옷을 입고 성큼성큼 걸어 다녔다. 당근 퓌레를 곁들인 라임이 들어간 오리고기가 나왔을 땐 교향악단이 〈백조의 호수〉를 연주하고 모델들이 깃털 귀걸이를 달고 보라색과 주황색 옷을 입고 미끄러지듯 스텝을 밟았다. 계속 그런 식으로 진행되었다. 이 행사에 얼마나 많은 기획과 돈이 들어갔는지 감히 상상할 수도 없었다. 손님들은 음식을 먹어치웠다. 이상한 곡 선택을 무시하고 수척한 모델들을 보는 대신 옷에 집중하는 한 나도 나름 즐길 수 있었다.

그때 메인 코스가 나왔다. 파스닙과 비트를 곁들인 레어로 구운 사슴 고기였다. 교향악단이 모차르트의 〈레퀴엠〉을 연주했다. 트롬본 연주가 시작되자 합창단의 바리톤 음이 울려 퍼졌다. 그들의 목소리가 높은 천장을 가로지르고 방 전체가 진동했다. 합창단의 순수한 힘과 그 아래 깔린 날카롭지만 슬픔 가득한 현악기 선율에 심장이 두근거렸다.

나는 깜짝 놀라 교향악단을 바라보았다. 〈레퀴엠〉은 슬픔에 관한 곡이다. 임박한 죽음에 대한 두려움을 설명하는 곡.

음악이 믿기지 않을 만큼 불쾌했지만 아무도 신경 쓰지 않는 듯했다. 모두 기쁨에 겨워 웃고 있었다. 대단히 아름답지만 사람을 홀리는 기묘한 연출에 사로잡혀 개인적 비판 의식을 상실한 집단적 웃음이었다.

벨라 마리는 사슴 고기를 평온하게 썰고 있었다. 그녀의 손목이 발레를 하듯 움직이는 사이 새끼 사슴의 피가 새하얀 접시에 스며 나왔다. 그녀가 그 작고 예쁜 입에 조그맣게 썬 고깃덩어리를 가져갔다. 오물, 오물, 오물. 꿀꺽. 그녀는 와인을 마시다 내 시선을 알아차렸다. 그녀가 나를 마주 보았다. 덜 익은 고기에서 새어 나온 피로 벌겋게 얼룩진 이와 입술을 보이며 환하게 미소 지었다. 표정은 밝았지만 그녀의 수정처럼 맑은 눈동자만은 시리도록 차갑고 투명해 마치 영원히 죽지 않는 사람의 눈 같았다.

"사슴 고기에 문제라도 있어?"

그녀의 말에서 공허함이 느껴졌다.

나는 시선을 돌렸다. 침을 삼켰다. 심장이 마구 뛰었다. "아, 아니. 정말 맛있어." 나는 사슴고기를 썰었다. 내 접시에 피가 튀었다. 고기를 혓바닥에 올려놓는데 한 모델이 내 앞에 멈춰 섰다. 그녀는 고기 같은 갈색 옷이나 파스닙 같은 흰색이나 비트 같은 보라색 옷을 입지 않았다. 선홍색을 입었다. 핏빛 선홍색. 양쪽 볼에는 암사슴처럼 흰 반점이 흩뿌려져 있었다. 런웨이를 쿵쿵 걸어온 탓에 가슴을 들썩거리며 숨을 헉헉댔다. 나는 고기를 씹었다. 목구멍으로 피 맛이 확 퍼지고 혓바닥에 비릿한 철 냄새가 입혀졌다. 고기를 삼켰다. 위장이 부글거리고 구역질이 파도치듯 올라왔다. 거친 고기가 목구멍을 긁으며 내려갔다. 식도를 타고 내려가는 고깃덩어리가 마치 살아 있는 듯했다. 발톱 날을 세우고 빠져나오려 발악하는 것처럼 느껴졌다.

19

 식사 후 나는 혼자 발코니로 나가 늦겨울 추위에 아무런 도움도 되지 않는 열 램프 아래에서 울코트를 단단히 여몄다. 음악과 대화 소리가 시린 공기를 뚫고 들려왔다. 넓은 유리문을 통해 따뜻한 홀을 들여다보며 멀리서 풍족한 모습을 관찰했다. 다시 들어가고 싶었지만 들어가 섞여들 생각을 하니 마음이 불편해졌다. 욕지기 나는 식사를 하며 내가 얼마나 그 자리에 맞지 않는 사람인지 확실히 알게 되었다. 나를 제외한 모두에게는 명백하게 아름다웠을 그 경험을 나는 이해할 수 없었던 거다. 아래쪽 거리로 시선을 돌렸다. 목걸이를 꿴 구슬처럼 모인 차들이 신호를 기다렸다. 초록불로 바뀌자 차들이 전진했지만 불과 2, 3미터 앞 빨간불에서 다시 멈췄다.

"클로이, 맞죠?"

깜짝 놀라 돌아보니 아일라가 서 있었다.

"놀라게 해서 미안해요." 앙딜처럼 폭신한 초록색 카디건이 양 어깨에 걸쳐져 있었다. 카디건 앞섶을 꼭 끌어안고 있어서 핑크 드레스는 거의 가려졌다.

"아니, 아니에요. 제가 넋 놓고 있어서 그래요."

"생각을 깊이 하셨나 봐요."

"그렇죠."

"전 아일라예요." 그녀가 손을 내밀어 악수를 청하고는 내 손을 단단히 움켜쥐었다.

"알고 있어요. 정말 반가워요."

그녀가 난간에 몸을 기대고는 후유 한숨을 쉬었다. "저녁 식사 어땠어요?"

나는 천연덕스럽게 좋았어요! 하고 말하고 싶었다. 하지만 아일라가 나를 바라보는 모양새가, 살짝 굴곡진 눈썹이, 막 비밀스러운 농담이라도 말하려는 듯 일그러진 입술이 나를 멈추게 했다.

"좋아요. 이거 아무한테도 말하지 마세요." 나는 코를 훌쩍거리며 속삭였다. "식사가 뭔가, 그러니까 좀…"

"극단적이었죠?" 그녀도 속삭이며 문장을 마무리해주었다. 우리 사이에 입김이 하얗게 피어올랐다.

"맞아요!" 목소리가 살짝 크게 나와버렸다. "음악도 그렇고…. 그리고 모델들도 좀 그랬죠?"

"확실히 몰입감 있긴 했어요." 그녀가 손가방에서 담배 한 개비와 라이터를 꺼냈다. 금색 뚜껑이 달린 빈티지 라이터였다.

"담배 한 대 피워도 될까요?"

"얼마든지요."

그녀는 라이터를 슉 켠 다음 푸른 불꽃을 담배에 갖다 댔다. "그래도 음식은 끝내줬어요. 벨라 마리 행사는 다 이런 식인가요? 제가 처음이라."

"특별한… 편이죠." 나는 아일라가 내 모호한 대답에 만족하기를 바랐다.

"여기 오는데 너무 긴장되더라고요. 특히 한 시간이나 늦는 바람에. 우리 막내가 울음을 안 그쳐서 애니메이션 〈블루이〉를 세 편이나 같이 봐야 했어요. 다들 극찬하던 그 근사한 웰컴 드링크는 맛도 못 봤다니까요."

"레모네이드 때문에 생수가 바다를 건넌다고 생각해보세요. 일부 백인 부자들이 염병 떠느라 하는 짓이죠."

아일라가 웃음을 터뜨렸고 나는 웃지 않으려 애를 썼다.

"이제 그냥 이즈라 불러줘."

마음속에 빛이 들어왔다. 근사한 애와 친구가 되는 기분이 이런 걸까? 클로이의 인생을 산 지 며칠 만에 벌써 친구들이 생겼다. 나 자신이 되라고? 웃기지 말라 그래. 다른 사람으로 사는 게 백배 천배 나으니까.

"벨라 마리는 어떻게 알게 됐어? 네 분위기랑 정말 안 맞아 보이는데." 내가 물었다.

이즈에게는 느긋하면서도 개성 있는 분위기가 있었다. 이를테면 철제 비상계단에 슬쩍 기대앉아 지나가는 행인에게 대마초를 건넬 것 같은 분위기랄까. 가진 재산만큼 자기애가 넘치고, 아이비리그의 기부금 입학생 분위기를 팍팍 풍기는 벨라 마리의 다른 무리와는 극과 극이었다.

이즈가 키득거렸다. "무슨 말인지 알겠어. 정말 알고 싶어?"

나는 열렬히 고개를 끄덕였다.

그녀가 담배를 한 모금 쭉 빨아들이자 그 끝에 호박색 불꽃이 지글거렸다. 하얀 연기가 어두운 하늘로 구불구불 올라가자 내 콧속에도 냄새가 확 퍼졌다. "난 정말 학대받는 관계에 빠져 있었어."

그 말을 듣자 곧장 물어본 걸 후회했다. 나는 누군갈 제대로 위로해본 적이 없었다. 아마 제대로 위로받은 적이 없어서일 거다. 내가 문제를 겪을 때 이모는 나를 내쫓거나, 내가 곪아 터지게 내버려두거나, 골치 아프게 만든다며 비난을 퍼부었다. 나는 이즈와 눈이 마주치지 않으려 공원 쪽으로 시선을 돌렸다.

"그 사람이 어떻게 나한테서 가족과 친구들을 떼어놨는지 기억조차 안 나. 어쩌면 기억 못 하는 게 나을지도 모르지. 근데 어느 순간 보니까 나한테 남은 게 그 사람하고 우리 아기들뿐이더라고. 직업도 없고, 인맥도 없고, 그 사람 말고는 미래도 없었지." 이즈는 담뱃재를 털어내고 길고 깊게 빨아들였다. "그러다 몰래 인스타그램을 시작했어. 들키지 않으려고 그 사람 계정을 다 차단하고 말이야. 나는 그 사람이 일하러 갈 때마다 게시물을 올렸어. 처음 협찬 이메일을 받았을 때 말 그대로 기적이 일어난 느낌이었어. 한동안 내 소셜미디어는 나를 세상과 연결해주는 유일한 매개체였어. 내가 목소리를 낼 수 있는 유일한 장소. 내가 아름답다고 느낄 수 있는 곳, 내가 주목받을 수 있는 곳이었지. 그런데 그 사람이 알게 된 거야. 그리고…." 이즈가 고개를 절레절레 흔들었다. 담뱃재가 바람에 흩어졌다. "경찰이 개입됐어. 나는 마침내 그 사람과 헤어지고 내 딸들의 단독 양육권을 신청했지. 고향에 머물면 안전하지 않을 것 같아서 대륙을 가로질러 뉴욕으로 도망쳐왔어."

나는 원래 소셜미디어 인플루언서라면 아주 질색이었다. 그들을 휴대폰 화면을 통해 손만 뻗으면 닿을 수 있을 것 같은 부의 이미지를 사람들에게 주입하는 유해한 나르시시스트 집단이라 생각했기 때문이었다. 하지만 이즈의 이야기에 내 마음이 누그러졌다. 진정한 선이 사람들 사이의 관계망 속에서 나온다는 사실을 우리는 얼마나 쉽게 잊어버리는가. 소셜미디어는 그것이 필요한 사람들을 위해 존재했다. 당신이 운이 좋다면 소셜미디어가 당신에게 세상을 열어줄 수 있는 것이다.

"세상에서 가장 비싼 도시로 온 건 아주 영리한 결정은 아니었어." 이즈가 말을 이었다. "불과 몇 달 만에 내가 곤경에 처했단 걸 깨달았지. 들어오는 광고를 다 따내고도 집세도 겨우 낼 지경이었어. 나는 인디 잡지에 기사 쓰는 일까지 해야 했어. 그 일을 시작하고 한 달 후, 내 이야기를 실은 기사를 냈는데, 세상에, 벨라 마리가 내 인스타를 팔로우한 거야. 우린 메시지를 주고받기 시작했고 행사장을 다니며 서로 마주치기도 했지. 그러다 여기 초대된 거야. 이 기회를 놓칠 수가 없었어. 특히 벨라 마리와 그 가족이 얼마나 인맥이 넓은지 고려하면 말이야. 업계를 이끄는 사람들이 마치 주인 모시듯 벨라 마리 주위를 맴돌잖아. 오늘 밤 모습을 드러낸 것만으로도 원래라면 나를 거들떠보지도 않았을 몇몇 브랜드 코디네이터들과 주요 패션 하우스에 내 이름을 알렸다니까. 이 세계에서 올라가려면 그런 사람들과 어울려야 하잖아."

이즈가 '그런 사람들'을 강조해서 말했고 내 입꼬리가 절로 말려 올라갔다. 나는 그녀가 에멀린의 트윗을 아는지 궁금했다.

이즈가 내 쪽으로 몸을 돌렸다. "그런데 너는? 너희 둘은 어떻게 만났어? 식사 때 옆자리에 앉은 거 보니까 아주 가까운 사이 같던데."

그런 것 같지 않았다. 식사 내내 벨라 마리는 나에게 몇 마디 하지도 않았다. 그런데 다시 생각해보니 대화를 이어갈 상황도 아니었다. 입으로 음식을 씹느라 바빴고 귀로는 음침한 교향악단 연주 때문에 아무것도 들리지 않았다.

나는 목청을 가다듬었다. "맞아, 가깝다고 생각해. 어떻게 만났는지는 기억이 안 나. 기억이 흐릿해. 5년도 더 지난 것 같은데. 그때 이후로 너무 많은 것들이 변해버려서." 나는 이즈가 내 말을 믿어주기를 바랐다.

"어떤 느낌인지 알 것 같아. 지난 몇 년은 정말…" 이즈의 휴대폰에서 알람이 울렸다. 그녀는 손가락으로 머리 옆을 빙빙 돌리며 입술을 푸르르거렸다. "에휴. 난 가서 베이비시터를 해방시켜줘야 해." 그녀는 담배를 비벼 끄고 바로 근처에 있는 쓰레기통으로 걸어갔다.

"나도 가봐야겠다. 드레스가 곧 터질 것 같아서."

이즈가 웃었다. "다음에 봐." 그 말이 꼭 약속처럼 들렸다.

나는 혼자서 손님들이 칵테일을 홀짝거리며 어울리고 있는 중앙홀로 비슬비슬 돌아갔다. 곳곳에 놓인 작은 받침돌 위에 모델들이 서 있었다. 조명을 하얗게 받은 그 모습이 꼭 도자기 같았다. 주위를 우르르 둘러싼 인파 때문에 벨라 마리가 어디 있는지 알 수 있었다. 그녀는 페로몬을 풍겨 조력자들을 끌어들이는 여왕벌 같았다. 30분 안에 그녀에게 가닿을 방법이 없어 보여 나는 다가갈 시도조차 하지 않았다.

나가기 전에 안젤리크를 찾았다. 가기 전에 인사하고 싶은 유일한 사람이기 때문이었다. 어깨를 두드리자 그녀가 뒤돌아보며 덧니를 드러낸 채 활짝 웃었다.

"벌써 가려고?"

"응. 완전 지쳤어."

그녀는 내가 떠나서 슬픈지 입술을 삐쭉 내밀었다. "다음에 봐."

막 떠나려는데 클로이의 캘린더에 있던 그 이상한 일정이 떠올랐다. "안젤리크, 너도 그 여행 갈 거야?"

그녀의 입이 딱 벌어지고 눈빛이 흐려졌다. 그녀가 고개를 갸웃했다. "무슨 여행?"

나는 인상을 찌푸렸다. "알잖아. 6월에 가는 그 여행."

안젤리크가 어색하게 웃었다. "뭐야. 술을 너무 많이 마신 거 아냐? 난 네가 무슨 소리 하는지 모르겠어."

흠. 안젤리크는 가장 최근에 벨라도나가 되었다. 아직 해마다 가는 그 여행에 한 번도 못 가본 건가? "아, 아니야. 신경 쓰지 마."

"그래. 잘 가!" 안젤리크는 급하다는 듯이 직전까지 대화를 나누던 이들에게 돌아갔고 나는 뭔가 찜찜한 기분으로 돌아나왔다.

엘리베이터를 부르는데 누가 소리쳤다. "클로이!"

"어, 그래!" 나는 그 금발 머리의 이름을 말하지 않았다. 내가 알아보기 힘들어하는 세 벨라도나 중 하나였는데 이름이 바로 떠오르지 않았다.

새로운 사람들을 너무 많이 만나다 보니 버거웠다. 마치 인스타그램 댓글 창을 스크롤하면서 모든 유저들을 기억하려 애쓰는 것 같은 기분이었다.

그녀는 성큼성큼 세 걸음 만에 내 옆으로 왔다. 키가 나보다 최소 30센티미터는 크고 긴 팔다리에 윤기 흐르는 금발 머리를 한 그녀는 가젤 또는 운동선수를 연상케 했다.

"내일 아침에 올 거지?"

"내일?"

"응. 내 수업 명단에서 봤어. 늘 그랬듯, 앞줄에 자리 잡아 뒀어." 그녀가 윙크했다.

"당연하지! 내일 거기서 봐." 거기가 어딘지 알 길이 없었다.

"기분이 좋아 보여서 정말 다행이야. 동생을 잃고 난 뒤라 걱정했거든." 그녀가 내 어깨에 한 손을 얹고 꽉 움켜쥐었다. 진짜 꽉. 그녀의 손아귀 힘은 정말 엄청났다. "도움이 필요하면 언제든지 연락해. 우린 네가 어떤 기분일지 다 알아."

엘리베이터가 땡 울렸다. 이어서 문이 열렸다.

"더는 인질 잡지 않을게. 힘내. 참, 너한테 도움이 될 것 같아서 긍정 확언을 몇 개 보냈어. DM 확인해봐. 내일 보자!" 그 말과 함께 그녀는 벨라 마리의 곁으로 달려갔다. 그리고 이미 여왕의 주위에 몰려든 수십 명의 사람들 사이에 합류했다.

엘리베이터 안에서 나는 클로이의 캘린더를 살짝 들여다보았다. 아침에 스케줄이 딱 하나 있었다. 아침 일곱 시, **소울사이클**. 내가 개인적으로 지옥이라 생각하는 곳.

20

 슬레이트 스탠의 드레스를 벗자 몸에서 백만 개의 브래지어 걸쇠가 풀리는 느낌이었다. 드디어 숨을 쉴 수 있게 됐다!

 샤워를 마치고 침대에 뛰어들었다. 그리고 바로 휴대폰을 집어 들었다.

 나는 피오나가 포토샵한 사진을 내 인스타그램에 올렸다. 메이크업을 조금 손보는 정도일 줄 알았는데 몸통 크기가 세 치수 정도 줄어 있고 코 모양까지 바뀌어 있었다. 예의 없는 짓 아닌가. 뭐 그러든가 말든가. 나는 슬레이트 스탠을 태그하고 피오나가 써준 설명을 덧붙였다. 업로드를 하자마자 좋아요가 쏟아졌다. 줄리의 죽음을 게시했을 때 비슷한 도파민 폭발을 경험한 적 있지만 내 외모에 관해 좋아요가 쏟아지자 기분이 더 날아갈 것 같았다. 나는 댓글을 단 사람들과 잠깐 소통하고는 암호화폐와 관련한 스팸 메시지를 지웠다.

 이즈가 내 게시물에 댓글을 달았다. 넌 나에게 영감을 줘.♥

 나는 활짝 웃으며 이즈에게 DM을 보냈다.

 오늘 밤 만나서 정말 반가웠어.

잠깐 채팅방에 머물렀지만 이즈는 내 메시지를 읽지 않았다. 그래서 다음 임무에 착수했다. 벨라 마리의 테이블에서 내가 알아보지 못했던 여자들에 대해 파고들기.

소셜미디어 덕에 스토킹하기가 식은 죽 먹기였다.

백설 공주는 아나 클라인이었다. @analuvsu. 인스타그램 4백만, 틱톡 8백만 팔로워. 아나는 섹시하다. 그게 다였다. 그게 그녀의 콘텐츠였다. 아나는 그냥 졸라 섹시하다. 거대한 가슴, 정열적인 눈, 통통하게 부푼 입술, 끝내주는 엉덩이. 틱톡에 리듬댄스 영상을 올렸을 땐 가슴이 출렁거렸다는 이유로 수백만 조회수를 기록했다. 그녀가 왜 그걸 내세우는지 이해가 갔다. 가끔 그녀는 시를 쓰기도 했다. 그녀의 대표작을 소개해보겠다.

너랑 함께 있을 때
내 마음은
마구 날뛰지.
마치 이모티콘처럼.

샴푸통 뒷면에 쓰인 글귀보다 덜 심오한 걸 쓰는 데에도 예리한 재주가 필요하다.

스모키 화장은 마야 스미스였다. @mayasmakeup. 인스타그램 5백만, 틱톡 2천8백만 팔로워. 그녀는 오로지 숏폼 콘텐츠만 게시하는 뉴에이지 인플루언서 중 하나였다. 그녀의 피드에는 파운데이션 반병을 얼굴에 베이스로 펴 바르는 메이크업 튜토리얼이 우르르 올라와 있었다. 그런 그녀가 파운데이션은 단 한 방울이면 충분하다는 메이크업 라인, '원 드롭' 출시를 예고했다. 여러모로 천재적이었다. 그녀는 최근에 팟캐스트에서 성형 의혹을 부인하면서 여드름 치료약 아큐테인 때문에 자연스럽게 코가 작아진 거라고 주장했다.

행사장을 나오기 전 이야기를 나눴던 금발 머리는 소피아 챔버스였다. @sophchambers. 인스타그램 3백만, 틱톡 5백만, 유튜브 백만. 그녀는 2016년 하계 올림픽이 열리기 일주일 전 뜻밖의 사고로 팔이 부러지기 전까지 미국 국가대표팀 배구 선수였다. 이제 그녀는 재미 삼아 소울사이클의 강사로 활동하는 풀타임 피트니스 인플루언서였다. 그녀는 피트니스 앱과 유명 스포츠 브라 회사와 협업하는 의류 회사까지 운영하고 있었다. 그녀의 게시물은 오늘도 멋진 하루, 행복해지는 거 잊지 말기!, 슬플 땐 긍정적인 생각을 하세요. 같은 내용이 대부분이었다. 그녀의 팔로워들은 그런 게시물에 열광했다. 우울증마저 그녀를 두려워할 것 같았다.

안젤리크, 에멀린, 릴리, 켈리, 이즈, 벨라 마리 그리고 나 이외에 이 세 여자가 벨라도나인 듯했다.

나는 클로이가 이들의 DM을 모조리 무음 처리하고 아카이브에 저장한 것을 보곤 그 추측이 옳았음을 확인했다. 인스타그램에서만 무음 처리한 게 아니라 모든 소셜 플랫폼과 아이 메시지도 마찬가지였다. 나는 인스타그램에서 '핫 걸즈 온리'라는 이름의 그룹 채팅방을 발견하고 가장 최근에 주고받은 메시지들을 읽었다.

마야 내가 진짜 놀라운 심리 치료사를 추천해줄 수 있어. 그분이 내 슬픔을 기가 막히게 달래주셨어.
안젤리크 우리가 항상 여기, 네 곁에 있어.
소피아 줄리에 대한 모든 긍정적인 기억을 떠올려봐.
릴리 널 생각하고 있어.
에멀린 정말 마음이 아파.
켈리 우린 가족이야.

아나는 심지어 시를 지어 보냈다.

죽음
모두가 어느 순간에는
그것을 맞으리니.
부디
네 기분이 나아지기를.

으음. 뭐, 중요한 건 마음이니까. 가장 최근에 온 메시지는 벨라 마리가 직접 보낸 것이었다. 소중한 사람을 잃은 슬픔이 어떤지 우린 모두 알아. 도움이 필요할 땐 언제든지 우릴 찾아줘. — 사랑을 담아.

입꼬리가 올라가고 가슴이 따뜻해졌다. 더 오래된 메시지에는 주로 서로를 응원하거나 브랜드 계약 협상을 위한 조언을 구하거나 잠재적 파트너십을 위한 인맥을 모으거나 어떤 사진을 캐러셀 슬라이더의 커버로 쓸지 묻는 식의 대화가 있었다.

도와주고 격려해줄 뿐인 사람들을 왜 무음으로 돌려버렸는지 이해가 되지 않았다. 가끔씩 그들이 좀 피상적으로 느껴졌나? 그들은 인플루언서다. 그런 사람들한테 뭘 기대한단 말인가? 그들은 바쁜 삶을 살아간다. 사진을 게시하고 브랜드와 계약을 맺고, 회사를 차리고. 그래도 그 꽉 찬 스케줄 가운데 시간을 내어 격려의 메시지를 보낸 거다. 내가 줄리였을 때 나에게 그런 친구들, 그러니까 사회적 안전망이나 커뮤니티처럼 신경 써서 연락 주는 사람들이 있었다면 모든 것이 달라졌을 것이다.

나는 아카이브에서 그 대화를 꺼내 벨라도나들의 무음 처리를 전부 해제했다. 모든 메시지에 성의껏 답장을 보내고 나니 진이 다 빠졌지만 두근거렸다. 나는 스스로 찾아낸 새로운 세상에 완전히 매료되었다. 진심에서 우러난 새로운 관계에 푹 빠져버린 것이다.

시계를 흘깃 봤다. 새벽 2시 15분. 잠들지 않고 이 순간을 더 오래 만끽하고 싶었지만 피로가 몰려왔다. 클로이 행세를 다섯 시간 동안 하기란 쉽지 않은 일이었다. 그래도 다행히 순조롭게 흘러갔다. 이제는 감을 잡은 듯했다.

나는 조명을 어둡게 하고 휴대폰을 방해금지 모드로 돌린 뒤 푹신한 매트리스에 폭 파묻혀 쉬려고 했다.

하지만 눈앞에 휴대폰 화면이 사라지고 끊임없이 울려대던 알림 소리도 들리지 않으니 고요한 어둠이 직면해오는 듯했다. 산만한 스크롤로 무뎌졌던 모든 감각이 일순 날카로워졌다. 마치 클로이가 옆에 누워 있는 것처럼 향기로운 살구 샴푸 향이 내 코로 스며들자 복부에 불안의 싹이 솟구쳤다. 마음을 안정시키려 자세를 바꿔보았다. 뾰족한 것이 허벅지를 찔렀다. 움찔 놀라 불을 켜고 다리를 살펴보았다. 기다란 검정 머리카락이 가시처럼 내 피부를 찔렀다. 내 머리카락 같아 보였지만 나는 확실히 알 수 있었다.

그건 클로이의 머리카락이었다.

그녀의 머리카락이 내가 잠든 사이 나를 꿰뚫으려 한 것이다. 심장이 요동치는 가운데 머리카락을 들고 욕실로 달려갔다. 그리고 머리카락이 벌레처럼 돌아와 나를 물기라도 할 듯 변기에 던져 물을 내린 뒤 그것이 휘휘 돌아가는 물살에 자취를 감출 때까지 숨도 쉬지 않고 지켜보았다.

침대에서 시트와 이불을 모조리 벗겨내 거대한 검정 쓰레기봉투에 던져넣었다. 이불류가 보관된 벽장에서 다른 시트를 꺼낼까 생각했지만 마음이 불편했다. 클로이가 남긴 작은 흔적이 거기에도 있으면 어쩌지? 나는 매트리스에 시트 대신 수건을 깔고 위에 누웠다. 머릿속을 울려대는 불안감에서 벗어날 수 있게 눈을 꼭 감고 잠이 오기를 기다리는데 휴대폰이 울렸다.

방해금지 모드로 돌리지 않았나? 나는 휴대폰을 잡아채 눈을 가늘게 뜨고 화면을 보았다. 아무것도 뜨지 않았다.

휴대폰이 여전히 울렸다.

나는 고장 난 리모컨 다루듯 휴대폰을 탁탁 쳤다. 여전히 화면엔 아무것도 안 보였다.

순간 깨달았다.

다른 곳에서 들리는 소리였다.

클로이의 휴대폰이 아니었다.

내 휴대폰이었다.

21

 비틀거리며 침대를 빠져나와 침대 옆 협탁 서랍에 던져뒀던 내 휴대폰을 찾았다. 떨리는 손으로 클로이의 섹스 토이들을 헤집었다. 마침내 단단한 금속이 손안에 들어왔다. 얼굴을 갖다 대자 전화가 바로 끊겼다.

 잠금 화면에 알림이 떴다. : 위험! 받지 말 것. (13) 부재중 전화. (6) 음성 사서함.

 아오, 씨발.

 씨발, 씨발, 씨발, 씨발, 씨발.

 다시 벨이 울렸고 나는 소리를 지르며 휴대폰을 내던졌다. 느낌상 휴대폰이 허공에 10초 정도 부유하다 벽에 찧어 흔적을 남기고 바닥에 투닥탁 떨어진 듯했다.

 또다시 벨이 울렸다. 멈추지 않을 것 같았다. 나는 소리를 없애려 손바닥으로 귀를 막았다. 어떻게 잊을 수 있지?

 이모.

 클로이로 사는 데 열중해 줄리로 살던 내 이전 인생을 무시하고 있었다. 이모는 내 비상연락처였다. 경찰에서 클로이의 시신을 가져간 뒤에 분명 이모에게 연락했을 터였다.

내가 죽은 줄 안다면 왜 내가 살아 있다는 듯이 나한테 전화를 걸지?

혹시 클로이와 통화하고 싶나?

말이 된다. 줄리는 클로이의 아파트에서 발견되었다. 그러니까 이모는 줄리의 휴대폰을 돌려받으려고 전화하는 걸 수도 있다. 아마 이모는 구두쇠처럼 내 휴대폰을 공장 초기화해서 중고로 팔고 싶을 거다. 이모라면 충분히 그럴 수 있다. 이모는 파렴치함의 끝을 보여주는 인물이니까. 4학년 때 공원에서 우리 반 친구의 지갑을 발견했던 적이 있다. 1센트짜리와 25센트짜리 동전을 합쳐 11.24달러가 들어 있었는데 이모는 그 돈을 슬쩍한 뒤 나에게 지갑을 돌려주라고 했다. 당연히 나는 그 돈을 훔쳤다는 누명을 썼다. 내가 사실대로 말하자 선생님이 이모에게 전화했고 이모는 일말의 가책도 없이 나에게 덮어씌웠다. 나는 4학년이었다. 열 살이었단 말이다. 그 후로 한 달 동안 이모는 자기를 일러바치려 했다는 이유로 도시락을 싸주지 않거나 급식비 2달러를 주지 않았다. 나는 가끔 동정심 많은 선생님에게 얻어먹거나 길모퉁이 가게에서 훔친 간식을 먹고 버텨야 했다.

전화가 끊겼다. 침묵이 흘렀다.

나는 심호흡을 했다.

괜찮다. 이모가 알아낼 방법은 없다.

심장이 가슴을 뚫어버릴 듯 쿵쾅거리고 땀에 젖은 파자마가 피부에 달라붙었다. 독거미를 잡듯 휴대폰으로 손을 뻗었다.

"진정해." 나는 혼잣말했다. "음성 메시지를 들어봐. 괜찮을 거야."

용기를 내 바닥에서 휴대폰을 집어 축축한 엄지로 잠금화면을 열고 음성 사서함에 들어갔다.

5초간 아무 소리도 들리지 않았다. 뒷배경에서 누군가 설거지하는 소리가 들렸다. 어쩌면 이모는 실수로 전화한 걸지도 모른다. 휴대폰이 주머니에서 눌렸다든가.

그때 이모가 말했다.

"야! 패트릭, 이리 와봐." 이모의 광둥어는 거칠고 퉁명스러웠다. "이게 뭐야? 왜 아무 소리도 안 나?"

"엄마, 음성 메시지 남기는 거잖아."

신음 소리가 절로 나왔다. 나는 패트릭의 목소리만큼은 절대 듣고 싶지 않았다. 이모 집에 살 때 패트릭은 우리가 함께 쓰는 방에서 게임용 컴퓨터에 붙어살았다. 허구한 날 '콜 오브 듀티' 게임을 하면서 누군가의 머리를 날릴 때면 새된 비명을 질러댔고 자기가 죽을 때면 인종차별적이고 동성애 혐오적인 역겨운 욕설을 퍼부었다. 그 목소리는 내 신경을 미친 듯이 긁었다. 그는 생리 전 편두통의 화신이었다.

"음성 메시지?" 이모가 물었다.

"메시지 남기고 싶으면 그냥 말해. 엄마 목소리가 녹음돼서 개한테 보내질 거야."

"줄리가 들을지 안 들을지 어떻게 알아?"

심장이 쿵 떨어졌다. 몸이 본능적으로 반응했다. 바윗덩어리가 가슴에서 배까지 곤두박질쳤다. 식은땀이 줄줄 흘러 몸이 벌벌 떨렸다.

줄리가 들을지 안 들을지 어떻게 알아?

줄리.

이모는 안다.

내가 살아 있는 줄 알고 있다.

"음. 알 수는 없어, 엄마."

"뭐?"

"그리고 걔가 들을 것 같지도 않아. 어떤 파티에 가서 게시물을 올렸더라고. 휴대폰은 확인도 안 할걸."

귀가 웅웅거렸다. 벨라 마리의 행사에 대해 알고 있다. 내가 클로이인 척하는 것도. 어떻게? 어떻게 알았지?

이모가 혀를 찼다. "아무짝에도 쓸모없는 놈. 꺼져! 다시 전화할 거니까."

음성 메시지가 끝났다.

또 다른 음성 메시지가 시작되었다. 이번에는 광둥어 욕만 몇 마디 웅얼거리더니 끊겨버렸다. 늘 그렇듯 참으로 우아했다.

그런 메시지가 몇 개 더 왔다. 각 음성 메시지는 점점 더 짧아졌는데 이모가 삐 소리가 나기 전에 끊는 법을 알아내서 부재중 전화로 넘어가기 때문이었다.

나는 휴대폰을 떨어뜨렸다. 두 손으로 머리를 감싸고 앞뒤로 흔들었다. 머릿속이 소용돌이쳤다. 전화 해야 할까? 거짓말을 해? 전력을 다해 클로이인 척해볼까?

이모가 증거를 갖고 있으면 어떡하지? 어떻게 내가 줄리라고 확신하는 거지?

날 신고할 생각이라면 게임은 끝났다. 마지막 순간에 클로이의 시체를 부검하기로 해서 정체를 알아냈다면? 그게 가능하기나 해? 일란성 쌍둥이를 분별할 수 있다고? 어쨌거나 이모가 순전히 악의적인 이유로 나에게 연락한 건 확실했다.

과민반응이라 믿고 싶었다. 가족이라면 서로에게 그렇게 끔찍한 짓은 하지 않는다고. 그렇지 않은가? 특히 동양계 가족들 말이다. 우리에게는 고정관념이 따라다닌다. 항상 서로를 밀어주고, 고향에 돈을 보내고, 조상과 피로 엮인 신성한 유대감이 있고 어쩌고 하는.

대체 누가 그런 걸 믿어? 그따위 것들은 더 이상 존재하지 않는다. 자매들 간의 다툼으로 한 세대가 전쟁을 치렀고 그 여파는 자식들에게까지 미쳤다.

정확한 사정은 몰라도 이모가 우리 엄마를 증오하는 이유를 이해하는 데 크게 공을 들일 필요는 없었다. 아름다운 우리 엄마. 가장 사랑받는 딸. 엄마는 잘생긴 남자와 결혼해 아름다운 쌍둥이 딸을 두었다. 키 작고 뚱뚱한 이모는 알코올 중독자와 결혼했고 그는 패트릭이 두 살이 되던 해에 떠났다. 이모는 내 앞에서 죽은 내 엄마를 거리낌 없이 모욕했다. 어쩌면 여동생의 딸이 자신의 질투를 감내하는 데 즐거움을 느꼈는지도 모른다.

내가 일곱 살 때 이모에게 왜 클로이가 아니라 나를 입양했는지 물어보았다. 대답은 단순했다. "선택하고 말고가 어딨어? 클로이는 이미 입양됐는데. 할 수만 있었다면 난 둘 다 데려왔을 거야. 누군가는 네 엄마가 너희들에게 물려준 죄를 바로잡아야 하니까." 이모가 매월 나오는 내 입양 보조금을 찾으려 거품 문 미친개처럼 우편물을 뒤지던 중 한 말이다.

전화가 다시 울렸다. 나는 움찔 놀라 휴대폰을 무음 모드로 돌렸다.

심장이 미친 듯이 뛰었다. 일이 내 손을 떠나기 전에 이야기를 해야 한다는 건 알지만 전화를 받을 수가 없었다. 이렇게 지치고 공포에 질린 상태에서 전화를 받았다간 잘못된 말만 늘어놓다가 일이 꼬이고 말 것이다.

나는 쉬어야 한다. 숨을 좀 돌려야 한다. 그래. 내일 아침에 마음이 좀 진정되고 정신이 돌아오면 이모한테 전화하자.

다 괜찮을 거다.

나는 거실로 가서 휴대폰을 소파에 던져버렸다. 클로이의 처방약들을 뒤져 수면제 한 통을 발견했다. 입에 한 알을 넣고 고운 가루가 되도록 씹어 수돗물과 함께 꿀꺽 삼켰다.

　침실로 돌아오자 사방이 고요했다. 정적이 흘렀다. 안전했다.

　땀에 젖은 옷들을 벗어 던지고 나체로 내가 깔아놓은 수건 위로 미끄러져 들어가 이불을 턱까지 끌어올렸다. 한참 눈을 감았지만 잠이 오지 않았다.

　나는 컴컴한 천장을 응시했다. 어둠 속에 구불구불한 선들이 나타났다. 뭔가 잘못됐다. 눈을 깜빡이자 그 구불구불한 선이 별안간 벌레와 지네로 변해버렸다. 그들의 몸이 이상한 형태를 취했다. 반죽처럼 뭉쳤다가 쭉 늘어났다가 불룩하게 부풀어 올랐다. 공포에 사로잡혀 맥박이 펄떡거렸다. 나는 시선을 돌리려 했다.

　하지만 그럴 수가 없었다.

　움직일 수가 없었다. 몸을 제어할 수가 없었다. 〈레퀴엠〉이 울려 퍼지는 가운데 천장이 뒤틀려 얼굴 형태로 변했다. 클로이의 얼굴. 둥근 눈, 검은 머리카락, 조그만 입술. 피부는 거의 푸르죽죽한 회색빛. 아니, 넌 클로이가 아니야. 제발 가줘. 눈을 꼭 감고 울먹이며 애원했지만 그녀의 회색빛 팔다리가 내 의식에 침범해 눈꺼풀 사이로 스며들었다. 클로이가 내 위에서 스르르 모습을 드러냈다. 그녀의 목덜미를 따라 푸른 정맥이 발톱에 긁힌 자국처럼 구불구불 이어져 있었다. 그녀의 피부는 벗겨져서 떨어져 나가고 있었다. 그녀의 검은색 머리카락이 누에고치처럼 나를 덮었다. 간절히 탈출하고 싶었지만 그 자리에 얼어붙은 듯 움직일 수 없었다. 침대에 묶인 듯했다. 우리는 그녀의 머리카락이 만들어낸 공간 속에 함께 있었다. 우리 둘과 어둠 외에는 아무것도 존재하지 않았다. 그때 소리가 들렸다. 심장박동. 우리는 다시 자궁 속에 있었다. 그곳은 따뜻하고 축축했다. 클로이는 불과 몇 센티미터 떨어진 곳에서 눈도 깜빡이지 않고 나를 바라봤다. 내 쌍둥이 자매. 탁한 회색빛 유리구슬처럼 변한 그녀의 눈동자는 죽은 생선처럼 안쪽부터 썩고 있었다. 나는 마치 사과만 하면 벗어날 수 있다는 듯 미안하다고 말하려 했다. *네 인생을 뺏어서 미안해.* 하지만 입술이 움직이지 않았다. 입술을 꼭 실로 꿰매어놓은 듯했다. 그때 클로이가 입을 벌렸다. 크게 벌렸다. 나를 통째로 삼키고 싶다는 듯 그녀의 턱이 탈구되었다. 그녀의 목구멍, 그 블랙홀에서 뭔가가 튀어나왔다. 쌀 한 톨. 아니다. 꿈틀거린다. 구더기다. 이어서 한 마리 더. 또 한 마리 더. 그리고 또 한 마리 더. 그녀의 목구멍에서 구더기들이 폭포수같이 쏟아져 나와 나를 묻어버렸다. 그 작고 꿈틀거리는 벌레들이 내 콧구멍 속으로 기어들고 눈꺼풀 아래로 미끄러져 들어오고 외이도에 구멍을 내고 얇은 고막을 씹어 먹었다. 구더기들은 나를 물고 씹고 먹어치웠다. 내가 익사할 때까지, 내가 질식할 때까지, 내가 숨을 쉴 수 없을 때까지. 내가 숨을 쉴 수 없을 때까지. 내가 숨을 쉴 수 없을 때까지…

22

 나는 땀에 흠뻑 젖은 채 사시나무 떨듯 떨면서 일어났다. 이불이 축축하고 차가웠다. 입안은 바짝 말랐고 목구멍에 가래가 가득했다. 눈물 자국이 뺨을 타고 내려와 축축한 가슴까지 이어져 있었다.

 클로이가 다시 내 눈앞에 번쩍 스쳤다. 나는 클로이가 나를 묶으려는 것처럼 침대 머리맡에서 몸을 움츠렸다. 하지만 방안은 깜깜했고 블라인드 사이로 오렌지빛 한 줄기만이 새어 들어올 뿐이었다.

 새벽 5시 41분이었다. 나는 잠이 들었다. 전부 악몽이었을 뿐이다. 완전한 허구.

 이른 시간이지만 다시 잠들 수 없을 것 같았다. 나는 침대에서 나와 얼음장같이 차가운 물로 샤워를 했다. 스킨케어 제품을 두드려 바르고 양치를 했다. 거울은 들여다보지 않았다. 거기 비친 클로이의 얼굴을 보게 될까 두려워서였다. 〈레퀴엠〉이 머릿속에서 웅웅거렸다. 참을 수 없었다. 나는 거실로 가 AI 에이전트 알렉사에게 행복한 음악을 틀어달라고 주문했다. 스피커에서 퍼렐의 노래가 울려 퍼졌다. 〈미니언즈〉에 나온 구린 노래였다.

커피를 내렸다. 에스프레소 쓰리 샷에 크림 없이. 다시는 잠들고 싶지 않았다.

그때 수면제가 생각났다. 구글에서 부작용을 찾아보니 악몽, 야경증, 환각 외에도 무시무시한 증상이 수두룩했다. 나는 침실로 쿵쾅쿵쾅 걸어가 남은 알약을 모조리 변기에 넣고 물을 내렸다. 그걸 다시 겪느니 차라리 불면증이 낫겠다.

나는 커피를 들고 자리에 앉아 뉴욕의 삭막한 잿빛 스카이라인을 바라보았다. 태양이 침침한 구름 사이로 황금색 광선을 펼쳐 하늘을 노랗게 물들였다. 긴장을 풀 수가 없었다. 클로이가 내 마음을 끔찍한 조각들로 찢어발겨서 긴장을 늦출 수가 없었다.

머릿속에서 클로이를 몰아내야 한다. 하지만 어떻게 해야 하지?

소피아가 떠올랐다. 그녀가 나에게 긍정 확언을 보냈다고 했다. 보통 나는 그런 인용구들을 헛소리라 여겼지만 지금은 혼란스러운 상태였다. 나는 소피아의 메시지를 열었다.

나는 내가 아직 가지고 있는 것들에 감사한다.
나는 나 자신과 내 슬픔에 인내심을 가진다.
나는 치유되는 동안 나 자신을 돌볼 것이다.

나는 내가 안전하고 건강하다는 것에 감사한다.

눈을 감고 머릿속으로 긍정 확언을 반복하면서 내가 만든 한 가지를 더 추가했다.

나는 내가 아직 가지고 있는 것들에 감사한다.
나는 나 자신과 내 슬픔에 인내심을 가진다.
나는 치유되는 동안 나 자신을 돌볼 것이다.
나는 내가 안전하고 건강하다는 것에 감사한다.
나는 귀신에 사로잡히지 않는다.

실제로 믿음이 생길 때까지 백 번 반복했다. 내가 단단한 땅에 서 있다는 느낌이 들 때까지.
눈을 떴다.
창가에서 새가 인사하려는 듯 날개를 펄럭거렸다. 나는 차가운 공기를 들이마셨다가 따뜻한 숨을 내보냈다. 손 위로 머그잔의 온기가 전해졌다. 마음이 평화로워질 때까지 커피를 홀짝였다. 클로이에 대한 기억이 마음 저편으로 사라질 때까지.
나는 안전하다.
나는 잘하고 있다.
다 잘되고 있다.
흐음. 긍정 확언이 다 헛소리가 아닐지도 모르겠다.

컵을 치우려고 자리에서 일어났을 때 바닥에 놓인 휴대폰이 보였다. 무시해버렸다. 아직 이모를 상대할 준비가 되지 않았다.

다행히 신경을 분산시키기에 딱 좋을 것이 있었다. 소울사이클. 인생 최초로 운동이 기대되었다. 마음속에서 지난 밤을 떨쳐낼 뭔가를 할 수 있다는 것에 신이 났다. 짐피시에서 나온 청록색 스포츠 브라와 레깅스 세트로 갈아입고 거울 앞에서 사진을 찍고 (온 힘을 다해 숨을 참고서) 할인 코드와 함께 스토리에 올린 뒤 브랜드를 태그했다. 몇 분 만에 내 제휴 링크를 사용한 사람들에 대한 알림이 쏟아져 들어왔다. 중개 수수료가 들어왔다. 3달러, 4달러, 16달러. 세로토닌 분비를 촉진하기 위해 내 몸에 대한 찬양 글을 몇 개 읽어본 다음 식품 저장실 선반에서 찾은 운동 전 부스터를 섭취했다. 물과 섞이면 꼭 액상 스키틀즈 같아지는 파우더를 마시자 피부가 기분 좋게 간질거렸다. 나는 지하철을 탈지 진짜 뉴요커처럼 걸을지 고민하다가 우버를 타기로 했다. 우버를 타고 가는 6분 동안 헤드폰에서 울려 퍼지는 음악에 취해 생각을 걷어냈다. 마치 드라마 〈석세션〉 초반부의 켄달 로이가 된 기분이었다. 세상의 꼭대기에 선 기분.

23

 나는 10분 일찍 소울사이클에 도착했다. 안내데스크 여직원이 나를 알아보곤 묻지도 않고 체크인을 해주고 사이클링 신발을 내어주며 인사했다. 은은한 조명이 비치는 스튜디오 벽면은 '나는 전설의 전사다. 나는 나 자신을 믿는다' 같은 영감을 주는 메시지로 꾸며져 있었다. 나는 클로이가 예약해둔, 앞줄에 배치된 자전거에 올랐다. 어깨너머로 슬쩍 보니 모두가 나를 볼 수 있겠다는 생각이 들었다. 나는 스핀 클래스를 들어본 적이 없었다. 웃음거리가 되면 어떡하지?

 "클로이!" 다운증후군을 가진 남자아이를 정상적인 태국 여자아이로 바꾼 벨라도나, 릴리 슈미트였다.

 "릴리!" 그녀의 이름을 알아서 기분이 좋았다. 우리는 그 이상한 볼 키스를 나눴다. 릴리는 내 옆 자전거에 올랐다.

 "어젯밤에 만나서 진짜 반가웠어. 그나저나 숙취가 없어야 할 텐데."

 "아, 난 안 마셨어."

 릴리가 눈썹을 치켜올렸다. "진짜로?"

클로이의 냉장고에 들어 있던 그 모든 술이 떠올랐다. 벨라도나들은 클린 걸 피드 뒤에 감춰진 클로이의 성향을 아는 모양이다. "잠깐 끊어보려고." 나는 의혹이 해소되길 바라며 말했다. "줄리가 죽고 나니 나쁜 습관을 끊어야겠다 싶더라고."

릴리가 가슴에 두 손을 얹고 말했다. "정말 존경스럽다. 진짜 마음을 단단히 먹어야 하잖아."

내 거짓말에 보인 반응인데도 그 말에 미소가 피어올랐다.

"안녕하세요, 여러분! 땀 흘릴 준비가 되셨나요?" 소피아가 스튜디오로 뛰어 들어오자 모두 대화를 멈췄다. 상하의를 형광 초록색 운동복으로 맞춰 입은 소피아의 깎아지른 듯한 복근과 물결치듯 꿈틀대는 허벅지 근육이 은은한 조명 아래 더욱 돋보였다. 그녀가 자전거에 오르자 수업이 시작되었다.

네온 불빛 때문에 마치 레이브 파티에 온 느낌이었다. 걸보스 스타일의 신나는 곡들이 곧장 내 심장을 뛰게 했다. 비욘세, 케이티 페리, 크리스티나 아길레라 같은 가수들이었다.

실내 자전거는 생각보다 더 힘들었다. 5분 만에 숨이 턱 끝까지 차올라 헉헉대는데 소피아가 고함쳤다. "우리 아름다운 회원 여러분. 준비운동을 마무리할게요. 자, 이제 첫 오르막을 준비합시다!"

심박계에 따르면 내 심박수가 분당 175회를 기록하고 있었다. 그런데 이게 준비운동이었다고?

오르막을 달리기 시작하면서 자전거의 저항성 세팅을 몇

단계 끌어올리자 이내 다리에 통증이 밀려왔다. 릴리가 내 디스플레이를 힐끔 보았다. 자기가 좀 더 높은 강도로 더 빠르게 달리고 있는 걸 확인한 듯했다. 타바타라는 게 시작되자 나는 거의 기절할 지경이었다. 폐에 산소가 충분하지 않았다. 숨이 턱턱 막혔다. 담즙이 역류하고 심장이 갈비뼈를 부서뜨릴 듯 미친 듯이 뛰었다. 모두 음악에 맞춰 다리를 밀면서 미친 듯이 페달을 밟았지만 나는 속도를 늦췄다. 이런 유산소 운동 수업이 엘리트들의 자해 방식인가 하는 생각이 들기 시작했다.

저항성 세팅을 낮추려고 손을 뻗는데 소피아와 눈이 마주쳤다.

"오늘 아침에는 모두 자신의 한계를 뛰어넘는 걸 보고 싶어요. 우리 몸은 우리가 생각하는 것보다 더 많은 걸 할 수 있어요! 어려움을 이겨내고 신체적 피로를 극복함으로써 회복력을 키우고 탁월함을 얻을 수 있습니다!"

소피아가 나를 너무 강렬하게 쳐다봐서 다른 사람들도 내 쪽을 쳐다봤다. 순도 100퍼센트의 수치심이 밀려들었다. 나는 집단에서 뒤처지는 게 부끄러워 세팅 손잡이에서 손을 떼고 다리에 감각이 없는데도 다시 페달을 밟기 시작했다.

"자신에게 누가 보스인지 알려주세요!" 소피아가 외쳤다. "셋 세면 다 함께 외칩니다. '나는 할 수 있다!' 하나. 둘. 셋!"

외치는 소리가 스튜디오를 가득 채웠다. "나는 할 수 있다!"

"나, 나는 할 수 있다!" 나도 헉헉대며 합류했다.

소피아가 땀에 흠뻑 젖은 채 손가락으로 허공을 가리켰다. "자, 밟아! 밟아! 밟아!"

나는 근육이 멈춰달라고 비명을 지르는데도 페달을 밟았다.

수업이 끝날 즈음 나는 숨이 꼴딱꼴딱 넘어갈 것 같았다. 온몸이 땀에 절었다. 온 모공에서 나이아가라 폭포수가 흘러내렸다. 아래쪽 마룻바닥에 웅덩이가 생겨 있었다. 섬광처럼 번쩍이는 사후 세계가 보였다. 그곳은 땀 냄새가 나고 팝송이 들리는 곳이었다. 지옥이었다.

릴리가 내 등을 톡톡 쳤다. 그녀의 손이 내 피부를 타고 미끄러졌다. 그녀는 이제 막 경쟁에서 나를 이긴 것처럼 뿌듯한 표정을 짓고 있었다. 사실이 그랬다. "잘 탔어."

나는 숨을 쉴 수가 없어서 고개만 끄덕였다.

"근데 자전거를 조금만 쉬어도 진짜 타격이 클 수 있겠다 싶어."

"응?" 나는 거의 토할 것처럼 웅얼거렸다.

릴리가 내 배를 쳐다보았다. 뱃살이 레깅스 솔기 위로 살짝 삐져나와 있었다. 나는 똑바로 앉았다. 갑자기 내 몸이, 허리 주위와 흐릿한 복근, 팔뚝의 군살이 지나치게 의식되었다. 릴리는 뭔가 잘못됐단 걸 눈치챌 수 있을까? 내가 다른 사람이란 걸? 사진에서는 몸을 보정할 수 있지만 현실에서는 바꿀 수가 없었다.

나는 필사적으로 주제를 바꿔보려 했다. "근데, 6월에 가는 여행 말이야…"

릴리의 애플워치에 번쩍 불이 들어왔다. "웬디를 학교에 데려다줘야 해서. 다음 주에 봐!" 릴리는 소피아에게 인사하고 스튜디오를 뛰어나갔다. 어떻게 저렇게 활력이 넘칠까? 어쨌거나 릴리가 가서 다행이었다. 그녀가 갑자기 나간 덕분에 더는 거짓말을 할 필요가 없어졌다.

스트랩을 풀기 위해 페달을 더듬거리는데 소피아가 다가와 도와주었다. 소피아는 번쩍번쩍 광이 났다. 철인 3종 경기를 마치고 대리석상에 영원히 새겨질 준비를 마친 기름칠한 그리스 여신 같았다.

"괜찮아? 평소처럼 못 따라오는 것 같던데." 나는 움찔하면서 배를 홀쭉하게 하려고 숨을 참았다. 다행히 소피아는 릴리처럼 내 몸을 쳐다보지 않았다.

변명거리를 쥐어짜려 애쓰며 땀에 젖은 포니테일을 뒤로 휙 넘겼다. 바닥에 땀방울이 투두둑 떨어졌다. "그냥 머릿속이 복잡해서…" 내가 죽었다고 생각해야 할 이모가 계속 전화를 걸고, 언니가 죽었고, 신분을 도용했고…. 거짓말에 거짓말이 더해졌다. "줄리 때문에." 그게 내 입 밖으로 나온 전부였다.

"아, 내가 알아차렸어야 했는데." 소피아가 공감한다는 듯 고개를 끄덕였다. "올림픽 직전에 팔이 부러진 뒤 내 상태가 어땠는지 아직도 생생해. 선상 파티에서 발 한번 잘못 디디는 바람에…." 그녀가 한숨을 길게 내쉬었다. "몇 달 동안 방에 틀어박혀 우울해했었지. 그래도 네가 나보다 빨리 회복 단계에 들어선 것 같아 기뻐. 오늘 땀 흘리면서 힘들게 운동한 게 도움이 될 거야. 뇌에 도파민을 분비시키는 가장 좋은 방법이 운동이니까."

상황이 완전히 같진 않지만 소피아가 무슨 말을 하는지 이해할 수 있었다. 열정적으로 운동하던 순간에는 내 문제가 전혀 떠오르지 않았다. 주로 근육에 쌓인 젖산의 얼얼한 통증 때문에 다른 생각을 할 수가 없었다. 아, 진짜로 40분 동안 이모나 클로이에 대한 생각을 전혀 안 했단 말이지. 정말 대단하지 않나?

"격려해줘서 고마워." 나는 미소 지었다. "그리고 그 확언도."

"확언에 대해서라면 벨라 마리에게 고마워해야 해." 소피아가 부드러운 미소를 머금고 천장을 올려다보았다. "사고 후에 내가 처음 벨라 마리를 알게 됐을 때, 벨라 마리는 손으로 직접 쓴 긍정 확언이 가득 든 병을 건네줬다. 병이 빌 때까지 매일 하나씩 읽어보라고. 나를 위해 일 년 치 확언을 써줬던 거야. 그건…." 소피아가 한숨을 쉬고 고개를 절레절레 흔들었다. "너무나 특별했어. 벨라 마리가 아니었다면 나는 오늘 이 자리에 없었을 거야."

나는 벨라 마리가 클로이를 위해 그런 친절을 베풀었는지,

나를 위해서도 그런 일을 해줄지 궁금했다.

"난 이제 브랜드 행사에 가봐야 돼." 소피아가 말했다. "마음을 비울 필요가 있으면 또 수업 들으러 와. 우리는 항상 여기 있으니까."

클로이가 매일 운동을 한 이유를 이제 알 것 같았다.

몸이 제대로 말을 안 듣고 지칠 대로 지쳤지만 기분은 좋았다. 엄밀히 따지면 아무 데도 가지 않았는데 뭔가 달성한 느낌이었다. 스튜디오를 나가 얼굴에 먼지 낀 뉴욕 공기를 맞으니 생기가 되살아났다. 쓰레기와 매연과 커피가 기분 좋게 뒤섞인 냄새가 났다. 나는 소울사이클 로고 앞에서 땀에 흠뻑 젖은 채 겨울 아침 공기에 수증기를 폴폴 날리는 사진을 찍어 스토리에 올렸다. 언제나 @SoulCycle. 내가 가장 좋아하는 강사에게 찬사를 보냅니다. @sophchambers, 정말 최고!♥ 내면의 전사를 일깨워요. #강인함 #아름다움

아파트로 걸어가면서(그렇다. 나는 걷기로 했다), 밀려드는 반응을 지켜보았다. 한 팔로워가 댓글을 남겼다. 얼마나 큰 힘이 되는지 몰라요. 덕분에 하루하루를 버텨내고 있어요. 나는 하트와 함께 답글을 달았다. 당신에게는 엄청난 힘이 있어요! 스스로를 과소평가하지 마세요! 더 많은 사랑이 물밀듯 밀려들었다.

나는 이제 클로이가 왜 팔로워를 만드는 데 그렇게 많은 시간과 공을 들였는지 알 것 같았다. 그들은 나를 북돋우고 나에게 힘을 실어주었다. 나를 지지하는 사람들이 내 손가락 끝

에 있다는 것이 이렇게 기분 좋은 일인 줄 몰랐다. 지금껏 이런 사랑을 얼마나 바라왔던가. 손가락 한번 까딱하면 온 세상에서 사랑이 밀려들었다. 마치 신이 된 느낌이었다.

이즈가 내 스토리에 반응했다. 정말 멋져!

안젤리크도 댓글을 달았다. 넌 진짜 아름다워. 다음에 같이 자전거 타자!

실제로 벨라도나들이 전부 내 몸과 직업 정신을 칭찬하는 댓글을 달았다. 마침내 나를 응원하는 친구들이 생겼다는 사실에 가슴이 벅차올랐다.

집에 도착했을 즈음엔 세상을 정복할 수 있을 것 같았다. 나는 바닥에서 휴대폰을 집어 이모에게 전화를 걸었다.

마음만 먹으면 뭐든지 할 수 있다. 나는 보스다. 나는 전설의 전사다.

㉔

 소울사이클이 거짓말을 했다. 나는 전설의 전사가 아니었다. 나는 사기꾼이었다. 시간을 되돌려 그 망할 휴대폰을 집어 들지 않았기를 바라는 사기꾼.

 "누굴 바보로 아나?" 이모가 광둥어로 소리쳤다. "넌 열이 나도 타이레놀조차 삼키기 힘들어하던 애야. 목구멍에 걸릴까 무서워서 알약을 갈아 물에 타 마시던 애라고. 네가 절대 못할 짓이 있다면 그게 바로 약물 과다복용이다, 이 말씀이야."

 "저, 저는 무, 무슨 말씀을 하시는지 모르겠어요." 나는 광둥어로 더듬거렸다. "저는 클로이예요."

 "백인 손에 큰 애가 광둥어를 유창하게 한다고? 만다린어라면 몰라도 광둥어를? 이거 왜 이래. 누굴 속이려 들어?"

 맙소사. 왜 생각도 없이 입을 열었지? 나는 이리저리 서성거렸다. 축축한 스포츠 브라가 어깨를 파고들었다. "뭐, 뭘 바라세요?"

 "집 명의를 나한테 이전해. 그리고 만 달러 내놔."

 그게 다라고? "좋아요…."

"네가 나한테 빌붙어 산 개월 수만큼. 그리고 네 언니 장례식 비용도. 난 모르는 여자애한텐 한 푼도 쓸 수 없으니까."

나는 계산기 앱에 숫자를 쳤다. 10,000 곱하기, 12 곱하기, 이모와 함께 산 13년. 무려 156만 달러였다. "제정신이세요? 백만 달러가 넘어요!"

"그 세월 동안 널 키우는 데 돈이 얼마나 들어갔는지 알아? 입이 하나 더 늘었는데?"

내가 저축한 돈을 훔쳤을 때 했던 바로 그 구차한 변명이었다. "제 계좌를 탈탈 털어간 돈으로 부족하다고요? 정부에서 받은 보조금으로도요?" 나는 지쳤다. 어디든 숨어서 이 관계를 끝내고 싶었다. 이모는 언제까지 나를 들개처럼 쫓아다닐까?

"감히 말대꾸를 해?" 이모의 목소리가 귓가에 쩌렁쩌렁 울려 퍼졌다. "좋다! 경찰서 가자! 경찰한테 네가 네 언니를 죽이고 인생을 훔쳤다고 말하자고!"

"주, 죽이다니요?" 나는 그 자리에 딱 멈췄다. "미쳤어요? 전 아무도 안 죽였어요!"

"그럼 그 애가 죽었을 때 네가 우연히 뉴욕에 있었다고?"

"클로이가 전화했어요! 다 우연이었다고요. 제가 도착했을 땐 이미 죽어 있었어요."

"경찰이 널 믿어줄까? 넌 양심의 가책도 없이 네 언니의 신분을 가로챘어. 네가 거짓말쟁이고 범죄자란 건 그걸로 이미 증명됐어."

몸이 덜덜 떨리고 심장이 미친 듯이 쿵쿵거렸다. "이모는 아무것도 증명할 수 없어요. 우리 유전자는 100퍼센트 일치해요. 클로이와 내가 다르다고 말할 수 있는 사람은 아무도 없다고요." 적어도 나는 그러기를 바랐다. 진짜 검색 한번 해봐야겠다.

이모가 웃음을 터뜨렸다. "유전자 검사는 필요 없어. 모든 증거가 내 손에 있으니까."

입이 바짝 말랐다. "무슨 뜻이에요?"

"계속 녹음하고 있었어." 패트릭이 말했다. "넌 네가 인생을 바꿔치기했다고 녹음테이프에 대고 인정한 거야."

"뭐…." 입이 벌어졌지만 거품 말고는 아무 말도 새어 나오지 않았다. 나는 공포에 사로잡혀 전화를 끊고 휴대폰을 소파에 던지고 욕실로 달려가 과호흡을 했다.

맙소사, 맙소사, 맙소사. 도대체 내가 왜 소울사이클에 다녀와서 나 자신을 전설의 전사라 생각한 걸까? 나는 그저 한 마리 양에 지나지 않는데. 이제 이모에겐 내가 죄를 인정하는 내용이 담긴 녹취록이 있다. 형량이 얼마나 될까?

하지만 나는 죄가 없다. 적어도 살인에 관한 한.

호흡해.

나는 입을 헹구고 얼굴에 찬물을 끼얹었다.

좋아. 생각해보자.

이모가 정말 경찰이 개입하길 바랄까? 갈취는 불법이다. 그 녹취록을 제출하면 이모도 곤란해질 수 있다. 이모가 그런 위험을 감수할까? 하지만 경찰 개입까지 안 가더라도 저들은 여전히 나를 망가뜨릴 수 있다. 이모나 패트릭이 그걸 소셜미디어에 퍼뜨린다면, 편집한 오디오 파일을 가십 포럼에 올리거나 삼류 뉴스 사이트에 팔아치우면 게임은 끝이다. 대중은 온갖 추측을 쏟아내다 나를 완전히 묻어버리고 말 거다.

나는 이모가 어떤 식으로 사람을 등쳐먹는지 안다. 이모의 협박은 결코 끝나지 않는다. 내가 지금 그 터무니없는 요구를 받아들이지 않으면 다시 돌아와 더 큰 것을 요구할 거다. 내가 한 짓을 생각하면 나는 협상할 입장이 못 된다. 모든 것이 위태로운 상황에서 이모를 진지하게 받아들이지 않는 건 너무 위험한 일이다. 이 원대한 사기극을 수행하면서 156만 달러를 모기지라고, 새 삶을 위한 임차료라고 생각한다면 그리 끔찍하지 않을 것 같다. 협찬 계약을 몇 개 더 맺고 더 열심히 일하면 몇 년 안에 다시 벌 수 있지 않을까? 어쩌면 이모가 할부로 해줄지도 모른다. 천천히 나눠 내면 총액이 무서울 정도는 아닐 거다. 15만 6천 달러씩 열 번? 아니면 매달 1만 5천 달러씩? 그런 식으로 생각해보니 충분히 해볼 만하다!

내가 슈퍼푸드의 캐셔 줄리 챈이 아니라는 사실을 계속 잊는다. 나는 인플루언서 클로이 반 후센이다. 나에겐 돈을 미친 듯이 긁어모을 방법이 있다. 내 사진 한 장은 말 그대로 몇천 달러의 가치를 지녔다.

그리고 생각해보니 이모를 계속 할부금 지급 대상에 올려놓는 게 오히려 안전할 것 같다. 이모는 내 새로운 신분을 위협할 수 있는 유일한 과거의 인물이다. 언제 물릴지 몰라 계속 걱정하느니 값비싼 목줄을 채워두는 편이 나을지도 모른다.

나는 그렇게 냉정하게 생각한 다음 이모에게 다시 전화했다. 이모가 즉시 전화를 받았다. "결정했니?"

"백만 달러 어때요?"

"2백만 달러 어때?" 이모가 곧장 대답했다.

나는 새어 나오려는 신음을 참고 말했다. "아니에요. 원래 금액으로 할게요. 할부는 어때요?"

"이자 쳐서. 매달 5퍼센트씩 복리로."

"오 퍼…." 분노가 뜨겁게 차올라 혀를 꽉 깨물었다. 어떻게 갈취하는 마당에 이자까지 요구할 수 있지? 하지만 분명 협상의 여지는 없었다. 칼자루를 쥔 쪽은 내가 아니다. 이모가 그 더러운 입을 뻥긋하기라도 하면 다 끝장이다. 이런 식으로 잡힐 순 없다. "돈을 더 요구하지 않을 거란 보장은요?"

"그런 건 없어. 넌 끔찍한 범죄를 저질렀어. 절대 용서받지 못할 거야."

나는 정곡을 찌르는 그 말이 싫어서 입술을 깨물었다.

"좋아요. 계좌번호 보내세요."

"네 언니 시체는 어떻게 할까? 영안실에서 끝도 없이 전화질 해대는데."

클로이의 시체가 마음속에 번쩍번쩍 되살아났다. 그 모습을 떨쳐내려 몸을 부르르 떨었다.

"제가 알아서 할게요."

25

"태워주세요."

"화장 말씀이세요?" 영안실의 여자가 물었다.

"네. 그거요."

그녀가 고개를 끄덕였다. "마지막 작별인사를 하시겠어요?"

망할. 그런 게 허용되는 줄도 몰랐다. 나는 클로이의 푸르죽죽한 몸뚱이를 머릿속에서 밀어내며 고개를 가로저었다.

내 쌍둥이 자매가 화장을 원했을지 알 수 없었다. 어쩌면 오픈 캐스킷 장례식*을 원했을지도 모른다. 부자들이 하는 것처럼 시체에 포름알데히드와 실리콘을 주입해 유산처럼 남기는 그런 거 말이다. 하지만 나는 마지막 흔적까지 확실히 제거해야 했다. 설사 경찰이 원한다 해도 우리의 DNA를 분석할 수 없도록 클로이의 몸을 완전히 없앨 필요가 있었다. 물증이 없으면 범죄도 없는 거니까.

---

*   관 뚜껑을 연 채로 진행하는 장례식.

거기에다 완벽한 절차를 갖춘 장례식은 비용이 상당했다. 관 값만 해도 수만 달러였다. 매장지는 말할 것도 없었다. 매장지는 기본적으로 판매할 수 없는 뉴욕의 영구 부동산이니까. 지금 내가 부자라 해도 그 정도는 아니었다. 이모한테 갈취당하는 판국에 단 1센트도 헛되이 쓸 수 없었다.

클로이는 화장에 만족해야 할 것이다.

병원 영안실을 나서면서 다종교 기도실이라 적힌 표지판을 지나쳤다.

클로이는 종교를 믿었을까? 반 후센 가는 예수님이네 뭐네 하는 헛소리를 믿는 부류 같아 보였다. 클로이의 인생을 훔쳤으니 기도를 드려 그녀의 영혼을 달래야 할 것 같았다.

텅 빈 어둑한 방은 건조하지만 습한 냄새가 났다. 네 개의 벤치와 십자가와 경전 몇 권이 놓인 테이블이 하나 있었다. 나는 자리에 앉았다. 나무 벤치가 내 무게 때문에 삐걱거렸다.

나는 눈을 감고 머리를 숙였다. 가슴 앞에 양손을 모으고 있자니 천장 조명이 조그맣게 지이이잉 하는 소리가 들려왔다.

무슨 말을 해야 하지?

클로이, 거기서 편히 쉬고 있어?

제발 복수한다고 날 괴롭히지 말아줄래?

이걸로 내 고통을 끝내줄 순 없겠어?

내가 새로운 인생을 시작하게 해줄래?

제발, 제발, 제발 절 도와주세요, 예수님. 무함마드. 비슈누. 부처님. 제우스님이시여. 제 말을 듣고 계신 신이시여, 누구라도 상관없어요. 저는 정말 가리지 않아요. 저는 절실합니다. 좋은 일을 할게요. 자선단체에 기부할게요. 친절한 사람이 되겠습니다. 매일 한 시간에 한 번씩 기도드리겠습니다. 뭐든지 할게요! 제발 저에게 신호를 보여주세요.

지지직 소리가 울려 퍼졌다. 응급 호출 방송이었다.

"코드블루. 반복합니다. 코드블루."

나는 눈을 뜨고 입술을 딱 다물었다. 손깍지를 풀었다.

나 같은 죄인의 말을 들어주는 신은 없을 것이다.

26

좋은 소식과 나쁜 소식이 있다.

일단 나쁜 소식은 잠을 거의 못 잔다는 거다. 매번 무의식의 세계로 나아갈 때마다 클로이가 떠오른다. 그녀의 몸. 그녀의 눈. 그녀의 머리카락이 나를 에워싼다. 순전히 신체적 피로 때문에 깜빡깜빡 졸지만 그게 전부다. 피부 상태도 엉망이다. 최고의 스킨케어 제품조차 수면 부족에서 나를 구제하지 못한다.

좋은 소식은 살이 엄청 빠졌다는 거다. (불면에 시달리는 내 몸이 기능을 하려고 사투를 벌이기 때문이다.) 이제는 클로이의 모든 옷이 다 맞는다. 환상적이다.

이 원대한 사기극에서 내 수척한 외모는 서사에 도움이 되었다. 스토리에 게시물을 올릴 때마다 팔로워들이 몰려들어 나를 걱정했다. 휴식을 취하면서 자매를 잃은 상처를 치유하라는 댓글. 휴식기를 가져도 계속 나를 사랑할 거라는 댓글. 내 정신건강을 소중히 여겨달라고 외치는 DM들.

정말로, 친절한 사람들이다.

하지만 나는 쉴 틈이 없다. 나에겐 (갈취당해) 지불해야 할 청구서와 찍어야 할 영상이 있다.

나는 버버리 트렌치코트를 입고 거기 맞춘 스카프를 두르고 허드슨 강가에 서 있다. 내 손에는 클로이가 있다. 그녀의 몸이 동그란 뚜껑이 있는 근사한 베이지색 유골함 안에 담겨 있다. 단순하고 현대적이고 믿을 수 없을 만큼 비싼 유골함이다. 내 생각에 클로이가 좋아할 것 같다. 피오나가 카메라로 나를 비췄다. "좋아. 카메라 돌아간다."

나는 유골함을 열고 잿빛 재를 사랑스럽게 바라본다. 그리고 이제 막 사죄 영상을 만들 것처럼 한숨을 푹 쉰다. 바람이 완벽히 극적인 순간에 불어온다. 나는 머리를 쓸어넘기며 말한다. "네가 그리울 거야. 줄리." 어린 시절의 우리, 아주 조그만 쌍둥이일 적 모습이 떠오른다. 용감하고 밝은 미소를 가진 클로이. 우리 둘의 통통한 손가락이 서로 얽혀 있다. 내 혀에 놓인 달콤한 망고. 내 가슴에 밀려드는 따스함. 눈 뒤편에서 압력이 느껴진다. 맙소사, 나는 실제로 슬프다. 완벽하다.

슬픔이 나를 장악하게 내버려둔다. 눈물이 고인다. 눈을 깜빡인다. 눈물 한 방울이 뺨을 타고 또르르 흐른다. 다시 한숨을 쉰다. 입술을 깨물며 일렁이는 허드슨강을 바라본다. 비닐봉지 하나가 느릿느릿 하류로 떠내려간다. 나는 유골함을 뒤집어 재를 뿌린다. 클로이의 잿가루 일부가 내 입과 코로 날아든다. 마치 클로이가 나에게 기어들어와 생명을 되찾고 내 목구멍을 타고 폐로 퍼져나가면서 세포를 하나하나 감염시키려는 것 같다. 나는 가래처럼 콜록콜록 그녀를 빼내 물에 뱉는다. 그녀의 재가 물살에 휩쓸려 곧장 강물에 스며든다. 한 인간이 사라진다. 그런 식으로 사라져버린다. 텅 빈 유골함을 들여다보는 사이 그리움이 밀려든다. 이렇게 빠를 줄이야. 이십사 년이라는 세월이 단 몇 초 만에 사라진다. 미세먼지가 되어 바람에 날아가고 강바닥에 가라앉아 연체동물의 먹이가 된다.

나는 유골함을 품에 단단히 안고 카메라를 응시한다. 두 뺨은 추위로 벌겋고 표정에는 강렬한 고통이 어려 있다.

"슬픔은 혼자 감당하기 힘들어요. 여러분이나 사랑하는 사람이 저처럼 상실의 고통을 겪고 있다면 상담으로 도움을 받으세요. 이 영상은 베터테라피의 후원을 받아 제작되었습니다."

27

그렇다. 나는 유골을 뿌리는 영상에 협찬을 받았다.

여기서 중요한 사실! 갈취당한 돈이 만만치 않다. 인생은 저렴하지 않다. 믿거나 말거나 나는 추가 자본이 필요하다.

나는 편안한 새 신분을 누릴 틈도 없이 인플루언서에게 구독 취소 다음으로 끔찍한 악몽인 세금을 때려 맞았다.

클로이가 매달 꾸준히 억대 수입을 벌어들였기에 재정에 아무런 문제가 없을 줄 알았다. 하지만 클로이 수준으로 사업을 운영하려니 비용이 많이 들어갔다. 특히 클로이가 아웃소싱을 하는 경향이 있다 보니 더욱 출혈이 컸다. 급여를 지불해야 할 명단에는 피오나 같은 월급제 직원부터 킴과 페르난다 같은 스타일리스트와 아티스트, 영상 작업을 돕고 콘텐츠 제작에 참여하는 프리랜서들과 불특정 단기 계약직들까지 들어 있었다. 회계사 비용도 굉장했다. 그리고 불행히도, 클로이는 그들 모두에게 정당한 임금을 (사실 더 많이) 지급했다. 모두 시장가보다 더 높은 급여를 받았다. 그녀가 관대했다는 증거였다. 동시에 나에게 관대하지 않았다는 증거이기도 했다.

게다가 고소득 세율 구간에 속해 있기 때문에 이삼 주 후면 정부가 딴 나라 전쟁을 지원하기 위해 더러운 손으로 내 파이를 뚝 떼어갈 터였다. 얼마나 뜯길지 어림잡아보니 한 대 얻어맞은 느낌이었다. 줄리가 일 년 내내 일해서 번 돈을 넘어갔다.

그리고 아시다시피 뉴욕 생활엔 돈이 많이 들어간다. 상당한 금액이 아파트 담보대출금을 갚는 데 들어간다. 한 잔 곁들여 식사라도 할라치면 레스토랑 계산서 금액이 팁을 포함해 한 끼에 최소 80달러로 치솟는다. 줄기차게 할증이 붙는 시간대에만 우버를 타게 되는 건 말할 것도 없다. 그리고 내가 불면의 밤을 보내면서 온라인 쇼핑을 하기도 했다. 또한, 자기 돌봄의 일환으로 머리를 자르고 스트레이트 파마를 했는데 팁까지 더하고 나니 총금액이 850달러였다. 지금 부티크 교정교열 치과에서 앞니 반대 교합을 교정 중인데 치료비가 만 달러에 육박했다….

맞다. 인정한다! 나는 돈 관리에 능하지 않다. 아멕스 카드를 여유롭게 긁는다는 건 너무나 매혹적인 일이다. 나는 마침내 돈으로 내 자신감 부족을 치유할 수 있게 되었다. 잠시만이라도 부자처럼 좀 살아보자. 그러면 곧 엿 같은 상태를 잘 정리할 수 있을 것 같으니까. 변명같이 들리겠지만, 빅맥을 흡입하다 걸려서 클로이의 클린 걸 이미지를 망칠 순 없지 않은가.

어쨌든 재정 문제의 끔찍한 현실을 직시하고 보니 한 발 더 나아가 더 많은 거래를 성사 시켜야겠다는 생각이 들었다. 이모의 복리 이자 때문에 망할 수는 없으니까. 그래서 동의했다. 베터테라피 협찬을 수락한 거다. 그렇다고 클로이가 이런 짓을 하지 않았을 거라는 말은 아니다. 클로이는 말 그대로 영상 하나 찍겠다고 나를 이용해 먹지 않았던가. 굳이 따지자면, 나는 정신건강 옹호자이기도 하다. 베터테라피는 나에게 5만 달러를 지급하고 자격증 있는 상담사와 (베터테라피는 고객이 학위나 자격증 없는 상담사를 만나게 되더라도 아무런 책임을 지지 않는다.) 함께하는 무료 치료 세션을 제공해주었다.

나는 편집자가 보낸 최종본 영상을 재생했다. 전반부는 허드슨강을 배경으로 유골함을 들고 리버사이드 공원을 따라 걷는 내 모습을 담은 보완 영상(B롤)이었다. 꾸며낸 유년기의 기억이 독백으로 흐르고 이어서 재를 뿌리는 장면이 나왔다. 피오나가 전문적인 솜씨로 내 촉촉이 젖은 눈을 줌인한 다음 이제는 내 쌍둥이가 하늘나라에 있다는 듯 잿빛 하늘을 비췄다. 영상의 마지막에는 1분 분량으로 중독에 관한 통계, 핫라인 안내, 베터테라피 할인 코드가 나왔다.

총 30분 분량이라 세 편의 중간광고를 끼워 넣어도 크게 무리가 없어 보였다.

나는 피오나가 보내준 썸네일을 클릭했다. 내가 그리운 듯 먼 곳을 응시하고 있었다. 얼굴에 흐린 필터를 씌우지 않아 모공이 그대로 드러났다. 진정성 있어 보였다. 날것 그대로였다. 피오나가 제목을 몇 개 제안했지만 나는 더 나은 제목을 생각해냈다.

유튜브에 접속해 영상을 끌어다 썸네일을 첨부하고 글을 입력했다. 잘 가…. 감정을 더 드러내기 위해 말줄임표를 붙였다.

설명은 간단히 작성했다. 지금껏 이렇게 힘든 영상은 만들어본 적이 없어요. 상담이 필요하신 분들은 베터테라피에서 제 코드 '**클로이**'를 사용해 온라인 무료 체험을 해보세요.

업로드 예상 시간: 15분.

나는 기다리는 동안 클로이의 유튜브 채널을 둘러보다가 보관함에 있던 오래전 영상들을 발견했다. 가장 오래된 영상은 단색의 imovie 필터로 촬영된 것이었다. 열여섯 살쯤 되어 보이는 클로이가 자기 방에서 손에 우쿨렐레를 들고 저스틴 비버의 〈원 레스 론리 걸〉을 혼신의 힘을 다해 열창하고 있었다. 끔찍했다. 클로이가 음악을 추구하지 않아 다행이었다. 빽사리 나는 그 목소리를 참을 수가 없어서 빠져나와 보관함에 저장된 다음 영상을 보았다. 이번에는 필터가 없었다. 프레임 안에 청록색 벽이 보였다. 클로이는 코미디를 시도하고 있었다. 망할 선생님들은 이렇게 말하지…. 재미는 없었지만 클로이의 당황스러울 만큼 진지한 표정에 몇 번 웃음이 터졌다.

그녀의 보관함 속 영상들을 보니 옛날 인터넷 시절로 돌아간 듯했다. 그때는 유튜브에 나오는 사람들이라곤 인간관계를 맺기 위한 마지막 시도로 콘텐츠를 찍는 이상한 외톨이들뿐이었는데 이제는 죄다 영향력을 갈망하는 사기꾼들뿐이다.

영상이 거의 끝나갈 무렵 갑자기 문이 활짝 열렸다. 한 남자가 문간에 서 있었다. 클로이가 녹화를 중단하려고 펄쩍 뛰어들었다. 영상이 갑자기 끊겨버렸다.

나는 인상을 찌푸렸다. 반 후센?

문이 열리던 때로 다시 돌아가봤다. 남자의 머리가 프레임에 잡히지 않아서 어떤 표정을 지었는지는 알 수 없었다. 오직 클로이의 눈에 어린 찰나의 공포만 보일 뿐이었다. 아마 별거 아닐 거다. 그냥 당황해서 그랬겠지. 하지만 나는 그냥 지나칠 수가 없었다. 마음이 불안했다. 줄리가 죽은 지 꽤 되었는데 아직도 반 후센 부부에게 연락이 없었다.

나는 호기심에 입술을 깨물었다. 클로이의 캘린더에 3월 12일은 '엄마 생신'으로 알림 반복이 설정되어 있었다. 12일은 일주일밖에 남지 않았다. 그날 알아내면 된다. 하지만 그 모든 논리에도 불구하고 나는 가족 채팅방에 문자를 보냈다. "안녕하세요. 엄마 생신 때 뭐 할 거예요?"

기다리는 동안 나는 클로이의 보관함 속 다른 영상들을 더 살펴보았다. 클로이의 행동이 어딘가 부자연스러웠는데 카메라 앞이 불편해서인지 다른 신경 쓰이는 점이 있기 때문인지 알 수가 없었다. "안녕하세요, 여러분"으로 영상은 시작되었다. 클로이의 목소리는 부드럽지만 거의 떨리고 있었다. 청소년 시절 내 모습을 거울로 들여다보는 느낌이었다. 나는 눈을 뗄 수가 없었다. 너무 몰입해서 시간이 가는 줄도 몰랐다.

메시지가 띠리링 울렸을 때 나는 화들짝 놀랐다. 반 후센 부부일 거라는 생각에 심장이 쿵쿵 뛰었다. 하지만 모르는 번호로 온 메시지였다.

안녕하세요, 클로이 씨. 좀 전에 올리신 영상을 봤어요. 삼가 고인의 명복을 빕니다. 힘든 시간인 줄은 알지만, 지난번 우리가 나눴던 의미 있는 대화의 흐름을 끊고 싶지가 않네요. 여력이 있다면 다음 단계로 나아갈 수 있을까요? 양부모님에 대해 이야기하고 싶다고 하셨죠. 주제 넘은 말일 수도 있지만 양부모님께 일어난 일이 중대한 전환점이 되어 제게 연락하신 게 아닐까 싶었어요. 그 짐을 내려놓는 게 지금 겪는 슬픔을 풀어나가는 데에도 도움이 되지 않을까요? 당연히 서두르실 필요는 없어요. 혹시 제가 너무 앞서가는 거라면 말씀해주세요.

시선이 반 후센 가족에 관한 작은 정보와 화면 상단에 떠 있는 전화번호를 맴돌았다. 클로이와 잘 아는 사이인데 왜 연락처에 번호가 저장되어 있지 않지? 이전에 한 대화 기록도 없었다. 클로이가 다 지운 건가? 언뜻 보면 그 메시지는 상담사와 환자 사이의 대화 같아 보였다. 상담사나 정신과 의사인가?
구글에 그 번호를 검색해봤지만 아무것도 나오지 않았다. 하지만 노트북을 검색해 보니 몇 주 전 휴지통으로 분류된 제시카 피터스의 이메일이 한 통 있었다. 이름을 보자 기억이 났다. 클로이로 산 지 이틀째 되던 날 피오나에게 그 사람과의 약속을 취소해달라고 했었다. 이메일에는 별 내용이 없었다. 피오나가 미팅 약속을 전달했고 제시카가 고맙다고 답했을 뿐이었다. 하지만 시스템에서 영구적으로 삭제된 다른 대화의 흔적이 있었다. 그녀의 전화번호와 연락처 정보 위에 이렇게 적혀 있었다.

《더 뉴요커》 기자.

나는 인상을 찌푸렸다. 클로이가 잡지사 기자와 접촉한 이유가 뭐지? 거기에다 가족 이야기라니.

제시카의 이메일 서명에 있는 링크를 누르자 그녀의 기사가 정리된 페이지로 연결되었다. 수십 개의 뉴스와 문화, 특히 디지털 문화에 관한 기사가 보였다. 최신 소셜미디어 스캔들을 단순히 요약한, 그러니까 팬들이 계속 아무 생각 없이 클릭하도록 자극적인 제목을 가져다 붙인 기사가 아니라 온라인 사조를 철저히 고찰해 인터넷 현상을 더 광범위한 사회적 함의와 연결하는 내용이었다. 그녀의 최신 칼럼은 최근 유행처럼 퍼진 겉보기에 별 의미 없어 보이는 선글라스를 쓴 오리 밈이 사실 미국 젊은이들의 정치적 이탈을 반영하고 있다며 철학자, 정치 전략가들과 인터뷰까지 진행해 자신의 이론을 입증하는 내용이었다. 또 다른 기사에서는 한때 인기를 끌었지만 이제는 잊힌 인플루언서를 소개하면서 그들의 급속한 몰락과 인터넷 명성이 가져온 고충을 자세히 다루고 소셜미디어 스크롤링을 동물원 산책에 비유했다.

더 이상 읽을 수가 없어서 탭을 닫았다. 머릿속에 여러 가지 의문이 밀려들었다. 클로이가 제시카에게 양부모와 관련해 뭔가 이야기하려고 했다. 그리고 제시카의 이전 기사들을 보면 그것은 클로이의 디지털 크리에이터로서의 삶과 관련이 있었다. 그 이야기가 뭐였든 내 쌍둥이 언니가 연락을 취했다면 중요한 내용일 게 분명했다. 클로이는 무슨 말을 하고 싶었던 걸까?

호기심이 일었지만 내 안전을 고려해야 했다. 죽은 언니 행세를 하는 마당에 제시카가 내 주위를 기웃거리게 놔둘 수는 없었다. 자발적으로 기자와 엮인다는 건 상대방 손에 총을 쥐여주고 쏘라고 허락하는 것과 같았다. 너무 늦기 전에 싹을 잘라내는 편이 나았다.

나는 답장을 썼다. 마음이 바뀌었어요. 더 이야기하지 않으려고요. 더 이상 연락하지 말아주세요.

메시지를 보낸 뒤 대화 내역을 삭제하고 그녀의 휴대폰 번호와 이메일을 차단해 답장을 못하게 했다. 나는 뻑뻑한 눈으로 화면을 노려보며 키보드를 두드렸다. 옳은 일을 했다고 불만스러운 마음과 호기심을 쫓아버릴 순 없었다.

입술을 잘근잘근 씹으며 피오나와의 채팅창을 열었다. 이미 알면서도 어리석은 짓을 할 참이었다. 하지만 반 후센의 침묵과 제시카의 메시지가 또 다른 판도라의 상자를 열어버렸다. 알고 싶은 충동을 참을 수가 없었다.

    타이핑을 했다. 영상 작업 좋았어! 요즘 기억력이 맛이 갔어. 우리 부모님 댁 주소가 뭐였지?

28

 예상한 대로 반 후센 부부는 어퍼웨스트사이드의 갈색 사암 집에 살고 있었다. 앙상한 나뭇가지가 달린 유서 깊은 참나무가 계단에 그늘을 드리우고 있었다. 나는 얼음장같이 차가운 벽돌 계단을 살금살금 올라가 벨을 눌렀다. 손가락에 벨의 진동이 전해졌다. 대답을 기다리는 동안 창문 안을 흘긋 보았다.
 창틀에 식물이, 아니 한때 식물이었던 것의 시들어 빠진 갈색 뼈대가 놓여 있었다.
 다시 벨을 눌렀다.
 안에 아무도 없다는 확신이 들었을 때 딸랑거리는 열쇠고리를 꺼냈다. 행운을 시험해보다 세 번째 시도에 맞는 열쇠를 발견했다. 열쇠를 돌리자 깜짝 놀랄 만큼 크게 딸깍 소리가 나며 문이 열렸다. 누군가의 집에 침입하는 느낌이었다. 언제라도 누가 불쑥 나타나 나를 저지할 것처럼 뒤를 살폈다. 두꺼운 갈색 트렌치코트를 입고서 포메라니안을 산책시키는 노파가 길을 건넜다. 개는 조그만 형광 초록색 부츠를 신고 있었다. 노파와 개는 내 쪽을 쳐다보지도 않았다.

나는 심호흡을 하고 재빨리 확언을 속삭였다. 나는 용기 있는 *사람이다.* 그러곤 들어갔다.

갈색 사암 집 안으로 밀고 들어가 낡은 이집트산 카펫 위에 수북이 쌓인, 뜯지 않은 우편물 더미를 넘어갔다. 현관문으로 쏟아지는 햇살에 넘실대는 먼지가 비쳤다.

문을 닫는데 팔다리가 뻣뻣해졌다.

"엄마? 아빠?"

아무 소리도 들리지 않았다.

클로이의 아파트에 처음 들어갔을 때가 떠올랐다. 그녀의 몸.

나는 숨을 깊이 들이마셨다. 아무 냄새도 나지 않았다. 최소한 누가 썩는 냄새는 안 났다. 곰팡이, 먼지, 오래된 나무 냄새가 조금 나는 듯했다.

불을 켜고 우편물을 살펴보았다. 우편물 더미를 덮은 고운 먼지로 보아 누가 다녀간 지 몇 달은 된 듯했다. 먼저 살펴본 편지 몇 장은 은행에서 왔고 다음 두세 장은 뉴욕대 동문회에서 온 것이었다.

반 후센 가의 은행 거래 내역서가 궁금했지만 더 긴급한 과제가 내 앞에 놓여 있었다.

갈색 사암 집에 들어온 건 처음이었는데 솔직히 흥분됐다. 전체 공간에서 고급스러운 분위기가 풍겼다. 나무 장식과 황동을 덧대어 마감한 가구는 수공예품 같았다. 바닥에서 천장까지 이어지는 책꽂이는 책 무게로 기울어 있고 가장자리에 먼지가 끼어 있었다. 창문이 커서 공간이 높고 생동감 있어 보였다. 식물들이 여전히 초록빛을 띠었다면 생기 넘치는 집이었을 것 같았다.

나는 위층으로 올라갔다. 계단이 내 무게에 눌려 삐걱거렸다. 2층 복도에 먼지 낀 가족 초상화가 줄줄이 걸려 있었다. 사진마다 가족들은 비슷한 포즈를 취하고 있었다. 앞마당에서 니트 스웨터를 입은 반 후센 부부가 가운데 선 클로이의 어깨에 손을 얹었다. 사진마다 클로이의 미소는 보일 듯 말 듯 희미했다.

나는 서재로 향했다. 책상 두 개와 더 많은 책장이 보였다. 깨진 유리창으로 바람이 새어 들어와 그 옆에 놓인 바싹 마른 식물들을 부서뜨렸다. 창문을 닫으러 가보니 곰팡이가 시커멓게 낀 나무 창틀이 축축하게 썩어 있고 그 위로 파리와 나방이 배를 뒤집은 채 죽어 있었다. 나는 메스꺼움을 참으며 소매로 죽은 벌레들을 쓸어냈다. 창문이 잘 닫히지 않았다. 억지로 내리자 집의 기둥 전체가 고통스러운 신음 소리를 냈다. 책상을 살짝 살펴보았다. 파란색 도자기 컵이 코르크 컵 받침에 올려져 있었다. 컵 안에 죽은 초파리 한 마리가 끈적끈적한 갈색 침전물에 누워 있었다. 키보드는 먼지투성이였다. 마우스를 살짝 흔드니 모니터가 켜지면서 로그인 화면이 나왔다. 절전모드로 남겨져 있던 것 같았다. 로그인 정보가 적힌 메모가 있기를 바라며 책상 서랍을 뒤졌지만 필기구뿐이었다. 나는 생각나는 대로 아무 번호나 입력해 보다가 포기했다.

급하게 집을 떠난 듯했다. 컵을 치우거나 컴퓨터 전원을 끌 시간도 없을 정도로.

위층에는 안방과 조그만 독서 공간이 있고 벽이 청록색인 클로이의 방은 4층에 있었다.

나는 일기장이 있길 바라며 클로이의 침대 옆 탁자를 살펴보았다. 그곳에 클로이의 맨해튼 주소가 적힌 뜯긴 편지 봉투가 수북이 쌓여 있었다. 이상하다. 왜 여기까지 가져다놨지? 꼭 그 편지들을 숨기려 한 것 같았다.

나는 꼭대기에 놓인 봉투를 들고 안에 든 종이를 꺼냈다. 케네디 요양원에서 온 청구서였다. 1월 한 달간 케네디 요양원은 두 사람을 돌보는 비용으로 '반 후센 가족 신탁기금'에서 3만 5500달러라는 터무니없는 금액을 인출했다. 환자 이름은 마거릿 반 후센과 찰스 반 후센이었다.

인쇄된 글자를 한 번, 두 번, 세 번 훑어보며 내가 뭘 보고 있는 건지 이해하려 애쓰다가 깜짝 놀라 입을 딱 벌렸다. 나는 청구서를 내던지고 다른 편지들을 뒤졌다. 심장이 마구 뛰었다. 전부 청구서였다. 가장 이른 날짜가 작년 8월이었다.

반 후센 부부가 클로이에게 마지막으로 문자를 한 지 얼마 지나지 않았을 때였다. 식사 계획을 세우고 얼마 지나지 않아 시설에 들어간 것이다. 두 사람의 건강 상태가 단 몇 주 만에 그토록 급격하게 나빠질 수 있을까? 제시카가 보낸 문자가 떠올랐다. 클로이에게 '중대한 전환점'이 되었을 거라던 게 이거였나? 온라인을 기웃거린 덕에 반 후센 부부가 얼마 전 은퇴했다는 사실은 알고 있었다. 부부가 어딘가 멀리 여행을 가서 연락이 뜸했던 거라 생각했는데 사실은 내내 시설에 있었던 걸까? 어떻게 이런 정보가 온라인이든 어디든 기록되지 않았지? 그리고 내가 반 후센 가의 주소를 물었을 때 피오나는 왜 이 말을 하지 않았지? 피오나는 이걸 몰랐나? 하지만 클로이는 왜 이 사실을 계속 감춘 거지?

생각을 정리하려 고개를 흔들었다. 추측해서 뭐 하나 싶었다.

나는 바로 케네디 요양원으로 가려고 우버를 불렀다.

29

 요양원으로 가면서 내 마음은 클로이가 파놓은 비밀의 진흙탕을 파헤치느라 바빴다. 반 후센 부부는 어쩌다 시설에 들어간 걸까? 사고를 당했나? 어떻게 아무도 몰랐지? 팔로워들에게 열린 마음과 진정성을 내세워놓고 뒤로는 이렇게 감추는 게 많았다니. 클로이에게 진정한 무언가가 있기는 했을까?

 마음을 옥죄어오는 수많은 의문을 피해 보려고 휴대폰을 들어 내 최신 영상에 달린 댓글을 읽었다. 연민이라는 보물이 담긴 상자를 찾고 싶었다. 대부분의 팔로워들은 공감해주었지만, 극히 일부이긴 해도 목소리를 내는 이들이 나의 협찬받은 슬픔을 비난하며 거부감을 드러냈다. 나는 이를 갈며 그 댓글들을 삭제하고 괴롭힘 및 사이버 폭력 명목으로 그 유저들을 신고했다.

 유튜브에서 바랐던 위안을 얻지 못한 나는 인스타그램 DM을 스크롤하며 내 건강을 기원하고 내 슬픔을 위해 기도해주는 인플루언서들의 공감 어린 메시지를 훑어나갔다. 이즈가 언제나처럼 다정하게 메시지를 보냈다. 주소 보내줘. 내 유명한 복숭아 코블러를 보내줄게. 잠깐이라도 모든 걸 잊게 해줄 거야. 네가 잘 치유되길 바라. 사랑을 담아.

답장을 보냈다. 넌 천사야.

그녀가 내 답장에 하트 이모티콘을 보냈다.

벨라 마리는 인스타그램에 내 영상의 링크를 올리고 글을 썼다. @Chloe_Van_H의 과감한 솔직함에 박수를 보냅니다. 드러내고 싶지 않았을 취약함을 보여준 그녀의 놀라운 영상을 모두 봐주시기 바랍니다. 이처럼 대중에게 자신의 마음을 그대로 보여주기란 쉽지 않은 일이에요. 특히 중독과 정신건강으로 낙인찍힌 문제라면 더더욱 그렇지요. 저는 중독으로 힘들어하셨던 어머니를 보면서 그게 얼마나 헤쳐나가기 힘든 일인지 알게 됐어요. 여러분께 조심스럽게 부탁드립니다. 친절하고 따뜻한 마음으로 봐주세요. 다른 사람이 어떤 괴로움을 겪고 있는지 우리는 절대 알지 못하니까요. X 벨라 마리.

다음 슬라이드는 이랬다. 여유가 되신다면 저와 함께 기부에 참여해주세요. 링크는 중독연구센터의 기부 페이지로 연결됩니다.

링크를 클릭하고 감사한 마음이 북받쳐 눈시울이 붉어졌다. "B"라고만 밝힌 익명의 기부자가 1만 달러를 기부했다. 벨라 마리가 분명했다. 그녀만이 그토록 관대할 수 있었다.

그녀에게 감사 문자를 보내려는데 벨라도나 그룹 채팅방에 새 알림음이 울렸다. 벨라 마리였다.

사랑하는 벨라도나 여러분, 코앞에 다가온 봄과 함께 현관에 도착한 깜짝 선물을 확인해주세요. 그리고 우리의 새로운 자매 아일라 해리스를 환영해주세요!! 모두에게 큰 영감을 주는 아일라는 우리 작은 가족의 완벽한 일원이 될 거예요. 여러분의, 벨라. 🖤 🐱

깜짝 선물이라고? 무슨 선물일지 궁금했다. 벨라 마리의 의류 브랜드? 꽃? 그녀의 아름다운 금발 머리 한 줌?

벨라도나들의 답장이 줄을 이었다.

아나 환영해, 아일라! 깜짝 선물이라니, 너무 기대돼! 👀

릴리 만나서 정말 반가웠어, 아일라. 함께하게 돼서 정말 기뻐.

안젤리크 업계에 대해 궁금한 점 있으면 언제든지 우리한테 물어봐. 난 우리 그룹이 없었으면 어땠을지 상상도 안 돼. 우리가 지원 사격할게.

마야 우리가 항상 곁에 있을 거야! 가족이니까!

에멀린 안녕! 😊

이즈가 답했다. 우와, 따뜻하게 환영해줘서 고마워! 깜짝 선물도 너무 기대돼! 집에 가고 싶어 몸이 근질근질하지만 지금 폴 댄스 수업 중이라.

이즈가 폴대를 붙잡고 빙빙 도는 영상을 첨부했다.

켈리 맙소사. 섹시 그 자체!!! 🔥🔥🔥🔥🔥

소피아 제발 가르쳐줘!

릴리 내가 항상 꿈꿔왔던 폴 댄스!

안젤리크 말도 안 돼! 몸매 무슨 일? 너무너무너무 갖고 싶어.

답장을 쓰려는데 우버 기사가 물었다. "길 건너에 내려드려도 괜찮을까요?"

나는 창밖을 내다봤다. 케네디 요양원은 역사물 촬영장으로 오해받을 만한, 올드웨스트버리의 개조된 대저택이었다. 높은 출입문에 조그만 황동 팻말이 붙어 있어 인근의 컨트리클럽이나 저택들과 구분되었다.

"네, 좋아요. 고맙습니다." 나는 휴대폰을 손가방에 밀어넣고 길을 건넜다. 출입문은 잠겨 있었다. 입구 근처에 설치된 카메라가 그 검정 눈으로 나를 응시했다. 금속판에 글이 적혀 있었다. *도움이 필요하면 1029를 눌러주세요.* 나는 키패드에서 번호를 눌렀다. 스피커에서 자동 음성이 흘러나왔다. "카메라를 똑바로 응시해 주세요."

나는 살짝 재미있어 하며 지시에 따라 렌즈 앞에 자리 잡았다. 초록빛이 내 얼굴을 스캔했다. 삐이익. 기어 돌아가는 소리가 나면서 벽돌길로 이어지는 출입문이 활짝 열렸다.

"우와." 나는 감탄해서 속삭였다. 흠 없이 손질된 잔디를 보며 요양원을 향해 걸었다. 겨울인데도 잔디가 여전히 초록빛인 데다 너무 푸릇푸릇하고 풍성해서 거의 가짜 같아 보였다. 나는 행복한 래브라도처럼 그 위를 마구 뒹굴고 싶었다.

중앙 출입구에 도착하자 높다란 검은색 문이 열리고 크림색 버튼다운 셔츠와 회색 정장 바지를 차려입은 예쁜 갈색 머리 직원이 나왔다. 그녀가 활짝 웃으면서 들어오라고 손짓했다. "어서 오세요, 미스 반 후센."

일단 안에 들어서자 그 터무니없는 청구서에 담긴 가치가 이해되기 시작했다. 그곳은 정부지원금으로 운영되는 여느 요양원과 달랐다. 약 냄새나 소독제 냄새도 나지 않았다. 파란빛 천장 등도, 윙윙거리는 라디에이터도 없었다. 과로로 다크서클이 턱까지 내려오고 머리가 엉망으로 헝클어진 채 뛰어다니는 간호사도 없었다. 석회석 바닥, 복도에 쭉 깔린 카펫, 높은 천장까지 뻗은 떡갈잎 고무나무. 노인을 위한 시설이 아니라 어느 고상한 골프 클럽이나 호텔 로비에 들어왔다고 착각할 뻔했다.

직원이 태블릿을 내밀었다. "잠깐만 시간 내셔서 서명해주시겠어요?"

나는 태블릿을 받아 기본적인 질문들을 훑어보며 지난 이 주간 질병에 노출된 적 없고 안전과 모니터링을 위해 설치된 보안 카메라에 녹화되는 것에 동의한다는 내용을 확인했다. 마지막 페이지에 비밀 유지 동의서라는 라벨이 붙어 있었다. 그 굵고 선명한 글자에 긴장감이 들었지만 직원이 여전히 내 머리 위를 맴돌고 있어서 입술을 일그러뜨려 미소를 지었다. 나는 상당한 분량의 동의서 내용을 대충 읽어 넘겼다. 케네디 요양원 부지 내에서 알게 될지도 모를 사실들을 외부에 유출해서는 안 된다는 내용이었다. 거주자들과 직원에 관한 정보도 포함되어 있었다. (그리고 무시무시한 규정들이 난해한 법률 용어가 가득한 문단 사이에 숨어 있었다.) 보안이 철저한 곳이었다. 솔직히, 좀 과하다는 느낌이 들었다. 대체 누가 머물기에 이렇게까지 하지? 대통령이라도 되나?

모든 것에 동의한 후 태블릿을 돌려주자 그녀가 나를 짙은 검은 머리의 땅딸막한 남자에게 넘겼다. "이쪽입니다. 미스 반 후센." 그 남자는 나를 넓은 야외 공간으로 안내했다. 그는 짧은 다리를 획획 교차하며 빠른 걸음으로 걸었다. 오직 거주자를 지나칠 때만 걸음을 늦추고 미소 지으며 고개를 끄덕여 인사했다.

줄줄이 이어진 울타리를 지나자 몇몇 직원들과 노인들이 모여 있는 울타리가 나왔다. 주로 남미계나 아시아계 직원들이, 코에 호흡관을 끼우고 추위를 막아보려 털모자를 쓰고 담요를 덮고 번쩍이는 휠체어에 앉은 뿌루퉁한 백인들을 이리저리 밀고 다녔다. 혈관이 툭툭 불거진 투명한 피부에 건조하고 주름진 입술을 보자 절망적인 기분이 들었다. 눈은 억지로 쑤셔 넣은 듯 눈구멍 속으로 깊숙이 들어가 있었다. 일부 노인들은 원형 홀 근처에 휠체어를 세워놓고 햇볕을 쬐면서 혼잣말을 중얼거리고 있었다. 내가 지나가자 그들의 뿌연 홍채가 내 움직임을 따라왔다.

모직 코트를 입은 한 남자가 눈에 들어왔다. 나는 발걸음을 늦춰 그 완만하게 굴곡진 얼굴, 주름진 깊은 눈, 은발을 보며 기억 속을 맴도는 친숙함의 정체를 파악해보려 했다. 순간 번쩍 떠올랐다. 그 남자는 배우였다. 그것도 유명한 배우. 2000년대 액션 스타로 활약하다 지금은 작가이자 감독으로 활동하고 있었다.

일흔 살이 넘지 않아야 했지만 그의 나이는 세 자릿수에 가까워 보였다. 할리우드라는 기계는 정말 사람들을 잘근잘근 씹어 돌리는 모양이었다. 그나저나 그가 여기 있을 줄 누가 상상이나 했겠는가? 새 각본을 집필 중이라던 게 그에 대해 들은 마지막 소식이었는데 말이다.

"저분은…." 내가 입을 열었다.

하지만 나를 안내하는 직원은 길을 가리켜 보였다. "바로 이쪽입니다." 그 남자는 안내원이라기보다 내가 돌아다니는 걸 막는 경비원에 가깝다는 생각이 들었다.

나는 입을 다물고 그를 따라 안뜰을 지나면서 그 배우를 마지막으로 돌아보았다. 이제 비밀 유지 동의서가 이해되었다. 이곳의 거주자들은 내 생각보다 더 유명한 인물들이었다.

"다 왔습니다." 남자가 4C라 적힌 건물 앞에서 멈췄다.

나는 그 숫자에 움찔했다. 백인들은 4를 나쁜 번호라 여기지 않는 것 같았다. 나로선 죽음만 떠오를 뿐인데.

그가 나를 위해 문을 열어주었다.

"고맙습니다."

"별말씀을요." 그가 문을 닫았다.

4C 건물은 중앙 건물보다 덜 호화로웠지만 여전히 고급스러운 면이 엿보였다. 짙은 색 나무 난간, 따뜻한 빛을 발하는 조명등, 벽면을 장식한 고상한 풍경화들. 머리 위로 부드러운 스파 음악이 흐르고 공기에서 달콤한 향이 은은하게 풍겼다. 짙은 녹색 수술복을 입은 여자 두 명이 간호실 뒤쪽에 앉아 키보드를 두드리고 있었다. 두 사람은 나를 보고 미소를 짓더니 다시 하던 일에 열중했다.

넓은 홀의 세 번째 방에 반 후센 라벨이 붙어 있었다. 나는 그 묵직한 나무 문을 열고 안으로 들어갔다. 분리된 두 병상에 누운 반 후센 부부의 몸에 삐이 삐이 소리를 내는 기계가 백만 대쯤 부착되어 있었다. 소독된 공기에 금속성 냄새와 퀴퀴한 구취가 맴돌았다. 두 사람은 간신히 목숨만 부지하고 있는 듯했다.

조심조심 다가가는 동안 공포로 심장이 굳는 느낌이었다. 반쯤 뜨인 두 사람의 눈은 영혼이 사라진 듯 멍해 보였다. 호흡기 마스크가 씌워져 있고 벌어진 입으로 얕은 호흡이 이어지고 있었다. 빨간 혓바닥은 쪼그라들어 있었다. 잿빛 피부는 건조했고 생선 비늘이 일 듯 벗겨지고 있었다.

"안녕하세요?" 반응이 없었다.

공기가 희박해지고 공포가 나를 휘감았다. 나는 반 후센 씨의 얼굴 앞에서 손을 흔들어보았다. 반응하지 않았다. 반 후센 부인에게 갔다. 손을 흔들었다. 반응하지 않았다.

볼 수도 들을 수도 없었다.

두 사람은 식물인간이었다.

그 미동 없는 몸뚱이가 클로이의 시신을 떠올리게 했다. 나는 손으로 입을 틀어막고 비틀비틀 병상에서 물러났다. 맥박이 터질 듯 뛰었다. 뒷걸음치다 벽에 부딪쳐 주저앉았고 이가 달각달각 맞부딪쳤다. 바이털 모니터가 삐이 삐이 소리낼 때마다 내 혈관에 공포의 바늘이 날아와 박혔다. 웅크리고 있는데 보안 카메라가 있을지도 모른다는 생각이 들었다. 나는 바로 몸을 빳빳이 세우고 땀에 젖은 손바닥을 코트에 대고 문지르며 정상적인 분위기를 연출해보려 했다. 이상한 행동으로 주의 깊은 직원들의 시선을 끌고 싶지 않았다. 천장을 흘깃 올려다보니 빨간빛을 깜빡거리는 세 대의 카메라가 보였다. 이어서 반 후센 부부를 돌아보았다.

함께 심각한 사고를 당한 게 틀림없었다. 신체 건강한 두 개인이 몇 달 만에 이 지경에 이르렀음을 설명할 수 있는 길은 그것밖에 없었다. 시들어가는 두 몸과 함께 있는 것이 당황스러웠지만 무슨 일이 있었는지를 알려줄 증거가 그 방 안에 있을 것 같았다. 여기까지 온 이상 아무것도 모른 채 떠날 수는 없었다.

앞에 있는 간호사들에게 물어볼 수도 있었지만 괜한 질문으로 의심을 사고 싶지 않았다. 나는 환자 파일이나 정보 출처를 찾기 위해 책상과 캐비닛을 뒤졌다. 몇 분 후, 반 후센 씨의 침대 옆에 붙은 태블릿을 발견했다. 홈 화면에는 요양원 브랜드 앱뿐이었다. 앱이 내 얼굴을 인식했다. 시설 부지를 드론으로 촬영한 영상이 펼쳐지는 가운데 스피커에서 자동 음성이 흘러나왔다. 이어서 카디건을 입은 생기 넘치는 노인들이 카메라를 향해 손을 흔들었다. "투명하고 온정이 넘치는 케네디 요양원에 오신 것을 환영합니다. 클로이 반 후센님, 사랑하는 가족들을 맡겨주셔서 고맙습니다." 프로그램에서 내 이름이 나와 살짝 불안했지만 반 후센 부부의 환자 파일이 포털에 줄줄 떠오르자 마음이 놓였다.

나는 찰스 반 후센이라 적힌 파일을 클릭했다. 음식과 약, 치료계획, 병실 영상을 포함해 매시간 측정된 바이털 기록이 담긴 탭이 몇 개 있었다. 나는 우선 환자 이력으로 들어가 기록이 시작된 날까지 스크롤을 내렸다.

혼수상태가 된 원인을 읽는 순간 충격으로 입이 딱 벌어졌다. 부부가 함께 브리지햄프턴에서 길을 걷다가 뺑소니 사고를 당한 것이었다. 응급서비스를 통해 즉각적인 치료를 실시했지만 하반신 마비와 영구적인 뇌 손상을 포함해 심각한 신체 부상이 발생했다. 파일의 나머지는 복잡한 의학 용어로 작성된 메모와 수술 결과가 담겨 있었다. 마거릿의 환자 이력도 별반 다르지 않았다.

의료 파일에는 가해자가 어떻게 됐는지 나와 있지 않았다. 그래서 나는 구글에 사고 지점과 날짜를 넣어봤다. 찾아낸 기록이라곤 피해자들을 '오랜 지역주민'으로 익명 처리하고 '운전자는 아직 체포되지 않았다'라고 보도한 한 지역 신문사의 기사뿐이었다.

읽으면서도 믿을 수가 없었다. 우리 친부모님에게 일어난 것과 똑같은 교통사고. 그럴 수 있는 확률이 얼마나 될까? 그리고 클로이의 인지도에 비해 기사가 턱없이 부족하다는 사실도 놀라웠다.

그럼에도 불구하고 나는 이 사고가 내 쌍둥이 언니를 변화시킨 이유를 이해할 수 있었다. 아마 어린 시절의 풀리지 않은 트라우마가 깨어났을 것이다. 동정심이 밀려와 가슴이 뜨거워졌다. 나는 반 후센 씨의 건조한 손을 잡았다. 혼수상태에 있더라도 자신의 양딸이 찾아왔다고 생각해주길 바랐다. 음악이 뇌 자극에 도움이 된다던 말이 기억나 휴대폰에서 바그너를 찾아 틀었다. 내 생각에 반 후센 부부는 클래식 음악을 즐기는 부류일 것 같았다. 태블릿으로 돌아가 치료 일지를 살펴보았다. 간호사와 의사들은 놀라울 정도로 철저했다. 돈으로 최상의 보살핌을 살 수 있었다. 어쩌면 보안 카메라 때문에 다들 긴장 상태를 유지하는 건지도 몰랐다. 영상에 무제한으로 접속할 수 있는 보호자들에게 실수를 들키고 싶지 않을 테니까.

호기심이 일어 녹화 영상을 클릭해봤다. 화면에 방 안의 CCTV가 실시간으로 나왔다. 전지적인 시점에서 나를 들여다보는 것이 살짝 당황스러워 곧장 이전 영상으로 넘어갔다. 그 앱은 누가 그 방에 들어올 때마다 이름과 직함을 기록했다. 나는 무작위로 영상을 선택하고 간호사가 수액 주머니에 약을 주입하고 바이털을 확인하는 모습을 지켜보았다. 조금 넘겨보니 '방문자: 클로이 반 후센'이라 적힌 카테고리가 나왔다.

지난달까지 그녀는 매주 병실에 들른 듯했다. 영상을 돌려보자니 그녀의 또 다른 브이로그를 보는 것 같았다. 그녀는 수시로 반 후센 부부의 침대 옆에 앉아 그들의 건조한 피부에 조심스럽게 연고를 발라주었다. 나는 영상을 몇 개 보다가 음소거를 해제할 수 있다는 걸 깨달았다. 태블릿에서 음악이 흘러나왔다. 클로이도 나처럼 자기 부모님을 위해 클래식을 틀어주었다. 그 소소한 행동이 내 마음속에 애정의 씨앗을 심었고, 나는 내 쌍둥이에게 그 어느 때보다 강한 유대감을 느꼈다.

영상을 계속 보면서 반 후센 부부가 처음 입원한 8월이 나올 때까지 스크롤을 내렸다. 그 기간에는 클로이의 행동이 제정신이 아닌 듯 어수선해 보였는데 사고가 일어난 지 얼마 지나지 않아 그런 듯했다.

윤기 나는 검정 포니테일을 그 조그만 머리통 뒤로 획획 날려가며 마구 서성이거나 소파에 몸을 웅크린 채 무릎 사이에 얼굴을 묻고 흑흑 흐느꼈다. 그런 식으로 약한 모습을 지켜보자니 몸이 움츠러들었다. 별안간 그녀가 울던 소파에 앉아 그녀를 훔쳐보고 있다는 사실에 죄책감이 들었다.

곧 가장 오래된 영상까지 도달했다. 반 후센 부부가 입원한 바로 그 주에 촬영된 영상이었다. 클로이는 주저하듯 느릿느릿 방으로 들어와 5분 동안 얼어붙은 듯 반 후센 부부의 몸을 응시했다. 그러다 갑자기 흐느껴 울며 바닥으로 무너져내렸다. 울음소리가 너무 격해서 볼륨을 낮춰야 했다. 내 귀를 사정없이 자극하는 칼날 같은 울음 사이로 더듬더듬 그녀의 목소리가 들려왔다. "내 잘못이야, 내 잘못. 다 내 잘못이야!"

뭐야?

나는 태블릿을 끄고 소파에서 일어나 혼수상태인 부부를 쳐다보았다. 심장이 불안하게 쿵쿵거렸다. 왜 자기 잘못이라 생각하지? 처음으로 나한테 전화했을 때에도 비슷한 말을 했었다. *실수야, 실수, 실수라고.* 이걸 두고 한 말인가? 클로이가 뺑소니 사고와 어떻게든 관련이 있는 건가?

병실이 빙빙 돌고 벽면이 다가오고 호흡이 가빠졌다. 여기서, 반 후센 부부의 밀랍 같은 몸뚱이 옆에서, 그들의 퀴퀴하고 짭짜름한 냄새가 내 코를 절이고 폐를 막는 이곳에서는 그 생각을 할 수가 없었다. 나가야 했다. 당장.

나는 간호사들과 눈을 마주치지 않으려고 황급히 문을 빠져나갔다. 간호사들도 비밀 유지 동의서에 서명했을 거라 생각하니 다행이다 싶었다. 나는 서명을 요구하는 데스크의 간호사들을 지나쳐 달려나갔다. 단 1초도 더 머물 수 없었다.

한 블록 떨어져서야 달리기를 멈추고 호흡을 가다듬었다. 시린 공기가 목구멍을 얼얼하게 만들고 뺨을 벌겋게 달궜다.

클로이는 왜 숨졌을까? 교통사고는 어떻게 된 걸까? 왜 자기 잘못이라고 했을까? 그 많은 처방약, 이웃이 말하는 분노 폭발의 역사, 그리고 결국 과다복용에 이르기까지 모든 작은 비밀과 거짓들이 내 마음속에 켜켜이 쌓여 정복할 수 없는 물리적 요새가 되었다. 그 모든 게 다 연결되어 있나?

나는 포장도로에 쓰러졌다. 청바지에 시멘트의 냉기가 느껴졌다.

나는 그저 인플루언서로서 새로운 삶을 살고 싶었을 뿐이다. 그런데 지금…. 맙소사, 나는 대체 어디에 발을 들인 걸까?

30

 집으로 가는 길 내내 울지 않으려고 이를 악물었다. 운전기사의 주의를 끌고 싶지 않았다. 그가 백미러를 통해 수시로 나를 흘깃거렸다. 나를 알아봐서인지, 꽉 다문 입술 사이로 조그맣게 새어 나오는 불안한 신음 소리가 걱정되어서인지는 알 수 없었다. 어쩔 수 없었다. 교통사고, 식물인간이 된 클로이의 양부모, 그녀가 전화로 했던 말, 실수. 그 어느 것도 말이 되지 않았다. 모든 것을 조합하려다 보니 공황발작이 올 것 같았다. 아파트에서 몇 블록 떨어진 곳에서 교통체증에 걸리고 말았다.

 "여기서 내릴게요." 운전기사가 대답하기도 전에 차를 박차고 나가 아파트를 향해 달렸다. 그래야 마음 놓고 발작을 할 수 있을 터였다. 시야가 눈물에 가려 보행자 신호가 흐릿해 보였다. 교차로를 가로지를 때 오토바이에 치일 뻔했다. 마지막 순간에 방향을 튼 오토바이가 도로로 미끄러졌다. 운전자가 욕설을 퍼부었지만 나는 무시하고 땀에 젖은 손가락으로 스마트 키를 꽉 움켜쥔 채 문을 향해 전력질주했다. 라모스가 로비에서 어떤 여자와 이야기하고 있었다. 내가 들어오는 것을 보고 그가 손을 흔들었지만 못 본 척하고 엘리베이터로 직진했다. 버튼을 마구 눌러댔다. 심장이 터질 듯 뛰고 가슴에 엄청난 압력이 밀려들어 폭발할 것 같았다.

라모스가 나를 부르는 소리가 들려왔다. "미스 반 후센!"

나는 발을 덜덜 떨며 엘리베이터가 서 있는 층을 보여주는 LED 전광판을 바라보았다. 가장 가까이 있는 엘리베이터가 12층에 있었다.

"미스 반 후센!"

나는 끙 한숨을 쉬고 뒤로 돌았다. "지금은 그럴 때가 아니…"

실 같은 검은 머리카락, 불그스레한 코, 커다란 초록 눈. 모르는 여자였다. 그녀가 장갑 낀 손을 내밀어 내 팔을 잡았다. "괜찮아요, 클로이 씨? 아까 제가 불렀는데 못 들으신 것 같았어요."

나는 지칠 대로 지쳐 신음 소리를 낼 뻔했다. 지금 클로이의 친구 앞에서 연기를 펼치는 데 에너지를 낭비하는 일만큼은 정말 하고 싶지 않았다. 하지만 나는 턱을 바로 하고 입술을 비틀어 미소를 띠었다. "딴 생각을 했나 봐요."

"이렇게 아파트까지 찾아와 놀라게 해드려서 죄송해요. 하지만 지난번 문자를 받고 좀 걱정이 돼서. 답장을 하려 했는데…. 저를 차단하신 것 같더라고요."

이런 젠장. 제시카 피터스다. 경고 신호가 목구멍에 살얼음

끼듯 번져 컥컥 기침이 나왔다. 그녀가 내 등을 토닥여주었지만 나는 몸을 빼냈다. "여기 왜 오셨어요? 그 이야기는 더 이상 하고 싶지 않다고 말씀드렸잖아요." 말이 빠르고 불안하게 나왔다. 나는 전광판을 올려다봤다. 가장 가까운 엘리베이터가 아직도 5층이나 떨어져 있었다.

그녀가 고개를 갸웃거리며 미간을 찌푸렸다. "알아요. 하지만 왜 그만두고 싶은지 이유를 알아야 해서요. 몇 달 동안이나 취재해줄 사람을 찾아다녔잖아요. 그런데 이제 제가 이렇게 발 벗고 나섰는데 갑자기 철회하겠다고요? 걱정돼서 그래요. 이 이야기가 클로이 씨한테 얼마나 중요한지 아니까요."

엘리베이터가 등 뒤에서 띵 울리더니 문이 열렸다. "저, 전 그냥 할 수 없어요. 못 한다고요, 알겠죠? 제발. 제발 절 좀 내버려두세요." 나는 엘리베이터에 올라 27층을 눌렀다. 그녀가 팔을 내밀어 문이 닫히는 걸 막으려 하자 나는 외쳤다. "라모스 씨! 이 여자분이 절 괴롭히고 있어요! 제발 도와주세요! 지금 당장이요!"

라모스가 급하게 쿵쿵거리며 달려오는 소리가 들렸다. 제시카는 충격으로 눈이 휘둥그레진 채 팔을 거뒀다. 그 순간 그녀는 내 절망적인 표정을 읽었다. 그녀는 한숨을 내쉬고 낙담한 듯 고개를 절레절레 흔들었다. "알겠어요. 무슨 말인지 알겠어요. 귀찮게 하지 않을게요. 그렇지만 클로이 씨…" 엘리베이터 문이 닫히면서 그녀의 말이 희미해졌다.

아파트에 들어서자마자 코트를 벗어 던지고 목이 터져라 비명을 질렀다. 온몸의 근육이 저릿했다. 제시카는 대체 왜 여기까지 왔지? 클로이가 하려던 이야기가 뭐지? 그리고 그게 반 후센 부부랑 무슨 관련이 있지? 하루 종일 답을 찾아내려 했지만 남은 건 모든 것이 잘못됐다는 무시무시한 느낌뿐이었다. 감당할 수 없는 일에 휘말려 버렸다.

완전히 지쳐버린 나는 바닥에 누워 물 밖으로 밀려난 물고기처럼 절망적으로 입만 뻐끔거렸다. 좌절감에 눈물이 흘렀다. 뭘 해야 할지 몰라 도움이 될 만한 것을 찾아보려고 휴대폰을 들었다가 검은 액정에 비친 내 모습을 보고 깜짝 놀랐다. 엉망진창이었다. 마스카라가 뺨을 타고 줄줄 흘러내리고 눈은 벌겋게 부어올라 있었다. 그런데 가만….

나는 창문으로 기어갔다. 빛이 들어와 피부가 티 없이 완벽해 보였다. 나는 셀피를 찍고 페이스튠으로 코를 더 작게 손보고 글과 함께 스토리에 올렸다. 매일매일이 좋은 날일 순 없어. #진정성 #슬픔 #불안감 #슬픔 #정신건강인식.

몇 초 만에 걱정 어린 DM이 밀려들었다.

우린 널 사랑해!

진정성 있는 모습 보여줘서 고마워.

그래도 넌 여전히 아름다워.

어느 마스카라야? 구매 금지 목록에 넣게 알려줘.

우리가 여기 있잖아!

내 커뮤니티의 열렬한 지지에 마음이 충만해졌다. 그들은 내가 계속 서 있을 수 있게 해주는 버팀목이었다. 나는 더 이상 혼자가 아니었다. 다시는 그렇게 되지 않을 거다. 나는 창가에서 한 시간 동안 DM을 일일이 읽어보고 그들의 공감에 푹 잠겨 내가 다시 온전한 내가 될 때까지 마음을 채웠다. 이건 정말 아름다운 탈출구였다. 어느새 반 후센 부부와 제시카 문제는 마음 저편으로 밀려났다. 클로이가 실수라고 한 말은 아마 아무것도 아닐 거다. 슬픔이 자기 비난의 형태로 나타난 것이리라. 살아남은 자의 죄책감이랄까? 그때가 그녀의 마지막 순간이었을지도 모른다. 클로이는 자신이 사고 후 겪은 슬픔을 제시카가 기사로 써주기를 바랐을 거다. 제시카는 클로이의 이야기를 써주고 싶어한 사람이 없었다고 했다. 아마 내 쌍둥이 언니가 하려던 이야기는 지루하고 과장된 것이었을 거다. 정신건강 문제가 수익성으로 이어지고부터 슬픔을 선언하는 것은 흔해 빠진 일이 되었다. 물론 클로이에게는 중요한 이야기겠지만 자기 이야기가 중요하지 않다고 믿는 사람이 어디 있겠는가. 불행하게도 그녀는 모든 것을 이야기할 기회를 놓치고 말았다. 생각하면 할수록 말이 되는 것 같았다. 때로는 가장 단순한 답이 해결책일 때가 있다. 나는 긍정적으로 생각할 필요가 있었다. 빈 후센 가족은 이제 제쳤고 이모는 급여 대상에 올렸고 제시카는 내 인생에서 차단했으니 이제 나를 걸고넘어질 인간은 아무도 없었다.

모든 것이 나쁘지 않다. 사실 굉장히 잘 되고 있다.

나는 편한 옷으로 갈아입고 더러운 침대 시트를 세탁기에 던져 넣었다. 그리고 공황 상태에서 현관에 던져둔 코트를 집어 들자 그 아래 레몬과 등화유 냄새가 나는 보라색 봉투가 놓여 있었다. 앞면엔 손으로 쓴 구불구불한 필기체가 보였다. 클로이.

나는 코트를 떨어뜨리고 편지를 집었다. 가슴이 설레었다. 벨라 마리의 선물이 틀림없었다. 온갖 일들을 다 겪느라 하마터면 그걸 잊어버릴 뻔했다.

막 봉투를 찢으려다 다시 생각했다. 비싼 봉투였다. 묵직한 것이 리넨과 인어의 눈물과 무지개 한 조각 따위를 섞어 빚은 것이 분명했다. 나는 벨라 마리가 종이 편지라는 전통적인 방식을 유지한 것이 정말 좋았다. 그녀가 커다란 프랑스식 창문 옆에서 그 편지를 썼을 거라 상상해보았다. 산들바람에 얇고 새하얀 커튼이 물결치듯 일렁이고 황금색 채광이 그녀의 창백한 피부를 가로지른다. 그녀는 넓은 나무 책상에 앉아 편지를 쓰고 있다. 책상은 일종의 앤티크 가구로 모퉁이에 촛불이 하나 밝혀져 있고 피튜니아와 모란이 꽂힌 꽃병이 옆에 놓여 있다. 필기구는 빈티지 타자기 옆에 차곡차곡 쌓여 있고 나비 한 마리가 꽃향기 나는 방 안에 날아든다. 그녀는 손에 캘리그래피 펜을 들고 핑크빛 입술에 미소를 머금은 채 카드 위에 내 이름을 쓱쓱 쓴다. 카드를 봉투에 넣으면서 향수를 아주아주 살짝 뿌린다.

나는 편지를 내 가슴에 꼭 누르고 기쁨에 젖어 그 향기를 들이켰다.

버터나이프로 조심스럽게 접힌 부분을 열어 안에 든 것을 꺼냈다. 특별한 건 없었다. 흰색 카드에 검은색 글씨가 적혀 있었다. 뒷면에는 실링 왁스로 붙여놓은 말린 핑크색 카네이션이 있었다. 카드를 열자 척추를 타고 전율이 일었다.

클로이 님을 6월 9일에서 16일까지 열리는 연례 섬 휴가에 정중히 초대합니다. 회답은 이 초대장을 배경으로 사진을 찍어 2주 이내에 게시물로 올려주시면 됩니다. 이와 관련한 내용은 꼭 비밀로 유지해주세요. 이 여행은 오직 우리 가족들만을 위한 특별한 시간이니까요.

당신의, 벨라 마리 멜니버그

나는 입술을 깨물었다. 기뻐서 심장이 두근거렸다. 며칠까지가 2주인지 생각도 안 났지만 찾아볼 마음도 없었다. 내 캘린더는 이미 6월 여행을 위해 비어 있었고 나는 온 마음으로 가고 싶었다. 생각할 필요도 없었다.

바로 셀피를 게시하려다 내 모습이 엉망이라는 사실을 깨달았다. 마음을 바꿔 커피 테이블을 창 쪽으로 재배치하고 집에 있는 다른 소품들을 가져다 완벽한 정물 이미지를 만들었다. 활짝 핀 흰 백합이 꽂힌 꽃병. 킨포크 잡지 몇 권 위에 올려놓은 르라보 향초. 화이트와인 한 잔. 반지 몇 개와 길게 늘어진 자개 목걸이가 담긴 황금색 잡동사니 보관함. 도나 타트의 《비밀의 계절》. 클로이가 독서를 즐겼는지, 그 책이 무슨 내용인지 알 길이 없었지만, 겉표지가 사진의 베이지 톤 감각과 잘 맞아떨어졌다. 내가 실제로 읽고 있다는 느낌을 확실히 주기 위해 책 중간에 책갈피를 꽂아 두었다. 마지막으로 초대장을 눈에 띄지 않게 사진 프레임의 오른쪽 상단에 배치했다.

해가 지고 있었다. 황금색 광채가 뉴욕 하늘을 뒤덮었다. 사진을 여러 장 찍고 나서 모든 것이 완벽하게 담긴 사진 한 장을 선택했다. 채광도 정말 좋았고 그림자도 아주 선명해 필터를 쓸 필요조차 없었다. 나는 인스타그램에 삶이 힘겨울 때 당신만의 대처법은 뭔가요? 저는 좋아하는 책을 읽으며 뒹굴뒹굴한답니다. #자기관리라는 캡션을 달아 게시했다.

벨라 마리가 5분 만에 좋아요를 눌렀다. 가슴이 두근거렸다. 벨라 마리가 내 게시물을 봤다. 나는 비밀 언어로, 우리끼리만 이해하는 놀이 방식을 통해 참석 의사를 밝혔다. 그 소속감에 마음이 따뜻해졌다.

6월이 너무나 기다려졌다.

*

그 주 내내 회답이 쏟아졌다. 주로 협찬 게시물이나 브이로그의 배경에 초대장을 드러내는 식이었다. 하지만 몇몇은 좀 더 창의적이었다.

이즈는 피크닉 사진을 올렸다. 빨간색과 흰색의 격자무늬 담요, 고리버들 바구니, 치즈 보드, 그리고 복숭아 코블러. 그 조그만 카드는 접시 아래 끼워져 전체 배치에 완벽하게 어우러졌다. 캡션: 날씨가 추워서 피크닉을 못 간다고요? 담요 펼치고 아늑하게 즐기는 실내 피크닉 어때요?

그날, 이즈가 복숭아 코블러를 직접 전해주러 왔다. 나는 너무 반가워서 집 안에 들어와 함께 차를 마시자고 했다.

"어떤 여행이야?" 이즈가 오렌지 홍차를 마시다가 물었다. "몇 명한테 물어봤는데 계속 질문을 피하더라고. 좀 이상했어."

나는 차를 꿀꺽 삼켜버렸다. 목구멍이 타는 듯했다. 나도 벨라도나들이 계속 질문을 피한다는 걸 눈치챘다. 아무것도 모르고 있는 상황이 여간 답답한 게 아니었다.

"벨라 마리가 드러내고 싶어하지 않아서." 내 대답이 타당하게 들리기를 바랐지만 목소리가 흔들렸다. "난 말을 아끼려고. 깜짝 선물을 망칠 순 없잖아."

"으휴. 난 깜짝 선물이 싫어. 다들 입이 너무 무거워. 이건 나한텐 고문이야. 제발, 부탁할게. 힌트라도 좀 줘." 그녀가 너무 필사적이라 뼈다귀라도 하나 던져줘야 할 것 같았다. 나는 그녀가 나를 원망하지 않길 바랐다.

나는 가십 포럼 죽순이들이 추측하던 것들을 그대로 읊었다. "해변, 바다, 태양, 부자들이 즐기는 것들. 너도 정말 좋아할 거야."

이즈가 천천히 숨을 내쉬었다. "그랬으면 좋겠어. 일주일 동안 애들 봐주는 사람한테 큰돈이 들어가거든."

거짓말 때문에 가슴속에 죄책감이 차곡차곡 쌓여서 결국 핑계를 대고 그녀를 아파트에서 내보내야 했다. 당연히 이즈는 내 핑계를 자비롭게 받아들였고 그녀가 떠난 뒤 내 공간에는 한참 동안 그녀의 향기가 남아 있었다. 바닐라, 복숭아, 그리고 설탕 향.

안젤리크의 회답이 마지막에 올라왔다.

초대장은 테이블 위, 하고 많은 것들 가운데 임신을 알리는 초음파 사진 옆에 있었다. 캡션: 조그만 머핀이 오븐에서 '까꿍' 하는 것 같지 않나요? 소녀와 제 인생에 새로운 챕터가 열렸답니다. 정말 흥분돼요. 무엇보다 이 순간을 여러분 모두와 나눌 수 있어 얼마나 기쁜지 몰라요. 제 삶의 여정과 엄마가 되어가는 모든 과정에 함께해주세요. (부디 더 많은 디저트도 먹을 수 있길!)

그녀는 다섯 시간도 채 되지 않아 좋아요를 50만 개나 받았고 팔로워가 2만 명 늘었으며 인증된 계정에서 축하 글이 물밀듯 밀려들었다.

나도 글을 남겼다. 축하해!! 진짜 진짜 기뻐!!

내 댓글이 다른 벨라도나들이 남긴 댓글 사이에 자리 잡은 걸 보자 가슴이 기쁨으로 부풀어 올랐다.

소피아 그러니까 내가 이모가 된다고? 축하해!
마야 세상 좋은 건 다 가져 마땅한 커플.
아나 네 뱃속 꼬맹이를 너만큼이나 사랑해!!!!!!!!
에멀린 세상에서 가장 아름다운 가족. 축하해.
이즈 세계 최고 엄마가 될 거야.
켈리 나 진짜, 진짜, 진짜 기뻐!
릴리 축하해! 몇 년 후, 우리 애들 함께 놀게 하자구!🙈🙉
벨라 마리 🙊🙉🙊😊

31

 봄이 시작되는 첫날, 벨 바이 벨라 마리가 출시되었다. 시작과 동시에 반응은 폭발적이었다. 놀랍진 않았다. 지난 몇 주간 브랜드에 대한 입소문은 최고조에 달해 있었다. 특히나 조용히 진행한 패션쇼가 신비감을 부여해 대중의 궁금증을 자아냈다. 대부분의 인플루언서들이 자기 브랜드를 대놓고 코앞에 들이대는 상황에서 이 방법은 제대로 효과를 발휘했다. 벨라 마리의 전략은 사람들에게 그녀가 물건을 팔고 싶은 게 아니라 그 브랜드가 진정한 사랑과 예술을 위한 프로젝트라는 확신을 심어주었다.

 그녀가 낸 보도자료는 《보그》와의 인터뷰가 유일했다. 벨 바이 벨라 마리에서 출시된 몸매를 감싸는 라일락 드레스를 입고서 양쪽 지면을 장식한 그녀의 모습은 거의 천사 같았다. 그녀는 인터뷰에서 자기 브랜드에 대한 주요 정보를 쏟아냈다. 모든 상품이 윤리적으로 공급되고, 여성이 운영하는 기업이며, 기후 친화적이고, 플라스틱을 쓰지 않고, 유기농에 지속 가능하고, 탄소중립으로 생산되고 XXXS에서 XXXXL까지 폭넓은 사이즈를 갖추고 있으며 수익의 10퍼센트가 자궁내막증 연구비로 지원된다고 했다.

일단 대중에 공개되자마자 모두 인터넷 최애 잇걸이 이끄는 고급 클럽의 내부를 들여다보기 위해 발버둥 쳤다. 제품을 구매하고 벨라 마리를 지원하기 위해 필사적으로 달려드는 팔로워들로 인해 웹사이트는 출시 한 시간 만에 다운되었고 그로 인해 열기가 더욱 과열되었다.

그녀의 상품은 싸지 않았다. 이탈리아산 묵직한 면 티셔츠가 한 장에 100달러, 벨기에산 울 스웨터는 780달러였다. 손명주 실로 만든 원피스에 대해선 차라리 입을 다물겠다.

클로이로 살기 전에는 그런 옷들을 입어보는 것이 소원이었는데 지금은 전체 콜렉션을 다 가졌다. 얼리 액세스 권한을 가진 인플루언서 중 한 명이기 때문이었다.

나는 인스타그램 피드에 올릴 사진을 찍고 다른 옷들을 언박싱하고 스타일링하는 숏폼 시리즈를 만들어 브랜드와 벨라 마리를 태그했다.

감사와 감탄이 솟구쳐올라 벨라 마리의 계정을 스크롤했다. 그림같이 아름다운 그녀의 콘텐츠에 푹 빠져 스크롤하다 보니 어느새 12월까지 와있었다. 한 게시물이 내 주의를 끌었다. 해질녘을 담은 사진으로 핑크와 주황색으로 줄줄이 물든 하늘과 시커먼 청색 바다가 보였다. 캡션을 읽어보았다. 당신이 고요한 바다, 느린 파도, 드넓은 해변을 즐기고 있다고 생각하겠지만 사실은 세상이 쓰나미를 준비하기 위해 한 걸음 물러나 있는 것뿐이다. 최근 나는 나만의 쓰나미와 대면했다. 중요한 것은 침착하게 대처하고 감사한 마음으로 앞을 향해 나아가는 것이다. 당신이 가는 길에 불어닥친 역경은 그저 당신을 바른 방향으로 인도하려는 세상의 방식일 뿐이다. 댓글은 제한되어 있었다.

무슨 일인지 궁금했다.

벨 바이 벨라 마리 공식 계정에서 내가 올린 틱톡 영상을 재게시했다는 알림이 왔다. 몇 분 만에 팔로워가 수백 명이나 늘었다. 벨 바이 벨라 마리 사이트에 들어가보니 이제 옷이 다 품절되었거나 예약 주문 상태였다.

나는 그녀의 성공에 영감을 받아 내 브랜드를 시작하는 공상에 빠져들었다. 지금 아시아 스킨케어 시장이 돌풍을 일으키고 있다. 일부 서구 브랜드가 속임수 마케팅으로 아시아인 코스프레를 해 소비자가 해당 상품을 한국이나 일본 상품으로 착각하게 만드는 경우까지 있었다. 제대로 활용하면 커지는 인기에 편승할 수 있을지도 모른다.

나는 지혜로운 조언을 좀 구해볼까 싶어 벨라 마리에게 브랜드를 어떻게 시작하게 되었는지 묻는 메시지를 보냈다. 답장이 오지 않았다. 당연했다. 브랜드 출시로 정신없이 바쁠 테니까.

조사를 좀 한 뒤, 최근 자신의 메이크업 라인 '원 드롭'을 출시한 뷰티 전문가 마야에게 연락해 몇몇 인플루언서들의 성공적인 프로젝트를 도운 한 회사를 소개받았다. 나는 그 회사에 내 아이디어와 내 꿈에 관한 내용을 문의했고 내가 만들고 싶은 것들을 자세히 설명했다. 이를테면 녹차 세럼, 스프링롤 페이퍼 모양 마스크팩, 벚꽃 립밤 같은 것들. 아이디어가 줄줄 흘러나왔다. 이제 불가능은 없었다. 나는 클로이니까.

하루 뒤 연락이 왔고 일주일 후 미팅이 잡혔다. 그때까지 내가 회사에서 들은 이야기는 전부 '예스'뿐이었다. 하지만 비용과 투자 이야기가 시작되고 그들이 아무렇지도 않게 던지는 액수에 나는 눈이 휘둥그레질 만큼 놀라고 말았다. 회사를 시작하는 데 그렇게 큰돈이 들어가는 줄 몰랐던 것이다. 그래도 희망을 잃지 않았다. 여전히 가능할 것 같았다.

나는 내 회계사와 상담했다.

"물론이죠. 자금은 충분할 겁니다." 그가 말했다.

"정말이에요? 아, 잘됐어요. 아이디어가 정말 많거든요…."

"매달 2만 달러씩 저축을 넣고 계시니 몇 달 안에 필요한 자금을 확보할 수 있을 겁니다."

가슴이 철렁했다. 이모한테 줄 돈이었다. "그 돈은 쓸 수 없어요. 그것 말고도 아직 충분히 있잖아요…. 안 그런가요?"

한순간 침묵이 흘렀다. "힘들 거예요." 그의 목소리 톤으로 볼 때 불가능에 가까워지고 있었다. "외부 투자자를 알아볼 수도 있어요."

"생각해볼게요." 나는 전화를 끊었다.

이모를 떠올리자 기운이 쭉 빠졌다. 이모는 왜 항상 나를 무너뜨리려 하는 걸까?

마치 큐 사인이라도 받은 듯 이모한테 문자가 날아왔다. 다음 주에 은행에 갈 거야. 이어서 내가 클로이를 사칭했음을 인정하는 15초짜리 녹취록이 도착했다. 나는 문자를 삭제하고 휴대폰을 던져 꽃병을 박살 내고 아악 비명을 질렀다. 이모는 내 과거의 삶을 떠올리게 하는 무서운 존재였고 내 발전과 꿈의 진정한 실현을 막는 유일한 존재였다.

나는 이모가 나를 내버려두길 바랐다. 어떻게든 이모를 끊어낼 수 있길 바랐다.

하지만 그럴 순 없었다. 이모는 내 목줄을 쥐고 있었다.

나는 회사에 미팅을 취소하자는 이메일을 보냈다.

다음 날 아침, 깨진 꽃병을 치우고 은행으로 가 이모에게 한 달 치 할부금을 보냈다.

32

나한테 딱이었다.

나는 늘 내가 해온 일인 것처럼 클로이의 일에 적응했다. 영상 제작은 제2의 천직 같았고 사진 촬영은 식은 죽 먹기였다. 캡션은 머릿속에서 술술 새어 나왔고 브랜드에 이메일 쓰는 건 눈 감고도 가능했다.

내가 이토록 빨리, 이리도 쉽게 모든 것을 받아들일 줄은 몰랐다. 아마 내 인생의 숱한 나날을 스크린을 통해 클로이의 콘텐츠를 흡수하며 보냈기 때문이리라. 나는 일상 브이로그의 뉘앙스를 파악하는 법과 카메라 앞에서 내 인생을 이야기하는 방법과 참여를 유도하는 비법을 직관적으로 익혔다. 잘 모르겠으면 도움을 청하면 됐다. 영상 편집이 힘들 땐? 영상 편집자를 고용한다. 아이디어가 고갈되면? 크리에이티브 팀을 고용한다. 너무 피곤해서 집 청소를 못하면? 청소부를 고용한다. 고용 비용은 그들의 도움을 받아 얻는 수익에 비할 바가 못 되었다.

그렇다고 이 일이 쉽다는 얘긴 아니다. 인플루언서로 산다는 건 혼자서 일주일 내내 하루 24시간 동안 홈쇼핑 채널을 운영하는 것과 같았다. 나는 수익을 위해 내 삶의 모든 면을 상품화해야 하고 내 일상을 협찬과 판매에 맞춰야 했다. 게시물이나 영상 작업을 하지 않을 때는 그저 일상적으로 보이는 활동들을 이용해 라이브를 진행했다. 정확히 아침 일곱 시 반이면 아침을 준비하는 내 모습을 스트리밍했다. 밤 아홉 시 반에는 하루를 마무리하는 모습을 보여줬다. 내 라이브에는 팬들이 넘쳐났고 우리는 마치 룸메이트처럼 함께 하루를 시작하고 함께 마무리했다. 가끔은 점심도 함께 먹었다. 나는 그들에게 안전한 제3국이자 언제나 그 자리에 존재하는 온라인 베프가 되었다. 외로운 팔로워 그룹은 '클로이 크루'라는 이름까지 지어 가장 열렬한 지지자가 되었다. 그중 일부는 거의 항상 모습을 드러내거나 후원금을 보내와서 이름까지 기억할 정도였다.

어쩌다 오프라인일 때도 나는 클로이의 행복하고 건강한 브랜드를 유지하기 위해 자기 계발에 열중했다. 나는 운동광이 되었다. 매일 헬스장의 어스레한 조명 아래에서 사진을 찍고 #보디골즈를 강조하는 인스타 스토리를 올렸다. (이런 식으로 남성 팬층도 늘렸다.) 그리고 처음으로 보톡스 시술을 받으며 공인된 인플루언서 자격을 획득했다. 10유닛은 눈썹과 이마 사이의 주름을 완화하기엔 충분했지만 얼굴을 경직시킬 정도는 아니었다. 유명인들이 얼굴에 손댄 적 없다고 주장하는 수준의 시술이었다. 의사가 입술 필러를 권했지만 나는 거절했다. 얼굴을 너무 많이 바꾸면 내 진정성이 훼손될 것 같았다.

비즈니스 측면에서는 고민 없이 협찬을 거부하던 클로이의 습관을 고쳤다. 물론, 들어오는 협찬을 모두 받아들이지는 않았다. 그랬다간 '팔이피플'로 낙인찍혀 배신자가 될 테니까. 나는 그저 살짝 안목을 낮췄을 뿐이었다. 굳이 변명하자면, 갈취당하고 있기 때문이었다. 이모의 협박은 생리처럼 규칙적이고 성가셨다. 그리고 지독한 이율 때문에 아무리 발악을 해도 제자리걸음이었다. 눈이 번쩍 뜨일 만한 협찬금을 받을 때마다 이모가 한 뭉텅이를 떼어갈 거란 사실에 직면해야 했다. 악마에게 빚을 갚는 수준이었다. 더 나쁜 건 그 돈을 다 갚아도 이모는 계속 더 많은 돈을 요구할 거란 느낌, 내가 클로이로 사는 한 결코 나를 놓아주지 않을 거란 느낌이 사라지지 않는다는 것이었다.

그건 내 죄의 대가였다.

이모에게 제때 돈을 보내기 위해 수면 젤리 회사 슬리피베어스와 수익성 좋고, 지속적인 (적당한 수준에서) 광고 협약을 맺었다. 젤리는 겁이 날 만큼 효과가 좋았다. 가끔 두 개를 먹고 자면 알람이 울려도 깨어나기 힘들었다. 악몽은 단 한 번도 꾸지 않았다. 정말 축복이었다. 긍정 확언의 도움으로 클로이가 나오는 꿈을 억누를 수 있었지만 죽어가는 반 후센 부부를 만난 뒤로 다시 충격적인 공포가 잠자리로 밀려들었다. 슬리피베어스가 아니었다면 나는 진짜 불면증 환자가 되었을 것이다. 농담이 아니다. 그 조그만 라벤더 맛 젤리는 독한 마약처럼 제대로 작용했다. 아마 진짜 그래서 효과가 있는지도 모를 일이었다. 식품의약국의 승인도 정부 규제도 받지 않는 제품이라 대놓고 광고한다고 말할 수도 없었다. 나는 제품을 브이로그 중간이나 하루를 마무리하는 라이브 스트리밍 중에 슬쩍 끼워 넣어야 했다. 뭐 어쨌거나 돈은 돈이지 않은가.

홍보가 온라인 쇼핑의 틈을 메울 수 있다는 사실을 깨닫고는 충동구매도 중단했다. 매일 무작위 브랜드에서 공짜 물건이 최소 세 상자씩 왔다. 때로는 그 양이 버거워 그냥 거실에 쌓아두기도 했다. 일단 공짜 물건을 보는 것이 너무 부담스러워지면 정리하는 수고를 활용하기 위해 PR 언박싱을 촬영했다. 피오나와 함께 상자들을 내 뒤에 켜켜이 쌓아 내가 골판지 요새에 들어 있는 것처럼, 갈색 성안에 있는 조그맣고 어여쁜 공주처럼 보이게 했다. 나는 테트리스하듯 내 뒤에서 상자를 꺼내 시청자들에게 긴장감까지 안겨주었다. *과연 오늘 제가 과소비의 성에 깔리게 될까요?* 그런 다음 포장 상자 속에서 선크림, 세안제, 파운데이션 라인, 보디로션, 세럼, 에센스를 줄줄이 꺼냈다. 헤어 오일, 보디 오일, 태닝 오일, 셔츠, 드레스, 청바지, 선글라스, 모자를 꺼냈다. 어떤 회사들은 크기나 무게가 거의 내 상체 크기만 한 대형 상자들을 보내기도 했는데 그 안에는 정성스럽게 진열된 작디작은 상품이 딱 하나 들어 있었다. 갈색 아이라이너를 광고하기 위해 전기로 작동되는 뽑기 기기가 등장하고, 비누 하나를 위해 상자를 가득 채운 풍선들이 공중으로 둥실둥실 떠오르고, 새로 출시된 코코넛 향 보디 로션을 위해 10킬로그램이 넘는 상자 속에 해변용 접이의자, 햇빛 차단 모자, 플립플롭 슬리퍼가 함께 담겨 왔다.

마지막 PR 언박싱 영상은 여덟 시간 동안 촬영했다. 농담이 아니다. 여덟 시간 동안 상자를 열고 땅콩 모양 스티로폼 포장재, 종이 완충재, 비닐 뽁뽁이를 던져버리고 안에 든 조그만 플라스틱병을 파헤쳤다. 힘든 작업이었다. 사람들은 척척 진행되는 30분짜리 언박싱 영상 뒤에 감춰진 노고를 보지 못한다. 그 작업이 끝날 즈음 내 아파트에는 엄청난 양의 쓰레기가 엉망으로 널브러져 있었는데 그 장면이 비닐봉지와 초록색 스프라이트 캔으로 뒤덮인 개발도상국의 강을 떠올리게 했다. 슬프지만… 뭐, 어쩌겠는가.

너무나 자비로운 나는 대부분의 쓸데없는 물건들을 없애기 위해 기부하거나 경품 행사를 주최했다. 공짜 물건을 받는 데 너무 지칠 때면 라모스에게 그냥 상자째 건네며 딸에게 주라고 했다. 드문 경우이지만 PR 목록에 없는 상품을 갖고 싶을 땐 대중에 노출하겠다는 약속을 담은 이메일 한 통을 보내기만 하면 며칠 안에 물건이 문 앞에 도착했다. (많은 다른 인플루언서들과 달리 나는 실제로 물건을 받고 나서 게시물을 올렸다!) 나는 지난 한 달 동안 물건을 사는 데 단 한 푼도 쓰지 않았다.

마침내 나는 부자들이 점점 더 부자가 된다는 말을 이해하게 되었다.

그리고 나는 그게 좋았다.

솔직해져보자. 안전한 공간에서, 다 내려놓고, 우리의 영혼에서 가장 진실하고 어둡고 잔인한 면을 꺼내보자. 이제부터 내가 하는 말은 선뜻 받아들이기 힘들지도 모른다. 하지만 진실은 이런 거다. 누구나 나처럼 되고 싶어한다. 공짜로 얻을 수 있는데 굳이 돈을 쓰고 싶어하는 사람이 어디 있겠는가? 나는 자리에 앉아서 돈과 관심이 싫은 척 가식이나 떨고 있진 않을 거다. 진솔하고 인간적이고 자본주의를 거부하는 크리에이터들은 자신들의 대저택이나 초고층 펜트하우스에 앉아 사회주의적 관점이 어쩌고 해가며 신경 쓰는 척하는 위선자에 불과하다. 퍽이나 신경 쓰겠다. 진짜 그랬다면 황금빛 자아를 갖춘 전문 사기꾼이 되는 대신 전 재산을 기부하고 엿 같은 원룸에 살았겠지. 그리고 이런 라이프스타일을 싫어한다는 인간들은 부러움에 치를 떠는 가짜들일 뿐이다. 단 하루라도 내 인생을 살아본다면 가난하고 혐오에 찬 인터넷 악마라서 나보다 나은 인간이라도 된 양 설파해대던 지당하신 말씀들은 당장 접고 말 테니. 나보고 낭비가 심하네, 감사할 줄 모르네, 특권의식에 절었네, 의식이 없네 하던 개소리들 말이다. 누가 그딴 데 신경 쓴다고. 그렇게 밤낮없이 불평할 시간에 열심히 일해서 내 수준까지 한번 올라와보시든가.

그리고 나 정도면 양호하다. 주요 인플루언서들에 비하면 나는 새 발의 피다. 수백만, 수천만 팔로워를 거느린 사람들이 뭘 하고 사는지 상상해보란 말이다. 적어도 나는 암호화폐 사기를 치거나 자살 숲에서 시체를 촬영하거나 아우슈비츠 앞에서 틱톡에 올릴 춤을 추지는 않는다. 사람을 죽이거나 불을 지르거나 팬들에게 그루밍 범죄를 저지르지도 않는다. 오히려 내 콘텐츠로 사람을 구했으면 구했지. 내 팔로워들은 말 그대로 하루도 빠짐없이 나에게 말한다. 클로이 님의 라이브 스트리밍이 절 계속 살아가게 해줘요. 아침을 기대하게 하는 뭔가가 항상 있기에 가장 힘든 시기를 견뎌낼 수 있었어요.

그렇다! 나는 생명을 살려냈다.

그러니까, 이 원대한 사기극에서 나는 좋은 사람인 것이다.

정말 정말 좋은 사람.

클로이 크루들이 나에게 입을 모아 하는 그 말처럼.

33

5월

뭔가 잘못됐다.

참여도가 떨어지고 있다. 알고리즘을 탓하고 싶지만 정말 그것 때문인지는 잘 모르겠다.

점점 더 많은 팔로워들이 내가 더 이상 클로이 같지 않다고 한다. 뭔가가 바뀌었다고. 분위기가 달라졌다고. 진정성이 덜해졌다고. 구독을 취소한다.

씨발, 엿 같은 소리다. 내가 무대 뒤에서 이 허울을 유지하기 위해 얼마나 애를 쓰는지, 클로이의 특징을 모방하려고 예전 영상들을 보는 데 얼마나 시간을 쏟아붓는지 사람들이 볼 수 있다면 좋을 텐데. 진부한 성격에 끝도 없이 빵긋거리는 라이프스타일 브이로거를 따라하기란 결코 쉬운 일이 아니다. 그런데도 사람들은 오직 불평, 불평, 불평만 해댄다.

처음에는 그런 댓글들을 어그로나 끌려는 인터넷 트롤링이라 여기고 무시해버렸다.

그런데 오늘 아침 피오나가 영상 링크를 보낸 것이다. 이거 봤어?

탈덕한 팬 사만사가 만든 유튜브 영상이었다. 클로이 반 후센에 관한 더러운 진실. 1시간 10분짜리였다.

사만사의 팔로워 수는 천이백 명이었다. 영상이 게재된 지 오 일째지만 조회수는 고작 1만 회에 불과했다. 하지만 조회수는 상관 없었다. 문제는 내용이었다.

영상은 사만사가 내 열렬한 팬이었던 시절의 유쾌한 사연을 들려주는 것으로 시작되었다. 그녀는 내가 협찬하는 모든 것들을 구매했고 팬미팅에도 참석했다고 했다. 하지만 이어지는 내용은 내가 지난 몇 달간 얼마나 변했는지 세세하게 밝히는 40분 분량의 정신 나간 성명서였다. 내가 피상적으로 변했고 협찬에 몰두해 있으며 진정성이 떨어지는 데다 심지어 태도, 말투, 목소리마저 달라졌다는 내용이었다.

핵심은 마지막 20분에 있었다. 그녀는 내가 사실은 줄리 챈이라는 터무니없는 주장을 펼쳤다. 증거는? 그녀는 '*잃어버린 쌍둥이 자매를 찾아 집을 사주다. #감동주의*'를 심층 분석해 영상을 스토커처럼 매초, 매 프레임마다 끊어가며 차이점을 모조리 짚어냈다. 이를테면 이런 식이었다. 클로이에겐 오른쪽 팔에 조그만 점이 있다. 클로이의 코가 조금 더 작다. 치아가 다르다. 클로이는 예쁜 치열을 드러내며 활짝 웃지만 내 치열은 아래턱이 돌출된 반대교합이다. (지금 교정 중이다.) 나는 특정 모음을 발음할 때 소리를 길게 빼는 식으로 이상하게 발음한다. 내가 클로이보다 '그니까' 같은 말을 더 많이 쓰고 전체적으로 조리 있게 말하는 능력이 부족하다. 이 부분은 존나 엘리트주의적이다.

재미는 있지만 억지스럽다는 댓글이 지배적이었다. 이를테면 '에이브릴 라빈 쌍둥이 썰*같다, 세상에 쌍둥이와 인생을 바꿔치기할 만큼 정신 나간 소시오패스가 어디 있으며 만약 그랬다 해도 애당초 잡혔을 거다' 정도였다. 하지만 간간이 사만사의 의견에 동의하는 댓글들이 보여 마음이 무거웠다.

어떻게 알았지? 이모나 패트릭이 접촉했나? 충분히 그럴 수 있다. 그 두 사람은 항상 내가 가장 힘겨워할 때 나를 무너뜨리는 인간들이니까. 어쩌면 더 많은 돈을 뜯어내려고 밑밥을 깐 것일지도 모른다.

나는 패트릭에게 문자를 보냈다. 사만사 알아? 이거 네 짓이지?

휴대폰에 붙어사는 사람답게 1초 만에 답변이 왔다. 천 달러 보내면 알려드림. 원신에서 새 캐릭터 사려고. 뽑기 망뻘.

내가 답했다. 쓰레기 같은 새끼. 그러고는 돈을 보냈다.

패트릭이 답했다. 사만사 누군지 들어본 적도 없어. 알아야 해?

---

* 가수 에이브릴 라빈이 우울증으로 자살하고 멜리사 반델라라는 쌍둥이가 그 활동을 이어간다던 음모론.

패트릭이 쓰레기이긴 해도 여기서 거짓말을 할 이유는 없었다. 내가 잡히면 패트릭이나 이모한테 득 될 게 없을 테니까.

그렇다면 사만사가 혼자 자연스럽게 이런 결론에 도달했다는 말이다. 좋지 않았다.

불과 몇 주 전까지 줄리로서의 나라면 이럴 때 욕실로 기어들어가 몸을 공처럼 말고 과호흡이나 하고 있었겠지만, 클로이로서의 시간은 나를 변화시켰다. 운동, 긍정 확언, 사회적 안전망, 커뮤니티가 내 안에 자신감과 통제력을 심어주었다.

나는 눈을 감고 심호흡하고 발아래 땅을 느끼며 그대로 버텼다.

눈을 뜨자 이 멍청한 이론이 더 뻗어나가기 전에 처단할 계획이 떠올랐다. 대놓고 사만사를 나무랄 수는 없었다. 나는 그동안 인터넷에서 오랜 시간을 보낸 덕에 스트라이샌드 효과에 대해 알고 있었다. 관심을 줄수록 불길은 더 번져나간다.

이성적이고 조직적일 필요가 있었다. 그녀를 구체적으로 지목하지 않고 알아차리게 하자.

나는 주로 가장 충성스러운 팬들이 시청하는 인스타그램 라이브에서 그 영상을 언급하기로 했다. 내가 가장 혼란스럽고 연약해 보이는 주방 바닥에 앉아 눈 주위에 블러셔를 펴 바르고 눈을 세차게 문질러 충혈된 것처럼 연출했다.

이제 시작이다.

클로이 크루들이 들어왔다. 나는 다음 영상에 관한 아이디어를 장난스럽게 늘어놓고 생일 축하 인사도 해가며 대화하고 싶은 척했다. 그러는 내내 내 모습에 관한 필연적인 댓글을 기다렸다. 왔다.

오늘 슬퍼 보여요. 괜찮아요?

나는 기회를 덥석 물었다.

나는 우연히 본 것처럼 그 댓글을 크게 읽었다. 극적인 효과를 위해 말을 멈췄다. 훌쩍거리며 눈을 비볐다. "솔직히, 여러분…. 그동안 정말 힘들었어요."

사랑이 봇물처럼 쏟아졌다.

맙소사! 괜찮아요?

사랑해요, 클로이! 다 잘될 거예요!

"이번 주에 너무너무 상처가 되는 영상을 봤어요…. 여러분 중에 제가 변했다고 생각하는 분들이 계시단 거 알아요." 나는 8천 명의 내 시청자들에게 말했다. "그리고 그건 제가 실제로 변했기 때문이에요. 슬픔은 사람을 내면부터 바꿔놓거든요. 그런데 줄리가 죽기 전의 클로이와 지금의 클로이를 어떻게 비교할 수 있겠어요. 저, 저는 그런 영상까지 봤어요…." 나는 프레임에서 몸을 빼고 눈에 식염수를 넣고 심호흡을 몇 번 했다. "그 영상은… 정말, 정말로 악의적이었어요. 그 사람은 줄리가 제 신분을 도용했다고 주장하더군요." 나는 다시 혼란에 빠진 듯 고개를 가로저었다. "대체 얼마나 정신이 병들어야 그런 말을 할 수 있을까요? 어떻게 제 동생한테 그런 끔찍한 누명을 씌울 수 있을까요?"

나는 마치 고백이라도 하듯이, 말을 이어가기 힘든 듯이 한숨을 쉬었다. "제가 말씀드리고 싶은 건… 제가 그냥 화면 속에서만 존재하는 사람이 아니라는 거예요. 저도 진짜 사람이에요. 댓글도 읽고 영상도 봐요. 그리고 타인의 말에 영향을 받고 상처를 받습니다. 제가 변했다고 느끼신다면, 그리고 저를 더 이상 좋아하지 않으신다면 선택하시면 돼요. 언제든 팔로우를 취소하실 수 있으니까요. 그렇지만 혐오 글을 쓴다든지 그런 재앙 같은 영상을 만들 필요는 없어요. 특히 제 쌍둥이 동생처럼 순수한 사람에 대해서는요."

세상에나! 울지 마세요!
사만사가 올린 영상 말하는 거예요?
누가 DM으로 링크 좀 보내줄래요?
이거 사만사 이야기예요?
언니는 그 와중에도 아름답네요!
클로이 님, 사랑해요!
울 때조차 너무 예뻐요. 난 언니의 진정성을 사랑해요!

밀려드는 좋아요로 스크린 한쪽에 하트가 구름처럼 피어올랐다.

벨라도나 그룹 채팅방도 난리가 났다.

아나 누가 그런 끔찍한 영상을 만든 거야. 정말 믿어지지 않아.

켈리 어휴. 생각만 해도 역겹다.

릴리 이야기하고 싶으면 언제든 연락해.

이즈 정말 마음 아파.

마야 진짜 사이코들이 있다니까.

에멀린 클로이, 너무 안타까워. 그래도 우리가 있다는 거 잊지 마. 우린 가족이야!

안젤리크 그 영상 진짜 역겹더라. 널 응원하는 스토리를 만들었어. 우리 다 같이 올리면 좋을 거 같아.

소피아 좋은 생각이야!

10분 뒤, 여덟 명의 벨라도나들이, 나의 천사들이 나를 지지하는 스토리를 올려 내 행동을 옹호하고 내 감정을 다치게 한 익명의 콘텐츠 크리에이터를 공개적으로 나무랐다. (벨라 마리는 내내 침묵했다. 노르웨이에 머물고 있어 너무 바쁜 듯했다.) 인터넷은 바보가 아니다. 소셜미디어 세계에서는 얼렁뚱땅 넘어가는 법이 없다. 모두 내가 누구를 말하는지 정확히 알고 있었고 나의 클로이 크루들은 사만사의 댓글 창을 맹목적으로 폭파할 만큼 나를 사랑했다.

다음 날 아침, 사만사는 영상을 내렸고 나에게 정말 미안하다고, 상처를 주려던 건 아니었다고 사과하는 DM을 보냈다.

후회는 없었다. 이런 게 사이버 폭력의 대가가 아니겠는가. 나는 그녀가 자신의 모든 계정을 비공개로 전환할 때까지 사흘 동안 그 메시지에 반응하지 않았다. 그런 다음 답을 보냈다.

연락해줘서 고마워요. 우리가 잘못을 저질렀을 때조차 사과하는 게 쉽지 않다는 거 알아요. 이 상황 때문에 우울감을 느끼고 계신다면 제 링크를 이용해 베터테라피의 무료 세션을 받아보세요.
사랑을 담아, 클로이 V.

34

6월

나는 소파에 늘어져 따뜻한 물병으로 생리통을 달래고 있었다. 그래도 타이밍이 좋았다. 이대로라면 여행 중에 자궁이 깨끗하고 부종과 출혈과 통증이 없을 테니까.

미리 예약해둔 게시물들을 검토하는데 누가 문 앞에서 멈추는 소리가 났다. 문틈 사이로 그림자가 드리워지더니 그대로 머물러 있었다. 1초, 2초, 3초… 10초. 나는 그림자가 사라지길 기다리며 지켜봤다. 누구지? 왜 아무 소리도 안 내는 거야? 나는 자리에 똑바로 앉았다. 심장이 쿵쿵 뛰었다. 사생팬인가? 스토커?

편시가 문 아래로 미끄러져 들어왔다.

온 신경이 흥분으로 날뛰는 상태로 벨라 마리의 편지에 달려들었다. 지난 몇 주 동안 그녀에게 정기적으로 편지를 받았지만 배달 현장을 실시간으로 본 적은 없었다.

각 편지는 그녀가 두꺼운 카드에 말린 꽃을 붙이고 멋진 손글씨를 담아 만든 것이었다. 안개꽃, 블루벨, 물망초. 메시지에는 여행에 대한 힌트가 조금씩 담겨 있었다. 영화 개봉 전의 티저들 같달까. 나는 보물찾기에서 단서들을 찾아 모으는 아이가 된 느낌이었다.

클로이 님, 알려드립니다. 5월에는 화학 필링제를 사용하지 말아주세요.
포옹을 보내며, 벨라 마리

클로이 님, 여권 만료일을 확인하세요.
사랑을 담아, 벨라 마리

클로이 님, 영상을 비축해두고 일상 게시물과 스토리를 예약 업로드해두시길 바랍니다. 우리는 휴가 기간에 게시물을 올리지 않을 거예요! 다시 연결되기 위해 연결을 끊어야 할 때도 있는 법이니까요.
키스와 포옹을 보내며, 벨라 마리

이번에는 흰색 국화였다. 아파트 전체에 퍼진 묵은 향에 속이 울렁거리고 머리가 어질어질했다. 기억이 돌아왔다. 수북이 놓인 (중국에서 장례식에 쓰는) 하얀 국화와 백합. 두 개의 관, 그 위에 걸린 부모님 사진. 흐릿한 얼굴.

머릿속 기억을 떨쳐내려 고개를 저으며 국화를 쓰레기통에 던져버렸다. 왠지 발가벗겨진 채 감시당하고 있다는 느낌이 계속 맴돌았다.

편지를 꺼냈다.

클로이 님, 우리가 함께할 시간이 일주일 앞으로 다가왔어요. 짐은 가볍게 싸시길!

필요한 건 다 제공될 거예요. 6월 9일 밤 9시에 데리러 갈게요.

당신의, 벨라 마리

편지를 손에 쥔 채 바닥에 펼쳐진 튼튼한 슈트케이스 두 개를 쳐다봤다. 그 위로 옷더미가 언덕을 이루고 있었다. 지난달 내내 필요할 것 같은 물건들을 신나게 꾸렸는데 편지를 받고 보니 짐을 다시 싸야 할 것 같았다. 모두가 앙증맞은 리모와 캐리어를 들고 온다면 거대한 슈트케이스를 든 내가 짐승같아 보일 테니까. 나는 클로이의 기내용 캐리어를 찾으려 이리저리 살폈지만 보이지 않았다. 피오나에게 문자를 보냈다.

답장이 왔다. 아파트 창고. 주차층. 13번 보관함.

피오나는 신이 내린 선물이 분명하다.

나는 지하로 내려갔다. 멀리서 타이어가 콘크리트 바닥 위를 찌이이익 미끄러지는 마찰음이 들렸다. 창고로 들어서자 깜빡깜빡 불이 켜졌다. 상한 물, 먼지, 금속이 섞인 퀴퀴한 냄새가 훅 풍겼다. 클로이의 보관함은 가장 끝에 있었다. 철창문 안으로 수납 상자들 위에 올려진 기내용 캐리어가 보였다. 근사한 베이지색 하드케이스에 아주 미니멀한 디자인이 딱 클로이다웠다. 나는 열쇠고리에 걸린 열쇠들로 내 운을 시험해보기로 했다. 첫 번째 시도에 열쇠가 들어맞았다. 철창문이 콘크리트 바닥을 끼이익 긁으며 열렸다. 캐리어를 꺼내 바닥에 내렸다. 안에서 물건 부딪치는 소리가 났다. 잠금장치가 내 접근을 막았다. 네 자릿수. 어림짐작으로 우리 생일을 넣어봤다. 0620. 열렸다.

감사하게도 클로이의 세상은 온전히 자기를 중심으로 돌아가고 있었다.

지퍼를 열고 내용물을 들여다보았다.

헌책 수십 권…. 아니다, 일기장이다.

잭팟!

35

나는 아파트 마룻바닥에 일기장들을 쏟았다. 전부 몰스킨이었다.

클로이는 각 일기장의 제목 페이지에 연도와 월을 기록했다. 2010년에 핑크색 젤 펜으로 둥글둥글 굴린 필기체로만 작성한 일기가 가장 먼저 쓴 것이었다. 열두 살이니까 우리가 중학교에 갓 입학했을 때였다.

클로이의 인생을 파헤칠 생각에 가슴이 뛰었다. 그녀의 과거를 자세히 알면 그녀를 모방하는 데 도움이 될 것이다. 특히 클로이의 동료들에게 둘러싸여 있을 이번 여행에선 그 정보가 중요하게 쓰일 터였다. 거기서 내 비밀을 결코 들키고 싶지 않으니 말이다.

2010년 일기장의 첫 페이지를 펼쳤다. 경고! 이것은 클로이 반 후센의 개인 일기장입니다. 당신이 클로이가 아니라면 멈춰…

다음 페이지로 넘어갔다.

2010년 9월 3일

이런 걸 쓰고 있다니 바보 같지만 엄마, 아빠가 주셨으니 써야 한다. 안 그러면 마음이 안 편할 테니까. 여기에다 뭘 써야 하나? 매일 일어나서 학교 가고 저녁 먹고 이런 이야기만 쓰게 되지 않을까.

이어지는 페이지는 클로이가 일어나서 학교에 가고 저녁을 먹는 이야기들로 채워져 있었다. 아주 지루했다. 가끔은 짝사랑하는 제임스, 마이클, 캘럼의 이름을 커다랗게 써놓고 소용돌이치는 하트들을 그려 넣고 여백에 미래를 점치는 놀이를 긁적여놓기도 했다. 어떻게든 클로이의 미래는 항상 리무진과 대저택으로 점쳐졌다. 이런 바보 같은 놀이를 할 때도 클로이는 부자였다.

본격적인 드라마는 반 후센 부부 이야기가 시작되면서 펼쳐졌다. 클로이는 부부를 실망시키지 않기 위해 완벽한 아이가 되도록 자신을 밀어붙였다고 했다. 그리고 가족 행사에 가기 싫었던 이유는 양부모가 자신이 진짜 반 후센이 아니라는 사실을 숨기지 않았기 때문이라고 썼다. 반 후센 부부가 안락한 생활을 제공했음에도 불구하고 클로이는 이렇게 고백했다. 내가 부모님을 더 사랑할 수 있었으면 좋겠다. 부모님이 나를 더 사랑해줬으면 좋겠다.

슬펐다. 진심으로.

2011년 7월 6일

　엄마, 아빠가 다시 나를 햄프턴에 데려갈 거다. 휴가에 대해 불평하면 안 되는 줄은 알지만 거기 갈 때마다 너무너무 지루하다. 사촌들은 나를 그렇게 좋아하는 것 같지 않다. 이모가 사촌들을 시켜서 나랑 억지로 놀게 했을 땐 너무너무 창피했다. 차라리 혼자 있게 내버려두는 게 나은데.

　요즘은 내 친가족에 대해 더 많이 생각한다. 내 쌍둥이 동생. 그 애도 나를 생각할까? 우리가 함께 입양되었다면, 이곳에 나 혼자 있지 않아도 됐을 텐데.

　이 일기장에서 나에 대해 언급한 부분은 이것뿐이었다. 몇 권 더 지나 2014년이 되어서야 다시 내 이야기가 나왔다.

2014년 10월 12일

　내 쌍둥이 동생 줄리에 대해 더 많이 알아냈다. 엄마, 아빠한테 애원해 겨우 알아낸 거다. 줄리는 우리 이모와 산다고 했다. 걘 어떻게 사는지 궁금하다. 만나서 이야기하고 싶다. 친구가 되고 싶다.

　클로이는 나와 친구가 되고 싶어 했다. 진짜 친구. 유튜브 영상을 위한 소품이 아니라. 그 마음이 언제 바뀐 걸까?

2014년 10월 15일

계속 쌍둥이 동생을 생각한다. 멈출 수가 없다. 친가족과 사는 그 애가 부럽다. 이모 집에 우리 친부모님 사진이 있을까? 친부모님이 어떤 모습이었는지 기억조차 나지 않는다. 줄리를 만나고 싶지만 엄마, 아빠는 그 애가 어디 사는지 모르기 때문에 힘들다고 했다. 말도 안 되는 소리. 사설탐정을 고용하면 되잖아? 캐롤라인 고모의 남편이 바람을 피웠을 땐 그렇게 했으면서 왜 날 위해선 해줄 수 없는 걸까?

나는 클로이가 이모 손에 컸다면 어땠을지 궁금했다. 클로이는 항상 사랑받는 아이였다. 아마 이모도 그녀를 사랑했을 거다. 아니면 클로이의 자존감도 나처럼 산산조각 났거나. 자부심이 모조리 떨어져 나가 스스로 쓸모없다고 느낄 때까지 들들 볶였을지 모른다.

곧 나는 일기장에 푹 빠져버렸다. 나는 클로이의 모든 순간을 읽었다. 오글거리는 우울증에 관한 시구들, 할 일 목록, 끌어당김의 법칙 적용 목록, 식단기록(블랙커피, 샐러드가 대부분이고 다른 음식은 거의 없다시피 했다.) 그리고 팔자 좋은 금수저가 주절대는 투정까지.

한 권, 한 권 읽어갈수록 클로이를 둘러싼 껍질이 한 층씩 벗겨지면서 점점 더 그녀의 진실한 모습에 가까워졌다. 2015년, 열여섯 살이 된 클로이는 지루해서, 그리고 예상컨대 외로워서 유튜브를 시작했다. 그녀는 처음으로 구독자 백 명을 달성했을 때 느낀 감정을 일기장에 남겼다. 너무 좋아서 곧 심장이 멎을 것 같다.

만 명을 달성했을 때 내 이야기가 나왔다.

2017년 4월 5일

믿을 수 없다. 구독자가 만 명이라니!! 정말로!?!?!?!?!?!?! 지금 기절하기 일보 직전이다. 몇 달 후면 대학생이 된다. 벌써 아이디어가 천 개는 떠올랐다. 기숙사 꾸미기 팁, 학습 가이드 등등. 줄리가 나를 팔로우하는지 궁금하다. 우연히 자기랑 똑같이 생긴 사람의 영상을 발견하면 얼마나 이상할까. 아니, 어쩌면 우리는 더 이상 닮지 않았을지도 모른다. 쌍둥이라도 성장하면서 달라질 수 있으니까. 후생 유전학과 환경에 관련된 뭔가가 작용해서 우리가 전혀 다른 사람들처럼 보일지도 모른다.

유튜브와 소셜미디어 여정을 다루는 내용이 더 많이 나왔다. 구글 애드센스에서 받은 첫 수익금부터 첫 광고 협약, 처음 길거리에서 사람들이 자기를 알아본 순간. 반 후센 부부에 대한 이야기는 긴장감 도는 저녁 식사를 함께한 것이 거의 마지막이었다.

부모님은 인플루언서가 진짜 직업이 아니기 때문에 로스쿨에 들어가는 데 집중해야 한다고 생각하신다. 실제로 말한 적은 없지만 나를 창피해하시는 게 느껴진다. 내가 남들 앞에서 웃음거리가 되고 있다고 생각하시는 거다. 부모님은 이 일에 잠재된 수익성이나 내가 내 미래를 얼마나 진지하게 생각하는지 이해하지 못한다. 어쩌면 당연한 건지도 모르겠다. 너무 연세가 많아서 아직도 팩스를 사용하는 분들이니. 부모님은 나만큼 인터넷을 이해하지 못한다.

클로이는 1월에 벨라 마리를 만났다.

2018년 1월 6일

처음으로 브랜드 행사에 초대됐다!! 벨라 마리가 주최하는 행사다!!! 벨라 마리의 팔로워는 무려 1천5백만이다. 내가 그녀를 만난다니. 믿을 수가 없다. 벨라 마리의 마음에 들고 싶다. 아, 정말 짜릿해. 뭘 어떻게 해야 할지 모르겠네!!! 패션 스쿨에 다니는 룸메이트한테 의상을 부탁했더니 터틀넥 스웨터와 블레이저로 진짜 진짜 시크한 스타일을 만들어주었다. 완전 프로가 된 느낌이다.

행사 후기: 벨라 마리에게 말을 걸었다. 사실은… 거짓말이다. 나는 그녀에게 말하기가 두려워 옆에 어색하게 앉아만 있었다. 그런데 그녀가 고개를 돌려 나에게 말을 걸었다. **나에게 말이다!** 솔직히 내가 무슨 말을 했는지 기억도 안 난다. 제정신이 아니었으니까 아마 뭔가 부끄러운 말을 했을 거다. 그녀는 나에게 질문도 정말 많이 했다. 내 생각에 내가 줄리와 친부모님에 대해 말했던 것 같은데??? 왜 그랬지? 어디 고장이라도 났던 걸까? 벨라 마리한테 그런

말을 했다니 믿을 수가 없다. 시간을 되돌릴 수만 있다면.

2018년 1월 7일
벨라 마리가 내 인스타그램을 팔로우했다. 맙소사!!!

이건 클로이가 끌어당김의 법칙 훈련으로 나는 벨라 마리와 친구가 되었다를 한 백 번쯤 휘갈겨 쓴 다음 일어난 일이었다.

그날부터 두 사람은 DM을 주고받기 시작했다. 벨라 마리는 클로이를 저녁 식사와 브런치 자리에 몇 번 초대했다. 클로이는 다른 벨라도나들과도 알게 되었는데 그 당시에는 에멀린, 켈리, 릴리, 아나뿐이었다. 그러던 어느 봄날.

2018년 3월 20일
벨라 마리가 함께 여행을 가자고 초대한 건가? 뭘 잘못 본 게 아닌지 확인하느라 룸메이트에게 초대장을 읽어달라고 했다. **이거 실화냐고!**

클로이는 5월 내내 여행 순비로 바빴다. 왁싱을 하고 네일을 받고 미리미리 의상을 계획하고. 우리가 너무 비슷해서 깜짝 놀라고 말았다. 나도 정확히 똑같은 걸 했는데.

그러다 6월이 왔다.

2018년 6월 8일

오늘 누가 지독하게 역겨운 이메일을 보냈다. 2003년에 엄마, 아빠가 콘퍼런스에서 인종차별적인 말을 했다는 기사를 링크한 메일이었다. 익명의 발신자는 엄마, 아빠가 자기들이 저지른 짓을 수습하려고 나를 입양한 것뿐이라 말했다. 나는 발신자를 바로 차단해버렸다. 대체 왜 이런 걸 나한테 보내는 거지? 엄마, 아빠가 그랬을 리가 없다.

다음 날:

죽고 싶다.

엄마, 아빠한테 기사에 대해 물었다.

사실이었다.

뭐, 직접적으로 말하진 않았지만 나는 알 수 있었다. 너무나 명백했으니까. 엄마, 아빠는 아니라고 말하는 대신 이렇게 물었다. "그거 어디서 들었니?"

내 인생은 연극에 불과했다. 졸라 역겨운 가식. 가족처럼 느껴지지 않은 게 당연했다. 나는 그저 협상 카드였던 거다. 중국인 투자자들을 끌어모으기 위한 중국 아이.

내가 얼마나 멍청했던 건지. 씨발, 건물에서 뛰어내리고 싶다. 저 사람들도 다 밀어버리고 싶다.

절대로 용서할 수 없을 것 같다. 나를 입양하지 않았으면 좋았을 텐데. 저 사람들이 존재하지 않았으면 좋았을 텐데.

여행을 가게 돼서 정말 기쁘다. 나는 지금 여행을 갈 필요가 있다. 이 모든 것에서 떠나기 위해. 벨라 마리가 오늘 밤 데리러 온다. 나는 거기 집중해야 한다.

말문이 막혔다. 그러니까 내가 읽은 음모론이 사실이었다고? 인종차별주의자가 아닌 척하려고 입양을 생각하는 족속은 오직 백인들뿐일 거다. 진짜 말도 안 돼. 클로이에게 거의 동정심이 일 지경이었다.

나는 그 여행이, 지금까지 내내 기다려온 그 부분이 너무너무 궁금해서 페이지를 넘겼다.

그러나 아무것도 없었다.

"씨발, 뭐야?"

나는 비밀스럽게 감춰둔 부분을 놓쳤거나 페이지를 풀로 붙여놓았는지 확인하느라 일기장을 앞뒤로 마구 넘겨보았다. 이음새 부분을 살펴보았다. 뜯어냈는지도 모르니까. 아니었다. 나머지 부분은 손댄 흔적이 없었다. 완전히 새것이었다.

그게 마지막 일기장이었다.

"지금 장난해?" 나는 창문 쪽으로 일기장을 냅다 던져버렸다. 페이지가 펄럭이며 바닥에 떨어졌다. 나는 엘리베이터로 달려갔다. 창고로 돌아가 모든 상자를 다 뒤졌다. 더 있어야 했다. 일기장이 더 있어야 했다!

없었다.

일기는 벨라 마리가 데리러 오기 직전에 끝나버렸다. 여행에 관한 이야기는 아무것도 없었다. 클로이와 양부모에게 일어난 일도 마찬가지였다. 교통사고에 관한 이야기는 없었다. 나를 만났던 일도 나오지 않았다.

클로이는 일기 쓰기를 완전히 중단해버렸다. 칠 년 넘게 매일 해오던 습관을 중단해버린 거다.

나는 광적인 수색의 여파로 숨이 턱까지 차올라 헉헉거렸다. 분노에 가득 차 고개를 숙이고는 바닥을 향해 가운뎃손가락을 내밀었다.

"씨발, 클로이. 지옥에서 썩어버려라!"

나한테 이거 하나도 제대로 못 주고 가다니.

2부

36

6월 9일

깜깜한 하늘 아래, 기내용 캐리어를 들고 아파트 건물 앞 연석에 서 있었다. 어떤 차가 경적을 두 번 울렸다. 누군가 고함을 질렀다. 도시는 습하고 혼미했다. 선명한 아이섀도를 바른 여자아이 한 무리가 내 쪽으로 비틀비틀 걸어왔다. 시끌벅적하던 말소리가 나를 본 순간 속삭임으로 바뀌었고 눈빛에 알아본 기색이 역력했다. 나는 손으로 얼굴을 가리고 씩 웃었다.

나는 휴대폰을 꺼내 피드를 새로고침하고 벨라도나들의 프로필을 쭉 클릭해보았다. 여행에 관한 게시물은 단 하나도 없었다. 모두 철저히 비밀을 지키고 있었다.

안젤리그는 매일 달라지는 복부 상태를 보고하는 게시물을 올렸다. 이제 임신 2기에 접어든 그녀의 배는 옷 위로 살짝 도드라진 정도였다. 진주같이 반짝이는 치아를 드러내며 자신 있게 웃는 그녀는 언제나처럼 반짝반짝 빛나 보였다. 덧니는 사라진 지 오래였다. 그녀에게 하트를 보내는데 커다란 검은색 차가 내 앞에서 멈췄다.

검은색 정장을 입은 대머리 남자가 운전석에서 나왔다. 남자는 크고 위협적인 몸짓으로 쿵쿵 걸어왔다. "클로이 반 후센 씨?"

고개를 끄덕일 때 심장이 두근거렸다.

그가 뒷좌석 문을 열었다. "모시러 왔습니다."

"아! 네. 고맙습니다."

그가 내 캐리어를 받아 트렁크에 넣는 동안 나는 차에 올랐다.

바닥이 부드러운 베이지색 카펫으로 덮여 있었다. 바늘땀이 촘촘히 박힌 고급 가죽 시트가 덮인 좌석에 목과 발목을 마사지하는 안마기가 장착되어 있었다. 문이 자동으로 닫히고 선팅된 창문 뒤로 도시의 소음이 웅웅거리며 멀어졌다.

본능적으로 셀피를 찍으려고 휴대폰을 꺼냈다. 나를 통해 대리만족을 느끼는 내 팔로워들에게 이 화려함을 공유하고 싶었다.

백미러 속 운전기사의 청회색 눈이 나를 향했다. "휴대폰을 사용하실 순 있지만 사진은 안 됩니다. 미스 멜니버그의 요청입니다."

"죄송합니다!" 나는 휴대폰을 홱 내려놓으며 말했다.

차가 거의 감지되지도 않을 만큼 나지막이 부르릉거리며 출발했다. 도시의 불빛이 창문 너머로 지나갔다.

"어디로 가나요?"

"테터보로 공항으로 갑니다."

"전용기용 공항이요?"

"네."

나는 자리에 푹 기댔다. 흥분을 가라앉히느라 입술을 잘근잘근 씹었다.

전용기라니. 인생 최고의 여행이다.

*

운전기사가 비행기 바로 옆에 차를 세웠다. 정말 바로 옆에. 한 걸음 떼자 활주로를 밟고 있었고 다시 한 걸음 떼자 전용기로 이어지는 빨간 카펫에 서 있었다. 너무나 간단하게 수속을 마치고 (노트북과 액체 물건을 꺼내라고 말하는 TSA 직원도 없었다.) 내 캐리어를 화물칸에 싣고 기내에 탑승할 수 있었다.

그러는 내내 사진을 찍고 싶어 좀이 쑤셨다. 이건 정말 기회를 낭비하는 짓이었다.

비행기에 오르지 고음의 목소리가 공기를 가르고 내 고막을 울렸다. "클로이!" 여덟 명의 벨라도나들이 나보다 먼저 도착해 있었다. 부드러운 회색 운동복 바지에 탱크톱을 입은 모습이 거의 쌍둥이들 같았다. 나 혼자 어울리지 않게 청바지를 입고 있었다. 내가 메모를 놓친 게 분명했다.

벨라 마리는 승무원들이 있어야 할 자리에 서 있었다. 다른 벨라도나들과 달리 그녀는 헐렁한 연푸른색 원피스 차림으로 두 팔 벌려 나를 환영해주었다. 그녀는 맨발인데도 턱이 내 관자놀이에 닿을 만큼 키가 훌쩍 컸다. 그녀가 포옹해주자 꿀과 감귤 향이 났고 머리카락에서는 짭조름한 해변 냄새가 풍겼다. 포옹을 풀었을 때 나는 그녀의 밝은 미소와 수정 같은 파란 눈에 정신을 빼앗겼다. 그녀가 믿을 수 없이 보드라운 손바닥으로 내 팔을 쓸어내리고는 마치 내 손가락을 소중히 여기는 듯 손을 맞잡았다.

"자기가 와줘서 정말 기뻐." 그녀가 자기라고 말하는 방식이 내 귀에 음악처럼 들렸다. 그날 행사 이후로 그녀를 직접 만난 적이 없었다. 그녀는 항상 전용기를 타고 세상을 돌아다니기 때문이었다. 하지만 내 눈을 응시하는 그 시선에서 우리가 가장 가까운 친구였다는 확신이 들었다. "자리에 앉기 전에 거품부터 좀 즐겨." 벨라 마리가 내 버킨 백을 받아 들고 손에 탄산이 피어오르는 샴페인 잔을 쥐여주었다.

"가방은 왜?"

"비행하는 동안엔 보관해둘 거야. 뭐 필요한 거라도 있어?"

"휴대폰이 거기 들어 있어."

"비행 중에는 신호가 안 잡히는데."

"볼 드라마를 다운로드했는데…." 순간 깨달았다. 휴대폰 금지! 디지털 디톡스! "아, 아니야."

그녀가 미소 지으며 내 자리인 듯한 뒤쪽을 가리켰다. 비행기 내부는 세련된 베이지색으로 거북등무늬와 유약 바른 나무로 포인트를 주었다.

나는 비행기 앞쪽에 모여 앉은 벨라도나들에게 인사했다. 좌석은 일렬이 아니라 라운지나 거실처럼 마주 보고 대화할 수 있게 배치되어 있었다. 내가 통로로 걸어가자 모두 완벽하게 자연스러운 웨이브 머리를 한 땅다람쥐들처럼 일제히 고개를 들었다.

"클로이." 잇새로 스피어민트 껌을 착착 씹어대는 소리가 났다. 켈리가 손가락으로 검정 머리카락 한 가닥을 돌돌 말고 있었다.

아직은 켈리가 나를 좋아하는지 아닌지 알 수 없지만 일단 그녀가 뿜어내는 에너지 레벨에 맞춰주기로 했다.

"켈리."

"클로이, 머리 새로 했네. 예쁘다." 에멀린이 말했다.

나는 따뜻한 밤색으로 염색을 했다. "아, 고마워."

"맞아, 맞아. 진짜 예뻐." 아나가 덧붙였다.

"네 피부색이랑 완전 어울려." 소피아가 말했다.

"그런 말 하면 안 돼, 소피아. 그거 인종차별적 발언인 거 몰라?" 릴리가 말했다.

"그래?" 소피아가 물었다.

"아니야…." 내가 말하려 했다.

"맞아." 릴리가 말했다. "내가 소수자 자녀를 둔 엄마야. 이런 종류의 일은 내가 잘 알아."

"난 인종은 안 보이고 파운데이션 색만 보이는데." 마야가 말했다. 그 말이 농담인지 아닌지는 모르겠지만 지난번 본 이후로 입술 필러를 더 맞은 건 확실히 알 수 있었다.

"넌 23호 웜톤 같은데. 윈드롭 파운데이션 신상 라인 써봤어? 색조가 56개가 넘어. 모든 피부색에 맞는 색상이 준비돼 있지. 지난주에 너한테 보낸 줄 알았는데."

무게가 무려 26킬로그램이었다. 나는 그 상자를 아파트로 끌고 들어가기 위해 카트를 빌려야 했고.

"우편으로 받았는데 아직 사용할 기회가 없었어."

그녀는 기다란 인조 속눈썹을 깜빡이며 푸른색 스모키 화장을 한 눈을 반짝거렸다. "아." 그녀는 이내 소피아와 릴리와 하던 대화로 돌아갔다. 그들은 수다를 떨었다. 참여도와 클릭수에 관한 이야기였다. 비밀스러운 농담에 이어 활기 넘치는 웃음소리가 터져나왔다.

나는 손에 샴페인을 들고 통로에 그대로 남겨졌다. 관심이 우르르 빠져나가 버린 것이다. 나는 그 감정을 한쪽 옆으로 밀어내고 빈자리를 찾아 비행기 뒤쪽으로 향했다.

안젤리크가 푹신한 좌석에 푹 파묻혀 있었다. 갈색 안전띠가 봉긋한 배에 느슨하게 묶여 있었다. 그녀와 내 자리 사이에 반짝반짝 광이 나는 테이블이 놓여 있었다. 뚜껑 딴 샴페인

한 병과 폭이 좁은 유리잔이 겉에 물방울이 송골송골 맺힌 채 안젤리크 쪽에 놓여 있었다.

"아! 클로이!"

"안녕! 좀 어때?" 내가 물었다.

"그냥 편하게 있으려고 노력 중이야." 안젤리크가 손바닥으로 배를 문질렀다. 과하게 펴 바른 산호색 블러셔가 눈에 띄었다. 창백함을 감춰보려고 그랬나 싶었다. "지이이이인짜 이런 상태를 벗어나고 싶다."

"여행을 꼭 가야 해? 안색이 안 좋아 보이는데."

안젤리크의 표정이 일그러졌다. 떨리는 입술에서 극심한 충격과 혼란이 엿보였다.

"미안해." 뭔지는 모르겠지만 뭔가 잘못 말한 느낌이 들어 바로 사과했다.

"아일라!"

벨라도나들이 태양에 끌리는 꽃들처럼 이즈를 보았다. 이즈는 커다란 검정 토트백을 어깨에 걸치고 나타났다. 곱슬곱슬한 머리카락을 스카프로 묶은 그녀는 눈이 휘둥그레진 채 비행기를 훑어보았다.

벨라도나들이 왁자지껄하게 환영 인사를 건넸다. 다들 뒤돌아 있어서 누가 말하는지 알 수 없었다.

"아일라, 반가워!"

"오오! 아일라!"

"아일라, 50만 달성 축하해!"

"맞아, 축하해!"

"알고리즘의 신들이 네 콘텐츠를 먹어치우고 있어."

"백만 달성이 머지않았어!"

이즈는 당황한 듯 고개를 끄덕이고 미소를 지어 보였다. 벨라 마리가 그녀의 가방을 받아 들고 샴페인 잔을 건넸다. 이즈는 내 옆자리에 앉았다.

"다들 벌써 몇 잔 한 것 같은데. 나도 따라잡아야겠다." 이즈가 샴페인을 마셨다.

나도 고개를 끄덕이고 샴페인을 마셨다. 목구멍이 따끔거렸다. 안젤리크가 황금색 액체를 우리 잔에 채워준 다음 자기 잔도 채웠다. 이즈와 나는 서로 놀란 눈빛을 교환했다.

"넌 마시면…." 이즈가 입을 열었다.

"하루에 한 잔은 괜찮아. 우리 엄마는 항상 마셨어. 그리고 내가 어떻게 됐는지 봐!" 그녀가 키득거렸다. "그리고 어쨌거나 이건 기본적으로 포도 주스야. 완전 합법이라고."

뭔가 쾅 닫히면서 비행기가 덜컹거렸다. 대화가 뚝 끊겼다. 벨라 마리가 통로로 걸어 나왔다. 기내의 희미한 불빛 때문인지 알코올이 혈관 속을 헤엄쳐 다녀서인지는 모르겠지만 그녀의 움직임이 신비로운 액체 같았다.

"여러분, 연간 휴가에 여러분을 모시게 되어 정말 기뻐요." 그녀의 목소리가 곱고 섬세하게 울려서 알아들으려면 귀를 기울여야 했다. "지금껏 그래왔듯 이 여행은 우리가 다시 진정한 자아를 만나고 집중을 방해하는 기술에서 벗어나 재충전을 할 기회가 될 거예요. 이 여행이 여러분에게 더 큰 안도감과 영감을 가져다줬으면 좋겠어요. 잊지 마세요. 오늘 이 비행기에 탄 우리는 서로의 안전지대예요. 우리 판단하지 말고 서로에게 귀 기울이고 함께 나누기로 해요." 그녀가 미소 지었다. "우리는 가족이에요."

"우리는 가족이에요." 벨라도나들이 따라 속삭였다.

이즈가 어리둥절한 표정으로 나를 쳐다봤다.

"연설은 이쯤 하고…" 벨라 마리가 미소를 머금고 조종실 문을 노크했다.

엔진이 크고 날카로운 소리를 내며 시동을 걸었다.

이즈가 손을 들었다. "지금 어디로 가는지 알려줄 수 있어?" 오, 감사합니다. 아무 문제 없이 질문할 수 있는 사람은 오직 이즈뿐이었다.

벨라 마리가 미소 지었다. "우리 집."

"집." 한 벨라도나가 흥얼거렸다.

이즈가 눈썹을 치켜올렸다. "거기가… 프랑스? 아니면 모스크바?"

"아니, 아니, 카리브해, 세인트마틴 근처야. 우리 섬 중 하나가 거기 있어."

"섬 중 하나라면… 섬 전체 말이야? 섬을 갖고 있다고?"

"그래서 비밀로 해달라고 한 거야. 사람들이 개인 섬에 관해 어떻게 생각하는지 알잖아."

"요즘은 토지 소유를 무슨 범죄 행위 보듯 한다니까." 아나가 말했다.

"부유하다고 비난하는 걸 너무 당연시하게 됐어." 에멀린이 거들었다.

이즈가 다시 나를 쳐다봤다. 나는 눈을 피했다.

"다들 이 문제를 신중하고 민감하게 받아들여줘서 고마워." 벨라 마리가 이즈를 쳐다봤다. "우리 집이 어떤지 정말 보여주고 싶어. 우리 집이 곧 아일라의 집이 될 거야!"

"흐음." 이즈가 어깨를 씰룩하며 말했다. "그 말 정말 마음에 들어!"

"자, 그럼 안전띠 매고 이륙을 준비합시다!" 벨라 마리가 외쳤다.

비행기가 활주로를 향해 움직이기 시작했다. 모두가 환호성을 질렀다. 벨라 마리를 제외한 모두가 안전띠를 맸다. 벨라 마리가 음료 카트에서 틴 케이스를 하나 꺼내오자 벨라도나들이 매니큐어 칠한 손가락을 통에 넣어 알약을 하나씩 꺼내 혓바닥에 올렸다. 벨라 마리가 비행기 뒤쪽까지 도착했다. 안젤리크는 묻지도 않고 알약을 집어 박하사탕 먹듯 입에 넣고는 미소 지었다.

이즈가 자세를 고쳐 앉았다. "그렇게 함부로 약을…"

벨라 마리가 활짝 웃었다. "안젤리크는 성인이야. 하고 싶은 걸 다 할 수 있지. 그리고 이건 전부 안전해."

"안전하다고?"

"진짜로."

"진짜로 안전해!" 누가 끼어들었다.

"이보다 더 안전할 순 없지." 다른 누군가 덧붙였다.

"들었지?" 벨라 마리가 나한테도 통을 내밀었다. "정말 안전해." 그녀가 뚫어져라 나를 보았다. 클로이는 두말 않고 받았을까? 모두의 관심이 나에게 집중되었다. 약을 먹어야 한다. 안 그러면 의심을 살 거다. 여기서 들킬 순 없다. 지금은 안 된다.

손가락을 내밀어 특별할 것 없어 보이는 핑크색 알약을 집었다. 그리고 혓바닥에 올렸다. 씹기도 전에 녹아버렸다. 달콤한 것이 마치 포도 맛 사탕 같았다.

벨라 마리가 이즈에게 몸을 돌려 마지막 두 알을 내밀었다.

"난 뭔지 모르는 약은 안 먹어." 이즈가 말했다.

벨라 마리가 웃었다. "아, 이건 거의 아무것도 아니야. 의약품이 아니라고. 내가 의료 산업 복합체에 강경하게 반발하는 거 알잖아."

"고맙지만 나는 됐어."

"모두 하나씩 먹었어. 우릴 못 믿는 거야?" 벨라 마리가 물었다.

"그건 안전해." 안젤리크가 배를 쓰다듬으며 말했다.

"우릴 믿어도 돼." 누가 말했다.

"우린 안전지대야." 누가 덧붙였다.

"우린 절대 널 해치지 않아."

모두가 깔깔거리며 웃는 모습이 눈부시게 빛났다.

"못 믿겠으면 내가 먼저 먹어볼게." 벨라 마리가 약을 혀에 올리고 입을 다물어 삼켰다. 다시 혓바닥을 내보였다. "봤지?"

그녀가 이즈에게 통을 내밀었다.

이즈는 고개를 가로저었다. "난 정말 싫어…."

"네가 먹기 전까지 우린 안 떠날 거야." 이번에는 벨라 마리가 목소리를 낮췄다. "이번 주는 네가 자유로워지는 시간이잖아. 걱정은 다 내려놔. 이때까지 한 번도 약을 해본 적이 없다고는 못하겠지, 아일라 해리스. 즐겨!"

긴장감이 고조되었다.

"먹어!" 누가 말했다.

"먹어!" 다른 누가 말했다.

"먹어!"

"먹어!"

"먹어!"

"먹어!"

"먹어!"

"먹어!" 나도 엉겁결에 말해버렸다.

"먹어! 먹어! 먹어!" 모두 합창했다.

이즈가 나와 안젤리크를 바라보았다. 그리고 깊은 한숨을 내쉬곤 마지막 알약을 집었다. 삼켰다. 혓바닥을 내밀었다. "됐지?"

기내에 박수 소리와 환호성이 터질 듯 차올랐다. 나도 박수를 쳤다. 전염성이 강한 에너지였다.

"통과!" 벨라 마리가 이즈를 껴안았다.

이즈가 이맛살을 찌푸렸다. "뭐?"

"플라세보였어. 그냥 설탕이었다고."

이즈의 입이 떡 벌어졌다. 나도 그럴 뻔했다.

"우린 전부 첫 여행 때 이걸 했어." 안젤리크가 말했다.

"재미있는 팀 결속 훈련이지." 벨라 마리가 말했다.

"넌 소피아보다 빨랐어." 켈리가 말했다. "소피아는 받아들이기 전에 비상 탈출구를 열려고 했다니까."

벨라 마리의 시선이 추억을 회상하듯 천장을 떠돌았다. "아. 그때 그랬지." 그녀는 몸을 홱 돌려 비행기 앞쪽으로 갔다. "자, 이제 모두 통과했으니 비행합시다!" 그녀가 버튼을 하나 누르자 서라운드 사운드 스피커에서 테일러 스위프트의 〈올 투 엘〉*이 흘러나왔다. 비행기가 이륙하는 사이 벨라도나들은 자기들이 제이크 질렌할한테 개인적으로 모욕이라도 당한 듯 새하얀 팔들을 마구 휘저어가며 춤을 췄다.

*   제이크 질렌할과의 이별을 그린 곡으로 알려져 있다.

이즈는 여전히 충격에 빠져 있었다. 나도 마찬가지였다. 내색하지 않았을 뿐.

나는 샴페인 병을 쥐어 이즈에게 권했다. 그녀는 무겁게 한숨을 쉬더니 샴페인을 받아 병째 들이켰다. 후유 숨을 내쉬며 병에서 입을 뗄 때 그녀의 턱에 샴페인 거품이 튀었다. "에라, 모르겠다. 파티나 하자!"

모두 환호성을 질렀다.

37

 누가 내 어깨를 꽉 쥐었다. 손가락이 근육을 파고들었다. 나는 신음 소리를 내며 눈을 껌뻑껌뻑거렸다. 빛 때문에 머리가 아팠다. 편두통이 관자놀이를 꿰뚫었다.

 벨라 마리의 머리카락이 허옇게 침이 말라붙은 내 뺨을 찔렀다. "일어나, 자기야. 우리 도착했어." 그녀의 숨결에서 시큼한 로제 와인 향이 훅 끼쳤다. 속이 울렁거렸다. 내가 언제 잠이 들었지? 샴페인을 열 잔 마시고 테일러 스위프트 노래를 스무 곡 정도 듣고 나서였을 것이다. 나도 노래를 불렀다. 가사도 모르면서…. 그런데 어떻게든 불렀다. 어떻게? 거의 테일러 스위프트 광신도가 된 것 같았다. 벨라도나들이 어떻게 그렇게 에너지가 넘치는지 궁금해한 기억이 났다. 의식이 들락날락하는 사이 그녀들의 몸이 연기처럼 일렁이고 사지가 비현실적으로 길어지고 비틀려 보였던 것 같다.

 "우와." 이즈가 창밖을 보면서 깜짝 놀랐다. "경치 좀 봐."

 "이번 주 날씨가 이렇게 맑다니 운이 좋았어." 벨라 마리가 말했다. "최근에 여름 폭풍이 계속되고 있었거든."

나는 눈에서 잠을 걷어내고 똑바로 앉았다.

그러자 시야에 들어왔다.

파란색. 드넓게 펼쳐진 바다. 육지는 보이지 않았다. 오직 영상으로만 보던 그런 그림이었다.

마야가 비행기 벽에 붙은 인조 속눈썹을 떼어냈다. 나머지도 몸을 부딪치고 야단 법석을 떨며 바닥에서 옷을 주워 모았다.

진짜로, 어떻게 저토록 에너지가 넘치지? 몸속에 터뜨릴 준비가 된 불꽃 공들을 갖고 있는 듯했다.

비상구가 열렸다. 밝은 빛과 소금기 섞인 공기가 금속 기내를 가득 채웠다. 따뜻하고 습기를 잔뜩 머금은 바람이 피부를 스쳤다. 온도 변화 때문에 몸에서 소름이 돋았다.

키가 큰 남자와 여자들이 줄줄이 기내로 들어왔다. 모두 맨발에 무채색 리넨 옷을 입고 입술에 선명한 미소를 머금은 채 오렌지 주스처럼 보이는 음료가 담긴 쟁반을 들고 있었다.

"집에 오신 것을 환영합니다!" 그들이 말했다.

벨라도나들이 박수를 치고 배고픈 강아지처럼 힝힝거리며 음료를 잡았다. 벨라 마리가 두 잔을 집었다. "신선한 오렌지 주스, 코코넛 워터, 카페인 조금. 숙취에 그만이지." 벨라 마리가 우리 손에 잔을 쥐여주며 윙크했다.

이즈와 나는 음료를 들이켰다. 놀라울 정도로 상쾌했다. 혀에 남은 단맛이 더 마시고 싶은 욕구를 자극했다.

웰컴 드링크를 마신 뒤 우리는 눈부신 햇살 아래로 줄지어 비행기를 빠져나갔다.

섬은 그림같이 아름다웠다. 파란 바다, 새하얀 해변, 쭉쭉 뻗은 야자수. 활주로 끝에 자갈길이 이어져 있었다. 멀리 푸릇푸릇한 숲, 꽃이 만발한 덤불, 빨간 지붕을 인 건물들이 보였다. 해변에 놓인 파라솔 몇 개가 일광욕 벤치에 그늘을 드리웠다. 바람에 흔들리는 두 그루의 코코넛 야자수 사이에 해먹이 걸려 있었다.

벨라 마리가 우리에게 가방을 돌려주는 동안 피부가 벌써 타들어가는 느낌이었다. 휴대폰을 쥐자 잃어버린 팔다리가 다시 자리를 찾은 듯 안도감이 들었다. 놀랍게도 알림이 하나도 오지 않았다.

신호가 없었다.

이즈도 알아차린 것 같았다. "이 섬에는 와이파이가 안 돼?" 그녀가 벨라 마리에게 물었다.

벨라 마리가 미소 지었다. "우린 연결을 끊으려고 여기 왔어. 섬 전체에 신호가 안 잡혀."

얼굴에서 핏기가 가시는 느낌이었다. 신호가 안 잡힌다고? 벨라 마리가 이 여행을 소용히 진행하고 싶어하는 건 알지만 3분마다 인스타그램을 새로고침할 수 없다면 대체 나더러 어떡하라는 거지?

"애들한테 급한 일이 생기면 어떻게 해?" 이즈가 물었다.

"돌보미한테 비상연락처 알려줬지?"

이즈가 고개를 끄덕였다.

"도움이 필요하면 우리 직원이 최대한 빨리 메시지를 전해 줄 거야. 꼭 필요하다면 본채에 이더넷 케이블*도 있고 유선 전화도 있어. 난 네가 안 그랬으면 좋겠지만 말이야. 연결을 끊는 것! 그게 이 여행의 핵심이니까."

이즈는 목을 감싸고 입을 굳게 다물었다.

여기 있는 동안 게시물을 올리지 않는 것과 외부 세계와 단절되었다는 사실을 아는 것은 완전히 차원이 다른 일이었다.

불안감이 스멀스멀 올라와 뺨을 잘근잘근 씹었다.

그러다 주위를 둘러보았다. 해변, 따뜻한 햇살.

나는 휴대폰을 가방에 밀어넣었다. 이건 우스꽝스러운 일이다. 나는 성인 여자다. 일주일 동안 휴대폰 없이 살 수 있어야 한다. 토끼굴 같은 소셜미디어에 갇혀, 기생충 같은 이모한테 돈 뜯는 메시지가 올까 봐 전전긍긍하는 대신 하루 종일 백사장에서 뒹굴며 예쁜 칵테일을 홀짝거리자. 진짜 휴식을 취할 수 있을 거다. 이 얼마나 멋진 일인가! 심지어 재밌잖아!

적어도 스스로 그렇게 생각하려 노력은 했다.

랄프로렌 모델과 켄 인형을 섞어놓은 듯한 젊은 남자가 자신을 빅터라 소개했다. 말투에 어렴풋이 유럽식, 아마도 스칸디나비아식 억양이 섞여 있었고 멋지게 헝클어뜨린 금발 머리

---

* 근거리 통신망 중 하나.

에 눈 사이 간격이 좁고 깊은 파란 눈을 지닌 남자였다. 반소매 아래로 두꺼운 이두근과 손과 손목을 타고 기어오르는 울룩불룩한 핏줄이 드러났다.

"빅터가 섬을 보여주고 방을 안내해줄 거예요." 벨라 마리가 말했다. 그녀는 태양 아래 천사처럼 눈부시게 빛났다. "난 확인해야 할 게 있어서 가봐야 해요. 환영 만찬 자리에서 다들 만나기로 해요."

빅터가 우리를 섬으로 데려가는 동안 벨라 마리가 손을 흔들어주었다.

우리 뒤에서 비행기 엔진이 우르릉 소리를 냈다.

"비행기는 떠나요?" 이즈가 빅터에게 물었다.

"네."

"비상 상황이나 집에 갈 일이 생기면 어떡해요? 보트라든가 뭐 그런 게 있어요?"

신이시여, 이즈를 신입으로 보내주셔서 다시 한번 감사드립니다. 다른 벨라도나들은 서로 눈짓을 교환하며 키득거렸다.

"비상 상황이 생기면 저희가 반드시 도움을 요청할 거예요. 지금으로선 섬을 떠날 방도는 없어요. 마이클 펠프스가 아닌 이상에는요. 그 사람이 지중해를 헤엄칠 계획을 세우지 않는 한 말이죠. 이해하시죠? 올림픽 수영선수 말입니다." 그가 새하얀 치아를 드러내며 웃었다.

벨라도나들이 웃음을 터뜨렸다.

이즈와 나는 서로 시선을 교환했다. 우리가 농담을 이해하지 못한 것 같았다. 아니면 빅터가 너무 섹시하니까 그런 바보 같은 말을 하는데도 벨라도나들이 웃어주는 건가?

"안심하세요." 그가 말을 이었다. "긴급 상황을 대비해 의료진이 있으니까요. 제가 섬에 지낸 이래 우리 선에서 다루지 못한 사고는 단 한 건도 없었습니다."

"이 섬은 정말 안전해." 에멀린이 말했다.

"극도로 안전하지." 아나가 말했다.

"말 그대로 범죄율 0퍼센트라니까." 켈리가 덧붙였다.

"미국이 꿈꾸는 일이지!" 마야가 거들었다.

숲으로 이어지는 길을 따라가다가 모퉁이를 돌기 전에 어깨너머를 건너다보았다. 벨라 마리가 아까 그 자리에 인형처럼 서 있었다. 그녀의 파란 눈이 내 눈과 마주쳤다. 하지만 나를 보는 것 같지 않았다. 거의 텅 빈 듯한 그녀의 시선은 너머의 더 먼 곳을 응시하는 듯했다.

38

 대부분의 벨라도나들은 모래사장에서 태닝부터 하기로 했다. 하지만 나는 이즈의 투어에 동행했다. 사실은 나도 투어가 필요하기 때문이다.

 빅터가 계속 클로이가 특정 장소에서 했던 일들을 이야기하는 바람에 살짝 어색한 기분이 들었다.

 "우리 같이 테니스 쳤을 때 말이야. 꼭 올림픽에서 오사카 나오미를 상대하는 느낌이었다니까!" 아니면 "그때 너희들끼리 해변에서 우정 팔찌 만드느라 밤을 새웠잖아"라거나 "모닥불에 돼지통구이 했던 거 기억나?"

 나는 고개를 끄덕이며 애드리브를 했다. 뭔가 이상하다는 걸 눈치챘는지 아닌지 알 수는 없지만 빅터는 내 애드리브에 전혀 토를 달지 않았다. 그냥 소소한 뉘앙스를 알아차리지 못하는 듯했다. 그의 환하고 느긋한 미소는 때 묻지 않은 잘생긴 이마 뒤에 아무 일도 일어나지 않고 있음을 보여주고 있었다. 그는 말을 마칠 때마다 마치 강아지처럼, 승인 신호를 갈망하는 표정으로 나를 돌아보았다. 내가 만약 그 얼굴을 가격했더라도 빅터는 변치 않는 애정을 담아 미소를 머금고 말했을 것이다. "우와, 조준이 정확한데!"

그럼에도 불구하고 그 섬은 인상적이었다.

진짜로 인상적이었다.

다음 장소로 이동할 때마다 한 가족이 세상의 한 구획을 이렇게 소유할 수 있다는 게 믿기지 않아 내 몸을 꼬집었다.

우리는 멋들어진 스포츠 공간을 둘러보았다. 배구장, 테니스 코트, 절반 크기의 농구장을 겸하는 스쿼시 코트, 마구간. 그리고 주방과 직원들이 일하고 생활하는 공간인 중앙홀이 있었다. 야자수가 빙 둘러진 3층짜리 그리스 부흥 양식 건물이었다. 섬의 중앙 근처에는 방목하는 닭, 소, 양과 그 외에 다른 동물들을 키우는 농장이 있었다. 우리는 빅터에게 당근을 건네받아 염소에게 먹였다. 그중 한 마리가 내 새끼손가락을 씹을 뻔했다. 농장 옆에는 섬에서 소비하는 농작물을 키우는 거대 온실이 있었다. "저 시설의 각 구역은 기후 조절이 되기 때문에 1년 내내 온 세상 작물들을 생산해낼 수 있어요." 빅터가 밝은 목소리로 자랑스럽게 호박과 상추와 감귤 나무를 가리키며 말했다. "바닷물을 끌어와서 해안 근처에 있는 공장에서 담수로 만들어요. 각 작물의 골을 따라 흐르는 물은 민물고기들에게 완벽한 환경이 되고 그 물고기들의 배설물이 식물의 비료가 되지요. 우리가 아시아에서 배워온 기술이에요." 그는 마치 내가 그들에게 그 기술을 가르친 사람인 양 나를 쳐다보았다. "이 섬에는 낭비되는 건 없습니다."

그가 푸릇푸릇한 나무에서 달콤한 망고를 따는 직원들을 소개해주었다. 전부 키가 크고 동작이 유연하고 믿을 수 없이 아름다웠다. 그들이 높이 손을 뻗어 잘 익은 망고를 따는 모습은 잡지에서 곧장 튀어나온 장면 같았다. 뭔가, 노동자들이 기꺼이 일하고 싶어하는 디스토피아적인 '멋진 신세계*' 같았다.

우리는 그 섬이 일종의 큰 커뮤니티라는 걸 알게 되었다. 직원들이 함께 일하고 먹고사는 멋진 협동조합. 빅터네 같은 일부 가족은 대대로 멜니버그 가를 위해 일해왔다. 그리고 여기서 말하는 '대대로'는 여러 세대를 말했다. 수백 년, 1차 세계대전 이전부터. 농담이 아니다.

본채는 용마루 장식이 달린 소박하지만 고풍스러운 프랑스 시골 성 스타일의 대저택이었다. 빅터는, 소용돌이 모양의 계단이 양쪽에서 대칭을 이루는 웅장한 현관홀에서 멜니버그 조상들의 거대한 초상화를 보여주었다. 6미터 높이의 벽을 따라 걸려 있는 액자 속에서 경계심 어린 파란 눈들이 나를 따라 움직이는 듯했다. 영국 박물관에 전시되어 있지 않은 게 놀라울 정도로 오래돼 보이는 가족사진들도 있었다. 18세기에서 바로 튀어나온 듯한 유화와 로마노프 왕조 사람으로 착각할

---

* 1932년 발표한 올더스 헉슬리의 디스토피아 소설로, 겉보기엔 완벽하지만 극도로 발달한 기계문명이 엄격히 통제하는 계급사회를 그린다.

만한 인물들을 담은 흑백사진들이었다. 지금의 멜니버그 제국을 포함한 현대 사진도 몇 장 있었다. 앞줄 중앙에 벨라 마리가 있고 불그스레한 뺨과 파란 눈을 지닌 통명스러운 모습의 아버지가 그녀의 오른쪽에, 금발 머리와 마른 몸, 뇌리에 남는 어둡고 강렬한 눈빛을 지닌 어머니가 왼쪽에 있었다.

"이 남자는 누구예요?" 이즈가 뒤쪽 모퉁이 근처에 걸린 조그만 그림을 가리키며 물었다. 그녀의 목소리가 높다란 홀에서 메아리쳤다.

평범한 나무 벤치에 앉아 있는 남자였다. 베이지색 작업복 차림이었고 머리는 갈색이었다. 단호한 표정을 짓고 있었고 두텁고 불룩한 뺨 때문에 얼굴이 전체적으로 처져 보였다. 왼쪽 눈에는 흰색 붕대가 감겨 있었지만 그의 오른쪽 눈은 영혼을 꿰뚫듯 나를 응시했다. 그냥 하는 말이 아니라 진짜 영혼을 꿰뚫는 눈이었다. 시선을 돌리기 힘들었다. 빛의 스펙트럼에 있는 모든 색깔이 어떻게든 그의 파란 홍채에 얼룩져 있다는 점 말고는 우울하고 어둠침침한 그림이었다. 배경에는 잿빛 벽돌 벽이 그려져 있었고 조그맣게 뚫린 네모난 구멍으로 밤하늘이 아주 살짝 엿보였다. 그는 혼자였고 오른쪽 하단 근처에 보이지 않는 양초만이 그림에 빛을 더해주었다. 기다란 그림자가 시키멓게 캔버스를 가르고 있었는데 그건 그 남자의 그림자가 아니라 캔버스 너머에 있는 누군가의 것이었다.

"니콜라이 멜니버그예요. 멜니버그 가문을 일으켜 세우

신 분이죠." 빅터는 미소 띤 얼굴을 살짝 갸웃했는데 감동받은, 거의… 흥분한 듯한 표정이었다. "기록에 따르면 이 그림은 1767년경에 그려졌을 거예요."

나는 감탄했다. 멜니버그 가문이 부유한 건 알았지만 진짜 대대로 내려온 부자였던 것이다.

"우리 가문의 모든 것이 그분에게서 시작되었어." 벨라 마리의 온화한 목소리가 따뜻한 공기를 뚫고 들려왔다. 헐렁한 흰색 리넨 원피스를 입은 그녀가 우리 옆으로 스르르 다가왔다. 목에는 우아한 진주목걸이가 걸려 있었다. 그녀의 백조 같은 목이 아치를 그리며 그림을 올려다보았다. 유령처럼 창백한 피부가 햇빛을 받아 거의 투명해 보였다.

"저분이 뭘 하셨는데? 순무를 발견하신 거야?" 이즈가 농담을 던졌다.

벨라 마리가 웃음을 터뜨렸다. "아, 아니. 그렇게 엄청난 건 아니고." 그녀가 캔버스에 더 가까이 다가가 집게손가락으로 복잡한 황금색 액자를 만졌다. "꽤 재미있는 이야기야. 원래 농부였는데 순수한 행운에 더해 간절한 마음으로 올바른 신들에게 충성을 다한 덕분에 부를 얻게 되셨지."

이즈가 한쪽 허리에 손을 얹었다. "램프 속 지니가 소원 세 가지를 들어준 그런 이야기?"

"그보다 더 단순해. 로마노프 왕가의 먼 친척인 어느 귀족이 회중시계를 잃어버렸대." 벨라 마리가 자신의 조상을 바라보았다. 그들의 반짝이는 파란 눈이 서로 만났다. "아버지에게 물려받은 시계였는데 대대손손 내려오는 값을 매길 수 없을 만큼 의미 있고 중요한 가보였나 봐. 늙은 귀족은 그 시계를 찾아오는 사람에게 자신의 둘째 딸을 주겠다고 약속했어."

"저분이 그 시계를 찾으신 거야?"

벨라 마리가 고개를 끄덕였다. "당시에 둘째 딸들은 작위와 귀족의 혈통만 물려받을 수 있었어." 그녀는 가족 네 명을 그린 그림으로 시선을 옮겼다. 말쑥하게 빼입은 남자들과 주름 장식이 있는 화려한 드레스 차림의 여자들이었다. "아들인 알렉산더는 그 혈통과 연결고리를 활용해 상류사회로 나아갔지. 그렇게 해서 몇백 년이 흐른 뒤…." 그녀가 두 팔을 벌렸다. "우리가 여기 있게 된 거지."

"그런데 눈은 어떻게 된 거야?" 이즈가 물었다.

"대가 없는 행운은 없거든." 벨라 마리는 당연히 알고 있어야 할 비밀을 공유하듯 나를 흘깃 쳐다보았다. 클로이라면 이해했을 내밀한 시선. 진짜 클로이.

그녀의 시선이 따끔하게 파고들었다. 나는 그녀의 파란 눈 대신 외눈을 응시하려 니콜라이 그림으로 시선을 돌렸다.

"잠깐만." 이즈가 벨라 마리에게 말했다. "그러니까 행운을 얻으려고 한쪽 눈을 포기했다는 말이야?"

벨라 마리는 웃으며 어깨를 씰룩했다. "그냥 오래된 전설일 뿐이야. 실제론 니콜라이가 그 귀족 소유의 땅을 경작하다가

시계를 찾았다고 해. 우연의 일치였겠지, 아마도."

"운이 좋으셨네." 이즈가 말했다.

"아주." 벨라 마리가 우리를 홀 밖으로 안내했다. 높다란 흔들 문을 지나는 중에도 계속 누군가 지켜보는 느낌이 들었다. 마치 방 안의 모든 파란 눈들이 내 등을 바라보는 것처럼.

39

우리는 각자 방갈로를 하나씩 받았다.

각각 하나씩 말이다.

열 명의 벨라도나들을 위한 방갈로 열 채. 벨라 마리가 지닌 부의 규모가 가늠이 안 되었다. 저 바깥세상에 그녀보다 더 부유한 사람들이 있다는 걸 생각하면 그저 경이로울 따름이었다.

나무 방갈로들은 마치 외딴 거리처럼 해안을 따라 뻗어 있었다. 각 방갈로에는 열대식물이 가득한 작은 정원이 딸려 있고 사생활 보호를 위한 울타리가 둘러쳐 있었다. 이엉을 인 방갈로 지붕 위로 비틀린 망고나무가 그늘을 드리우고 있었는데 늙고 옹이진 가지를 늘어뜨린 모양새가 꼭 구걸하는 형상 같았다. 앞쪽 현관이 내다보이는 조그만 창문은 블라인드가 내려져 있었다. 모래가 흩뿌려진 자갈길을 올라 입구에 닿자 '클로이'라 적힌 나무판자가 눈에 띄었다.

문밖에는 자물쇠가 채워져 있었지만 안에는 열쇠가 없었다. 개인이 소유한 섬에는 물건을 훔치러 다니는 인간들이 없기 때문인 듯했다. 바깥 열쇠는 폭풍이나 야생동물을 막기 위해 달아둔 것 같았다.

방갈로 내부는 정말 아름다웠다. 높은 천장, 밝은 갈색 마룻바닥, 라탄 의자와 소파, 손으로 짠 정교한 카펫, 고급스러운 하얀 시트에 거대한 수면 유도 베개를 올려놓은 킹사이즈 침대. 침대 기둥에는 뭔가 묶여 있었던 것처럼 표면이 닳고 벗겨진 부분이 있었는데 그것만 빼면 새것 같았다. 작은 널빤지를 붙여 만든 프렌치 도어가 바다가 보이는 작은 발코니로 이어져 있었다. 욕실 바닥은 울퉁불퉁한 돌 타일이었다. 단순히 커다란 바위 안쪽을 파서 만든 세면대 위에 기다랗고 빛이 잘 드는 거울이 걸려 있었다. 독립형 욕조와 샤워 시설은 바깥에 있었고 대나무 울타리와 얼기설기 엮인 덤불이 예기치 못한 눈길을 막아주었다.

점심때까지 두 시간이 남아 있었다. 벨라 마리는 그 시간 동안 마음껏 섬을 *(우리 집을)* 걸어 다니고 탐험하고 태닝도 하고 현지인, 그러니까 직원들과 친해지라고 했다.

하지만 내가 하고 싶은 것은 한 가지밖에 없었다.

나는 옷장에 들어 있는 내 짐을 찾았다. 신발과 셔츠, 슬리피베어스 약통 아래에서 노트북을 꺼냈다. 노트북을 열고 와이파이 상단 바를 클릭했다.

네트워크를 이용할 수 없습니다.

문구가 바뀌길 바라며 한참 쳐다보았다. 바뀌지 않았다.

쿵 소리를 내고 노트북을 탁 덮고 라탄 의자에 털썩 앉았다. 벨라 마리는 작은 앱 하나에 의존해 사는 인플루언서들한테 어떻게 이럴 수가 있지? 기술은 내 존재에 없어서는 안 될 요소다. 인터넷 바깥에선 나에게 정체성이 있는지조차 확신할 수 없다. 그녀는 내 생계를 앗아가고 있는 것이다!

이런 게 중독일까? 만약 그렇다면 나는 인스타그램의 생기 넘치는 영상에 중독됐는지도 모른다. 알림 소리. 조회수가 올라가는 장면. 클로이 크루의 응원. 내 손끝에서 쇄도하는 칭찬과 찬사. 나는 그것을 갈망한다. 소셜미디어가 주는 도파민. 그것이 없으면 나는 텅 비어버린다. 고요해진다. 아이패드 없이 못 사는 아이가 되어버린다.

정신을 딴 데로 돌리기 위해 옷을 정리하고 스킨케어와 메이크업 제품을 세면대 옆에 배열하고 비행기에서 벌인 술판의 독기를 샤워로 씻어낸 뒤 물결치는 리넨 선드레스로 갈아입었다. 머리를 말리며 이모에게 문자가 와 있겠지 생각하며 휴대폰을 잡았다. 이모는 내가 하루 중 어느 때고 악의적인 문자를 받는 일을 당연시하게 만들었다. 그래서 문자가 오지 않자 오히려 불안해졌다. 나는 이모한테 이 여행에 대해 말하지 않았다. 여행을 망치고 싶지 않아서였다. 즉, 이모는 내가 떠난 줄 모른다는 뜻이다. 이모가 문자를 보냈는데 내가 받지 못했다면? 이모가 지금 더 많은 돈을 요구하고 있다면? 일주일 동안 연락이 닿지 않아서 자기를 무시한다고 생각하면? 내가 약속을 지키지 않는다고 받아들이면? 내가 실토한 녹취록을 유출하면?

비행기에 오르기 전에 이런 사태에 대비해두지 않은 데 짜증이 나서 머리를 쿵쿵 쥐어박았다. 나는 너무 흥분했고 너무 낙관적이었다. 단체 여행이 잘못될 일이 뭐가 있겠는가? 하지만 나는 내가 그저 일반적인 인플루언서가 아니란 사실을, 내가 사기꾼이란 사실을 계속 잊고 있었다.

가슴을 꽉 죄는 절망감에 밖으로 달려 나가 휴대폰을 하늘을 향해 뻗었다. 더 멀리 나가자 따뜻한 바닷물이 발목을 핥았다. "딱 한 칸만. 신이시여, 제발, 뭐든 다 할게요. 진짜 진짜 작은 신호 하나만 보내주세요."

아무것도 뜨지 않았다.

등 뒤로 다른 벨라도나들의 방갈로가 늘어서 있지 않았더라면 비명을 질렀을 거다. 그때 누가 모래를 차는 소리가 들렸다. 이즈였다. 이즈도 하늘을 향해 휴대폰을 뻗고 있었다. 다른 손에는 불붙인 담배 한 개비를 쥐고서.

이즈가 내 시선을 알아차렸다. 우리는 마치 자유의 여신상을 흉내 내듯 휴대폰을 뻗고 있는 우스꽝스러운 포즈를 한 채 잠시 멈췄다가 웃음을 터뜨렸다.

"우리 지금 미친 여자들처럼 보여." 이즈가 나를 향해 걸어오며 소리쳤다.

우리는 중간 지점에서 만났다. "이 아름다운 섬에 있으면서 하고 싶은 게 휴대폰 들여다보는 것뿐이라니. 진짜 최악이다."

"몇 시간밖에 안 지났는데 미칠 것 같아. 그리고 일주일 동안 이 모양일 거야. 일주일 내내!" 이즈가 하늘을 향해 두 팔을 내던졌다. 담뱃재가 해변에 흩뿌려졌다. "어떻게 이때까지 이런 걸 할 수 있었어?"

나는 클로이를 생각하며 입술을 깨물었다. 클로이도 이렇게 휴대폰에 중독되었을까? "좀 지나면 익숙해질 거야." 최소한 그녀에게는 기생충 같은 이모가 붙어 있지는 않았다.

우리는 좌절감에 젖어 깜깜한 화면을 쳐다보았다.

"이봐." 이즈가 웃음 띤 얼굴로 고개를 들었다. "여행 게시물을 올리진 못하지만 그게 기념할 만한 사진도 못 찍는다는 뜻은 아니잖아. 여기 있는 동안 최대한 즐겨야지."

그녀의 쾌활한 미소가 내 마음속 두려움을 쫓아버렸다. 이즈 말이 옳았다. 이모와 연락할 수 없지만 한 주 내내 그 생각으로 침울하게 보낼 순 없다. 내 구린 분위기가 모두를 전염시키고 말 거다. 이모 문제는 닥쳤을 때 해결하자. 지금은 긍정적일 필요가 있다.

"그러자."

이즈가 담배를 비벼 껐다. 우리는 이즈의 방갈로로 가서 치장했다. 내가 속눈썹을 컬링하고 있는데 이즈가 한숨을 쉬었다. "이 섬 전체가 벨라 마리네 거라니 진짜 말도 안 돼."

"그 정도 부는 상상하기도 힘들어."

"이게 다 그 회중시계에서 왔다니. 니콜라이가 뭘 한 거지? 하느님 발가락이라도 빨았나?"

나는 웃었다.

"그리고 그 가족사진 말이야." 이즈가 말을 이었다. "그게… 심하게 들릴 수도 있겠지만 난 계속 그 가족이 분명 노예를 두었을 거란 생각이 들더라. 노예 말이야."

"아, 100퍼센트지. 그 아버지는 완전 식민지적인 사고방식을 갖춘 사람일 거야. 아시아인을 '오리엔탈'이라 부르는 그런 사람. 그 초상화들 속에 적어도 전범이 열 명은 있을걸. 이게 다 피 묻은 돈이란 소리지." 나는 속눈썹에 마스카라를 두텁게 덧칠하는 데 집중하느라 중간에 말을 멈췄다. 만족스럽게 칠해지자 다시 말을 이었다. "하지만 솔직히, 벨라 마리와 내 인생을 바꿀 수 있다면 난 1초도 망설이지 않을 거야."

이즈가 웃었다. "벨라 마리가 그 자리에 오른 게 이해가 돼. 말 그대로 세상을 손에 쥐고 있잖아. 전형적인 금수저니까."

"맞아." 왠지 이즈는 벨라 마리를 묘하게 깎아내리는 것 같았다. 특권이야 있겠지만 지금 그 자리에 오르기 위해 열심히 일한 것도 사실일 텐데.

이즈가 목소리를 낮췄다. "그게 말이야… 벨라 마리가 우리를 자기 섬에 초대해줬는데 이런 말을 하려니 죄책감이 들지만 솔직히 좀 역겹지 않아? 이 모든 상황이? 벨라 마리뿐만

이 아니야. 다른 애들도 그래. 세상에서 자기들이 어떤 위치에 있는지 인식을 못 하니까 누리는 특권에 대해서도 무신경한 것 같거든. 게다가 걔들이 말하는 것 중에 어떤 건…." 그녀는 고개를 절레절레 흔들었다. 나는 이즈가 에멀린의 트윗을 생각하는 건지 궁금했다. "나도 모르겠다. 어쩌면 그냥 질투하는 걸지도 몰라. 그런 말 들으면 열받기도 하고. 걔네가 가끔 헛소리할 때마다 들이받고 싶은 걸 꾹 참는다니까. 참는 이유는 하나뿐이야. 일이 자기들 뜻대로 안 되면 심술을 부릴 게 뻔해서지. 사람들이 자기들한테 '노'라고 하는 세상에선 살 수 없는 부류들이잖아. 비행기에서 약을 먹일 때처럼. 그때 진짜 엿 같았어."

이즈가 무슨 말을 하는지 알 것 같았다. 하지만 우리 같은 여자들을 자기들 삶에 들여주는 부자들이 얼마나 있겠는가? 그리고 벨라 마리가 그렇게 태어나게 해달라고 요청한 것도 아니고 말이다. 내가 벨라 마리였다면 그 자비심의 절반도 갖추지 못했을 거다.

"이해해." 논쟁은 피하고 싶었다. "부디 남은 여행이 순조롭게 진행되기를. 어쩌면 이게 롤플레잉 게임에서 백인 부자 역할을 할 기회일지도 몰라. 언제 또 이런 기회가 생기겠어?"

이즈는 내 농담 시도에 웃지 않았다. 재미 없었나. 나는 목청을 가다듬었다. "난 그냥 걔들 편에 서 있으면 잃을 게 없다는 말을 하는 거야. 일단 벨라 마리와 함께하면 넌 세상의 꼭

대기에 서게 될 거야. 그녀의 인맥이 가져다줄 모든 것들을 생각해 봐. 내가 알려줄까? 이건 이쪽 업계에 끼어들 기회야. 네 자녀들의 학비와 그 이상을 대줄 협찬 계약을 따낼 기회지. 일주일짜리 해변 휴가는 희생이라 하기 힘들어. 비록 신경에 좀 거슬리더라도 말이야."

"그렇겠지." 이즈는 곱슬곱슬한 머리카락을 손가락으로 만지작거렸다. "난 그냥 겁이 나. 실수로 누구 하나를 화나게 할까 봐." 이즈는 입술을 일자로 꼭 다물고 거울 속 나를 쳐다봤다. "어쩜 그렇게 계속 입을 다물고 있을 수 있어? 넌 진짜 자기 조절을 잘 하는구나."

그거야 스스로에 대한 거의 모든 면을 감춰야 할 때 도움이 되기 때문이다. "결국 다 그만한 가치가 있을 거야. 날 믿어 봐. 난 네 편이야."

그 말에 이즈가 미소 지었다. 이즈가 몸을 기울여 내 어깨에 머리를 기댔다. "네가 여기 있어서 얼마나 기쁜지 몰라."

우리는 최상의 모습으로 밖에 나가 바닷가를 달리고 모래사장에서 포즈를 취하고 흔들 그네도 탔다. 비키니로 갈아입고 엉덩이에 모래를 딱 예뻐 보일 만큼 묻혔다. 이즈의 빛나는 피부를 멋지게 담아내자니 《스포츠 일러스트레이티드》* 사진작가라도 된 기분이었다. 나는 제대로 된 각도를 찾기 위해

---

*　　미국에서 가장 오래된 스포츠 잡지.

온갖 포즈를 취했다. 쪼그려 앉기, 모래 위에 엎드리기, 덤불에 웅크리기, 물에 무릎 높이까지 들어가기. 이즈도 나를 찍기 위해 똑같이 했다. 내가 포즈를 취하는 사이 이즈는 계속 칭찬을 퍼부었다. "멋져! 눈이 부시다! 우와, 저 다리! 세상에, 엉덩이 좀 봐! 미친 복근! 진짜 끝내준다아아아!" 우리는 둘 다 최선을 다했다. 비록 아무도 그 사진을 못 보겠지만. 어쩌면 그래서 더 재미있는지도 몰랐다. 나는 완벽한 포즈나 각도를 잡느라 끙끙댈 필요가 없었다. 억지로 이미지를 꾸미거나 배를 집어넣을 필요도 없었다. 진짜 즐겁다 보니 미소를 꾸며낼 필요도 없었다.

시간이 순식간에 지나갔다. 나는 벌써 인터넷에 접속하지 못한다는 사실에 안도감을 느꼈다. 어쩌면 지금 내게 꼭 필요한 게 소셜미디어를 떠나 있는 시간이었던 듯했다.

40

"다들 이 집에 잘 정착했기를 바랍니다." 벨라 마리가 기다란 테이블 상석에 서 있었다. 그녀의 머리 위로 달빛이 왕관처럼 비쳤다. 야외 만찬의 잔해가 그녀 앞에 흩어져 있었다. 슬라이스 햄을 스테이크로 바꾸고 한 알 한 알 옥돌처럼 빛나게 닦은 포도를 담아낸 샤퀴테리 스타일 만찬이었다. 음식은 농장에서 식탁으로, 손에서 입으로 이동했다. 내 손가락은 음식 부스러기와 육류 기름 범벅이고 입안은 와인 때문에 산미가 돌았다. 생명을 다한 식사가 테이블을 따라 펼쳐져 있었다. 파헤쳐진 크래커들이 뒤틀린 척추처럼 굽이쳤다. "첫 활동을 개시해볼까요?"

흥분한 벨라도나들이 박수를 치면서 킥킥댔다.

이즈가 나를 팔꿈치로 찔렀다. "활동?"

나는 고개를 끄덕이며 미소 지었다. 무슨 일이 벌어질지 나도 모르기 때문이었다. 이즈는 한참 동안 나를 쳐다보았다. 내가 질문을 너무 많이 피하는 걸까?

"모르고 있다가 깜짝 놀랄 때가 재미있는 법이지." 내가 대답했다.

우리는 벨라 마리를 따라 섬의 반대편으로 갔다. 가는 길에 불 밝힌 양초들이 줄지어 놓여 있었다. 유령처럼 공중으로 피어오른 연기 줄기들이 우리를 숲으로 안내해주었다. 여름이지만 밤공기는 쌀쌀했다. 양팔로 몸을 감싸안고 있는데도 피부에 소름이 돋았다. 개간한 들판 한가운데 활활 피어오르는 모닥불이 보였다. 그 옆에 빅터가 서 있었다. 그의 하얀 리넨 옷은 불길이 비쳐 주황색으로 물들어 있었다. 두 손은 검댕이 묻어 새까맸고 활짝 웃는 그의 치아는 진주처럼 새하얬다. 빅터는 벨라 마리를 보자 신이 나서 거의 뛸 듯이 그녀 곁으로 다가왔다. 속삭임이 오가고 빅터가 고개를 끄덕이더니 어둠 속으로 사라졌다.

그는 나무 상자 하나와 뾰족한 금속 꼬챙이 묶음을 들고 돌아왔다. 벨라 마리가 상자를 받아 열자 그레이엄 크래커와 초콜릿과 마시멜로가 종류별로 모습을 드러냈다. "짜잔! 우리의 첫 번째 활동. 스모어의 밤입니다!"

벨라도나들이 상자를 빙 둘러싸고 금속 꼬챙이에 하얀 원통 모양의 폭신폭신한 마시멜로를 끼워 불에 내밀어 구웠다.

이즈가 꼬챙이 하나와 마시멜로를 집었다. "어릴 때 이후로 스모어는 못 먹어봤어."

나는 한 번도 먹어본 적이 없었다.

이즈는 네모난 초콜릿 조각을 집었다. "이건 허쉬 초콜릿이야?"

"그럴 리가." 벨라 마리가 경멸조로 말했다. 그 브랜드가 자기 수준이 아니라는 듯, 아마 그럴 것이다. "우리가 직접 만들었어."

"여기서 키운 카카오 열매로?"

"우리 섬에 정말 재능 있는 셰프들이 있거든."

"우와." 이즈가 입안에서 혀를 굴려 가며 초콜릿을 맛봤다. "진짜 놀라워. 레시피 알 수 있을까? 직접 만들어보고 싶어."

"미안해, 자기야. 가족 비법이라서."

"아무한테도 말 안 할게. 맹세할 수 있어."

벨라 마리가 입술을 꾹 다물었다. "재료에 전매 상표가 붙어 있어. 이해해줄 거라 믿어."

이즈가 눈썹을 찡긋했다. "가족 비법이라니. 이해해." 그러고는 모닥불로 고개를 돌렸다.

나는 마시멜로를 하나 집어 그 보드랍고 하얀 몸체에 금속 꼬챙이를 찔러넣었다. 우리는 뜨거운 불 주위에 둥그렇게 둘러서서 마시멜로를 구웠다. 이즈는 내 맞은편에서 아나, 릴리와 농담을 주고받으며 웃었다. 뭔가 어울리지 못하고 혼자가 된 기분이었다.

온라인에서 벨라도나들과 메시지를 주고받는 건 내 세상과 기분 좋게 구분 지을 수 있는 활동이었다. 답장을 보내기 전에 몇 분이나 몇 시간 동안 어떤 대답을 할지 궁리할 수 있었다. 전날 밤에는 비행기에서 술에 흠뻑 취해 나를 억누르던 고삐를 풀어버렸다. 하지만 채팅방이 주는 거리감이나 알코올이 주는 불분명함이 없어지자 나는 나 자신을 뚜렷하게 인식하게 되었다. 나도 모르게 벨라도나들과 나를 비교하게 되었다. 이즈의 편안하고 붙임성 있는 성격, 벨라도나들의 성공과 압도적인 아름다움. 나는 어디에도 소속되어 있지 않은 내 가짜 정체성을 뚜렷하게 인식했다. 긴장을 풀 수 있게 만찬 때 술을 더 마셨어야 했다. 마치 이모의 팔이 갈비뼈 주위를 단단히 죄어오는 것처럼 뻣뻣하고 불편한 느낌이 들었다.

갑자기 내 마시멜로에 불이 붙었다. "이런." 막대기를 마구 흔들었더니 불꽃이 더 일었다. 안젤리크가 내 옆에 다가와 훅 불어서 불을 꺼주었다.

"고마워."

"별말씀을." 안젤리크가 내 꼬챙이 끝에 붙은 숯 같은 물체를 응시했다. 그러더니 말없이 내 까만색 마시멜로를 황금빛 갈색으로 골고루 구워진 자기 마시멜로와 바꿔주었다.

"안 그래도 돼."

"괜찮아." 안젤리크가 미소 지었다. "기술 좀 볼래?"

나는 고개를 끄덕였다.

그녀가 조심스럽게 마시멜로의 겉면을 잡아당기자 황금색 겉껍질이 벗겨지면서 베개 같은 하얀 속이 드러났다. "이러면 완벽하게 구워진 거야. '아' 해봐."

내가 '아' 하고 입을 벌리자 안젤리크가 그 황금색 겉껍질을 먹여주었다. 충치를 유발하는 단맛이 입안에 퍼지자 좋은 의미에서 어린아이가 된 느낌이 들었다.

그녀는 마시멜로를 두 개 더 구워 둘만을 위한 스모어를 만들었다.

"넌 진짜 멋진 엄마가 될 거야." 나는 대화 거리를 찾으려 애쓰며 한입 베어 물었다. 스모어는 생각보다 맛있지 않았다. 너무 달았고 초콜릿도 제대로 녹지 않았다. 하지만 모두가 이미 손가락을 빨면서 하나 더 만들려고 손을 뻗고 있어서 나도 얼른 먹어치웠다.

"에이, 무슨 소리야." 안젤리크가 웃었다.

"아니야. 진짜 그렇게 생각해. 너한텐 엄마다운 분위기가 있어."

그녀는 말없이 자기 배를 쓰다듬었다. 무슨 말을 해야 할지 알 수 없어서 주제를 바꿨다. "소머와는 어떻게 만났어?"

그녀가 나를 흘긋 쳐다봤다. "네가 아는 줄 알았는데."

나는 초콜릿 한 조각을 집어 소심하게 갉아먹기 시작했다. "알지. 그래도 제발 다시 말해줘. 난 운명적인 만남 이야기는 백만 번도 더 들을 수 있어."

"벨라 마리가 주선해줬잖아. 소머는 벨라 마리의 연인 중 하나였고."

나는 초콜릿을 통째로 입에 넣고 혀로 녹였다. 쓴맛이 났다. 뭔가 이상했다. 친구를 자기 전 남자친구와 엮어주다니. 하지만 나는 말했다. "정말 배려 깊다니까."

안젤리크가 고개를 끄덕였다. "지금까지 내 목숨을 수없이 구해줬지. 벨라 마리가 없었다면 난 아직도 조그만 아파트에서 아이폰으로 보잘것없는 유튜브 영상이나 만들고 있었을 거야." 그녀의 프로필에 있던 복합 외상 후 스트레스 장애 이력이 떠올랐다. 그녀는 분명 엿 같은 일들을 겪었다. 내 과거는 나를 냉소적이고 불행한 사람으로 만들었는데 어떻게 안젤리크는 이토록 상냥한 사람으로 남을 수 있었을까. "나를 유능한 매니저와 연결해준 사람이 벨라 마리야. 그 덕에 책도 낼 수 있었지. 그다음에 소머를 소개해준 거야. 소머는 내 인생 최고의 선물이었어. 2년 만에 내 인생이 완전히 바뀌었지." 그녀는 부드러운 눈길로 모닥불 건너 벨라 마리를 응시했다. 벨라 마리는 불길에 사로잡힌 듯 보였다. "이 삶을 지키기 위해서라면 뭐든 할 거야." 그녀는 손바닥으로 배를 쓰다듬었다.

나는 학대받는 관계에서 탈출한 이즈를 떠올렸다. 그리고 올림픽의 꿈을 잃어버린 소피아가 있었다. 심지어 사기 입양을 당한 클로이도 있었다. 나는 다른 모두의 이야기가 궁금했다. 켈리, 아나, 마야, 릴리. 어쩌면 에멀린까지도. 화면 속에서는 모두 일방적으로 완벽하기만 했다. 하지만 그들은 다들 자기만의 상처를 갖고 있었다. 벨라 마리는 거의 의도적으로 자기를 필요로 할 만한 사람들, 힘든 상황에 처한 취약한 사람들을 찾아 일으켜준 것 같았다.

뱃속에서 따뜻한 기운이 소용돌이쳤다. 머리가 어질어질했다. 와인이 핏속에 스며들어 긴장감이 풀려 그런 듯했다. 아니면 안젤리크의 배려와 입안의 마시멜로와 초콜릿만큼 달콤한 그녀의 목소리에 위로받아서인지도 모르겠다. 나는 안젤리크의 손을 잡았다. 손을 뻗어 누군가를 만진다는 건 내가 한 번도 해본 적 없는 행위였지만 왠지 꼭 그래야 할 것 같았다. 우리의 맞잡은 손을 그녀의 다른 손이 감쌌을 때 내가 올바른 일을 했다는 느낌이 들었다. 그 연결감이 너무나 부드럽고 사랑스러워 눈을 감고 즐기고 싶은 마음을 애써 참아야 했다.

하지만 그때 안젤리크가 하지 말았어야 할 뭔가를 말해버렸다.

"줄리 일은 정말 안됐어."

내 몸이 다시 뻣뻣해졌다.

"난 요즘 계속 가족을 잃는 것에 대해 생각하고 있어." 그녀가 속삭였다. 탁탁 타들어가는 모닥불 때문에 잘 들리지 않았다. "너무너무 힘들었을 거야. 난 네가 줄리를 정말 아꼈단 거 알아."

그녀의 눈에 진심이 가득했다. 나는 그녀가 내 고통스러운 표정을 보지 못하게 시선을 돌렸다.

클로이가 정말 그랬다 해도 나는 느끼지 못했다. 단 한순간도.

"내가 더 잘했어야 했는데." 나는 안젤리크의 손가락과 얽혀 있는 내 손을 쳐다보며 말했다. 그녀의 따스함이 내 손바닥을 통해 팔에 전해졌다. "줄리한테 더 잘해줬으면 좋았을 텐데." 목소리가 떨렸다. 그 말을 입 밖에 내기가 힘들었다. 그 말은 예상치 못한 방식으로 상처가 되었다. 정말로 클로이가 그 말을 해주기를 바란 만큼, 내 쌍둥이 언니가 나에게 더 친절하게 대해줬기를 바란 만큼 내가 나 자신에게 더 친절했으면, 나 자신을 더 부드럽게 대했으면 좋았을 거라는 생각이 들었다.

나는 항상 나 자신이 무가치하다고 믿어왔다. 아마 이모가 그렇게 말했기 때문이리라. 하지만 만약에 그렇지 않다면? 이모가 내 장점을 키워줬다면 누군가의 삶을 훔치지 않고도 성공할 수 있었을까? 나는 클로이의 인생에 밀고 들어가 그 삶이 원래 내가 손에 넣을 수 있었던 것처럼, 나도 원래 그 정도 능력은 갖추고 있었던 것처럼 쉽게 적응했다.

안젤리크는 잠시 말이 없었다. 드럼 소리와 음악 소리가 들려왔다. 주위를 둘러봐도 악기는 보이지 않았다. 내 가슴속에서 들려오는 심장박동 소리 같았다.

"인플루언서들이 자기 가족들을 어떻게 이용하는지 너도 봤을 거야." 그녀가 드디어 입을 열었다. "얼마나 추해질 수 있는지도. 아마 넌 줄리가 그런 일을 겪지 않길 바랐을 거야. 넌 너만의 방식대로 줄리에게 잘해줬어."

마음 한편으론 그녀를 믿기 힘들었다. 그녀가 가족 브이로

거가 되는 중이라 위선적으로 느껴지기도 했고, 내게 친절해 보이려고 공허한 소리 늘어놓는 것 같아서였다. 클로이가 정말 나를 아꼈다면 애초에 왜 나를 이용했겠는가? 하지만 다른 한편으론, 모닥불의 열기에 부드러워진 내 마음은 안젤리크의 말을 믿고 싶어했다. 그 바람은 쌍둥이 언니와 연결되고 싶은 내 허기진 마음에서 비롯된다.

클로이는 죽었다. 이제는 결코 그녀의 진실을 밝힐 수 없다. 하지만 이건 그녀가 자신의 방식으로 나를 아꼈다고 믿을 기회가 될지도 모른다. 더 아름다운 진실을 믿을 기회 말이다. 나는 나 자신에게 더 나은, 더 관대한 미래를 선물하고 싶었다. 그리고 때로는 그것이 과거를 다시 써 내려가야 한다는 걸 의미하기도 했다.

나는 안젤리크의 손을 꼭 쥐었다. "고마워. 네 말이 맞는 것 같아."

초콜릿 상자가 내 옆에서 탁 닫히는 바람에 나는 움찔 놀랐다.

벨라 마리가 미소 지었다. "오늘 밤 여러분 모두 간식을 즐기셨기 바랍니다. 이제 디저트 파티를 접고 2부를 시작해볼까요?"

41

 종이 한 장을 손에 쥐고 모닥불 앞으로 걸어가는 동안 연기와 바람 때문에 눈물이 나왔다. 꼭 술에 취하거나 피곤할 때처럼 모든 것이 흔들려 보였다. 나무 그림자가 살아 움직이듯 흔들리고 삐걱대는 가지들이 손을 뻗고 있는 듯했다. 저 멀리 어딘가에서 또다시 드럼 소리와 현악기 소리가 들렸다. 내 왼쪽에는 이즈가, 오른쪽에는 안젤리크가 있었다. 우리 앞에 불이 이글이글 타오르고 있었다. 최면을 걸듯 춤추는 불길 때문에 어지럽고 쓰러질 것 같아 불길을 최대한 바라보지 않으려 했다.

 "모두 준비됐어요?" 벨라 마리는 여행이 끝났을 때 영원히 사라지기를 바라는 한 가지를 적어 불 속에 던져 태우자고 했다. 좋은 에너지를 끌어내는 정화 의식이었다. 자기 계발서 마냥 다 헛소리 같았지만 다들 아주 열정적이었다. 내 생각에도 나쁠 건 없어 보였다.

 내 손에 쥔 종이를 바라봤다. 딱 한 단어였다. 이모.

 그렇다. 내가 사라지기를 바라는 건 인간이었다.

내가 떠올릴 수 있는 건 내 머릿속 시커먼 숲속에 숨어 있는 이모밖에 없었다. 이모의 짖는 듯한 목소리, 천박한 혓바닥, 매달 뜯어가는 내 수입의 일부. 이렇게 멀리 떨어진 섬에서조차 그녀는 기쁨을 빼앗는 유일한 존재이자 내 앞길을 막는 유일한 걸림돌이었다. 그녀가 가버리면, 그녀가 날 놓아주면 나는 잠재력을 발휘할 수 있을 것이다. 이모가 없으면 정말로 새롭게 시작할 수 있을 것이다.

그리고 벨라 마리는 한계를 제대로 설정해주지 않았다. 물론 *자기의심* 같은 걸 쓰란 뜻이었겠지만 인간을 쓸 수 없다는 말은 하지 않았다.

"자." 벨라 마리가 말했다. "눈을 감고 집중하세요. 자신의 의도를 생각하며 숨을 들이마셔요. 그리고 숨을 뱉으면서 모든 부정적인 에너지를 종이에 쏟아내세요." 눈을 감으니 그녀의 목소리가 내 귀를 핥는 듯이 가깝게 느껴졌다. 나는 시키는 대로 했다. 목덜미에서 털이 쭈뼛쭈뼛 서는 듯했다. "눈을 뜨고 종이를 태워요. 여러분의 부정적인 에너지를 종이와 함께 태워버리세요. 영영 사라지게 하세요."

모두 종이를 던졌다. 종이는 꽃잎처럼 불길로 날아갔다. 하지만 갑자기 바람이 휙 불어 내 종이가 길을 이탈했다.

"이런 망할." 나는 조용히 혼잣말하며 허리 숙여 종이를 집었다. 이모라는 단어에 흙이 묻어 있었다. 나는 종이를 다시 던져…

"멈춰!"

나는 불 앞에서 물러나며 벨라 마리를 휙 쳐다봤다. 그녀가 달려와 내 손에서 종이를 뺏었다. 내가 주위를 둘러보자 갑자기 음악이 멈췄다. 모두 나를 뚫어져라 쳐다봤다. 그들의 음산한 얼굴에 기다란 그림자가 드리워져 있었다.

"뭐, 뭐야?"

"넌 선택됐어."

"선택이라고?" 귓속에서 심장 소리가 세차게 들려왔다.

"그래, 선택됐어." 벨라 마리가 말했다. 불길이 그녀의 차가운 파란 눈동자에 반사되어 춤추듯 너울거렸다.

"선택됐어." 소피아가 외쳤다.

"선택됐어." 마야가 말했다.

"선택…."

"그게 무슨 뜻이야?" 이즈가 에멀린의 말을 자르고 물었다.

"클로이의 종이는 태울 수 없어." 벨라 마리가 말했다. "이렇게는 안 돼. 지금 당장은 아니지."

"음. 난 태웠으면 좋겠는데." 나는 종이를 잡았다. 하지만 켈리가 잡아채 다시 벨라 마리에게 건넸다.

"네가 좋아하고 말고의 문제가 아니야. 세상이 너에게 뭘 요구하는지가 중요하지." 켈리가 말했다.

벨라 마리는 내 종이를 들여다보지 않고 계속 쥐고 있었다. 그녀의 다른 손은 내 어깨를 잡았다. 그녀의 숨결에서 초콜릿과 연기 향이 났다. "솔직해져, 자기야. 마음속을 어지럽히는 뭔가가 있어, 그치? 어둡고 무거운 것. 고백해야 할 어떤 것. 그 불안감이 느껴져. 넌 지난 몇 달 사이 변해버렸어. 고통으로 완전히 새로운 사람이 되어버렸지."

그녀의 말이 공포를 몰고 왔다. 갑자기 내가 땀을 흘리고 있다는 걸 깨달았다. 아마 아까부터 흘리고 있었을 것이다. 옷이 젖어 피부에 들러붙어 있었다. 하지만 아까는 쌀쌀하다고 느끼지 않았나? 지금은 왜 이렇게 열이 나는 것 같지?

"네 종이." 에멀린이 물었다. "거기 쓴 게 뭐야?"

"어…" 나는 구세주를 찾았다. 안젤리크에서 (그녀는 시선을 피했다.) 이즈에게로.

"개인적인 거 아니야?" 이즈가 말했다. "그냥 태우게 해줘. 그게 뭐라고."

"안 돼!" 누가 말했다. 누군지 알 수 없었다. 알아차릴 수가 없었다. 나는 스트레스를 넘어 정신이 혼미할 지경이었다. 우리를 둘러싼 나무들이 빙글빙글 돌기 시작했다. 그림자들이 숨을 쉬고 쿵쿵 심장 뛰는 소리를 냈다. 몸이 살짝 떠오르는 느낌이었다. 팔다리에 힘이 빠져 제어하기 힘들었다.

"우리한테 말해줬으면 좋겠어." 벨라 마리가 말했다. "뭘 썼어? 우릴 믿어도 돼, 자기야. 우린 네 안전지대야, 기억하지? 우린 오랫동안 네 가족이었어. 우리에게 돌아와. 이제 그만 고백해." 그녀의 파란 눈동자는 안전하고 맑게 갠 한낮이었다. 그 눈동자가 나에게서 진실을 끌어내고 있었다.

"우, 우리 이모."

벨라 마리는 마치 거기 없는 뭔가를 찾듯 나를 한참 쳐다보았다. 그러고는 말했다. "이모."

"네 이모?" 릴리가 물었다.

"왜 이모야?" 에멀린이 물었다.

사실대로 말할 수 없었다. 이모가 어떻게 나를 갈취하는지 밝힐 수 없었다. 그럼 모든 게 드러날 테니까. 내가 클로이가 아니란 걸 모두 알게 될 테니까. 내가 왜 고백했지? 왜 벨라 마리의 손에서 종이를 뺏어 불에 던져버리지 않았지? 나도 모르게 말이 술술 새어 나왔다. 이미 내뱉은 말을 어떻게 수습하지? "내 친이모. 줄리의 이모. 나는 이모를 잘 몰라. 근데 줄리가 내 아파트에서 죽은 뒤로 이모가 날 협박해왔어."

벨라 마리가 고개를 갸웃했다. "널 협박한다고?"

"응. 돈을 요구하는 식으로 말이야. 이모는." 나는 침을 꿀꺽 삼켰다. "줄리의 비밀을 누설하겠다고 으름장을 놓았어. 내 쌍둥이 동생이 뭔가 구린 일에 연관되어 있나 봐. 그리고 나, 나는 동생의 이름이 더럽혀지는 게 싫어. 난 그 앨 보호하고 싶어."

"알겠어." 벨라 마리가 손에 쥔 종이를 구겼다. 그리고 두 팔을 활짝 펼쳤다. 나는 그녀에게 다가가 그녀가 나를 안게 내버려뒀다. "네 고통이 느껴져, 클로이. 줄리의 고통도 느껴져.

고백해줘서 정말 고마워." 나는 벨라 마리의 몸에, 그녀의 따스함에, 그녀의 뼈에 기댔다. 그녀의 향기는 믿을 수 없을 만큼 달콤했다. 마치 사탕 같았다. 그녀의 피부를, 그녀의 땀을 핥고 싶을 정도였다. 그녀가 몸을 뺐다. "널 도와줄 방법을 알아."

"아, 정말 그럴 필요 없어…."

"말도 안 되는 소리!"

벨라 마리가 그렇게 말해줘서 기뻤다. 그들이 도와주기를, 그들이 구원해주기를 바랐으니까. 나는 그들이 지지해주길 바랐다. 그녀가 몸을 숙여 내 이마에 입을 맞춰 그 말을 봉인했다. 나는 무장해제되어, 아이처럼 손이 잡힌 채 그녀가 안내하는 숲으로 따라갔다. 벨라 마리가 땅에 떨어진 나뭇가지들을 줍기 시작했다. 벨라도나들이 그 뒤를 따랐다. 정신을 차리고 보니 어느새 작은 나뭇가지를 한 움큼 쥐고 다시 모닥불로 향했다. 빅터가 끈과 모슬린 천을 한 조각 들고 나타났다. 우리는 맹렬하게 피어오르는 모닥불을 둘러쌌다. 모두 다리를 꼬고 앉았다. 이즈와 무릎이 부딪쳤고 그녀가 내게 손을 내밀었다. 그녀의 손가락은 축축했고 흙냄새가 났다. "좀 이상하지 않아?"

대답하려는 순간 벨라 마리의 부드러운 피부와 초콜릿 향이 내 주의를 끌었다. 벨라 마리가 엄지손가락으로 내 턱을 고정하고 내 입술을 벌려 이모의 이름이 적힌 구겨진 종이를 밀어넣었다. 예상치 못한 물체가 들어오자 입안에 침이 고였다.

흙이 묻은 부분에서 왠지 사카린 같은 단맛이 났다. 그때 손가락 두 개가 내 입술 사이로 밀려들어왔다. 몸이 부르르 떨렸다. 그녀가 축축해진 종이 덩어리를 꺼내자 침이 기다란 곡선을 그리며 밤공기를 갈랐다. 우리가 모은 나뭇가지들이 둥지처럼 한데 묶여 있었다. 벨라 마리가 침에 젖은 종이를 나무 둥지의 한가운데 놓고 모슬린 천으로 감쌌다. 어디선가 금속성 음악 소리가 희미하게 울려 퍼졌다. 오케스트라가 숲 너머에서 우리를 위해 음악을 연주하는 듯했다.

"우리가 함께 클로이를 구할 거예요." 벨라 마리가 콧노래 하듯 흥얼거렸다. 머리가 목 위에 얹힌 풍선처럼 가벼워졌다. "자." 열 명이 모두 붙어 앉아 손을 잡았다. 모두의 에너지가 나에게 몰려들고 그들의 지지가 생생하게 느껴졌다.

"네 목소리가 들려, 클로이." 벨라 마리가 이제 더 크고, 쉰 목소리로 말했다. 맹렬하게 타들어가는 그녀의 목소리가 곤죽이 된 머릿속 질퍽한 부분에 곧장 파고들었다. "네 상처가 느껴져. 네 아픔. 네 분노. 너 자신과 네 쌍둥이를 향한 고통."

이어서 모두가 나에게 말했다. *네 목소리가 들려. 네 상처가 느껴져. 네 아픔. 네 분노. 너 자신과 쌍둥이를 향한 고통.* 이즈까지 말하고 있었다. 혼란과 거부감 때문인지 목소리가 작고 살짝 느리긴 했지만. 내 말을 진짜 듣고 있다는 느낌이 들었다. 정말 그들이 내 목소리를 듣고 있는 것 같았다. 내 고통과 분노를 이해하고 불평 없이 내 짐을 나눠 지는 것 같았다. 그들이 모든 것을 수면 위로 밀어 올렸다. 내 억눌린 좌절감이 극한으로 치솟았다.

"뭘 원해, 클로이?" 벨라 마리가 물었다. "이모가 어떻게 되기를 원해?"

"나는…." 세상이 희미해졌다. 몸을 거의 움직일 수 없는데도 숨이 찼다. 가게에서 물건을 훔치고 있는 느낌이었다. 감시의 눈길이 있고 곧 들킬지 모른다는 걸 심하게 의식하면서도 가슴은 흥분으로 고동쳤다. "나처럼 고통받기를 원해. 나를 두려워하기를 원해. 다시는 나를 괴롭히지 못하게." 뺨에 따뜻한 것이 흘러내렸다. 나는 내가 제어할 수 없을 정도로 울고 있단 걸 깨달았다. 딸꾹질까지 해가면서.

벨라 마리는 짜디짠 눈물을 흘리며 추하게 흐느끼는 나를 안아주었다. 그녀의 숨결이 내 피부를 따뜻하게 데워주었다. 그녀의 다정함이 너무 아름다워 숨이 막힐 것 같았지만 그럼에도 그걸 갈망했다.

"그렇게 될 거야."

집단히스테리가, 우리의 팔다리를 내모는 광란의 에너지가 우리를 덮쳤다. 우리는 다 함께 너무나 거칠게, 너무나 볼썽사납게, 너무나 추하게 발밑의 둥지를 발로 차고 뭉개고 하나하나 부러뜨리고 비명을 지르고 쿵쿵거렸다. 모든 것이 갈색 나무 쪼가리와 찢긴 종이 더미가 될 때까지.

벨라 마리가 흙이 끼고 매니큐어가 얼룩진 손가락 사이로 남은 둥지를, 그 시체를 퍼올려 내게 건넸다. 눈앞의 불이 지옥불처럼 이글이글 타오르고 그 열기가 내 몸을 두드리면서 나를 불러냈다. 나는 쉰 목소리로 비명을 지르며 해방되고 정화된 채 찢기고 부러진 둥지를 화염 속에 내던졌다. 벨라도나들이 와 함성을 내질렀다. 흔들리며 타오르는 주황색 덩굴손에 그들의 춤추는 그림자가 드리워졌다. 내 몸은 우리 주위를 둘러싸고 손을 흔들어대는 나무들처럼 살아 있었다. 선명한 황혼빛을 바라보았다. 가슴속에서 뭔가가 뜨겁게 분출되는 것 같았다. 불 속에서 타오르는 둥지를 들여다보니 너울대는 울긋불긋한 불줄기 안에 이모의 얼굴이 보였다. 새까맣게 타서 아무것도 남지 않은 이모의 얼굴. 느껴졌다. 이모가 더 이상 나를 괴롭히지 않을 거란 걸. 알 것 같았다. 그냥 알았다.

나는 이제 자유롭다.

42

 번쩍 눈을 떴다. 입안이 마르고 머리가 살짝 아팠다. 목구멍 뒤쪽에서 달콤한 맛과 숯 냄새가 올라왔다.

 다시 자려고 했지만 지난 밤의 광경이 머릿속을 스쳤다. 생생한 기억이 봇물 터지듯 밀려왔다. 만찬, 모닥불, 스모어…. 불타는 이모? 아니면 최소한 불타는 형상. 그건 우스꽝스럽고 거의 초현실적이었다. 술을 너무 마셨나. 나는 와인을 두세 잔 마셨다. 그리고 나는 항상 술이 약했다. 내내 취해 있었던 걸까? 뭔가 봤었나?

 나는 돌아누워 휴대폰을 확인했다. 그러면 뭐가 확실해지기라도 한다는 듯이. 하지만 지난 밤 나는 휴대폰을 침대 옆 협탁에 올려두었다. 그러니까 내 기억을 불러낼 영상이나 사진은 없었다. 답해야 할 문자도 소셜미디어 게시물도 없었다.

 기록이 없으면 뭐가 진짜인 줄 어떻게 알지?

 아침 식사 때 아무도 무슨 일이 있었는지 말하지 않았다. 모두 산뜻한 얼굴로 주스를 홀짝거리거나 과일을 먹고 있을 뿐이었다. 벨라 마리가 도자기 재질의 달걀 컵에 든 반숙 달걀을 황금 스푼으로 톡톡 쳤다. 반구형 달걀 껍데기가 지그재그로 갈라졌다. 그녀는 베이지색 껍데기를 벗겨내면서 미소를 머금고 나를 쳐다봤다. "하나 먹을래? 토스트를 찍어 먹으면 맛있어." 그녀가 노랗고 걸쭉한 노른자 우물을 가리켰다.

갑자기 속이 울렁거려 대답하지 않고 시선을 돌렸다. 모두 너무 정상적이라 모든 것이 내 머릿속에서 나온, 이상한 꿈이나 환각인가 싶었다.

오직 이즈만 이상해 보였다. 그녀는 한쪽 옆에서 줄기차게 담배를 피우면서 황금색 라이터를 딸각거려 불을 켰다 껐다 했다. 눈이 마주치자 그녀는 믿을 수 없다는 표정으로 눈썹을 치켜올렸다. 다른 사람들의 즐겁고 평화로운 아침 식사를 방해하는 죄를 짓고 싶지 않다는 듯 우리는 둘 다 아무 말도 하지 않았다.

토스트에 버터를 올려 펴 바르자니 어처구니없던 지난 밤의 기억이 자꾸만 떠올랐다. 하지만 내가 무슨 생각을 했는지 떠올리려 하면 막다른 길에 부딪치고 말았다. 아무 생각 없이, 이성 없이 행동했던 것 같았다. 그 중심엔 이모 문제가 있었다. 마음이 가벼워졌다는 걸 부정할 수 없었다. 가슴을 무겁게 짓누르던 것이 빠져나가 버렸다. 아침에 휴대폰을 보면서도 이모의 문자에 대해 생각조차 하지 않았다. 불안해하지도 않았다. 머릿속에 이모의 날 선 목소리가 들려오지도 않았다. 지금은 그게 다… 사라져버렸다.

지금 상태가 지난밤에 벌어진 일 때문일까? 그 일이 내 안의 뭔가를 쫓아버렸나? 이모의 영혼이 내 가슴에서 떨어져 나갔나? 그런데 그게 말이 돼? 나는 이모가 어떤 신호를 보내주기를 바랐다. 아무것도 변하지 않았고 내가 지금 느끼는 모든 것이 가짜일 뿐이라고 말해주는 신호를 보내주길 바랐다.

아침 식사 후 벨라 마리는 그룹 활동을 시작하기 전에 시간이 좀 있다고 알려주었다. 그룹 활동 이야기가 나오자 몸에 오한이 들었다. 어제와 비슷한 거라면 나는 빠지고 싶다.

내 방갈로로 돌아가려는데 뒤에서 목소리가 들렸다. 이즈이기를 바라며 돌아보았다. 그녀와 어젯밤 일을 이야기하고 싶었다. 내 머릿속 혼란을 이해할 수 있는 사람은 이즈뿐일 터였다. 하지만 놀랍게도 켈리였다. 켈리는 새까만 머리카락을 뒤로 묶고 있었다. 화장기 없는 얼굴이 그녀의 유명한 고데기 사용법 영상 속 십대 시절을 닮아 있었다. 어쨌든 그녀는 나에게 경계심을 불러일으켰다. 그녀의 수동공격적 발언을 상대하고 싶지 않아 몸을 돌리는데 그녀가 내 팔을 잡았다. "얘기 좀 해."

"아, 아니 나는…." 하지만 그녀는 나를 해변으로 끌어당겼다. 바로 근처에서 릴리가 이즈를 온실 쪽으로 끌고 가고 있었다. 벨라 마리가 저쪽 길 아래에서 그들을 바라보고 있었다. 벨라 마리가 켈리와 릴리를 보내 우리와 이야기하게 한 건지 궁금했다. 아침 식사 때 뭔가 이상하다고 느낀 게 분명했다. 창

피해서 뺨이 화끈거렸다. 내가 그룹 분위기를 망쳤으면 어쩌지? 클로이는 절대 이런 식으로 행동하지 않았을 텐데.

켈리가 야자수 그늘이 드리운 나무 벤치에 나를 앉혔다. 나는 그녀를 쳐다보기 힘들어 수평선을 바라봤다. 하늘이 얼마나 파란지 바다와 한 몸 같았다.

"머리가 어떻게 된 거 아냐?" 그녀의 목소리는 퉁명스럽고 조급하게 들렸다.

"무슨 말인지 모르겠어." 나는 왜 안젤리크나 소피아가 아니라 켈리인지 궁금해하며 엄지로 허벅지를 쿡쿡 찔렀다. 심지어 아나였어도 받아들였을 거다. 그녀가 감정에 관한 형편없는 시를 읊고 예쁜 사슴 같은 눈망울을 몇 번 깜빡거리고 나면 아무 일도 없었던 게 되었을 거다.

"우리 꽤 가까웠잖아. 너 쉬러 가기 전까진 뭐든 나한테 얘기했었어." 켈리가 말했다.

나는 눈썹을 치켜올렸다. 그녀가 얼마나 심술궂게 굴었는지를 생각하면 믿기 힘든 말이었다. 어쨌거나 대화가 너무 개인적인 방향으로 흘러가서 나는 미리 피하려 시동을 걸었다. "지금 속이 너무 안 좋아서…."

벤치에서 엉덩이를 2, 3센티미터쯤 뗐을 때 켈리가 말했다. "앉아."

그녀의 말투가 너무 명령조여서 나는 생각할 것도 없이 바로 복종했다. 긴장감이 흘렀다.

"우리 사이가 확실히 바뀐 것 같지만 지금이 그걸 바로잡을 기회라 생각해. 그러니까 두루뭉술 넘어가지 말자. 넌 확실히 어젯밤 일을 신경 쓰고 있어. 지금 네 마음속에 무슨 일이 벌어지고 있는지 한 마디로 말해줄래?"

"한 마디로?"

"적극적으로 경청해주셔서 감사합니다! 왜, 상장이라도 하나 받고 싶어?"

나는 그녀의 빈정거림에 화가 나 머릿속으로 대답을 궁리해보았다. 그녀가 뭘 계획했든 맞서 싸우기보다 따르는 게 더 나았다. "혼란스럽다?"

"그간 있었던 일을 생각해보면 혼란스러울 만도 하지. 네가 요즘 기억력 쇠퇴를 겪고 있는 거 알아."

"내 쌍둥이가…."

"죽었고 네가 시체를 발견했어. 심한 정신적 쇼크 어쩌고저쩌고, 명복을 비네 마네 하는 그런 이야기겠지. 이제 내 이야기 계속해도 될까?"

나는 순순히 고개를 끄덕이고는 손톱을 만지작거리다 손톱 밑에 끼어 있는 흙을 발견하고 긁어냈다. 어젯밤의 흔적이었다.

"나도 처음에 그걸 겪었을 땐 당황스럽고 혼란스러웠어."

"너도 네 이모의 형상 같은 걸 태웠어?"

"정확히 그렇진 않지만 비슷한 일이지. 그리고 이야기 좀 끊지 말아줄래? 그거 진짜 거슬려. 내가 아는 클로이는 그러지 않았어."

나는 혀를 깨물었다. "미안."

켈리가 한숨을 푹 쉬었다. "몇 년 전, 내가 만든 영상 시리즈가 입소문을 타더니 상상 이상으로 인기를 끌었지. 내 잠재력을 알아본 부모님은 내가 고등학교를 그만두고 오클라호마에서 뉴욕으로 이주해 인플루언서 일에 몰두할 수 있게 해주셨고. 이제는 팔로워 충성도가 믿을 게 못 된다는 걸 알지만 그때 나는 세상 물정도 모르고 마냥 희망에 부풀어 있었어. 모든 것이 순식간에 사라질 수 있다는 걸 몰랐던 거야." 그녀가 고개를 절레절레 흔들었다. "솔직히 아직도 내 팔로워들이 관심을 잃은 이유를 모르겠어. 어쨌든 몇 년을 활동했는데도 내 영상은 조회수가 겨우 네 자릿수였고 구독자도 더 늘지 않았어. 브랜드들은 낮은 참여도 때문에 협업을 중단했고 괜찮은 애드센스 광고를 따내기엔 조회수가 부족했지. 나는 트렌드를 좇고, 성격을 바꾸고, 잃어버린 걸 되찾기 위해 뭐든지 시도했어. 그런데 사람들은 신경도 안 쓰더라."

나는 이런 문제를 어렴풋이 알고 있었다. 셀 수 없이 많은 콘텐츠 크리에이터가 그랬듯 켈리도 아무 잘못 없이 주류에서 밀려난 것이다. 그들은 관심의 생태계를 붙잡은 손을 놓치자마자 곧장 무명의 공간으로 떨어진다. 그리고 그곳에서 오래된 인터넷 참고자료의 긴 목록에 이름을 올린다. 무엇이 잘못됐는지 깨달을 즈음 팔로워들은 이미 다른 데로 돌아섰고 그들의 관심을 사로잡을 작은 창은 다시 닫히고 만다.

"나는 고등학교 졸업장도 없는 스무 살이었어. 카메라 앞에 서는 건 부끄럽고 창피한 일이었지. 마치 빈 관객석 앞에서 공연해야 하는 원숭이가 된 느낌이었어. 진전 없이 일 년이 지나자 내 마음은 어둠 속에 잠겨버렸어. 희망이 없었지. 나는 불안하고 우울했어. 절박한 마음에 팔로워를 되찾을 마지막 시도로 트렌드 크리에이터들에게 협업을 요청했지. 보잘것없는 인플루언서이다 보니 대부분은 답장하는 친절조차 보여주지 않더라. 그런데 그때 한 사람이 그러자고 한 거야."

"벨라 마리." 대답은 명백했다.

켈리의 입술에 귀한, 진짜 미소가 떠올랐다. "벨라 마리는 내 활력소였어. 내가 문제를 헤쳐 나가게 이끌어주고 불가능하다고 생각했던 일들에 해결책을 제시해줬지. 이를테면 불안감을 달래야 할 때 맛이 강한 껌을 씹어서 그 미각을 통해 나 자신을 현재에 머물게 하라는 식의 단순한 방법들을 가르쳐준 거야. 그러다 여행에 초대됐을 때 내 커리어가 날아오르기 시작했지. 나는 그토록 찾아다니던 부활을 경험하고 마침내 다시 희망을 찾았어."

"벨라 마리가 뭘 해줬는데?"

이번에는 말을 끊었다고 짜증 내지 않았다. 나를 똑바로 보는 그녀의 눈빛이 반짝반짝 빛났다. "눈을 감고 몸을 느껴

봐. 이전의 너와 비교했을 때 지금 어떤 느낌이 들어?"

나는 켈리가 말한 대로 해봤다. 눈꺼풀 뒤의 어둠 속에서 내 현재 상태를 강렬하게 생각해봤다. "붕 떠오르는… 느낌이 들어."

"가벼운 느낌이 든다는 건 정돈되고 있다는 표시야. 지난밤 우리가 집단적으로 기운을 끌어당긴 덕분에 우주가 네 이야기를 듣고 네 앞에 놓인 것들을 맛보여준 거지. 하지만 이런 놀라운 느낌은 영원하지 않아. 네 소원을 영구적으로 이루고 싶으면 우리가 너한테 선물하는 긍정적인 에너지를 진심으로 믿고 받아들여야 해. 그렇지 않으면 이건 그저 일시적일 뿐이야. 그렇게 할 수 있겠어?

나는 눈썹을 찡그렸다. 사실이었다. 떠오르는 느낌과 가벼워진 느낌, 모든 근심 걱정에서 벗어난 느낌이 들었다. 마치 한순간 하늘로 떠오를 수 있을 것 같았다. 정처 없는 무중력상태는 아니다. 바람에 밀려갈 티끌도 아니고 태양에 증발될 분자도 아니었다. 나는 내면이 단단하고, 통제력이 있고, 세상을 내 것으로 만들 준비가 된 존재였다. 이렇게 영원히, 걱정 없이, 부담 없이, 이모가 내 안에 묻어둔 납덩이에서 나를 지켜낼 수 있다면 나는 그들이 하라는 건 뭐든 할 것이다.

하지만 가느다란 한 줄기 망설임이 내 발목을 붙들었다. 켈리는 진실을 말하고 있는 걸까? 이런 느낌이 정말 집단 끌어당김을 실천한 결과일까? 지난밤 기억은 유쾌하지 않았다. 나는 이모를 미워하고 이모가 나에게서 떨어져 나가길 바랐다. 하지만 이모를 태운다? 그럴 의도는 없었다.

눈을 뜨자 켈리가 나를 강렬하게 쳐다보고 있었다. 그녀의 칠흑같이 새까만 동공을 보자 등줄기가 서늘해졌다. 바람이 따뜻한데도 몸이 덜덜 떨려왔다.

"벨라도나가 된 뒤로" 그녀가 말을 이었다. "여기서 주어지는 것들을 받아들이고 집단의 이해와 보호를 받은 덕분에 나는 새로 태어날 수 있었어. 내 꿈은 다시 현실이 되었지. 너도 그러고 싶지?"

나는 침을 꿀꺽 삼켰다. "응."

"우리는 널 위해 그렇게 해줄 수 있어. 하지만 그러려면 긍정적인 집단 시너지를 유지해야 해. 우리가 서로 신뢰해야 한다는 뜻이야. 서로 믿어야 해. 그게 서로를 일으켜주고 서로를 보호하는 우리의 유일한 방법이야. 지지받지 못하면 크게 자랄 수도 없고 우리의 꿈을 통솔할 수 없어. 기억해, 모두가 두 번째 기회를 얻는 건 아니야. 우리는 오직 너한테 뭐가 최선인지만 생각해. 이해하지?"

그녀의 말에 가슴이 울리고 맥박이 펄떡였다. 켈리가 한 모든 말을 듣고 나니 내 발목을 붙잡던 망설임의 끈이 풀려버렸다. 불가능한 높이까지 올라갈 수 있는데 바닥에 묶여 있고 싶지 않았다. "응. 이해해." 일단 그 말을 공기 중에 뱉고 나자 나는 다시 무중력상태로 부양했다.

43

 아침 햇살이 내 피부를 감쌌다. 바람은 시원했다. 숨을 들이쉴 때마다 상쾌한 바닷바람이 몸속으로 흘러들었다.

 "이제 눈을 뜨고 몸의 변화를 느껴봐." 소피아가 우리의 5분 호흡 명상을 마무리하며 말했다. 우리의 아침 그룹 활동 '정원 옆의 빈야사 요가'를 이끌어준 소피아는 공인 요가 강사로 최고의 실력을 갖추고 있었다. 나는 지금껏 다운독 자세를 오늘만큼 잘한 적이 없었다. 속에 든 걱정들을 모조리 짜내버린 듯 몸이 유연하고 활력이 넘쳤다.

 소피아는 흰색 리넨 옷을 입었고 우리도 모두 통풍이 잘되고 몸을 속박하지 않는 옷을 입고 있었다. 그녀는 헐렁한 옷이 인도에서 하는 요가 수련 방식에 더 정통하다며 우리도 그렇게 입어야 한다고 했다. 그렇다면 당연히 그래야지. 솔직히 인정하건대 피부에 딱 달라붙는 레깅스와 살을 죄는 스포츠 브라보다 이 복장이 훨씬 더 편했다. 가장 좋은 부분은 허리 숙여 발가락을 터치할 때 뱃살이 삐져나올까 봐 걱정하지 않아도 된다는 점이었다. 자신감이 솟구쳤다.

"마무리하기 전에 모두 자기 자신에 대해 긍정적인 점을 한 가지씩 말하고 다 함께 그 말을 반복했으면 좋겠어요. 제가 먼저 시작할 테니 차례대로 돌아가면서 해요."

켈리의 말을 듣고 보니 이 확언들이 끌어당김을 실천하기 위해 쓰는 또 다른 도구인 듯했다. 나는 확언의 힘을 서서히 이해하는 중이었지만 공개적으로 자신을 칭찬하는 것이 여전히 자기애적이라는 느낌이 들었다.

"나는 성공했다." 소피아가 시작했다.

"너는 성공했어." 우리가 말했다. 나는 우리의 집단 시너지를 보호하기 위해서라고 스스로 상기해가며 오글거림을 이겨냈다.

"난 아름다워." 아나가 말했다.

"넌 아름다워." 모두 미소 지으며 술술 말했다.

하아. 왜 나만 이렇게 어려워하는 거지? 맙소사. 나한테 여성혐오증이라도 있었나? 아나는 아름답다. 그리고 나도 아름답다!

"난 열심히 일해." 켈리가 말했다.

"넌 열심히 일해."

"난 좋은 사람이야." 안젤리크가 말했다.

"넌 좋은 사람이야."

"난 의리 있는 사람이야." 릴리가 말했다.

"넌 의리 있는 사람이야."

"난 좋은 엄마야." 이즈가 말했다.

나는 반복하면서 그녀를 흘깃 쳐다봤다. "넌 좋은 엄마야." 릴리가 오늘 아침 이즈에게 무슨 말을 했는지 몰라도 그녀를 감동시킨 건 확실해 보였다. 그녀의 내면에서 뿜어나오는 주파수가 다른 모두의 주파수와 일치했다.

"난 똑똑해." 에멀린이 말했다.

"넌 똑똑해."

"난 용감해." 마야가 말했다.

"넌 용감해."

잠깐 흐름이 멈춰서 보니 내 차례였다.

나는 목청을 가다듬었다. 부끄러움이 밀려들었다.

"나, 나는 가치 있는 사람이야." 내가 말했다.

"너는 가치 있는 사람이야."

다들 한 치의 흔들림도 없이 그 말을 반복했다. 한 치의 의심도 없었다. 사실인 듯. 명백하게. 가슴속에서 빛이 터져나와 핏줄을 타고 뜨겁게 고동쳤다. 내 입술에 미소가 번지고 자세가 더 꼿꼿해졌다.

내가 가치 있게 느껴졌다. 진심으로. 이 집단은 나에게 반짝이는 가치를 선물했고 그렇지 않다고 말하는 사람은 없었다. 나를 괴롭히는 목소리도 날 선 협박도 없었다.

나는 가치 있는 사람이다.

마지막은 벨라 마리였다. 우리는 모두 그녀를 바라봤다. 그녀는 완벽한 미소를 희미하게 머금었다.
 "나는 리더야."
 "너는 리더야." 우리가 그녀에게 말했다.

44

 점심엔 바닷가에서 피크닉을 즐겼다. 물방울이 송송 맺힌 샴페인 잔에 분홍색 탄산수가 담겨 있었고 대각선으로 자른 샌드위치와 열대 과일, 석류를 뿌린 케일샐러드, 조그만 딸기 쇼트케이크가 격자무늬 담요 위에 차려져 있었다. 파라솔이 해를 가려주었다.

 요가 수업이 끝난 뒤 황금 같은 에너지가 내 몸을 타고 흘렀다. 내딛는 걸음마다 내가 가치 있게 느껴졌다. 나는 대단하고 아름답고 용감하고 친절하다. 이렇게 좋고, 이렇게 자유로운 기분은 실로 오랜만이었다. 우리는 서로를 일으켜 세우고 서로의 이야기를 들어주는 관대한 마음을 지닌 젊은 여성들의 모임이었다. 화장은 지워지고 방어벽도 허물어뜨린 채 모두 비슷한 리넨 옷을 입고 있었다. 민낯으로 약점을 고스란히 드러내고 있었다.

 이런 식으로 남은 날들이 흘러간다면 절대 이곳을 떠나고 싶지 않을 것 같았다.

 "정말 고마워. 이런 휴가가 절실했어." 내가 말했다.

"당연하지, 자기야." 벨라 마리는 하얀 바지에 오렌지 주스를 흘린 에멀린에게 냅킨을 건네며 대답했다. "우리는 우리 몸에 충분히 귀를 기울여야 해. 이렇게 모두를 초대할 수 있어서 정말 영광이야."

"우리만의 시간을 갖는 건 좋은 일이야." 아나가 덧붙였다.

"특히 엄마들에겐 더욱 그렇지." 릴리가 이즈를 흘깃 보며 말했다. "안 그러면 우리 자신을 완전히 잃고 말 거야. 널 겁주려는 건 아니야." 릴리가 안젤리크에게 말했다.

"아, 걱정 마." 안젤리크가 자기 배를 토닥였다. 저 멀리 파도를 바라보는 그녀의 보톡스 맞은 눈썹에 엄숙한 표정이 어렸다. "난 전혀 걱정 안 해."

이즈가 샐러드를 입안에 넣었다. "오늘 아침 일찍 릴리가 산책을 데려가줬는데 새삼 놀랍다는 생각이 들더라. 이 섬 전체를 소유하고 있다니." 그러곤 샐러드를 씹어 삼켰다. "이건… 진짜 멋진 인생이야. 매년 이렇게 휴가를 오는 거야?"

"다 벨라 마리 덕분이지." 켈리가 말했다. "우릴 위해 정말 많은 것을 포기한다니까."

"관대하기도 하지." 에멀린이 말했다.

"정말 완벽해." 릴리가 말했다.

"아름답기도 하고." 마야가 덧붙였다.

벨라도나들이 수줍은 미소를 지은 벨라 마리에게 열띤 찬사를 보냈다. 그녀의 금발이 햇살을 받아 거의 하얀색으로 보였다. "아, 그만해." 그녀는 손으로 입을 가리며 말했다.

"우린 모두 정말 열심히 일해." 켈리가 말을 이었다. "이건 1년에 딱 일주일뿐인 휴가야."

모두 고개를 끄덕였다.

그런데 웃음소리가 들렸다. 이즈가 살짝 키득거렸다. 모두의 시선이 그녀를 향했다. 그녀가 입술을 꽉 다물고 주위를 둘러보았다.

켈리가 거슬린다는 듯 눈을 찡그리며 고개를 갸웃했다. 껌을 씹지 않았는데도 그녀에게서 스피어민트 냄새가 났다. "왜 웃어?" 미소 짓고 있었지만 말투는 날카로웠다.

"아일라." 릴리가 주스 잔을 꽉 움켜쥐며 말했다. "우리가 했던 이야기 기억하지?

"그럼, 기억하지. 근데, 그게 좀 그래서… 알잖아." 이즈가 웃어넘기려 했다. 하지만 아무도 웃지 않았다.

"안다고? 뭘?" 켈리가 물었다.

이즈는 누가 자기 말을 끝내주기를 바라듯 주위를 힐끔거렸다. 모두 조용했다.

"우린 인플루언서야."

"뭘 말하고 싶은 거야?" 켈리가 물었다.

나는 그대로 멈춰 있었다. 배에 힘이 들어갔다. 내 자리에서 몇 걸음 떨어진 바위에 파도가 부딪쳐 허벅지에 물이 후드득 튀었다.

이즈는 그냥 넘어가기를 바란다는 듯 포크를 집었다. 하지만 아무도 말이 없자 포크를 내려놓고 조용히 말했다. "내 말은 인플루언서가 된다는 게 세상에서 가장 힘든 일은 아니라는 거야." 이즈가 켈리를 바라봤다. "넌 리액션 콘텐츠를 만들잖아."

켈리가 눈썹을 치켜올렸다. "그래서?"

"진짜 내가 이걸 꼭 말해야겠어?" 이즈가 한숨을 쉬었다. "그러니까 그게 그렇게 많은 일을 요구하지 않는다고."

나는 내 블라우스 밑단을 쥐었다. 호흡이 가빠졌다. 무슨 말을 하려는 거야, 이즈?

켈리가 놀랍고도 화가 난다는 듯 컥 하고 웃었다. "내가 이 자리에 있기 위해 얼마나 오래 일해야 했는지 알아? 참고로 내 콘텐츠는 정말 고퀄이야. 제작에 엄청난 공이 들어간다고. 우리 팀만 다섯 명이고 내가 가족들을 먹여 살려."

"맞아. 하지만 결국 네가 하는 일은 재생 버튼을 누르고 반응을 녹화하는 거잖아?"

"난 내 일을 그런 식으로 특징 짓는 걸 혐오해."

"혐오라고. 와우." 이즈가 휘파람을 불었다.

나는 입술을 깨물며 켈리에게서 이즈로 시선을 옮겼다. 나는 둘이 그만 싸우기를 바랐다. 조금 전의 우리로 돌아가고 싶었다. 가족. 서로 지지해주는 가족. 집단 시너지에 대한 켈리의 연설은 어떻게 된 거지? 자기 기분이 상할 땐 그 규칙이 적용

되지 않는 건가?

"자, 자. 모두 진정하자…." 에멀린이 입을 열었다.

"그게 그렇게 쉬워 보이면 너는 왜 안 하는데?" 켈리가 말했다.

이즈가 두 손을 공중에 던지며 뒤로 털썩 기댔다. 마치 '너무 뻔하지 않아?' 하는 듯했다. "난 평범한 걸로는 절대 환호받지 못해. 난 전형적인 아름다운 백인 여자가 아니니까."

나는 이즈가 진실을 대놓고 말해버린 데 움찔 놀라 벨라 마리를 쳐다봤다. 나는 벨라 마리가 긴장된 분위기를 풀어주기를 기다렸다. 하지만 그녀는 입을 다물었다. 마치 깊은 생각에 잠긴 듯 한 곳만 응시했다.

켈리가 주먹을 불끈 쥐었다. "평범한 거라고?"

"켈리의 콘텐츠는 인종과 아무 관련도 없어." 아나가 말했다.

"물론 너희들은 그렇게 말하겠지." 이즈가 눈알을 굴렸다.

"내 생각에 우리 모두 심호흡을 해야 할 것 같아." 소피아가 끼어들었다. "긍정적인 명상을 하면서…."

"뭐라고?" 아나가 내뱉듯 말했다. "난 내 팔로워들을 위해서 열심히 일해! 내가 여기까지 오려고 얼마나 많은 걸 희생했는지 알기나 해?"

"네 전체 커리어는 네 외모로 정의되지." 이즈가 계속했다. "기분 상하라고 하는 말은 아니야. 하지만 그게 사실이란 건 인지해야 해. 그게 말 그대로 네 틈새시장이라고. 넌 노래하지 않아. 메이크업을 하지도 않지. 운동을 하는 것도 아니야. 넌 그냥 예뻐. 셀피를 찍고 몸매를 점검하지."

"틀렸어. 난 시를 써!"

"말도 안 되는 문장 사이사이에 줄 바꿈 하는 거? 그건 시가 아니야!"

이즈의 등은 화살처럼 꼿꼿했고 눈썹 사이에 주름이 깊이 패어 있었다. "그러니까 내 말은… 우리가 왜 이걸로 논쟁을 벌이고 있지?"

안젤리크가 오렌지 주스를 들이켜고 와인 한 잔을 따르는 사이 릴리는 자기 이마를 쓰다듬었다.

"단지 우리가 백인이기 때문에 팔로워들을 위해 일을 덜 하진 않아." 마야가 말했다.

"그리고 소셜미디어는 모두에게 평등한 기회를 주잖아." 에멀린이 덧붙였다.

"평등?" 이즈가 깜짝 놀란 듯 말했다. "농담이지? 소셜미디어의 기본이 오프라인에서 시작된다는 건 알지? 소셜미디어는 본질적으로 불평등해. 그러니까 인종을 배제한다 해도 접근성에 정말 많은 제약이 따른다는 소리야. 휴대폰을 살 여유가 있는지, 안정된 인터넷에 접속할 수 있는지, 가족을 부양하느라 2교대를 뛰는 대신 스크롤해가며 트렌드에 대해 알아볼 시간이 있는지. 심지어 어느 나라에서 태어났는지조차 거기 영향을 미치지. 소셜미디어에 평등은 없어. 물론 아주아주 드물게 부족한 배경의 크리에이터들을 띄워주기도 하지만 그런 일이야 마구간에서 유니콘 찾는 수준이고."

"세상에." 에멀린이 외쳤다. "거기 그렇게 앉아서 오바마처럼 연설할 필요는 없잖아. 그건…"

나는 움찔했다.

"오바마?" 이즈가 반복했다.

"…잘난체하면서 남을 깔보는 짓이야."

"너한테 실망했어. 난 네가 이해했다고 생각했는데." 릴리가 말했다.

이즈가 눈알을 굴렸다. "집단 시너지 같은 멍청한 것 때문에 입 다물고 있진 않을 거야."

모두 공포로 숨도 못 쉴 지경이었다. 긴장된 침묵이 공기를 감쌌다.

"아일라. 너 오늘 끔찍하게 무례하고 적대적이구나." 마야가 말했다.

"진짜 무례해." 아나가 말했다.

"미친 듯이 적대적이야." 켈리가 말했다.

"오, 주여. 난 그냥 우리가 어느 정도는 책임을 져야 한다고 말하는 거라고. 특히 너, 에멀린."

에멀린이 곧장 반박했다. "나? 왜 날 콕 집어서 그래?"

"내가 무슨 말 하는지 정확히 알잖아."

맙소사.

에멀린은 눈에 띄게 몸을 떨었다. 마치 몸 안에 타이머가 있는 것처럼. 똑딱, 똑딱, 똑딱. 이제 곧 터질 것 같았다. 그녀의 창백한 뺨이 빨갛게 달아오르고 눈에 눈물이 그렁그렁했다.

"그 트윗들은 오래전에 쓴 거야."

"2010년에도 인종차별주의자는 멋지지 않았어."

에멀린이 울음을 터뜨렸다.

"네가 뭘 했는지 좀 봐!" 켈리가 에멀린의 손을 잡고 그녀의 등을 토닥여주었다. "사과해."

"뭐라고?" 이즈가 자기 접시를 밀쳤다. "아니! 장난하지 마. 나 지금 돌아버릴 것 같으니까."

"확실히 그렇게 보여. 질투가 다 드러나 보인다고. 안 예뻐." 아나가 말했다.

"아주 추하지." 마야가 말했다.

나는 테이블을 훑어보았다. 아나, 마야, 릴리, 켈리, 에멀린이 손을 잡고 어깨를 단단한 벽처럼 서로 맞댔다. 모두 이를 드러내고 있었다. 그 표정이 너무 비슷해서 잠깐 누가 누군지 분간할 수가 없었다.

"그래? 그러니까 이제 내 외모를 공격하겠다는 거지?" 이즈가 분노의 한숨을 내쉬었다. "좋아. 외모와 인종에 대해 이야기해보자. 다들 기를 쓰고 그게 중요한 요인이 아닌 척하는 것 같으니. 근데 사실은 말이야, 외모와 인종은 중요해. 특히 사진, 영상 콘텐츠 업계에서는 아주아주 중요하지." 그녀는, 두 뺨에 폭포수같이 눈물을 쏟고 있는 에멀린을 보았다. "네 영상 좋아. 난 그 미학적인 부분이 정말 마음에 들어. 네 영상 편집자와 전체 크리에이티브 팀에게 감사할 일이겠지만. 넌 네 삶이 얼마나 힘든지에 대해 끊임없이 떠들어대지. 네가 얼마나 우울하고 외로운지에 대해 항상 이야기하고. 그러면서 넌 파리로 날아가 패션쇼에 참석하고 호텔 브런치를 먹고 네 작은 뉴욕 펜트하우스에서 강아지와 노닥거려. 넌 지루함이라는 사치를 누리고 사람들은 그걸 먹어치워. 왜 그런지 알아? 네가 전형적인 미인이기 때문이야. 서구사회 기준에서 먹히는 외모란 소리야. 사람들은 네 힘듦에 공감해. 외모가 네 징징거림을 맛깔나 보이게 만들어주니까. 그렇다고 네가 느낀다는 우울감이 가짜란 소린 아니야. 그럴 수 있지. 나는 그저 흑인이나 히스패닉이나 아니면 심지어 아시아인이." 그녀가 나를 돌아보자 나는 움찔했다. "네가 한 말을 똑같이 했다면 감사할 줄 모르는 인간으로 낙인찍혔을 거란 거야. 우리가 너처럼 침대와 한 몸 되기 영상을 올렸다면 우리의 떡 진 머리카락은 공감을 얻는 대신 더럽고 게으르다는 이미지만 얻을걸. 우린 완벽해야 하고 기존 질서에 위협적이지 않아야 한다는 틀에 갇혀 있어야 하지만 너는 사회가 갈구하는 슬픈 백인 소녀의 미학에 부합하기 때문에 불평허는 특권을 누리지."

"그건 사실이 아니야." 에멀린이 격자무늬 냅킨으로 눈물을 톡톡 눌러 닦으며 말했다. "넌 내가 이 자리에 오기까지 얼마나 힘들게 일했는지 몰라. 내가 뭘 포기했는지도. 너 때문에 화가 나."

"운다고 다 빠져나갈 순 없어, 에멀린." 테이블에 앉아 있는 모두가 입만 떡 벌린 채 멍하니 지켜보는 사이 이즈가 한숨 쉬며 말했다. "분명히 우리는 여기까지 오기 위해 열심히 일했어. 하지만 특권을 인지하는 건 여전히 중요해. 우리는 모두 시간을 들였어. 모두 열심히 일했어. 모두 희생했어. 하지만 어떤 사람들은 희생을 덜 하고도 더 많은 걸 얻지. 그리고 어떤 사람들은 뼈 빠지게 일하고도 쥐꼬리만큼 얻고. 그게 삶의 본질이고 소셜미디어도 예외는 아냐."

숨 막히는 침묵이 흐르는 가운데 시원한 바람이 우리를 스쳐 지나갔다. 에멀린이 딸꾹질을 했다. 해가 구름 뒤로 숨었다. 내 피부가 겨울바람을 맞은 듯 얼얼했다.

"아일라." 켈리가 으르렁대듯 말했다. "우리보다 덜 성공했다고 해서 독살스럽고 시기심 많은 년처럼 우리의 노고를 가스라이팅해도 되는 건 아니야."

"녀어…언…." 이즈의 입이 떡 벌어졌다. "너 진심이야?" 이즈의 눈앞에는 분노에 찬 시선들뿐이었다. 끓어오르는 분노의 시선.

그때, 이즈가 나를 돌아보았다.

그녀의 눈은 절박했다. 목구멍이 수축한 듯 숨 쉬기가 힘들었다. 나는 천천히 고개를 가로저었다. *제발 날 끌어들이지 마.*

하지만 너무 늦었다.

모두가 나를 돌아보자 심장이 미친 듯이 쿵쾅거렸다. 아홉 개의 얼굴과 열여덟 개의 눈이 내 말을 기다렸다. 어느 편에 설 것인지 말하기를 기다렸다. 나는 내내 휩쓸리지 않으려 했고, 그냥 자기들끼리 총질하도록 내버려두었다. 하지만 이제 벨라도나들이 눈을 커다랗게 뜨고 눈썹을 치켜올리고 나를 보고 있다.

넌 우리 말에 동의하지, 그렇지? 우리 중 하나가 되고 싶지 않아? 받아들여지고 행복해지고 붕붕 떠오르는 기분으로 살고 싶지 않아?

이즈는 숨이 막힌 듯했다. "제발, 클로이. 넌 내가 무슨 말을 하려는 건지 알지?"

"어, 음. 난…."

두 번의 날카로운 박수 소리가 공기 중에 울려 퍼졌다. 우리는 모두 몸을 돌려 벨라 마리를 쳐다봤다. 그녀는 자식들을 훈계하려는 어머니처럼 서 있었다. "대화가 너무 격해져서 서로 상처만 주고 있는 것 같아." 그녀는 켈리에게 몸을 돌렸다.

"아일라를 이해해줘야 해. 새로 들어왔잖아. 그래서 우리가 뭘 했는지, 뭘 희생했는지 모르는 거야. 우리가 경험한 걸 겪어보지 못해서 그래. 둘째 날이야. 이제 겨우 시작했잖아. 아일라에게 우리 세상을 이해할 시간을 줘. 기억해, 우리는 가족이야."

아무도 수긍하지 않았다.

벨라 마리의 눈이 아주 미세하게 떨렸다. 그녀의 완벽함에 아주 조그만 금이, 지진이 오기 전의 미세한 균열이 보였다.

"켈리, 아일라에게 욕한 걸 사과해주면 고맙겠어."

켈리가 짜증 섞인 한숨을 푹 내쉬었다. "내 말에 기분 나빴다면 사과할게."

벨라 마리가 이즈를 보았다. "그리고? 넌?"

"지금 장난하는 거지?" 이즈가 물었다. 하지만 모두 이즈가 사과하길 기다렸다. 이즈는 고개를 절레절레 흔들더니 실망한 눈길로 나를 쳐다보다가 시선을 돌렸다.

죄책감이 목구멍 안에서 불타올랐다. 뜨겁고 너무너무 시큼해서 감각이 마비될 것 같았다.

이즈는 자리에서 일어섰다. 아무도 그녀를 막지 않았다.

그녀가 속삭이는 소리를 들은 사람은 나뿐이었다. "이딴 게 사과야?"

45

벨라도나들의 곁에 있고 싶지 않았다. 분위기가 이상했다. 무엇보다 나 자신이 실망스러웠다. 어째서 이즈를 위해 목소리를 내지 않았을까. 물론 그녀가 좀 더 부드럽게 말할 수도 있었겠지만 완전히 틀린 말은 아니었다. 나는 그녀가 왜 그런 말을 했는지 알았다.

섬 주위를 돌아다니다 이즈의 방갈로 앞에 다다랐다. 노크하고 싶었다. 사과하고 이야기를 들어주고 싶었다. 하지만 뭔가가 나를 붙잡았다. 섬 전체에 무거운 기운이 깔려 있었다. 누군가가 나를 주시하고 내 목덜미에 바짝 붙어 숨을 쉬는 것 같았다. 우리가 도착한 날, 벨라 마리가 텅 빈 눈으로 활주로에 서 있던 모습이 떠올랐다. 몸이 와들와들 떨렸다.

모든 것을 오늘 아침으로 되돌릴 수 있다면 좋을 텐데. 나는 잃어버린 기분 좋은 에너지를 간절히 되찾고 싶었다.

이즈에게 가는 대신 정처 없이 돌아다녔다. 흠 하나 없이 새하얀 리넨 옷을 입고 잔디를 깎고 나무를 손질하는 몇몇 직원들을 지나쳤다. 그들은 《GQ》나 《보그》 모델처럼 가지런한

이를 드러내고 눈을 반짝반짝 빛내며 나를 보고 웃었다. 물에 뭐가 들었기에 피부가 저토록 빛나는 걸까? 섬에 치과의사가 있나? 아니면 처음부터 완벽하게 새하얗고 인공적인 치열과 광채 나는 피부를 갖고 태어난 건가? "안녕하세요, 미스 반 후센." 그들이 고개를 까딱하며 재잘거렸다. "편히 지내고 계신가요? 도와드릴 건 없나요? 어디 가세요?" 그런 관심이 좋으면서도 점점 귀찮아졌다. 회복 중인 정신질환자를 관찰하는 의사처럼 다들 내 행동을 너무 열심히 주시했다.

열렬한 시선을 피해 섬의 가장자리로 나가 해안을 따라 걸었다. 맨발로 보드라운 모래 위에 발자국을 남겼다. 모래알 하나하나가 발에 온기를 전해주었다. 물결이 쏴아 밀려왔다 쓸려나가며 발가락을 간지럽혔다. 나는 시간 가는 줄 모르고 걸었다. 어느덧 모래사장이 바위와 초록빛 언덕이 만나는 섬 뒤쪽 가까이에 다다랐다. 샌들을 신고 언덕을 올라, 앞쪽과 달리 가꾸지 않은 티가 확연히 나는 앙상한 나무들을 지났다. 바위투성이 절벽으로 이어지는 공터가 나왔다. 푸른 바다와 끝없는 하늘이 눈앞에 펼쳐졌다. 축축한 피부가 바람을 맞아 시원해졌다. 쉬어가기 딱 좋은 바위가 보였다. 명상을 좀 하면 생각이 정리될 것 같았다. 소피아가 알면 뿌듯해할 거다. 바위에 앉아 있는데 나뭇가지 부러지는 소리가 들렸다. 나무 사이로 한 형상이 불쑥 튀어나왔다. 노파였다. 마른 몸에 갈색과 흰색 리넨 옷을 입었으며 모카신을 신고 있었다.

나는 미간을 찡그렸다. 뭔가 낯이 익었다. 멍한 상태인 그녀는 나를 알아차리지 못했다. 강렬한 여름 햇살 아래 그녀의 창백한 피부와 턱까지 기어오른 파란 핏줄이 고스란히 드러났다. 눈은 벌겋고 흐렸다. 그녀는 절벽 가장자리로 점점 더 가까이 다가갔다. 그녀의 신발이 바위에 탁탁 부딪쳤다. 나는 그녀에게서 절벽 가장자리로, 다시 그녀에게로 시선을 돌렸다. 그 사이의 간격이 불편할 정도로 좁혀지고 있었다. 세 걸음만 더 가면 절벽 아래로 곤두박질칠 터였다.

왜 멈추지 않지?

말해줘야 할까?

"어, 저기요? 거기 절벽이 있어요. 조심하세요." 어린애가 말하듯 기어들어가는 목소리였다.

그녀가 발길을 딱 멈추자 신발 아래에서 먼지가 휘날렸다. 그녀가 밧줄을 비틀 듯 삐걱삐걱 고개를 돌렸다. 그녀는 나를 응시하지 않았다. 내 너머를 보고 있었다. 내 뒤쪽. 침을 꿀꺽 삼키고 그녀의 시선을 좇자니 온 팔에 소름이 돋았다. 뒤에는 아무것도 없었다. 나무와 바위와 하늘뿐이었다. 나는 혼란스러운 마음으로 다시 그녀를 돌아보았다.

"어… 안녕하세요?" 나는 억지로 입꼬리를 올리며 말했다.

이번에는 내 목소리에 반응을 보였다. 그 눈에 날카로운 기운이 휙 돌더니 짧은 보폭으로 나를 향해 빠르게 돌진해왔다. 나는 깜짝 놀라 바위에서 뛰어내렸다.

"넌 여기 사람이 아니야." 그녀가 흡연가처럼 거칠고 쉰 목소리로 말했다.

"네, 네. 맞아요. 저는 손님으로…."

"너무 늦기 전에 여길 떠나." 그녀가 나를 홱 잡아챘다. 건조하고 앙상한 손가락이 내 따뜻한 피부를 파고들었다. "당하기 전에 얼른!"

"그, 그게 무슨…."

그때 발소리가 들렸다. 사람들이 이쪽으로 달려왔다. 사람들이 외쳤다. "멜니버그 부인!"

멜니버그 부인?

자세히 보니 닮은 점이 보인다. 백조 같은 기다란 목, 뾰족한 턱, 섬세한 골격.

"여기 서서 뭐 하고 있어?" 그녀가 숨 가쁘게 말했다. "가! 뛰어!" 그녀가 나를 밀어냈다.

뭐가 뭔지 모르겠다. 그녀의 홍채에 어린 절박함 때문인지 수색을 좁혀오는 사람들 소리 때문인지 알 수는 없지만 머리보다 발이 먼저 움직였다. 나는 여전히 그녀를 쳐다보면서 뒷걸음쳤다. 잿빛 옷을 입은 남자 네 명이 나무 너머에 모습을 드러냈다. 그들은 그녀에게 달려들어 팔을 붙잡았다. 나는 그들 눈에 띄지 않을 만큼 멀리 있었다.

"놔!" 그녀가 거칠게 저항했다.

"여긴 위험해요, 멜니버그 부인. 돌아갑시다."

발아래 나뭇가지가 투둑 부러졌다. 네 명이 내 쪽으로 고개를 휙 돌렸다.

젠장.

그중에서 가장 키가 크고 위협적으로 보이는 남자가 무리에서 다가왔다. 그가 나무들 사이에서 나를 찾아냈다. 팔다리가 얼어붙고 쿵쿵거리는 심장 소리가 좁은 목구멍을 타고 올랐다. 다리를 움직이려 했지만 목에서 끅끅 소리만 새어 나왔다.

움직여.

움직이라고!

마침내 생존본능이 반응했다. 나는 몸을 돌려 반대 방향으로 질주했다. 그가 나를 향해 돌진했다. 위험을 무릅쓰고 뒤를 돌아본 순간 그가 바로 뒤에서 억센 손을 뻗어 나를 붙잡으려 했다. 순간 나는 단단한 것에 쾅 부딪쳐 엉덩방아를 찧었다. 숨이 턱 막혔다. 세상이 빙글빙글 돌았다. 창백한 얼굴이 불쑥 나타나 내 위로 차가운 그림자를 드리웠다. 나는 비명을 지르며 내 몸을 가렸다. 하지만 주먹이나 발길질이나 나를 잡아채는 손길은 없었다. 오직 파도 소리만 들려왔다.

"놀라게 해서 미안해."

그 목소리. 익숙했다. 나는 슬그머니 눈을 뜨고 손가락 사이로 살펴봤다.

빅터. 그가 나를 쫓아온 남자에게 고개를 흔들어 물러나라는 몸짓을 했다. "이분은 미스 벨라 마리의 귀한 손님이셔."

남자가 뭐라 구시렁거리더니 비명을 질러대는 멜니버그 부인을 단단히 붙잡고 있는 무리를 향해 뛰어갔다.

"괜찮아?" 빅터가 손을 내밀었다.

두려웠지만 그 손을 잡았다. 거칠고 단단한 손이었다. 그 손이 나를 단숨에 끌어올렸다. 얼굴에 바람이 휙 스쳤다.

"아, 뭐. 괜찮아." 나는 더듬거렸다. 마른 풀이 바늘처럼 내리꽂힌 바지를 찔러 허벅지가 따끔거렸다. 나는 바지를 털어내며 말했다. "대체 다 무슨 일이야?"

"저 친구 일은 사과할게. 멜니버그 부인을 지켜보는 중대한 임무를 하는 중이라. 아주 철저하게 보호하는 편이거든."

"사람을 죽일 듯이 쫓을 만큼 보호한다고? 좀 과잉 반응 같은데, 안 그래?"

"우리는 그렇게 생각하지 않아. 가족이 위험에 처해 있으면 누구라도 뛰어들지 않겠어?"

나한테 소중한 가족이 없어서 이해를 못 하는 건지도 몰랐다. 힘겹게 침을 삼키고 땀으로 얼룩진 이마를 닦았다. "저분이 나한테 이상한 소릴 했어."

빅터는 놀라지도 않고 고개를 끄덕였다. "의사 선생님들 말씀으론 뇌에 외상을 많이 입으셨대. 체조선수 시절 낙상사고를 당했고 지금은 중독에다 최근에는 뇌졸중까지 겪었지. 치매도 의심되는 상황이야. 가끔 말이 안 되는 말씀을 하실 때가 있어. 노화 현상이시지. 너무 안타까워."

그녀는 멍한 상태 같았다. 머리가 제대로 작동하지 않는 듯 보였다. 반 후센 부부가 생각났다. 병상에 식물인간이 되어 누워 있는 두 사람. 지독하게 우울한 일이다.

"요양원 같은 데 들어가셔야 하는 거 아냐?"

"이 섬에서 최상의 보살핌을 받고 계셔. 그리고 가족과 함께 있잖아. 이보다 더 나은 곳은 없어."

맞는 말이었다. 이곳엔 깨끗한 공기와 신선한 음식이 있었다. 거기에다 멜니버그 가문이라면 아마 최고의 의료진을 줄줄이 데리고 다닐 것이다. 나는 빅터가 얼마나 받는지 궁금했다.

"많이 놀랐나 보네." 그가 활짝 웃으며 내 어깨에 손을 올렸다. "기분 전환하러 가자."

46

빅터가 도끼를 건넸다. 날카로운 칼날이 햇빛에 번쩍였다.

나는 얼빠진 얼굴로 그를 쳐다봤다. "진심이야?"

"뭐 문제 있어, 클로이? 함께 나무 패자고 졸라대던 게 누군데."

나는 혀를 깨물었다. 망할 클로이. 취미 한번 괴상하네. 대체 누가 재미로 나무를 패냐고!

나는 마지못해 도끼를 잡았다. 무게를 예상하지 못해서 그가 손을 떼자마자 하마터면 앞으로 고꾸라질 뻔했다.

빅터가 내 앞에 신선한 통나무를 내려놓고는 팔짱을 끼고 기다렸다.

겨드랑이에서 삐질삐질 땀이 새어 나왔다. 나는 심호흡을 하고 마음을 단단히 먹었다. 필라테스할 때처럼 복근에 힘을 꽉 주고 골반을 말아 넣었다. 나는 소울사이클 여왕이다. 나는 뭐든 할 수 있다. 나는 전사다!

나는 통나무 중간을 겨냥해 도끼를 머리 위로 치켜들었다. 그리고 끙 소리와 함께 온 힘을 다해 내리쳤다. 통나무가 쩍 갈라지는 소리와 함께 반으로 쪼개졌다. 갈라진 나뭇조각이 옆으로 떨어졌다. 속살을 드러낸 나무에서 신선한 삼나무 향이 퍼졌다.

나는 내 힘에 놀라 펄쩍 뛰었다. 세상에! 나는 생각보다 더 강했다.

빅터가 웃으며 나뭇조각을 다시 정렬해 사등분으로 쪼갤 수 있게 해주었다. 클로이는 뭘 좀 아는 모양이다. 도끼질은 스트레스를 푸는 데 아주 그만이었다. 생각했던 것보다 훨씬 더 재미있었다. 벌목꾼들이 그렇게 느긋해 보이는 데는 이유가 있었다. 끊임없이 도끼를 휘둘러 나무를 반으로 쪼갠다면 분노를 느끼려야 느낄 수 없을 테니까.

마침내, 빅터가 오늘 밤에 쓸 나무는 이 정도면 충분하다고 했다.

"오늘 밤엔 뭐 하는데?" 내가 물었다.

빅터가 웃었다. "모닥불 옆에서 저녁 식사를 할 거야."

"오, 재밌겠다." 나는 오늘 저녁 식사는 지난번보다 편안하길 바랐다. 아마 이즈는 마음을 가라앉혔을 테고 다들 그녀를 용서해줄 수 있을 거다. 나는 그냥 모두가 다시 함께하길 바랐다.

나는 빅터를 도와 수레에 장작을 실었다. 마지막 조각을 싣고 나서 만족스럽게 한숨 돌리며 옷에 붙은 조그만 나뭇조각들을 떼어냈다. 등 뒤에 따스한 온기가 퍼졌다. 빅터가 내 몸을 끌어안고 내 머리카락에 얼굴을 파묻었다. 긴 코가 내 뺨을 찔렀다.

나는 그대로 얼어붙었다. "뭐. 뭐 하는…."

그가 내 목에 키스하며 나를 더듬었다. 한 손은 가슴으로 밀고 들어오고 다른 손은 아래로 내려가 내 다리를 꽉 움켜쥐었다. 그가 헉헉 신음 소리를 냈다.

나는 꽥 비명을 질렀다. 그를 밀쳐내고 빠져나갔다. 어떻게 하다 보니 손에 도끼가 잡혔다. 나는 도끼를 앞으로 내밀었다. "꺼져!" 나는 새된 소리로 외쳤다. 그의 눈이 휘둥그레지더니 두 손을 위로 올리고 뒤로 물러났다.

"씨발, 무슨 짓이야!" 나는 고함쳤다.

그가 혼란스러운 듯 눈썹을 찌푸렸다. "워, 원래 이렇게 하는 거 좋아했잖아!"

"뭐라고?"

"장작을 패고 나서 헛간 옆에서 하는 거 좋아했잖아. 남은 에너지를 다 태우려고. 그게 우리가 하던 거잖아."

우리가 하던 거?

입이 떡 벌어졌다. 얼마나 크게 벌어졌는지 나방이 들어가 집이라도 지을 수 있을 정도였다.

이제야 빅터가 클로이에 대한 그 모든 기억을 간직하고 있었던 이유를 알 것 같았다. 둘은 함께 많은 낮과 밤을 보낸 것이다.

나는 도끼를 내려놓고 웃어넘기려 했다. "미안하지만 난 그럴 기분이 아니야. 벨라 마리의 엄마 모습이, 그냥, 머릿속에 박혀버려서 그래. 그게 그러니까, 정확히 최상의 최음제는 아니잖아."

그가 완전히 이해한다는 듯 고개를 끄덕였다. "무슨 말인지 알겠어. 하지만 내가 필요할 땐 언제든 말만 해."

"그래." 나는 목청을 가다듬었다. "네가 필요할 때, 그… 섹스하고 싶으면 말할게." 오그라들다 못해 손발이 없어질 지경이었다. 잠깐 침묵이 흘렀고 우리 사이에 어색함이 감돌았다.

나는 그가 더듬던 충격에서 아직 헤어나오지 못한 채 이마를 쓰다듬었다. 나는 필사적으로 주제를 바꿔보려 했다. "그래, 오늘 밤에 모닥불을 피운다고? 내가 준비하는 거 도와줄게."

그는 내 제안에 깜짝 놀랐다. "정말? 좋아!"

우리는 장작을 해변으로 가져가 기다란 식탁 옆에 쌓았다. 그리고 그를 도와 창고 속 상자에 들어 있던 티키 횃불도 설치했다. "라이터 오일 좀 가져올게." 그가 작은 나무 건물 안으로 사라졌다.

기다리는데 찍찍거리는 소리가 들렸다. 아주 조그만 발소리도 토도도독 들렸다. 쥐 떼 같았다. 생각만으로도 소름이 돋았다. 몇 달째 뉴욕에 살면서도 쥐들이 출몰하는 밤거리를 걷는 데에는 익숙해지지 않았다.

빅터가 라이터 오일 한 상자를 들고 돌아왔다. 우리는 횃

불에 오일을 입혔다. 불이 잘 붙고 더 오래 타게 하기 위해서였다. 일을 마칠 때쯤 하늘이 어둑어둑해졌다. 직원들이 저녁 식사를 준비했다. 테이블 가운데에 기다란 자주색 러너를 깔고 꼬불꼬불한 양초와 꽃이 꽂힌 꽃병을 놓았다. 내가 도와주겠다고 하자 모두 깜짝 놀랐다.

"아, 아니에요. 그냥 앉아 계세요, 미스 반 후센." 직원들이 말했다. 그들의 관자놀이에 땀이 송골송골 맺혔다.

직원들이 내 주위를 분주히 오가는 동안 거기 앉아 있자니 좀 어색했다. 빅터가 장작 패기가 올림픽 종목이었으면 좋겠다는 말로 대화를 시도했지만 그가 입을 열자마자 마음속에 그의 거친 손길이 불꽃처럼 피어올랐다.

식사 때까지 10분밖에 남지 않았지만 옷을 갈아입고 싶다는 핑계로 방갈로로 갔다. 벨 바이 벨라 마리의 허벅지까지 트인 실크 에메랄드 드레스를 입고 돌아오자 준비가 모두 끝나 있었다. 이즈를 제외한 벨라 마리와 일곱 명의 벨라도나들이 나를 기다리고 있었다. 몇 걸음 떨어진 곳에서 몇몇 직원들이 바이올린, 첼로, 하프를 연주했다. 바다 소리를 배경으로 그 풍부한 선율이 흘러나왔다.

어떤 곡인지 알 수가 없었다. 창작곡인 듯했다.

나는 잠깐 물러서서 벨라도나들을 지켜보았다. 고음으로 재잘거리는 그녀들의 목소리가 마치 새소리처럼 내 마음을 누그러뜨렸고 풍경 소리 같은 웃음소리가 공중에 울려 퍼졌다.

땋아서 말아 올린 머리카락은 그들의 우정만큼이나 탄탄하게 묶여 있었다. 각 매듭 사이사이에 작약, 데이지, 피튜니아, 동백 같은 작은 꽃들이 꽂혀 있었다. 내가 놓친 게 분명했다. 나는 내 느슨한 검정 머리카락을 손가락으로 쓸어내렸다. 거기 속하고 싶다는 열망에 뼛속까지 저려왔다. 나는 클로이도 그녀들처럼 머리를 땋았을지 알고 싶었다. 내가 자기들이 알던 그 여자와 다르다는 사실을 그들이 눈치챘을지 궁금했다.

벨라 마리가 나를 발견했다. "클로이!" 나를 부르며 손짓했다.

다른 일곱 명이 나를 돌아봤다. "클로이!" 그녀들이 높고 달콤한 소리로 합창하듯 나를 환영했다. 중력 같은 이 끌림을 거부할 수 없었다.

나는 그녀들에게 걸어갔다.

47

 음식이 담긴 접시가 계속 돌아다녔다. 갓 구워 버터를 듬뿍 바른 보드라운 빵. 샐러드. 더 많은 샐러드. 호박 수프. 구운 아스파라거스. 햇볕에 잘 익은 에어룸 토마토. 세이지를 곁들인 감자. 메인 요리는 생강 소스를 곁들인 구운 닭고기 요리가 쿠스쿠스 위에 얹어져 나왔다. 먹어보는 것마다 전부 맛있었다. 심지어 술도 맛있었다. 내가 좋아하는 종류의 와인으로 너무 드라이하거나 신맛이 강하지 않고 잼처럼 달콤해서 부드럽게 넘어갔다. 감자 요리를 비웠을 즈음엔 네 잔이나 마신 터라 속이 따뜻하고 얼근해져 있었다.

 "우린 오늘 네가 그리웠어." 벨라 마리가 말했다. 그녀는 론칭 이벤트 때처럼 나를 위해 자기 옆자리를 비워뒀다. 그녀는 테이블 상석에 앉았고 내 맞은편엔 에멀린이 앉았다. 안젤리크는 내 옆이었다. 그녀들에게서 레몬과 프리지어 향이 났다.

 "맞아. 우린 네가 그리웠어." 에멀린이 메아리처럼 말했다.

 "정말 많이." 아나가 말했다.

 "넌 머리 땋기 세션을 놓쳤어." 릴리가 말했다.

"우리가 너한테 줄 꽃도 다 따뒀는데." 안젤리크가 덧붙였다. "지금은 다 시들어버렸어." 그녀가 아랫입술을 삐죽 내밀었다.

날 그리워했다니. 날 위해 꽃을 따줬다니. "미안해. 신선한 공기를 쐬면서 좀 걸었어."

"뭐 재밌는 거라도 봤어? 소피아가 물었다.

머릿속 가득 벨라 마리의 엄마 이미지가 떠올랐다. 그녀의 경고가 생각났다. 나는 고개를 저어 생각을 떨쳐냈다.

"뭐 별로. 명상하기 좋은 바위를 하나 찾긴 했어."

소피아가 환한 얼굴로 고개를 끄덕였다. "잘됐네. 긍정 확언을 좀 말했기를 바라. 넌 가치 있는 사람이야."

"넌 가치 있는 사람이야." 모두 한목소리로 말했다.

그 말에 나는 자세를 고쳐 앉았다.

"오늘 빅터랑 시간을 좀 보냈다고 들었어." 아나가 다 안다는 듯 씨익 웃으며 입술을 살짝 깨물었다. *"장작 패기."*

모두 높은 목소리로 깔깔거리며 몸을 흔들어댔다.

맙소사. 장작 패기가 여기선 완곡어인가? 모두 클로이와 빅터의 관계를 알고 있나? 나는 긴장한 채 벨라 마리를 쳐다봤다. 그녀는 즐겁고 온화한 미소를 머금었다. 레드 와인을 홀짝이는 그녀에게 별다른 징후는 보이지 않았다.

"빅터가 신사였기를 바라." 마야가 말했다. "아! 네가 거친 걸 좋아하지 않는 한 말이야. 황소같이 남자다운 그런 거."

더 큰 웃음이 터져나왔다. 나는 포크를 내려놓았다. 마음속에 불안감이 스르르 밀려들었다.

"난 빅터가 내 장작을 패줄 때가 좋았어. 특히 해변 근처에서 말이야." 아나가 말했다.

"해변?" 에멀린이 물었다. "해변 어디?"

"바니안 나무 옆, 그네 있는 곳. 아, 아니다. 그네 위였네." 아나가 윙크했다.

"그네!" 에멀린이 외쳤다.

"그네는 좋은 장소지." 소피아가 그르렁거리며 말했다.

"굉장한 장소지. 난 그네를 사랑해." 릴리가 말했다.

우리 옆에서 모닥불이 펑 터지면서 장작들이 무너져내렸다. 세상에. 빅터는 벨라도나들이 공유하는 섹스 토이였구나. 무슨 이런 막장 드라마에나 나올 법한 일이 다 있지?

나는 테이블을 둘러봤다. 모두… 모두 그랬다고? 벨라 마리까지? 역겨웠다. 위장 속 와인이 시큼한 액체가 되어 벨라도나들의 웃음소리가 커질수록 더 세차게 출렁거렸다.

벨라 마리가 나를 보고 고개를 살짝 갸웃했다. "뭐 잘못됐어, 자기야?" 그녀의 손이 테이블 아래 내 허벅지를 찾았다. 손가락 하나가 에메랄드빛 드레스의 트인 부분 아래 닿았다. 허벅지에 닿은 그녀의 손가락이 부드럽고 따뜻했다. 짜릿하고 유혹적이었다.

론칭 파티 때 에메랄드빛이 내게 잘 어울린다며 *아름답다*고 말하던 그녀의 모습이 떠올랐다. 나는 침을 꿀꺽 삼키며 그녀에게서 몸을 빼고 필사적으로 다른 주제를 떠올리려 했다.

"이즈는 어디 있어?"

웃음소리가 딱 멈췄다. 음악도 멈췄다. 잠깐. 그리고 다른 곡으로 바뀌었다. 바닷물이 밀려나갔다. 모두 나를 쳐다봤다. 날카로운 면도날이 내 뼛속에 박히는 느낌이었다.

"아일라를 말하는 거라면" 벨라 마리가 말했다. "저녁 때 자기 딸들하고 통화하면서 혼자 있겠다고 했어. 딸들을 엄청나게 그리워하는 것 같더라. 난 아일라도 우리처럼 연결을 끊기를 바랐는데."

"아, 그랬구나."

켈리의 나이프가 접시에 캉 소리를 내며 부딪쳤다. "넌 아일라랑 달라." 켈리가 닭고기에 포크를 쿡 찔러넣으며 나에게 말했다. 금속이 도자기를 긁는 소리가 났다. "훨씬 더 예의 있게 행동하잖아."

"알고리즘이 자기를 좋아하지 않는다고 질투심에 사로잡혀선. 우릴 바보 집단 취급하며 가르치려 들면 안 되지." 에멀린이 말했다.

"아일라 같은 여자들은 진정한 페미니스트가 아니야. 서로 밀어줘야 할 때 항상 서로를 깎아내리려 든다니까." 아나가 덧붙였다.

"정말 그래." 마야가 말했다. "남자들이 모든 업계와 틈새시장에서 소셜미디어를 장악하고 있어. 심지어 여성의 취약성을 활용해 만든 제국인 뷰티 업계에서조차 톱 크리에이터는 남자들이야. 아일라 같은 여자들은 우리가 서로 반목하는 것처럼 보이게 해서 우리의 노력을 끌어내릴 뿐이지."

"네가 아일라보다 훨씬 더 훌륭해. 그리고 넌 입에 음식물을 넣고 말하지도 않잖아." 켈리가 말했다.

"그리고 담배도 안 피우고. 사랑스러운 몸을 독살하는 그런 발암물질을 흡입하지 않지. 아일라는 끊을 시도조차 안 하더라!" 소피아가 말했다.

"화도 덜 내고. 덜 냉소적이고 더 아름답고. 진짜 아름다워." 아나가 말했다.

"너무나 아름다워. 눈이 부시게 아름다워. 정말로." 릴리가 끼어들었다.

"눈이 부신 정도가 아니야. 여신이지." 마야가 말했다.

여신? 나는 애써 미소 짓지 않고 버텼다. 이즈를 변호하고 싶었지만 그녀들의 칭찬에 마음이 따뜻해지고 설레었다.

"여신같이 숭고해서 널 한입에 삼켜 혀로 음미하고 싶다니까."

"클로이, 널 너무너무 사랑해." 에멀린이 달콤하게 속삭였다.

난 버티지 않고, 얼굴 가득 미소를 지었다.

"정말 듣기 좋은 말들이야. 고마워. *고마워.*" 나는 고맙다는 말을 두 번 반복했다. 어쩔 수가 없었다. 너무 고마웠다.

"나도 사랑해, 클로이." 안젤리크가 말했다.

"사랑해, 클로이." 릴리가 말했다.

"사랑해, 클로이." 소피아가 말했다.

"사랑해, 클로이." 켈리가 말했다.

"사랑해, 클로이." 마야가 말했다.

"사랑해 클로이." 아나가 말했다.

"사랑해, 줄리."

심장이 쿵 떨어졌다. 나는 벨라 마리에게 고개를 홱 돌렸다. 맥박이 미친 듯이 펄떡였다. "뭐, 뭐라고? 뭐라고 했어?"

그녀가 눈을 깜빡거렸다. 미소를 지었다. 고개를 갸웃했다. "'사랑해, 클로이'라고 했는데."

나는 심호흡을 했다. 잘못 들은 게 틀림없었다. 술을 너무 많이 마셨다. 세상이 들락날락하고 있었다. 그녀의 아름다운 형체가 와인 때문에 흔들려 보였다. 그래도 그녀는 여전히 여신 같았다. 텀블러를 끝없이 스크롤해가며 내 피드에 그녀가 뜰 때마다 리블로그하던 십대 시절의 내가 떠올랐다. 나의 우상.

벨라 마리의 손이 다시 내 허벅지로 돌아왔다. 그녀의 손가락이 마치 그곳이 자기 자리인 듯이 내 허벅지의 민감한 부위로 밀고 들어왔다. 얇디얇은 옷감 위로 그녀의 손가락 마디마디, 주름 하나하나, 새끼손가락 끝의 지문까지 고스란히 느껴졌다. 나는 자세를 바로잡고 자연스럽게 손을 움직여 그녀의 나긋나긋한 손을 감싸 쥐었다. 내 피부에 닿는 그녀의 살결이 버터처럼 매끄러웠다. 그녀가 손깍지를 꼈다. 그러고는 에멀린에게 몸을 굽혀 그녀의 손도 잡았다. 순식간에 우리는 모두 연결되었다. 아홉 명 모두. 내 손바닥이 벨라 마리와 안젤리크의 손바닥과 맞닿아 있었다. 그들의 에너지가 번개처럼 나에게 전달되었다. 뜨겁고 위험하지만 사랑이 깃든 에너지가 팔다리로 밀려와 근육 속으로 녹아들었다. 몸이 따뜻하고 가벼워졌다. 둥둥 떠 있지만 붙들려서 지지받는 느낌이었다.

"모두 다 사랑해." 내가 말했다. 말이 자연스럽게 흘러나왔다. 진실이 공기처럼 미끄러져 나갔다. 저항할 수 없었다. "사랑해."

"우리도 널 사랑해." 그들이 말했다.

목에서 취기 어린 웃음이 올라왔다. 순수한 희열이 거리낌 없이 흘러나왔다. 그 웃음이 퍼져나가 조화를 이뤘다. 우리는 모두 숨이 찰 때까지 웃었다. 행복했다. 우리의 웃음이 잦아들어도 가슴은 가득 차 있었다. 직원들이 접시를 치우고 키 라임 파이와 색을 맞춘 초록색 탄산음료를 내어오는 동안에도 우리는 여전히 손깍지를 끼고 있었다. 차갑고 물방울이 송골송골 맺힌 유리잔 위로 기포가 뽀글뽀글 올라왔다.

"디저트를 즐겨요, 여러분." 벨라 마리가 나를 놓아주었다. 나는 그녀가 나를 놓아주지 않기를 바랐다. 손을 놓으니 차라리 개처럼, 짐승처럼 접시에 얼굴을 박고, 핥고, 후루룩거리며 먹고 싶었다.

하지만 나는 인간처럼 포크를 들고 먹었다. 파이는 완벽했다. 살짝 톡 쏘는 맛과 함께 감귤 향과 달콤한 맛이 났다. 혀 위에서 시원하게 녹아내렸고 버터를 머금은 크러스트가 부드럽게 부서졌다. 입안에서 파이를 굴릴 때 울려 퍼지는 바이올린 선율에 따라 침이 흘렀고 커스터드 질감의 필링이 이 사이로 밀려나갔다. 꿀꺽 삼켜 입안을 비우자 목이 심하게 말라왔다. 나는 초록색 음료를 입술에 대고 맛을 봤다. 탄산과 함께 달콤하면서 코를 톡 쏘는 새콤함, 그리고 살짝 쓴맛이 났다. 깔깔한 질감이 살아 있는 신선한 허브가 입안을 깨끗하게 씻겨줘 디저트와 완벽한 궁합을 이뤘다. 나는 더 이상 아무것도 남지 않을 때까지 마시고, 먹고, 마시고, 먹고, 마시고, 먹고, 마시고, 먹었다.

세상이 나를 끌어안았다. 밤공기는 따뜻하고 내 속에서 기쁨이 부글부글 끓어올랐다. 연주자들이 곡을 바꿨다. 아는 곡 같았다. 익숙한 선율이 떠오를 듯 말 듯 뇌리를 스치지만 콕 집어낼 수 없었다. 웃음소리가 가득했고 아름다운 여인들에게 둘러싸여 있어 집중할 수 없었다. 나는 집중하지 않을 것이다.

내 안의 에너지가 풀어달라고 아우성을 쳤다. 저항할 수 없었다.

"춤추자!" 자리에서 풀쩍 뛰어오르니 어떻게 된 건지 내 발이 테이블 위에 올라 있었다. 나는 촛불과 꽃병과 빵 바구니를 빙글빙글 돌며 테이블을 런웨이로 만들었다. 다들 웃고 박수

치고 나에게 사랑을 보냈다. 진짜 큰 사랑. 순수한 숭배가 담긴 그들의 얼굴이 쭉 늘어났다가 뒤틀렸다. 모두 나에게 합류했다. 몇몇은 의자에서 춤을 췄다. 그들의 마른 엉덩이를 감싼 드레스 자락이 미끄러지듯 흩날리고 햇살에 잘 그을린 기다란 허벅지가 드러났다. 몇몇은 모래사장에서 춤을 췄다. 팔이 공중에서 흔들리고 머리에 꽂은 꽃이 활짝 피어났다. 우리는 함께 모여 발끝으로 사뿐사뿐 모닥불을 돌았다. 거품이 이는 물결 가장자리에서 빙글빙글 돌았다. 장려한 첼로 선율이 울려 퍼졌다. 그 소리에 내 다리가 휘청거렸다. 물이 얼음처럼 차지만 상관없었다. 나는 물을 차고 차고 또 찼다. 내 드레스가 젖을 때까지, 내가 흠뻑 젖을 때까지. 모두가 그렇게 했다. 달빛에 빛나는, 아름다운 존재들.

48

눈을 떴다.

깜깜했다. 추웠다. 눈을 깜빡이자 머리 위에 나무 들보가 보였다. 내 방이었다.

피부가 건조하고 입술에 소금기가 느껴졌다. 목에서 달콤하고 톡 쏘는 맛이 났다. 키 라임 파이다. 모래 낀 발가락이 아리고 피곤했다. 왜 피곤하지? 나는 이해해보려고 애썼다.

춤. 아, 함께 웃고 춤을 췄지.

눈을 감고 기억 속으로 녹아들었다.

너무 많이 즐기다 기절했었지. 맞다, 그랬다. 기억 난다. 여인들, 내 연인들, 그녀들이 드레스와 머리에서 젖은 미역처럼 물을 뚝뚝 흘리며 더 이상 눈을 뜰 수 없을 만큼 지쳐버린 나를 물에서 데리고 나왔다. 그녀들은 나를 첫 숨결과 첫눈에 사랑하게 된 자신의 아기인 양 껴안았다. 그녀들은 웃고 또 웃으며 기뻐했다. "아, 넌 너무 아름다워." 그중 하나가 말했다. 누군지는 기억나지 않았다. 내 시야는 흐렸고 밤이다 보니 그들의 형체가 시커멓고 비슷비슷해 보였다. 윤곽선만 겨우 보였고 금발 머리였다. 하지만 그중 절반이 금발 머리다.

"넌 정말 매력적이야." 그녀들이 나를 침대에 부드럽게 눕힐 때 또 다른 목소리가 말했다.

"사랑해."

"넌 가치 있는 사람이야."

"넌 친절해."

"넌 따뜻해."

"넌 거짓말쟁이야."

눈이 번쩍 뜨였다. 심장이 미친 듯이 쿵쾅거렸다.

목소리가 들리는 쪽으로 고개를 돌렸다. 내 몸속 피가 차갑게 식었다.

클로이.

클로이가 살아 있었다. 내게 등을 돌린 채 소파에 앉아 있었다. 나는 어디에서도 그녀의 검은 머리를, 나와 닮은 그녀의 두상을 알아볼 수 있었다. 그녀에게서 썩어가는 역한 냄새가 났다.

클로이가 왜 여기 있지?

"사기꾼." 그녀가 말했다. "비참한 인간. 이기적이고 자기애로 똘똘 뭉친 인간. 거머리에 지나지 않은 존재. 기생충. 살인자."

"아, 아니야." 숨이 턱 막혔다. 목이 꿀렁거렸다. 목소리가 제대로 나오지 않았다. "난 널 죽이지 않았어. 넌 약물 과다복용으로 죽었어. 내 잘못이 아니야. 네 잘못이지!"

그녀가 일어섰다. 나는 움찔 놀라 도와줄 사람을 찾아 두리번거렸다. 하지만 유령을 목격한 이는 없었다. 내 여인들은 떠나버렸다. 나는 버림받았다. 또다시.

나는 혼자가 될 운명인가?

나는 베개에 등을 꾹 눌렀다. 푹신푹신한 섬유 속에 푹 파묻혀 실과 거위 털과 하나가 되어 이 세상에서 지워지고 싶었다.

"그럼 왜?" 그녀는 뒤를 돌아보지도 않은 채 발은 그대로 바닥에 닿은 채 나를 향해 스르륵 밀려왔다. "왜 내 자리를 차지했어, 주주? 왜 내 신분을 뺏었어? 왜 내가 가진 모든 걸 다 훔쳤어?"

"나, 나는 아무것도 훔치지 않았어. 그건 네…, 네가 죽었기 때문이야! 내가 안 그랬으면 전부 버려졌을 거야."

"아니." 그녀가 천천히 뒤로 돌았다. 마침내 나는 그녀를 보았다. 공포심에 입이 바짝 마르고 눈이 휘둥그레졌다.

그녀는 먹혀버렸다. 뼈와 머리카락밖에 없었다. 구더기 몇 마리가 턱 주위의 힘줄을 갉아먹었지만 그 힘은 미미했다. 그녀가 움직이면서 악취가 내 주위를 구름처럼 감싸더니 침대 시트로 퍼졌다. 벌레들이 고기와 썩은 것들을 찾아 무중력 상태에서 꿈틀거렸다.

"넌 내가 애써 이룬 모든 것을 훔쳤어." 그녀가 말할 때마다 턱뼈가 덜그럭거렸다.

"넌 속이고 사기를 쳤어. 네가 내 가족이 아니었으면 좋았을 텐데. 네가 내 동생이 아니었으면 좋았을 텐데. 내 쌍둥이가 아니었으면 좋았을 텐데. 네가 싫어."

"아, 안 돼. 난 널 사랑했어. 난 너와 함께하고 싶었지만 네가 날 버렸어. 넌 날 혼자 두고 떠났어. 다시 또다시."

"넌 눈곱만큼의 죄책감도 없이 내 인생을 훔쳤어."

"미안해. 난 매일 죄책감을 느껴. 정말이야. 맹세해."

"거짓말."

나는 움찔했다. 그녀가 옳았다. 나는 거짓말을 했다. 우리 삶의 경계가 너무 희미해져 클로이의 삶이 진짜 내 것처럼 여겼다. 죄책감도 없이.

그녀가 침대 위로 기어올라 뼈만 남은 손을 나에게 뻗어 뺨을 긁었지만 나는 움직일 수 없었다. 내 일부는 그녀의 손길을 갈망했다. 내 자매, 내 쌍둥이.

"정말 오랫동안." 나는 흐느끼는 사이사이 쉰 목소리로 말했다. "네가 돌아오기만을 바랐어. 난 가족을 원했어. 엄마, 아빠. 쌀밥과 사골국 냄새가 나던 우리 집. 끈적이던 조리대, 먼지 낀 구석. 우리가 함께 숨던 작고 어두운 캐비닛. 그 모든 걸 원했어. 난 그냥 내 가족이 돌아오길 바랐는데 너무 늦어버린 거야. 모두 죽어버렸지. 그래서 내가 가질 수 있는 걸 가졌어. 남겨진 것들을. 그저 네가 남긴 삶의 윤곽일 뿐이지만." 나는 드디어 마음속에 항상 갇혀 있던 그 말을 입 밖으로 내놓았다.

"가족." 그녀가 내 귓가에 거칠게 말했다. 덜그럭거리며. "네가 진짜 원한 게 그거야? 내 인생이 아니라?"

"진짜야." 나는 절망적으로 말했다.

"그렇다면 너무 늦진 않았어."

나는 더 심하게 흐느꼈다. 손바닥이 축축하고 소금기가 묻어 있고 쪼글쪼글 쪼그라들어 있었다. "늦었어."

"안 늦었어."

그녀가 다시 나에게 손을 올렸다. 순간 화들짝 놀랐다. 뭔가 달랐다. 부드럽고 가벼웠다. 살결이었다. 진짜 살결.

달콤한 꽃향기가 났다. 사랑의 향기. 나는 위험을 감수하고 눈을 떴다. 클로이는 없었다. 대신 여덟 명의 아름다운 여인들이 내 침대에 나와 함께 누워 있었다. 어둠 속에서조차 그들의 시선은 사랑스러웠다. 그들은 모두 부드럽고 나긋나긋한 손을 내 위에 얹었다. 나는 그들이 되살리려 애쓰는 시든 꽃이었다. 나무에서 떨어진 아기 새였다.

"우리가 이제 네 가족이야." 벨라 마리가 말했다. 그녀는 바로 내 옆에 있었다. 그녀의 따뜻한 숨결이 내 뺨에 달콤하게 내려앉았다. 애무하듯이. "눈을 감고 내 목소리에 집중해, 줄리."

목구멍에 숨이 턱 걸렸다. 줄리. 그녀들이 안다.

"어, 어떻게?"

"우린 네 에너지를 느낄 수 있어. 그 차이를. 클로이는 항상 차가운 파란색이었지만 네 영혼은 따뜻한 황금색이야. 어떤

면에서는 더 낫지. 네 진실은 우리한테 결코 감춰진 적 없어."

내 턱이 덜덜 떨렸다. 나는 고개를 가로저었다. "미안해. 나, 나는…"

그녀가 쉿 하며 내 입을 다물게 했다. "괜찮아. 우린 널 받아들였어, 줄리."

"우린 널 받아들였어, 줄리." 나머지 모두가 합창했다.

다시 내 폐로 산소가 들어왔다. 그녀들이 나를 받아들였다. 줄리로서. 내가 사기꾼인 줄 알면서도 여전히 나를 환영하고 내 손을 잡고 나와 함께 춤을 췄다. 가족으로서.

"왜?"

"왜냐하면, 줄리." 벨라 마리가 숨을 쉬었다. "우린 네 목소릴 들을 수 있으니까. 널 이해할 수 있으니까."

"우린 네 목소리를 들을 수 있으니까." 나머지가 내 위에 손을 얹고 문지르고 달래주며 흥얼거렸다. "널 이해할 수 있으니까."

"우린 네 상처를 볼 수 있으니까." 벨라 마리가 계속 말했다. "네 취약성, 네 이모와 어린 시절에 겪어야 했던 모든 것. 가족에게서 떨어져 나와 이 끔찍한 세상의 희생자가 된 것. 넌 그 무게와 산 같은 고통의 무게를 짊어지고 살아왔지만 투지와 회복력으로 스스로를 구해냈어. 지난밤처럼. 불을 통해 네 분노를 쫓아버린 것처럼. 그건 정말 강력했어."

"진짜 강력했어." 에멀린이 말했다.

"어마어마하게 강력했지." 아나가 말했다.

"완벽했어." 마야가 말했다.

뼈가 덜그럭거리는 소리가 들렸다. 방 한구석에 클로이가 보였다. 그녀는 내 여인들의 사랑의 장벽, 보호의 메아리 방을 뚫지 못해 물러나 있었다. 그녀가 부러운 듯 나를 응시했다. 공포에 휩싸여 이가 딱딱 부딪쳤다. 아무리 애를 써도 클로이에게서 시선을 거둘 수가 없었다.

"하지만 클로이는 어쩌고?" *그녀가 여기 있어. 너희들은 안 보여?*

"쉿." 벨라 마리가 손가락으로 내 입술을 누르고 다른 손으로 땀에 젖은 내 머리카락을 부드럽게 쓸어주었다. 나는 그녀에게 집중했다. 오직 그녀에게. "원래 너였어야 했어. 잘못된 쌍둥이가 우릴 먼저 발견한 것뿐이야. 그건 널 위한 자리였어."

"나라고?"

"네 언니가 죽었을 때 넌 기회를 봤고 그걸 붙잡았어. 넌 아무도 생각하지 못한 일을 했어. 넌 위험을 감수하고 스스로 정상에 올랐지. 다른 사람들이 널 수치스러워하고 비도덕적이고 정신병자 같다고 비난할지 몰라도 우리는 안 그래. 우리는 그렇게 생각하지 않아. 넌 우리 중 누구라도 했을 법한 일을 했어. 우리는 절대 네 용기와 결단을 판단하거나 질책하지 않아. 넌 그냥 우리와 똑같아. 우리는 널 이해해. 이제 알겠지? 우린 네 가족이 될 수 있어. 진짜 가족. 우리는 널 볼 수 있고 널 받아들일 수 있는 유일한 사람들이야."

숨이 가쁘고 머리가 어질어질했다. 꿈을 꾸는 건가 싶었다. 상상 속에서나 일어날 법한 친절이었다. 하지만 그녀들의 에너지는 마음속 깊은 곳에서 우러나왔고 그들의 달콤한 숨결은 꾸며낼 수 없었다.

"넌 우리의 자부심이야."

그녀의 말이 인정의 물결처럼 밀려왔다. 나는 거기 풍덩 빠지고 싶었다. "자부심?"

"우리의 가장 아름다운 자부심이야." 모두가 합창했다.

나는 그들의 말을 들이켰다. 나는 그들의 자부심이다. 그들은 나를 이해한다. 내 잘못을 이해한다. 그들은 내가 왜 클로이의 삶을 차지했는지 이해한다. 그들은 나를 괴물이나 범죄자라 생각하지 않는다. 그들은 자기들의 이익을 위해 나를 이용하지 않는다. 나를 존중한다. 나를 칭찬한다. 나는 그들의 가족이 될 수 있다. 나는 그들의 가족이다.

신뢰가 내 눈꺼풀을 무겁게 했다. 나는 눈을 감고 그녀의 목소리에, 그녀의 부드러운 자비로움에 집중했다.

"줄리, 넌 안전해." 그녀가 말했다.

"줄리, 넌 따뜻해." 또 다른 목소리가 말했다.

"줄리, 넌 사랑스러워."

"줄리, 넌 이타적이야."

"줄리, 넌 배려심이 많아."

"줄리, 넌 죄가 없어."

"줄리, 넌 가치 있는 사람이야."

"줄리, 우리 중 하나야."

"우리가 이제 네 가족이야."

"우리가 널 지켜줄 거야."

그들의 말에 마법이 깃들어 내 뼛속에서 두려움을 빨아냈다. 나는 이제 숨을 쉴 수 있었다. 라벤더와 라임 향이 나는 공기를 가득 들이켤 수 있었다. 긴장이 풀리고 마음이 편안해졌다. 그들이 나에게 긍정 확언을 읊조려주는 동안 나는 심호흡을 몇 번 했다.

사랑스럽다. 이타적이다. 배려심이 많다. 죄가 없다. 가치 있다.

다시 눈을 떴을 때 클로이는 사라졌다. 퇴마당한 것처럼. 다시는 돌아오지 않을 것이다. 나는 내 가슴속에서 솟아오르는 활기로 그것이 진실임을 알았다. 그녀들이 이모에게서 나를 해방시켰을 때처럼. 내 새로운 가족이 나를 구해냈다. 나를 있는 그대로 받아준 내 여인들. 그녀들이 다정하게 속삭이며 내 팔을 감미롭게 주무르고 눈물을 닦아주고 아픈 발을 문질러주고 이마에 입 맞춰주고 머리를 땋아주고 매듭마다 꽃을 꽂아주었다. 나는 사랑받는다. 그녀들이 나를 사랑한다. 나는 그녀들의 가족이다. 심지어 줄리로서. 나는 다시 울음을 터뜨렸다. 두려워서가 아니었다. 사랑 때문에. 승리감 때문에 울었다. 내 심장이 너무 가득 차서 그 압력을 풀어내기 위해 눈물을 터뜨려야 했다. 그렇지 않으면 나는 끈적끈적한 분홍색과 황금색 액체로 터져버릴 것이다.

그때 밖에서 외치는 소리가 들렸다. 누군가 도움을 구하는 소리 같았다. 이즈 같았다. 하지만 확신할 수는 없었다.

잠깐.

이즈는 어디 있지? 점심 때 이후로 이즈를 본 적이 없었다. 그녀가 자리를 박차고 나간 이후로.

나는 프렌치 도어 쪽으로 고개를 돌렸다. 빛줄기가 흐릿한 어둠 사이로 스쳐 지나갔다. 하지만 벨라 마리가 내 젖은 뺨을 잡았다. "우리한테 집중해." 그녀가 말했다. "우리한테 집중해, 줄리. 사랑해, 줄리."

어둠 속에서도 그녀의 파란 눈은 매혹적이었다. 나는 그 눈에 입 맞추고 싶었다. 막대 사탕처럼 빨아 먹고 싶었다. 그녀가 몸을 기대 내 입술에 입을 맞췄다. 나는 녹아내린다. 그녀의 맛과 향에, 키 라임 파이와 초록색 탄산음료처럼 달콤하고 씁쓰름한 맛에 내 몸이 녹아내린다. 나는 사랑에 빠졌다. 나는 사랑이다. 나는 사랑에 둘러싸여 있다. 나를 둘러싼 손길에서 그것을 느낀다. 소속감. 받아들여짐. 내 가족. 새롭고 아름답고 완벽한 내 가족.

49

눈을 떴지만 두렵지 않았다.

따뜻했다. 주위가 황금빛으로 빛나고 나는 사랑으로 둘러싸여 있었다.

내 주위에 몰려 있는 여인들, 리넨 옷을 입은 그 하얀 몸체들이 마치 껴안아주고 따뜻하게 데워주려고 태어난 담요 같았다. 그들은 밤새 나와 함께 있어주었다. 진짜 가족인 것처럼 나를 보호하고 지켜주었다.

몸을 움직이려다 실수로 내 옆에 잠들어 있던 벨라 마리를 깨우고 말았다. 프렌치 도어의 널빤지들 사이로 새어든 빛이 그녀의 황금빛 머리카락을 비췄다.

"잘 잤어?" 그녀가 말했다.

"잘 잤어?" 누군가 내 발 근처에서 일어났다. 에멀린이었다.

"잘 잤어?"

"잘 잤어?"

"잘 잤어?"

"잘 잤어?"

"잘 잤어?"

"잘 잤어?" 안젤리크가 내 다른 쪽 옆에 있었다. 그녀는 자기 배를 감쌌다. 나는 손을 내밀었다. 그녀는 내 손이 그녀의 볼록한 배에 닿게 해주었다. 아기의 발차기를 느끼게 해주었다. 딸이다. 나는 안다. 딸이어야 했다. 자라서 또 다른 우리가 될 딸. 우리가 사랑할 또 다른 가족. 눈 뒤편에서 따뜻한 압력이 밀려왔다. 다시 울고 싶어졌다. 안젤리크, 생명의 창조자는 너무나 아름다웠고 그녀의 아기는 심지어 더 완벽할 것이다. 나는 벌써 그 아기를 내 품에 안고 어르면서 그 부드러운 뺨에 입 맞추고 싶었다. 갓 태어난 아기의 달콤한 목덜미 냄새를 맡고 싶었다. 너무 행복하다.

*

소피아가 우리를 위해 또 다른 아침 요가 세션을 진행했다.

우리는 몸을 이리저리 움직여 다른 자세들을 취했다. 우리의 몸은 유연했다. 에너지로 가득했다.

10분 명상으로 사바 아사나를 마무리할 때 모든 것이 편안해졌다. 내 생각은 파란 하늘에 떠도는 구름에 지나지 않았다. 모든 것은 지나간다. 우리는 평화롭다.

우리는 우리의 집단 확언을 반복했다.

"나는 사랑받는다."

너는 사랑받는다.

*

오후에는 농장 옆에서 뜨개질을 했다. 피아노 연주자가 우리의 활동을 위한 사운드트랙을 연주했다. 연주자의 손가락이 검은색과 하얀색 건반 위에서 빛을 발했다. 우리는 각각 뜨개 담요에 이어 붙일 사각형 모양을 완성해야 했다. 나는 뜨개질을 해본 적도 없으면서 가운데에 들어갈 작은 데이지 모양을 선택했다.

"어려운 거 골랐네. 그래도 넌 할 수 있을 거야." 아나가 말했다.

"모르는 부분은 우리가 도와줄게." 켈리가 덧붙였다.

"완벽하지 않더라도 네가 만들었기 때문에 완벽할 거야." 릴리가 마무리했다.

벨라 마리가 바늘에 코를 거는 법과 뜨는 법을 가르쳐주었다. 그녀의 손이 입맞춤처럼, 손바닥을 간지럽히는 꽃들처럼 부드럽게 내 손에 닿았다. 고리를 만들고, 밀고, 감고, 당기는 동안 우리의 바늘이 째깍, 째깍, 째깍 소리를 냈다. 나는 그 리듬에 빠져버렸다. 고리를 만들고, 밀고, 감고, 당기기. 고리를 만들고, 밀고, 감고, 당기기. 간간이 뜨개질을 멈추고 직원들이 가져다준 핑크색 음료를 마셨다. 구아바와 자몽으로 만든 음료였는데 민트도 첨가된 듯했다.

"너 정말 빨리 배우는구나, 줄리." 벨라 마리가 말했다.

"정말 빨라." 에멀린이 반복했다.

"우리 중에서 가장 빨라." 안젤리크가 말했다.

내 안에서 자부심이 터져나와 뺨이 타올랐다.

우리는 몇 시간 동안 뜨개질을 했다. 나는 내 조각을 완성했다. 결국 내 데이지는 예쁘지 않았다. 보기 흉했다. 삐뚤빼뚤했다. 하지만 다들 좋아했다.

"아름다워."

"완벽해."

"개성이 넘쳐. 난 진짜 마음에 들어."

"나도 진짜 마음에 들어!"

우리는 아홉 개의 조각을 이어 붙였다. 완벽한 네모가 만들어졌다. 반듯하고 아름답고 우리가 모두 함께 있는 것처럼 완전했다.

벨라 마리가 내 손을 잡고 내 뺨에 입을 맞췄다. 그녀를 너무나 사랑해서 마음이 아려온다. 나는 그녀를 오직 피부만 남기고 통째로 먹어치우고 싶다. 그리고 남은 피부를 입고 그녀가 되고 싶다. 나는 그만큼 많이 그녀를 사랑한다.

"그 담요로 뭘 할지 네가 결정하면 돼." 그녀가 말했다. "간직하고 싶어?"

나는 고개를 가로저었다. 나는 내가 뭘 원하는지 알고 있었다. 더 좋은 것.

벨라 마리가 나에게 담요를 내밀었다. 사랑이 담겨 털실 담요가 묵직했다.

나는 안젤리크에게 담요를 건넸다. "네 아기를 위해. 새로운 가족이잖아. 우리의 사랑으로 아기를 감쌀 수 있을 거야."

내 선물에 모두 아아아아 하고 감탄했다.

"줄리, 넌 정말 다정해."

"진짜 다정해."

"세상에서 제일 다정해."

안젤리크가 주저했다. 거절할 것 같았다. 들고 있던 담요가 점점 더 무겁게 느껴졌다. 안젤리크의 눈에 뭔가 보였다. 흐릿한 무언가. 유리같이 반짝이는 것. 왠지 눈물 같았다.

내가 그녀를 속상하게 했다.

아, 안 돼! 내가 그녀를 속상하게 했다니!

"왜, 뭐가 잘못됐어?" 나는 담요를 떨어뜨리고 그녀가 내 따뜻함과 사랑의 에너지를 온몸으로 느낄 수 있도록 그녀의 손을 잡았다.

"슬프구나." 아나가 말했다.

"왜 슬퍼?" 릴리가 물었다.

"슬퍼하지 마. 우린 널 사랑해." 소피아가 덧붙였다.

"우린 가족이야." 에멀린이 말했다.

안젤리크가 내 손에서 손을 빼며 고개를 가로저었다. 그녀는 눈물을 닦고 담요를 집어 들었다. "난 슬프지 않아. 행복해. 너무 행복해서 운 거야."

"너무 행복해서 울었대!" 에멀린이 외쳤다.

"네가 행복해서 우리도 정말 행복해." 켈리가 말했다.

안젤리크가 환하게 웃으며 담요를 어깨에 둘렀다.

"나 정말 행복해." 그녀가 깡충깡충 뛰었다. 담요가 망토 같았다. 우리는 기쁨에 겨워 다시 춤을 췄다.

하지만 뭔가 잘못됐다. 안젤리크를 힐끔 보았다. 그녀는 행복하다고 말했지만 믿을 수 없었다. 안젤리크가 말할 때 나는 그녀를 안고 있었다. 우리의 피부가 맞닿아 있었다. 우리는 에너지를 공유했다. 내 기운이 따뜻한 황금색이고 희열이라면 그녀의 기운은 차가운 파란색이었다.

그녀는 거짓말쟁이다.

그녀는 행복하지 않다.

그녀는 행복한 척했고 오직 나만이 그 진실을 알았다.

*

시간이 순식간에 지나갔다.

어쩌다 보니 벌써 저녁 시간이었다.

우리는 오늘 밤, 멜니버그 저택 안에서 식사할 예정이었다. 그 프랑스 시골 성 스타일의 대저택은 바닥이 대리석이고 벽은 흰색이고 천장은 구름 속으로 사라질 만큼 높이 솟아 있었다. 우리가 웃으면 마치 유령이 따라 웃는 것처럼 건물에 웃음소리가 메아리쳤다. 우리가 식사할 테이블은 웅대했다. 적어도 길이가 5미터는 되어 보였다. 세쿼이아 나무를 절단하거나 판자를 대지 않고 한 그루를 그대로 조각해 만든 지상의 유물 같은 식탁이었다. 잘라서 사포질하고 광내기 전까지 수백 년, 어쩌면 그보다 더 오랜 세월을 살았을 식탁이었다. 우리의 만찬은 가면무도회를 겸했다. 우리는 보라색과 황금색, 파란색과 검은색, 흰색과 진홍색의 난해한 무늬가 들어간 레이스 가면으로 우리의 예쁜 얼굴을 가리고 립스틱 바른 입술만 드러냈다. 나는 내 여인들을 너무나 사랑하기 때문에 치아와 윗입술의 윤곽, 완벽한 입술 볼륨을 위해 맞은 필러의 양만으로 누가 누군지 구분할 수 있었다.

저녁 메뉴는 나를 기리기 위해 마련했다는 아시아 음식이었다. 주방 직원들이 스팀 번과 만두, 북경오리를 준비했다. 풋콩 샐러드, 생선회 보트, 미소된장이 있었다. 김밥, 잡채, 그리고 반찬으로 김치도 나왔다. 막걸리와 사케가 줄줄이 나왔다. 나는 얼굴이 빨갛게 달아오를 정도로 마셨다. 음악은 아시아 사극 어딘가에서 나올 것 같은 분위기를 풍겼다. 나무와 현으로 이뤄진 악기가 만들어내는 선율이 그 장엄한 공간을 가득 채우며 풍부하고 부드럽게 울려 퍼졌다.

벨라 마리가 미소 지으며 나를 바라보았다. 그녀의 마스크는 초록색이었고 그녀의 파란색 드레스는 움직일 때마다 색깔이 바뀌는 것처럼 보였다. 벌새 같은 무지갯빛이었다. 나는 그녀의 품으로 가 그 생기 넘치는 날개에 안기고 싶었다.

"줄리를 위해!" 그녀가 잔을 들어올리며 말했다.

"줄리를 위해!" 모두 잔을 들어올리자 잔 속 술이 출렁거렸다.

우리는 술을 삼켰고 서로의 몸속에 불을 피워 서로서로 온기를 더해주었다. 우리는 맛있는 음식으로 입안을 채웠다. 나는 생선회 한 점을 간장과 고추냉이에 찍어 혀 위에 올렸다. 참치의 진한 풍미가 입안에 퍼졌다.

"나 이 말을 해야겠어. 네 말이 정말 맞아." 에멀린이 아나에게 말했다.

"맞다고? 무슨 말?" 아나가 물었다.

"빅터와 그네에 관한 말!"

"아! 그 그네!"

"그 그네!" 릴리가 부드럽게 말했다.

모두 키득거리며 문 옆에 서 있는 빅터를 힐끔거렸다. 그는 먼 곳을 응시했다. 그가 플루트와 현악기와 웃음소리 너머로 우리 이야기를 들을 수 있는지 궁금했다. 나는 그가 어떤 기분일지 궁금했다. 우리처럼 행복한지 궁금했다.

"빅터는 진폭을 이용하지." 아나가 자기 스푼을 진자처럼 앞뒤로 왔다 갔다 흔들었다. "정말 굉장해."

"최고야." 소피아가 말했다.

"진짜 좋아." 에멀린이 말했다.

"이제 막 생각났는데." 마야가 재잘댔다. "줄리는 클로이가 아니니까 아직 빅터를 경험하지 못했겠다."

"아, 그렇겠네!" 에멀린이 외쳤다.

"너도 조만간 시도해봐." 마야가 말했다.

"맞아. 조만간 해봐." 켈리가 말했다. "빅터한테 디저트 먹으러 오라고 할까?"

"아, 난 모르겠어." 나는 벨라 마리를 쳐다봤다. 나를 비추는 그 파란 눈이 마치 대자연 같았다.

그녀가 미소를 지었다. 손대지 않은 완벽한 입술. "줄리는 장작 패는 걸 안 좋아할지도 모르지." 그녀가 간단하게 말했다.

"아아아아." 그녀들은 우리가 마치 하나인 듯 나를 완전히 이해해주었다.

50

우리는 해변으로 나갔다.

우리 사이에 모닥불이 타올랐다. 뜨거운 불길이 포효하며 밤하늘에 입맞춤을 퍼붓고 그 주황색 광채로 우리의 피부를 물들였다. 멀리서 바이올린과 드럼 소리가 들려왔다. 활기차고 날카로운 선율이 내 귀에 생생하게 파고들었다.

우리가 뭔가 이야기하며 웃음을 터뜨리는데 빅터가 상자를 들고 왔다.

"오오오!" 빅터가 모닥불 주위를 도는 동안 벨라도나들이 외쳤다. 모두 상자 안에 든 것을 잡아 손바닥 안에 감추고는 비밀의 물체에 쪽 하고 입 맞추는 소리를 냈다.

내가 마지막 차례였다. 빅터가 내 앞에 그 상자를 내려주었다. 나는 깜짝 놀랐다. 아주 조그맣고 통통한 분홍 생쥐였다. 나는 그것을 집어 올렸다. 내 손에 닿는 감촉이 따뜻했다. 크기는 내 손가락만 했고 끔찍하게 사랑스러웠다. 이제 갓 태어난 듯 눈이 완전히 발달하지 않아 반투명한 살 너머로 검은색 구슬만 콕콕 박혀 있었다. 그 미니어처는 최종 형체를 거의 닮지 않았다. 지금으로선 더러운 하수구를 기를 쓰고 뛰어다니는 성가시고 뚱뚱한 쥐들, 그 못생긴 설치류 형제들과 달리 구역질을 유발하지 않았다.

"아, 너 정말 귀엽네." 나는 다정하게 말했다. 생쥐가 내 손바닥 위에서 다리를 넓게 벌려 스트레칭을 하면서 꼼지락거렸다. 내가 잠을 깨운 게 분명했다. 생쥐가 몸을 뒤집어 엎드린 다음 꼬물꼬물 힘없이 기었다. 그 조그맣고 통통한 발이 내 손바닥을 자박자박 밟고, 아주 약하게 내 손바닥을 간질이면서, 겨우 찍찍 소리를 내는 데 필요한 힘을 긁어모았다. 불현듯 나도 한때는 그토록 작고, 순수하고, 사랑스러운 뱃속 세포 덩어리였다는 생각이 떠올랐다.

"줄리." 벨라 마리가 말했다. "여행이 거의 절반이 지나갔어. 난 너무 슬퍼."

"너무 슬퍼." 모두가 반복했다.

"너무 슬퍼." 내가 말했다.

"새로운 가족이 된 널 축하해주고 싶어. 우리를 묶어주는 끈, 우리의 비밀을 함께 나누자. 오늘 밤, 널 우리 세상에 들이려고 해. 더 진실한 가족이 되기 위한 작은 발걸음을 떼는 거야. 클로이가 그 자리에 있었을 때가 기억나. 정말 아름다운 순간이었어."

비록 클로이는 나를 버렸지만, 나는 클로이가 특히 입양에 관한 진실이 드러난 뒤에 진짜 가족의 의미를 경험할 수 있었다니 기뻤다. 모두 이런 기쁨을 누릴 자격이 있는 것이다. 이 여인들은 적기에 클로이를 구해주었다.

"기독교인이야?" 벨라 마리가 물었다.

"아니." 내가 말했다.

"불교 신자?" 켈리가 물었다.

"아니."

"신도*?" 에멀린이 물었다.

"아니."

"무슬림?" 아나가 물었다.

"아니."

"무신론자?" 안젤리크가 물었다.

"음. 불가지론자**?" 내가 제안했다.

"불가지론자!" 모두 웃음을 터뜨렸다.

생쥐가 손안에서 꿈틀거렸다. 건강하게 살아 있다. 공기에서 재 냄새가 났다. 타는 냄새.

벨라 마리가 자기 생쥐를 새끼손가락으로 어루만지며 말했다. "니콜라이 이야기 기억하지?"

나는 고개를 끄덕였다. 회중시계를 찾아주고 부인을 얻었다고 했지.

---

* 일본의 전통종교.

** 신이 있는지 없는지 알 수 없다는 입장에 있는 사람.

"음, 완전히 사실대로 말한 건 아니었어. 그건 순수한 행운이 아니었거든. 니콜라이는 성스러운 존재에게 충성을 맹세하고 인생의 흐름을 바꿔 달라고 열심히 기도했어. 고생스러운 소작농 생활을 청산하게 해달라고."

이제야 왜 내 종교에 대해 물었는지 이해가 되었다. 가족이 되려면 당연히 같은 신을 믿어야 했다. 나는 그녀들과 같은 영적 존재를 숭배하는 것에 아무 문제가 없었다. 가족이 되기 위해서라면 뭐든 할 거다. 나는 그들 중 하나가 되고 싶었다. 몸도 마음도 다.

"어떤 신인데?" 내가 물었다.

벨라 마리가 흥분으로 눈을 빛내며 기뻐했다. 내가 옳은 질문을 한 거다.

"에토의 아름다움은 바로 이거야." 벨라 마리가 말했다. "하나의 신, 하나의 실체만 있는 게 아니야. 에토는 시간에 따라 흐르고 변화하면서 우리에게 가장 잘 맞는 형태로 스스로를 빚어내지."

에토. 한 번도 들어본 적 없지만 낯설지 않았다. 잠에서 깨기 직전, 흐릿한 꿈결에 누군가 내 귀에 대고 그 이름을 속삭여준 것만 같았다. "지금 에토는 어떤 형태야?"

그녀들이 키득거렸다.

"에토는 우리에게 힘을 줄 수 있는 거라면 뭐든 될 수 있어." 벨라 마리가 말했다. "우리가 어떻게 몇 년 만에 수백만 명의 마음을 사로잡았는지 궁금했던 적 있어? 우리가 어떻게 끊임없이 변화하는 시대정신 속에서 영향력을 행사하는 자리에 있을 수 있는지 생각해봤어? 그게 다 에토가 우리를 축복해준 덕분이야. 그리고 세상이 인플루언서들에게 싫증을 낼 때가 되면, 그런 일은 불가피하니까. 에토가 또 다른 방식으로 우리에게 힘을 실어줄 거야. 지금 우리의 단순한 머리로는 헤아릴 수조차 없는 방식으로 말이야."

"하지만 어떻게?" 나는 어떻게든 꿰맞춰보려 애쓰며 물었다. 너무 이질적이고 우스꽝스럽고 있음직하지 않은 그 개념을 이해해보려 노력했다. 이게 켈리가 말한 집단 시너지와 끌어당김의 실천인가? 그녀들은 단순히 어떤 신에게 기도만 한 걸까?

"어떻게 에토가 그렇게 할 수 있어?" 나는 나의 모든 여인들을 쳐다보며 그들의 팔로워 군단을 생각해봤다. 무명의 공간에 빠졌던 켈리는 어떻게 컴백할 수 있었을까. 그녀들은 진심으로 그게 에토 덕분이라 믿는 걸까?

벨라 마리가 고개를 저었다. "에토는 우리가 이해할 수 있는 존재가 아니야. 에토는 알려지지 않은 방식으로 일해. 너도 곧 보게 될 거야. 일단 네가 마음을 열고 에토를 섬기면 에토가 너에게 똑같이 보답해줄 거야."

안젤리크는 손에 든 생쥐를 뚫어져라 쳐다보다가 손을 배에 갖다 댔다. 그리고 뱃속 아기에게 찍찍 소리를 들려주었다.

"클로이처럼." 벨라 마리가 말을 이었다. "클로이는 충성을 맹세한 지 얼마 되지도 않아 모든 플랫폼에서 수백만 팔로워를 거둬들였어. 다 에토 덕분이었지."

나는 그러고 싶지 않았지만 나도 모르게 인상을 찌푸렸다. 진짜 에토 때문에 클로이가 성장한 걸까? 클로이가 이런 걸 믿었다고? 상상이 되지 않았다. 클로이, 내 쌍둥이 언니가, 아장아장 걸어 다닐 때부터 그렇게 흔들림 없이 단단하던 사람이 이런 모호한 것을 믿었다니.

"줄리?" 벨라 마리가 나를 향해 미소 지었다. 그녀의 눈이 너무나 따뜻하고 사랑스러워서 한 모금 마시면 촉촉한 여름 하늘 맛이 날 것 같았다. "어디로 간 거야? 우리한테 돌아와."

우리한테 돌아와.

벨라도나들은 정말 아름답고 재능이 넘친다. 당연히 사랑받을 만하다. 팔로워들이 자연스럽게 따를 수밖에 없다. 그들의 성공은 당연하다. 다른 어떤 것이 관여했다는 생각은 한 번도 해본 적이 없다. 하지만 나는 그들의 원기 왕성한 몸, 곡선을 그리며 올라간 입꼬리, 한결같이 일정한 심장박동에서 그 주파수를 읽을 수 있었다. 그들은 진심으로 어떤 신이 자기들의 성공의 이유라 믿었다. 화면 속 숫자를 조절하는 것이 어떤 무정형의 거룩한 몸체라 믿었다.

우리.

그들은 에토를 믿는다. 나는 이제 안다. 그들의 믿음이 그들의 동시성과 연대감과 집단 시너지의 필수 요소라는 것을.

그들 중 하나가 되려면 반드시 따라야 한다. 나는 나를 우리로 만들기 위해 에토를 믿어야 한다.

내가 진짜 무슨 생각을 하든, 머릿속에서 어떤 논리나 이성이 나를 막아서든 상관없다. 그런 것들은 모조리 불에 집어던져 태워버려야 한다. 받아들여지고 불가분의 관계가 될 기회를 놓칠 수 없다. 마침내 내 잘못을 이해해주고 나를 사랑으로 안아주고 다른 누가 아니라 줄리로서 나를 사랑해주는 가족을 찾았는데 그럴 수는 없다. 그녀들은 내 정맥에 흐르는 피고 내 몸을 받쳐주는 뼈고 내 심장에서 펄떡이는 심장이다.

그들이 원하는 게 그거라면 나는 억지로라도 믿을 것이다. 비록 그것이 존재 여부조차 확신할 수 없는 신을 믿는 일일지라도 나는 우리가 되기 위해 뭐든 할 것이다. 나는 준비되었다.

"충성을 맹세하려면 어떻게 해야 해?"

그녀들은 내 선언에 기뻐했다. 그들의 몸이 마치 전기가 흐르듯 통제할 수 없는 흥분으로 전율했다. 그 전율이 내 가슴을 강타하자 마치 태양을 한입 베어 문 느낌이었다. 나는 그것이 모든 것의 시작임을 알 수 있었다. 그 느낌은 내가 우리로 받아들여진다는 강렬한 신호였다.

환하게 웃는 벨라 마리가 더욱 커다랗게 느껴졌다. "에토는 우리의 사랑을 통해 우리 안에 살아 있어. 우리의 헌신이 필요하지. 우리가 마음과 헌신을 보여주는 한 에토도 우리를 사랑해줄 거야." 그녀가 내 옆에 앉아 손에 든 작은 생쥐를 보여주었다. 조그만 핑크색 아가. 아가가 그 쪼그만 입을 벌려 하품을 했다.

그녀가 생쥐를 쥔 채 다른 손으로 내 손을 잡았다. "날 따라 해." 그리고 그 작은 생명체를 응시했다. "*너는 강해질 거야.*"

나는 따라 했다. 우리 모두 그대로 따라 했다. 우리의 생쥐를 응시했다. 생쥐에게 우리의 의지와 사랑을 쏟아부었다.

너는 강해질 거야.

그런 다음 벨라 마리가 자신의 생쥐를 나에게 건넸다. 다음으로 아나가 내 생쥐를 가져갔다. 우리는 모두 원을 그리며 생쥐를 교환했다. 새로운 핑크색 생명체가 우리의 손바닥에서 꿈틀거렸다.

에멀린이 다음 차례였다. "너는 아름다워질 거야."

너는 아름다워질 거야.

우리는 다시 생쥐를 교환했다. 몇 번 더 반복했다. 생쥐를 교환할 때마다 새로운 소망을 외쳤다. 그 작은 동물들은 우리 손에서 꿈틀거리며 우리의 헌신, 꿈, 행운을 부르는 기운을 듬뿍 머금었다.

너는 부유해질 거야.

너는 사랑받을 거야.

너는 안전해질 거야.

너는 용감해질 거야.

너는 숭배받을 거야.

너는 성공할 거야.

내 차례였다. 원래 내 생쥐가 손에 돌아와 있었다. 나는 내 의도를 담아냈다.

"너는 가치 있어질 거야."

너는 가치 있어질 거야.

"그럼 이제." 벨라 마리가 말했다. "우리가 에토에게 준 사랑을 우리 것으로 받아들여야 해. 에토를 우리한테 흡수시키는 거야."

"흡수라고?"

"응." 그녀가 다정하게 말했다. "잘 봐."

바이올린이 비명을 질러댄다. 찌를 듯이 날카로운 선율이 흐르는 가운데 벨라 마리가 입술을 벌려 생쥐를 혀 위에 올렸다. 그녀의 눈부시게 아름다운 입 크기의 10분의 1도 안 되는 조그만 것. 나는 생쥐의 피부 한 겹 너머로 보이는 구슬 같은 검은, 눈먼 것의 눈을 넋 놓고 바라보았다. 벨라 마리가 입술을 닫고 천천히, 질서정연하게, 그것을 씹었다. 뼈가 오도독 오도독 오도독 소리를 냈다. 찍찍 소리가 들린 것 같지만 바이올린 소리였을 거다. 그녀가 삼켰다. 그리고 입을 열었다. 아무것도 없었다. 혀와 잇몸과 새하얀 치아와 핑크색 목젖뿐이었다.

나는 그녀의 벌어진 입을 응시했다. 잠깐, 이거 마술인가? 아니면 비행기에서 했던 알약 게임? 나는 생쥐가 그냥 그녀의 목뒤 어딘가에 있을 줄 알았다. 하지만 그때 벨라 마리가 활짝 웃었고 장난이 아니란 걸 깨달았다. 그녀가 생쥐를 삼켰다. 숨이 막혔다. 나는 눈꺼풀 안에 모기라도 박힌 것처럼 눈을 미친 듯이 깜빡거렸다.

"이제 네 차례야."

내 생쥐가 꿈틀거렸다. 그것이 느릿느릿 고개를 들었다. 볼 수 있는 것처럼, 눈이 멀지 않은 것처럼, 다 알고 있는 것처럼. 자기를 잡아먹을지도 모를 입을 의식하는 듯했다. 호흡이 가빠지고 땀이 피부를 적셨다.

행복하고 기분 좋고 아름다운 느낌은 전혀 없었다. 먹고 싶지 않았다. 흡수하고 싶지 않았다. 나는 무서웠다.

"무서워하지 마."

나는 모닥불 건너 마야를 쳐다보았다. 내 생각을 어떻게 읽었지?

"무서워할 건 아무것도 없어." 릴리가 말했다.

"너한텐 이제 우리가 있잖아." 소피아가 말했다.

"우리가 여기 있어." 안젤리크가 말했다.

"우리가 널 지켜줄 거야." 아나가 말했다.

"우린 가족이야." 켈리가 말했다.

"가족." 에벌린이 말했다.

그러고는 모두 쥐를 입속에 탁 집어넣었다. 질겅, 질겅, 질겅, 오도독, 오도독, 오도독. 꿀꺽. 모두 상쾌해 보였다. 행복해했다. 환하게 빛났다. 나도 그들처럼 되고 싶었다. 행복해하며 환하게 빛나고 싶었다. 두려워하지 않고.

무릎 꿇은 벨라 마리의 드레스에 모래가 묻어 있었다. 그녀가 내 손을 잡고 더 가까이 몸을 기대었다. 그녀의 앙상한 엉덩이 옆면이 내 다리에 꼭 밀착되었다. 그녀의 숨결에서 피와 살냄새가 훅 풍겼다.

"넌 우리와 하나가 될 거야. 널 사랑해. 이제 먹어." 그녀가 말했다.

"이제 먹어." 그녀들이 말했다.

벨라도나들의 눈이 나를 찌르고 내 피부에 구멍을 뚫고 내 가슴에서 모든 온기를 빼내 오직 깜깜한 어둠의 공백만 남게 했다. 나는 이걸 해야 한다. 그러지 않으면 그녀들이 나를 싫어할 것이다. 이 생쥐를 먹지 않으면 나를 가족으로 여기지 않을 것이다. 여기서 멈추면 나는 결코 우리가 될 수 없다. 나는 다시 내쫓기고 무시당하고 버려질 거다.

조그만 생쥐 한 마리를 내가 항상 원해왔던 여덟 명의 자매, 내 가족에 비할 수 있을까?

갑자기 공기가 잠잠해지고 정적이 흘렀다. 나는 생쥐를 응시했다. 감각이 용해되고 무뎌졌다. 나는 무섭거나 행복하지 않다. 아무 느낌도 들지 않는다. 생쥐는 아무것도 아니다. 되살아나기 위해 그걸 내 속에 집어넣어야 한다. 다시 온전해지기 위해. 나는 그녀들의 사랑을 받기 위해 생쥐를 먹어야 한다.

나는 생쥐를 입으로 들어 올려 혓바닥 위에 떨어뜨렸다. 생쥐가 움직였다. 그 조그만 발이 내 축축하고 끈적한 동굴을 빠져나오려 기어올랐다. 나는 탈출구를 막으려 입을 닫아버렸다. 그 공포가 느껴졌다. 혓바닥 위에서 꿈틀대는 네 다리. 입술 안쪽에 부딪치는 머리. 나는 몸을 움찔하며 꽉 깨물었다. 절망의 끝, 혓바닥을 감싸는 쇠 맛, 어금니에 어그러지는 보드라운 두개골. 질식할지도 모르지만 씹지 않고 통째로 삼켰다. 한 번도 해본 적 없는데, 알약조차 그렇게 삼켜본 적 없는데. 생쥐가 목젖에 부딪혔다. 그 너머로 미끄러졌다. 그 조그만 발톱이 내 목구멍에 생채기를 내고 아직 살아 있는 것처럼 필사적으로 식도를 기어오르려 했다. 그것이 내 목의 좁은 통로를 통과했다. 나는 더 이상 아무것도 느낄 수 없다. 그것은 내 가슴속 어딘가로 사라져버렸다.

나는 입을 벌렸다. 내가 했다는 걸 보여주었다. 나는 그녀들 중 하나다. 가족이다. 그녀들이 사랑스럽게 고함치며 나에게 달려들었다. 보호의 온기로 내 몸을 감싸며 자기들이 좀 전에 뚫어놓은 구멍을 메워주었다. 벨라 마리가 내 허벅지에 얼굴을 묻고 두 팔로 내 몸을 감쌌다. 그녀들은 다정하게 속삭이고 애정을 퍼붓고 빛나는 사랑으로 나를 다시 채워주는 내 애정의 방이다.

쏟아지는 열정 속에서 나는 우리가 먹은 것을 잊었다.

51

나는 내 방에 혼자 있었다.

몇 시간 동안 눈을 감고 있었지만 잠을 잘 수 없었다. 내 안에 뭔가가 잘못되었다. 생명체가 목구멍 밖으로 기어나오려는 듯했다. 다시 살아나 복수하려는 듯했다. 누워 있다간 구토로 질식해 클로이처럼 입에 거품을 문 채 죽을지도 모른다는 생각에 일어나 앉았다. 나는 심호흡을 했다. 메스꺼움과 싸우면서 내 몸에게 알려주었다. 내가 통제하고 있다고.

하지만 뭔가 이상했다. 뭔가 잊고 있는 느낌이었다. 마음속에 그 형체가 비집고 들어와 어떤 이름이 혀끝에 맴돌았다.

그때 비명 소리가 들렸다.

목에서 날카롭게 새어 나오는 소리. 두세 채 건너 방갈로에서 들려오는데도 내 귀에 들릴 만큼 큰 소리였다.

안젤리크.

걱정이 앞서 지독한 메스꺼움도 잊고 그녀의 방갈로로 달려갔다. 현관문을 열어젖혔다. 방에서 비릿한 쇠 냄새가 났다. 피 냄새 같았다.

안젤리크는 바닥에서 신음하며 뭔가 중얼거렸다. *미안해, 미안해, 내가 미안해*하고 말하는 것 같았다. 피부는 창백했고 온통 땀에 젖어 있었고 허벅지를 따라 흐른 선홍빛 피가 새하얀 원피스를 물들였다.

나는 달려들어 그녀를 품에 안았다. 내 몸이 닿자 그녀의 근육이 경련을 일으켰다. "무슨 일이야?"

그녀가 나를 붙잡았다. 피에 젖은 손이 내 피부에서 미끈거렸다. 일관성 없이 중얼거리는 그녀의 말을 알아들을 수 없었다.

켈리가 달려왔다. 이어서 마야가 와서 벨라 마리를 데려오겠다며 다시 달려 나갔다.

"무슨 일이야?" 내가 다시 물었다.

"아기가." 안젤리크가 쉰 목소리로 말했다. "끝났어."

"끝났다고? 뭐가 끝났어?"

그녀가 천천히 눈을 깜빡였다. 오직 나에게만 들릴 만큼 작은 목소리로 속삭였다. "나는… 좋은 사람이야?"

"뭐라고?"

대답할 새도 없이 그녀의 머리가 옆으로 툭 떨어졌다. 그리고 내 품에서 그대로 기절해버렸다.

나는 공포에 질려 그녀를 흔들었다. "안젤리크? 안젤리크! 내 말 들려?" 나는 걱정으로 목이 메어 소리쳤다. 켈리가 보였다. 그녀는 피를 보고 있었다. 그녀는 조용히, 마치 기도하듯 가슴에 두 손을 올려놓았다.

"어떻게 해야 해?" 내가 물었다. "도움이 필요해. 병원. 의사가 있어야 돼!"

발소리가 우르르 들려왔다. 다른 벨라도나들이 들이닥쳤다. 에멀린, 릴리, 아나, 소피아, 마야. 마지막은 벨라 마리였다. 그녀는 들것을 든 빅터와 다른 튼튼한 백인 남자와 함께 왔다. 두 남자는 안젤리크를 들것에 올렸다. 그러고는 들것을 힘껏 들어 올려 그녀를 방에서 데리고 나갔다. 두 남자가 몇 분 거리의 서비스 건물로 안젤리크를 데려가는 동안 우리는 그 뒤를 따랐다. 그곳에 조그만 진료소가 있었다. 차가운 불빛이 안젤리크의 심각한 출혈을 비춰주었다. 다리 사이에 생긴 따뜻하고 끈적끈적한 선홍빛 연못.

그녀가 괜찮은지 확인하려고 함께 들어가려는데 벨라 마리가 나를 멈춰 세웠다.

"괜찮을 거야. 우린 의사가 있어." 하지만 그녀는 손톱을 씹었다.

"응급 구조를 요청해야 해." 내가 말했다. "수혈이 필요하면 어떡해? 피를 너무 많이 흘렸어. 그, 그리고…" 아기를 생각하자 숨이 턱 막혔다. 내 손에 아름답고 온전하게 전해지던 따뜻한 영혼. 오늘 아침에 딱 한 번, 아기를 느껴봤는데 이제는… 열두 시간도 채 되지 않았는데. 어떻게 순식간에 이런 일이 벌어질 수 있지? "안젤리크는 남편과 있어야 해. 소머 말이야. 가족과 함께 있어야지."

"우리가 가족이야." 벨라 마리가 말했다.

"벨라 마리!" 나는 고함쳤다.

그녀가 깜짝 놀랐다. 비틀거리며 물러나는 그녀의 완벽한 껍데기에 균열이 가 있었다. 모두가, 열네 개의 눈이 나를 향했다. 내 고함에 다들 충격을 받은 상태였다. 나도 내가 고함친 것에 충격을 받았다.

넌 왜 행복하지 않아? 가족에게 왜 고함을 쳤어? 너무 심하잖아.

그런 감정이 마음속에서 솟구치는 게 싫었다. 그 감정은 평화롭지 않았다. 좋지 않았다. 거칠고 날이 바짝 서고 벌겋게 달아오른 불안감이었다. 하지만 그걸 밀어낼 수 없었다. 안젤리크와 그녀의 아기가 죽어가고 있는데 그럴 수 없었다. 다시 그런 일이 벌어지게 내버려둘 수 없었다. 또 다른 가족이 죽게 내버려둘 수 없었다. 나는 심호흡을 하고 눈을 감고 생각을 정리했다. 그런 다음 앞으로 걸어가 벨라 마리의 손을 잡고 부드럽게 말했다. "내 사랑, 내 아름다운 비둘기 벨라 마리. 난 안젤리크가 걱정돼."

"나도 걱정돼." 그녀가 대답했다.

"너무 걱정돼."

"진짜 걱정돼."

"난 그냥… 안젤리크가 수혈이나… 다른 뭔가가 필요할지도 모른다는 생각이 들어. 여기 좋은 의료 시설이 있다는 거 알아. 하지만 걱정 돼. 안젤리크잖아! 우리 가족. 만약에…" 나는 고개를 절레절레 흔들면서 나머지는 그녀가 상상할 수 있는 최악의 시나리오로 채울 수 있게 했다.

벨라 마리가 깨달았다는 듯 입을 크게 벌렸다. "네 말이 맞아." 그녀가 나에게 와락 달려들어 두 팔로 나를 감쌌다. "네 말이 정말 맞아, 줄리. 난 널 정말 정말 사랑해. 안젤리크는 안전해질 필요가 있어. 네가 옳아."

"네가 정말 옳아, 줄리." 에멀린이 말했다.

"진짜 옳아." 아나가 말했다.

"진짜 그래." 릴리가 반복했다.

"당장 응급 구조를 요청할게. 여기서 기다려." 그러고는 벨라 마리가 달려갔다. 그녀가 달리는 모습을 본 건 처음이었다. 이상해 보였다. 어색했다. 갓 태어난 망아지처럼 팔다리가 조화를 이루지 못하고 제멋대로 움직이는 느낌이었다.

진료소 문이 열리고 빅터가 피범벅이 된 채 걸어 나왔다. "내가 안젤리크의 가방을 챙길게. 다들 여기서 기다려." 그러고는 어둠 속으로 성큼성큼 걸어가 버렸다.

"안젤리크는 괜찮을 거야." 마야가 말했다.

"괜찮을 거야." 에멀린이 말했다.

아나가 나를 안으며 말했다. "다 좋아질 거야."

우리는 모두 함께 포옹했다. 그들의 팔이 나를 감싸안으며 안젤리크의 안전을 확언했다.

나는 그들을 껴안으며 그렇게 믿어보려 애썼다. 마음속이 온통 메스꺼움으로 출렁거렸다. "다 잘될 거야." 내가 말했다. 내 팔은 여전히 안젤리크의 피로 얼룩져 있었다.

52

30분 후, 구조 헬리콥터가 도착했다.

그것은 거대한 외계 우주선 같았다. 그 잿빛 기체가 밤하늘에 녹아들고 윙윙 돌아가는 프로펠러가 조용한 섬을 가로지르며 나무 꼭대기를 뒤흔들었다.

헬리콥터가 들판에 내려앉을 때 아래쪽 풀밭이 크롭서클*처럼 평평해졌다. 나는 멀리서 주황색 옷을 입은 구급대원들이 안젤리크를 헬리콥터로 끌어 올리는 모습을 지켜봤다. 벨라 마리도 거기 있었다. 그녀의 막대기 같은 몸이 헬리콥터의 타는 듯한 불빛 아래 유령처럼 비쳤고 그 그림자가 풀밭을 가로질러 삐쭉하게 뻗어 있었다.

헬리콥터가 안젤리크를 무사히 싣고 하늘로 날아올랐다. 어둠의 장막 속으로 사라지기 직전에 꼬리에 적힌 CG-484가 보였다. 식별번호 같았다. 헬리콥터의 PLU 코드.

---

*   곡물이 일정한 방향으로 누워 만들어지는 원인불명의 기하학적 원형무늬.

벨라 마리가 우리 쪽으로 돌아왔다. 고운 금색 눈썹 사이엔 평소 같지 않게 주름이 잡혀 있었다. 밤은 그녀의 피부를 보라색으로 물들여놓았다. 마치 포도 맛 젤리를 먹고 질식한 사람의 혓바닥 색깔 같았다. 그녀의 베이지색 원피스는 적갈색 피로 얼룩졌고 일부는 뺨에도 묻어 멍처럼 번져 있었다.

"오, 줄리!" 그녀가 눈물 젖은 눈을 커다랗게 뜬 채 내 두 손을 붙잡았다. "네가 정말 옳았어. 구조대원들이 1분만 늦게 연락했어도 안젤리크의 목숨이 위험했을 거래. 정말 고마워. 넌 생명의 은인이야!"

"생명의 은인!"

"생명의 은인!"

"생명의 은인!"

"생명의 은인!"

"생명의 은인!"

"생명의 은인!"

내장이 부식성 액체로 부글부글 끓어올랐지만 나는 활짝 웃으며 말했다. "고마워. 고마워." 나는 정말로 감사하고 싶었다. 정말로 생명의 은인으로 그녀들의 예쁜 사랑에 풍덩 뛰어들어 싱싱한 여름 복숭아를 먹듯 그 사랑을 먹어치우고 싶었다. 하지만 계속 뭔가 잘못됐다는 느낌을 지울 수 없었다. 간절히 그녀들에게 휩쓸려가고 싶은데도 휩쓸리지 못하게 나를 잡아당기는 힘이 있었다.

"있잖아." 에멀린이 말했다. 그녀의 사슴 같은 눈에 눈물이 가득했다. 커다란 아기 같아 보였다. "난 무서워. 난 피를 보는 게 싫어. 피를 보면 공포가 밀려와. 오늘 밤 나랑 함께 있어줄래?"

"가여운 에멀린!" 마야가 외쳤다. "무서워하지 마. 우리가 여기 있잖아."

"행복한 것들을 생각해봐." 소피아가 덧붙였다.

"오늘 밤 우리가 네 옆에서 널 안전하게 지켜줄 거야." 마야가 말했다.

모두 에멀린에게 다정하게 속삭이고 춤을 추면서 그녀의 주위를 돌고 나를 그 사랑의 토네이도 속으로 끌고 들어갔다. 우리는 발끝으로 빙글빙글 돌면서 에멀린의 방갈로로 들어가 그녀의 침대 위에 풀썩 쓰러졌다. 아름다운 여인들의 둥지에서 신선한 풀과 피 냄새가 났다.

"잘 자." 에멀린이 말했다.

"잘 자." 마야가 대답했다.

"잘 자." 소피아가 덧붙였다.

"잘 자." 아나가 웅얼거렸다.

"잘 자." 켈리가 속삭였다.

"잘 자." 벨라 마리가 말했다.

모두 내가 말하기를 기다렸다.

"잘 자." 내가 말했다.

우리는 하얀 담요에 얼굴을 파묻었다. 방은 깜깜하고 역겨울 정도로 따뜻했다. 나는 아나의 허벅지와 소피아의 겨드랑이 사이에 끼어 폭풍같이 땀을 흘렸다. 내 배를 가로지른 다리가 갈비뼈를 눌러 움직일 수 없었다. 그녀들의 숨소리가 깊고 편안해졌다. 모두 잠이 들었다. 나도 그녀들처럼 깜깜한 밤으로, 부드러운 잠 속으로 탈출하려고 애를 썼다. 하지만 뱃속이 뒤집히는 데다 안젤리크가, 내 손에 묻은 그녀의 피가, 다리 사이로 흐르던 붉은 연못이, 아기가 계속 떠올랐다. 그녀는 끝났다고 했다.

뭐가 끝난 거지?

왜 이렇게 뭔가 잘못된 것 같지?

배가 꾸르륵거렸다. 다시 뭔가 돌아오고 있었다.

나는 피 묻은 창백한 팔다리들이 얽혀 있는 침대를 살금살금 기어나와 변기 앞에 무릎을 꿇고 도자기 변기에 핑크색 거품과 씹다 만 참치를 뿜었다. 그때 식도에서 딱딱하고 미끈미끈한 것이 역류했다. 그 미끄럽고 끈적끈적한 점액질 물체가 내 혀를 치고 나와 변기에 떨어졌다.

눈을 깜빡였다.

생쥐였다. 반쯤 소화된 쥐. 까만 눈 두 개가 거의 살아 있는 듯했다. 역겨워서 머리가 핑핑 돌았다. 나는 모든 것을 다 토해 냈다. 생선회, 술, 핑크와 초록 음료, 키 라임 파이. 그러는 내내 뭔가 잘못됐다는 느낌이 마음을 마구 휘저었다.

내가 대체 뭘 한 거지?

위장을 다 비워낸 뒤 공기 중에 떠도는 악취에 웩웩거리며 변기 속 모든 것을 내려보냈다. 나는 빙글빙글 돌며 내려가는 가여운 핑크색 생쥐를 차마 쳐다볼 수 없었다. 비틀비틀 세면대로 가 입안을 헹구고 거울을 들여다봤다.

나는 거울 속 모습에 놀라 펄쩍 뛰었다. 얼굴에 손바닥을 갖다 댔다. 뺨을 만지고 눈가의 피부를 당겨보았다. 나는 송장처럼 핼쑥하고 기괴했다. 꼭… 클로이 같았다. 내가 발견했던, 그날 밤의 클로이.

"씨발." 나는 그 이미지를 없애려 머리를 휘저었다. 내가 어쩌다 이렇게까지 된 거야? 지난 이틀을 떠올려봤다. 벌새와 생쥐와 벌목꾼. 끊임없이 터져나오던 웃음과 춤. 재미있었다. 나는 들떠 있었다. 기쁨에 차 있었다. 나는 사랑받았다. 좋았다. 아름다웠다. 그러다가… 피. 안젤리크. 뱃속이 비어 있는데도 꾸르륵거렸다. 내가 뭔가 중요한 것을 놓치고 있다는 걸 상기하듯이.

중요한 누군가.

복숭아와 설탕 맛. 바닐라 향.

귀가 윙윙거렸다. 나는 입을 틀어막았다.

어떻게 잊었지?

이즈를.

나는 헉 하고 놀라 몸을 바로 세웠다. 입에서 시큼한 냄새가 났다. 이즈는 어떻게 된 거야? 왜 우리와 함께 있지 않지?

이즈를 찾으러 밖으로 나가려는데 벨라 마리가 입구를 막아섰다. 그녀는 온통 핏자국으로 더럽혀져 있었다. 그녀는 팔을 활짝 벌려 나를 감싸안았고 그녀의 쇄골과 목덜미 사이에 코가 짓눌려 숨을 쉴 수 없었다. 나는 숨을 못 쉬겠다고 말하려 했지만 내 목소리가 그녀의 옷과 피부에 묻혀버렸다.

"오, 자기야." 그녀가 다정하게 속삭였다. "수액 필요해? 난 구토하고 나면 꼭 그걸 맞아."

나는 그녀를 밀어냈다. "뭐? 아니, 난…."

"괜찮아, 줄리. 부끄러워할 것 없어."

"아니. 그게 아니라. 난 걱정이 돼서…." 나는 이즈를 입에 올릴 수 없었다. 그녀의 이름이 내 목에 탁 걸려버렸다. "안젤리크가."

벨라 마리가 내 등을 문지르며 숨을 내쉬었다. "넌 정말 친절하고 배려심이 많아. 그래도 걱정하지 마. 안젤리크는 괜찮아. 난 마음으로 느낄 수 있어. 가서 자, 내 사랑. 자고 일어나면 기분이 한결 나을 거야."

그녀가 아이 대하듯 내 머리를 부드럽고 사랑스럽게 어루만졌다. 잠깐 황금빛 행복의 안갯속으로 걸어 들어갈 뻔했다. 부드럽고 모호한 그 안갯속으로. 그때 이즈가 떠올랐다. 나는 이즈를 잊지 않게 정신을 바짝 차리고 있어야 했다. 하루 종일 그녀를 보지 못했고 아무도 그녀 이야기를 꺼내지 않았다.

일찍 떠날 계획이었다면 분명 나한테 말했을 거다. 뭔가 아주, 아주 잘못되었다. 하지만 일단 이렇게 말했다. "그래, 그럴게." 벨라 마리가 내 손을 잡고 침대로 데려갔다. 나는 다시 갈비뼈와 다리 더미에 파묻혔다.

53

 잠을 잘 수가 없었다. 벨라도나들의 팔다리가 땅에 젖은 그물망처럼 내 숨을 죄어왔다. 모든 조각들을 맞춰보려 애쓰는 사이 머리가 빙빙 돌았다. 안젤리크, 이즈, 생쥐들, 멜니버 그 부인의 경고, 이 섬 전체. 뭔가 잘못됐다. 아무리 생각해도 우리가 한 모든 짓들은 정상이 아니었다. 비명을 지르고 싶은 강렬한 욕구로 목구멍이 따끔거렸다. 아마 내 안에 사는 생쥐의 유령, 그 남은 영혼이 내 식도를 긁어대기 때문일 거다.

 내가 헌신의 표시로 생쥐를 먹었다니.

 다른 여자들도 모두 생쥐를 목구멍에 집어넣었다니. 믿을 수가 없었다.

 내가 어떻게 그들의 애정 어린 속삭임에 휩쓸렸는지, 내가 어떻게 손에 잡히지도 않는 '우리'라는 설득에 무작정 빠져들었는지 떠올리자 전율이 일었다. 나는 황금빛으로 물결치는 에너지에 취해 있었다. 하지만 열기가 식고 가슴과 위가 텅 비고 차가워진 지금, 나는 어쩔 수 없이 내가 했던 행동을 마주하게 되었다.

그녀들.

뭐가 잘못된 걸까? 그녀들이 포유동물을 통째로 먹어치우는 걸 목격하고도 내가 여전히 그들과 하나가 되고 싶어했다는 사실을 믿을 수 없었다.

궁금했다. 대체 나한테 무슨 문제가 있었던 걸까? 정신이 어디로 달아난 걸까? 마치 논리가 손가락 사이로 스르르 빠져나가 모래알처럼 흩어져버린 듯했다. 너무나 절박하게 그들과 함께하고 싶어서, 그저 집단의 일원으로 받아들여지고 싶다는 이유 하나로 그 우스꽝스럽고 실체 없는 신에게 충성을 맹세했다고? 가끔 외롭고 비참해서 엉망으로 망가질 때도 있었지만 내 정신이 맑았다면 그런 엿 같은 일에 쉽게 넘어가지 않았을 것이다. 음료에 약을 탔을 가능성이 있을까? 음식에도? 그랬다면 저녁 식사 후에 내가 항상 취해 있고 기억이 조각난 이유도 설명될 것이다.

그리고 궁금했다. 내가 정신을 차리지 않았다면 어떻게 됐을까? 내가 잡아먹은 그 사체를 토해내지 않았다면? 나는 그들의 부드러운 손을 잡고 광기의 심연으로 맹목적으로 빠져들었을까? 내가 했던 모든 끔찍한 일들을 하나하나 되짚어가는 동안 시간이 달팽이처럼 꾸물꾸물 기어갔다. 아침 해가 떠오르자 나는 몸을 움직여 벨라도나들을 깨웠다. 그녀들은 잠에 취한 눈을 느릿느릿 깜빡이며 의식을 되찾았다. 모두 보기 추한 모습에 시큼한 냄새를 풍겼다. 역한 아침 입 냄새, 피, 이집

트산 면 시트에 스며든 땀.

"잘 잤어?" 한 명이 시작했다.

"잘 잤어?" 다른 한 명이 반복했다.

"잘…."

"난 샤워하러 갈게." 모두 눈이 휘둥그레진 채 당황한 얼굴로 나를 쳐다봤다.

나는 재빨리 덧붙였다. "잘 잤지, 자기들? 난 실례 좀 할게." 우리가 한 짓이 역겨웠지만 그녀들을 화나게 할 수는 없었다. 두려움 때문인지 내 안의 작고 외로운 부분이 여전히 그녀들의 사랑을 바라서인지는 알 수 없었다. 나는 끈적끈적한 그물망을 풀고 나왔다. 방을 나서는데 서로에게 최면을 거는 새소리 같은 복창이 들려왔다. *잘 잤어? 잘 잤어? 잘 잤어?* 나는 끌려 들어가지 않기 위해 안간힘을 써야 했다.

나는 신발을 신지 않았다. 자갈길을 따라 방갈로가 늘어선 길을 걸어가는 동안 돌이 발가락을 쿡쿡 찔렀다. 그 길의 거의 끝자락에 있는 이즈의 방갈로에 가까워질수록 맥박이 빨라졌다. 지금이 조사해볼 기회였다. 이즈의 방갈로 문을 밀었지만 문은 꿈쩍도 하지 않았다.

자물쇠가 보였다. 당겨보니 단단히 잠겨 있었다.

이게 뭐야?

문을 두드리려는 순간 발소리가 들렸다. 나는 재빨리 자갈길로 돌아갔다. 심장이 쿵쾅거렸다. 그때 내 앞을 가로지르던 직원과 부딪칠 뻔했다. 갈색 머리의 그녀는 새하얀 리넨 원피스 차림으로 과장된 미소를 띠고 있었다. "도움이 필요하세요, 미스 챈?"

챈.

내가 줄리란 걸 섬 전체가 알고 있나? 그러니까 나는 기본적으로 쌍둥이의 신분을 훔친 중범죄자가 아닌가? 그런데도 여전히 나에게 미소를 짓는다고?

내가 망가진 줄은 알지만 이 사람들은 차원이 다를 정도로 망가졌다. 나는 직원에게 소심한 웃음을 지어 보이며 이즈의 문에 달린 자물쇠를 슬쩍 쳐다봤다. 이즈가 갇혀 있으면 어떡하지? 아니다. 벨라도나들은 그런 짓을 하지 않았을 거다. 벨라 마리가 그런 짓을 할 리가 없다.

하지만 그 생각이 나를 파고들었다. 만약 그랬다면.

나는 그녀들을 완벽하게 아름다운 생명체라 생각했었다. 하지만 생쥐 일 이후로 더 이상 같은 시선으로 바라볼 수가 없었다. 나는 그녀들이 어떤 일까지 할 수 있는지 알 수 없었다.

"괜찮아요, 감사해요. 그냥, 어, 핏자국을 지우려고 샤워하러 가던 중이었어요. 하하하." 나는 이즈를 확인할 수 있게 그녀가 가주기를 바랐다.

"아 그렇군요! 타월이 더 필요하시면 말씀만 해주세요." 그녀는 그 자리에 서 있었다. 나를 뚫어져라 쳐다보면서.

나는 그녀를 지나쳐, 이즈의 방갈로를 지나갔다. 어깨너머로 보니 직원은 여전히 미소 짓고 있었다. 지금은 조사할 수 없다. 그 여자가 지켜보는 한 그럴 수 없다.

괜찮다. 앞으로 기회가 있을 거다. 아직 사흘 더 머물 테니까.

내 방갈로로 향하면서 클로이 생각에 빠져들었다. 꼬박 오 년 동안 그녀는 벨라도나의 일원이자 에토를 믿는 신도이자 가족이었다. 그러다 그녀가 죽었다. 그리고 그녀들은 거의 눈도 깜빡하지 않고 바로 새 가족을 받아들였다. 나는 어린 시절, 기억조차 흐릿한 사 년을 내 쌍둥이 언니와 함께 보냈지만 지금껏 내내 그녀를 생각했다. 그녀와 연결될 수 없자, 그녀가 나를 버리자, 나는 그녀의 이미지를 증오와 질투로 채워버렸다. 내 마음속에 그녀의 공간이 빈 삶을 상상할 수 없기 때문이었다. 클로이는 그만큼 나에게 중요한 존재였다. 가족이 된다는 건 그런 모습이어야 했다.

그런 식으로 진실을 마주하자 벨라도나들이 클로이에게 얼마나 냉혹했는지 확실히 알 것 같았다. 나라고 다를까? 그녀들의 어여쁜 애정은 환상에 지나지 않는 걸까? 눈을 뜨면 사라질 신기루일까? 어느 순간에 나는 그녀들의 유대감, 그녀들의 우정, 그녀들의 공감과 집단 시너지를 갈구했다. 하지만 내가 여기서 받은 모든 것이 거짓 같고 얄팍하게 느껴졌다. 마치 협찬 게시물처럼 진정성 없어 보였다.

내 안에서 모습을 드러내는 진실이 싫었다. 벨라도나들이 내가 바란 사람들이 아니라는 걸 알고 싶지 않았다. 나는 벨라도나들의 진짜 모습뿐 아니라 그녀들이 이즈에게 한 짓에 관해 스멀스멀 밀려드는 불안감을 외면하고 싶었다. 진실을 차단하고 그녀들의 중독적인 긍정의 거품 안에서 행복할 수 있다면 모든 것이 훨씬 더 간단해질 것이다. 하지만 그럴 수 없었다.

떨쳐낼 수 없었다. 나는 나 자신을 위해서라도 진실을 볼 필요가 있었다.

샤워로 안젤리크의 피와 땀, 발가락 사이에 낀 흙, 내 머리에 묻은 벨라도나들의 냄새와 땋은 머리 가닥 사이사이에 끼어 있는 꽃줄기 몇 개를 씻어내면서 계획을 세웠다. 밤에, 모두 잠들었을 때, 직원들이 살금살금 돌아다니지 않을 때 움직이자. 이즈의 방갈로에 들어가야 한다. 이즈가 괜찮은지 확인하기 위해서. 내가 생각하는 최악의 시나리오가 사실이 아니란 걸 확인하기 위해서. 나에겐 열쇠가 없다. 그러니까 무력을 사용해야 할 거다. 헛간 옆, 우리가 장작을 팰 때 썼던 도끼. 그 정도면 완벽하다.

좋다, 이즈의 방갈로로 들어간다.

그다음엔?

이즈는 안전할 가능성이 크다, 그렇잖은가? 그리고 그녀가 안전하기만 하면 다 괜찮을 거다. 모든 걱정을 머릿속에 먼지 낀 한쪽 귀퉁이에 밀어넣고 근거 없는 걱정이라 딱지 붙인 다음 그냥 다 괜찮은 척하면 된다.

하지만 내 최악의 두려움이 사실이면? 이즈가 갇혀 있고 그게 벨라도나들이 한 짓이라면 어떡하지? 나는 더 이상 현실을 외면할 수 없을 것이다. 예쁘고 순수하다고 믿었던 그녀들이 실제로 그렇지 않다는 사실에 직면해야 한다.

이즈가 벨라도나들에게 붙잡혀 다친 상황이라면 이 섬에 머물 수 없다. 떠날 방법을 생각해둬야 한다.

본채에 도움을 요청할 때 쓸 수 있는 유선전화와 이더넷 케이블이 있다. 근처에 헬리콥터를 보내줄 나라가 있어야 한다. 세인트마틴이라고 했나?

하지만 전화를 써도 되냐고 물어볼 수는 없다. 완전히 의심을 살 만한 짓이다. 나는 연결을 끊기로 했으니까.

한 주가 끝나 여기를 안전하게 벗어날 때까지 어울리는 척해야 할까?

하지만 더 이상한 일이 벌어지면 어떡하지?

어느 날 밤, 생쥐를 씹어 먹었으니 다음 밤엔 더 심한 일이 일어날지 모른다. 말? 거북이? 어쩌면 빅터의 육즙 가득한 허벅지를 한 뭉텅이 잘라내어 미디엄 레어로 구워 먹게 할지도 모른다.

하느님 맙소사! 내가 어쩌다 이런 데 끼어들었을까?

나는 입술을 깨물고 샤워실을 나와 몸을 닦았다. 생각을 너무 많이 하지 말자. 우선 이즈에게 집중하자. 그녀가 괜찮은지 확인하고 때가 되면 필요한 결정을 내리자.

똑똑똑. 노크 소리가 났다. "줄리, 자기야, 요가 수업에 참석할 거야?"

나는 심호흡을 하고 거울 속 내 모습을 응시했다. 짙은 머리카락, 가느다란 눈썹, 깊고 검은 눈, 황갈색 피부, 가느다란 입술.

네가 누군지 기억해. 그녀들에게 현혹되지 마. 휩쓸리지 말라고.

지금은, 어울려야 한다.

54

"넌 겸손해." 요가가 끝나고 벨라도나들이 확언을 해주었다. 그럴 때면 솟구쳐오르던 자신감이 이제는 느껴지지 않았다. 나는 환한 웃음으로 치미는 반감을 가렸다.

아무도 의심하지 않았다.

오후가 되어 우리는 점심으로 아사이볼을 먹었다. 혼자 있는 시간이 생기자마자 위장을 비워냈다. 나에게 약을 먹였다는 확신이 들기 때문이었다.

클로이가 이 섬 여행 때문에 나쁜 습관을 얻게 됐는지 궁금했다. 희열과 행복감에 중독되어 술과 약물에 의존하게 된 거라면? 나는 이해할 수 있었다. 내 안의 그 황금빛 에너지는 내가 절실하게 갖고 싶던 것이었다. 하지만 그렇기 때문에 그들이 나에게 주는 걸 먹는 위험을 감수하면 안 되는 것이다. 한 발짝만 잘못 디뎌도 그들의 중독적인 *널 사랑해* 물길에 휩쓸려 폐 속까지 들어찬 열정의 물 때문에 숨을 쉴 수 없게 될 것이다.

*

밤에는 본채에서 영화를 보기로 했다. 나는 방 한쪽 구석에 자리 잡았다. 벨라도나들이 〈미녀와 야수〉〈미스 아메리카나〉〈미드나잇 인 파리〉중에 어느 것을 볼지 토론하고 있었다.

"그 영화감독이 자기 딸을 그루밍하지 않았어?" 마야가 물었다.

"예술과 아티스트를 분리하는 게 중요해." 켈리가 대답했다.

그 말에 감동한 듯 모두 박수를 치며 고개를 끄덕였다.

노크 소리가 들렸다.

"누구세요?" 벨라 마리가 외쳤다.

"빅터야."

벨라도나들이 저마다 귀 뒤로 머리를 쓸어넘기며 키득거렸다.

"들어와." 벨라 마리가 말했다.

이중문이 활짝 열렸다. 빅터가 우리를 보며 미소 지었다.

"안녕하세요, 숙녀분들."

"안녕, 빅터." 그녀들이 가르랑거렸다.

나는 빅터의 인생이 어땠을지 궁금했다. 작은 섬에서 태어나 장난감으로 길러진 그의 인생. 처음에는 그를 멍청하다고 생각했지만 이제는 동정심이 일었다. 아직 여기서 벗어날 여지가 있을까? 아니면 영영 오염돼 버렸나?

그가 벨라 마리에게 플래시 드라이브를 건네고 그녀의 귀에 뭔가를 속삭였다.

그녀의 눈이 기쁨으로 커졌다.

빅터가 나가면서 나를 쳐다봤다. 내가 줄리란 걸 이제 아는 눈치였다. 나는 그가 무슨 생각을 하고 있을지 궁금했다. 빅터가 나가고 문이 닫혔다.

"안젤리크에 대한 소식이 있어." 벨라 마리가 프로젝터 앞으로 깡충깡충 뛰어갔다. 가슴이 한결 가벼워졌다. 벨라 마리가 미소 짓는다는 건 틀림없이 안젤리크가 괜찮다는 의미였다.

"안젤리크가 너무너무 그리워." 릴리가 말했다. 지난밤 이후로 안젤리크가 언급된 건 지금이 처음이었다.

벨라 마리가 플래시 드라이브를 꽂고 프로젝터의 버튼을 몇 개 눌렀다.

유튜브 영상을 녹화한 것이었다. 제목은 '.'이었다.

그렇다. 마침표 말이다.

조회수가 3백만 회였다.

안젤리크의 눈이 눈물로 얼룩져 있었다. 소머가 한쪽 팔로 그녀의 어깨를 감쌌다. 그는 무릎을 내려다보았다.

벨라 마리가 조명을 어둡게 하고 재생 버튼을 눌렀다.

영상은 삐이… 삐이… 삐이 소리로 시작되었다. 반 후센 부부의 호스피스 병동이 떠올랐다. 커플은 말없이 손을 잡고 있었다. 안젤리크의 머리카락은 전에 없이 헝클어져 있고 입술은 핏기 없이 창백했다. 그녀는 보기 흉한 흰색 병원 가운을 입고 있었다. 두 사람이 병실 안에 있다는 걸 깨닫자 가슴이 죄어왔다. 삐이삐이 소리는 그녀의 바이털 모니터에서 들려왔다. 5초간 침묵이 흐른 뒤 그녀가 한숨을 쉬며 카메라를 응시했다.

"이런 영상은 정말 만들고 싶지 않았어요." 그녀의 목소리가 갈라지고 울음이 터져나왔다. "하지만 저는 여러분에게 임신의 모든 단계를 가감 없이 알려드리겠다고 약속드렸습니다."

입안이 바짝 마르고 심장이 쿵쿵 뛰었다. 나는 그다음에 무슨 말이 나올지 알고 있었다.

"지난밤," 안젤리크가 말을 이었다. 그녀의 눈에 눈물이 고였다. "우리 아기를 유산했어요."

그랬던 거다.

나는 입술을 깨물고 무너지는 가슴을 감쌌다. 안젤리크가 아기를 위해 품었던 소망을 이야기할 때 마음이 아팠다. 아기의 이름은 딸이면 셀린, 아들이면 토마스가 될 터였다.

그때였다.

"너무 슬퍼." 릴리가 말했다.

"진짜, 진짜 슬퍼." 에멀린이 반복했다.

"세상에서 제일 슬퍼. 난 눈물 날 것 같아." 아나가 덧붙였다.

"진짜 슬프다." 마야가 말했다. "그래도 안젤리크는 여전히 아름다워."

"맞아. 정말 아름다워." 켈리가 말했다.

나는 벨라도나들을 쳐다봤다. 그들은 영상을 뚫어져라 보고 있었다…. 웃으면서. 새하얀 송곳니가 프로젝터 빛을 받아 치아미백 키트 광고를 찍고 있는 것 같았다.

"빛이 나." 소피아가 말했다.

"천사처럼." 릴리가 덧붙였다.

"그리고 소머도 정말 잘생겼어." 켈리가 말했다.

"그냥 잘생긴 게 아니야." 마야가 말했다. "섹시해."

"진짜 섹시해." 에멀린이 속삭였다.

"제일 섹시하다니까." 아나가 마무리했다.

그녀들은 서로 쳐다보며 키득거렸다. 그 영상이 달콤하다는 듯 조그맣고 섬세한 손으로 입을 가리고 아기를 잃고 울부짖는 친구를 지켜보며 환하게 웃고 있었다. 나는 그녀들의 뺨을 후려치고 가짜 입술을 걷어차 실리콘을 터뜨리고 인조 치아를 깨뜨려 그녀들의 집단 웃음소리를 바람 새는 소리로 만들어버리고 싶은 충동을 억눌렀다.

벨라 마리만 침묵을 지켰다. 그녀는 무표정으로 냉정을 유지하고 있었다. 그게 더 나쁜 것 같았다. 눈물을 흘리며 슬퍼하는 친구를 봐도 전혀 슬픔을 못 느끼는 것 같았다. 그냥… 아무 감정도 없어 보였다.

나는 무릎을 가슴에 대고 꼭 껴안았다.

영상은 짧지만 가슴 아팠다. 5분 분량이었고 광고는 없었다.

다음 슬라이드는 댓글이었다. 눈물로 앞이 흐려지고 혼란스러워서 댓글을 거의 읽을 수가 없었다. 하지만 그녀들의 애교 섞인 목소리와 웃음과 박수 소리로 댓글이 긍정 일색임을 짐작할 수 있었다.

다음 슬라이드는 유튜브 애널리틱스였다. 다섯 시간 만에 그녀는 3만 명이 넘는 구독자를 확보했다. 조회수 수백만 회, 댓글 수천 개. 다음 슬라이드는 인스타그램 분석이었다. 비슷한 성장세와 숫자를 보였다. 마지막은 그녀의 틱톡이었다. 안젤리크는 영상을 2부로 나눠 올렸고 각각 조회수 5백만을 기록했다. 팔로워는 2천 명밖에 안 늘었는데 조회수가 팔로워로 이동하는 경우가 드문 틱톡에서는 흔한 일이었다. 그때 벨라 마리가 또 다른 영상 녹화본을 보여주었다. 화면에 안젤리크의 초음파 사진과 컵케이크 무늬가 들어간 노란색 신생아 신발 한 켤레만 보이는 틱톡 라이브였다. 화면 한쪽 구석에 현재 시청자 수가 만 명이라고 표시되어 있었다. 초음파 사진 옆에 메모지 한 장이 놓여 있었다. 내용은 이랬다. 이 라이브를 통해 후원받은 선물은 전부 제 아기의 추모 기금으로 사용됩니다.

후원 기능이 켜져 있었다.

30초짜리 영상 녹화본이 재생되기 시작했다. 배경음악이 흘러나왔다. 영화 〈분노의 질주〉 사운드트랙인 찰리 푸스의 〈씨 유 어게인〉*이었다. 곡 선택뿐 아니라 쏟아져 들어오는 기부

---

*   영화 촬영중 사고로 사망한 폴 워커의 추모곡.

물품과 기부금도 가히 충격적이었다. 장미 스무 송이, 장미 백 송이. 누군가 카우보이모자를 보냈다. 애니메이션이 초음파 사진에 고정돼 마치 죽은 태아가 모자를 쓰고 자궁에서 조그만 콧수염이 자란 것처럼 보이게 했다. 다른 시청자가 디스코 볼을 기부했다. 화면 상단에서 디스코 볼이 빙글빙글 돌아가며 흑백 초음파 사진에 홀로그램 조명을 쏘아댔다. 이제 웰시 코기가 등장해 즐거운 표정으로 혀를 쭉 내밀고 잿빛 태아를 향해 그 조그만 엉덩이를 흔들어 댔다.

"안젤리크가 여러분에게 이걸 보여주라고 했어요." 벨라 마리가 다음 슬라이드로 넘기면서 말했다. 다섯 시간 라이브로 벌어들인 금액이 적힌 스크린샷이었다. 32,982달러. 틱톡 수수료가 50퍼센트니까 그녀의 수익금이 1만 5천 달러가 넘는다는 뜻이었다.

입이 떡 벌어졌다. 벨라도나들이 박수를 치고 꺅꺅거리고 신이 나서 들썩거리고 서로 손바닥을 짝짝 마주치는 소리가 내 귓가에 울려 퍼졌다.

프로젝터가 꺼지고 우리는 잠시 어둠에 휩싸였다. 벨라 마리가 불을 켰다. 불빛이 후광처럼 그녀의 머리 위를 비춰 머리색을 오줌 빛으로 물들여놓았다.

그녀가 가슴 앞에 두 손을 모아쥔 채 방 한가운데로 부유하듯 이동했다. "안젤리크가 정말 자랑스러워요. 에토 덕분에 그녀는 폭발적으로 성장했어요. 그리고 그녀가 바친 제물이 너무나 특별하고 성스러웠기 때문에 머지않아 온 세상이 그녀가 얼마나 친절하고 아름답고 사랑스러운지 알게 될 거예요."

혈관 속 피가 차갑게 식어버렸다.

제물.

아기.

그녀의 첫아기.

그녀는 팔로워를 얻기 위해 자신의 첫아기를 에토에게 바쳤다.

이제 공식적으로 드러난 것이다. 더 이상 부인할 수 없었다. 저 여자들은 완전히 미치광이들이었다.

"안젤리크는 정말 친절해." 에멀린이 말했다.

"정말 그래." 켈리.

"그리고 정말 아름다워." 마야.

"눈이 부시도록 아름답지." 소피아.

"엄청나게 사랑스러워." 릴리.

"너무나 사랑스럽지!" 아나.

그들은 모두 나를 쳐다보며 내가 합류하기를 기다렸다. 목구멍에 돌멩이가 탁 걸린 듯 삼키려 해도 꿈쩍도 하지 않았다. 비명을 지르고 싶은 원초적인 충동이 일었다. *너희들 다 미친 거 아냐?* 하지만 지금은 아니었다. 내가 그녀들과 함께 이 방에 있는 동안은 아니었다. 그들의 길고 뾰족한 아크릴 네일이 언제든 내 살을 찢어버릴 수 있었다. 그들의 새하얀 이가 내 손가락을 당근처럼 깨물어버릴 수 있었다.

"정말 사랑스럽고 정말 아름답고 정말 친절해." 나는 새어 나오려는 눈물을 삼켰다. "그리고 안젤리크가 너무 보고 싶어."

벨라 마리가 미소 지었다. 그녀의 이목구비가 너무 대칭적이어서 비정상적이고 비인간적으로 보일 지경이었다. "줄리, 네가 이해할 줄 알았어. 이렇게 아름다운데 이해 못할 리가 없지." 그녀가 고개를 절레절레 흔들고는 손가락으로 자기 입술을 톡톡 쳤다. "기가 막힌 아이디어가 하나 있어."

"기가 막힌 아이디어?" 아나가 물었다.

"어떤 종류야? 기가 막힌 재미?" 마야가 물었다.

"아니. 아니. 아니야." 벨라 마리가 나를 쳐다봤다. "난 우리가 그걸 공식화해야 한다고 생각해."

심장이 미친 듯이 뛰었다. "뭐, 뭘 공식화하는데?"

"널 우리 중 하나로 만드는 것." 벨라 마리가 눈을 크게 뜨자 흰자위의 핏줄이 드러났다. "우리 가족의 일원."

"이미 그런 줄 알았는데. 지난밤, 모닥불 옆에서… 먹었잖아."

웃음소리가 방안을 퍼져나갔다.

"아, 바보." 벨라 마리가 말했다. "그건 그냥 첫 단계였을 뿐이야. 개시 말이야."

등에 땀이 삐질삐질 새어 나왔다. 씨발, 생쥐를 먹는 게 개시였다고?

"네가 어디까지 할 수 있는지 에토한테 보여주는 제스처였지." 벨라 마리가 설명했다. "두려움을 삼키고 잠깐 도덕성을 치워두는 일. 헌신의 표시라고 보면 돼."

"그렇구나." 내가 침을 삼키고 말했다. "헌신. 그럼, 어, 진짜는 어떤 거야?"

그녀가 활짝 웃었다. 너무 활짝 웃어서 목젖이 보일 정도였다. 다시 생쥐가 생각났다. 그녀가 얼마나 쉽게 생쥐를 삼켰는지 생각났다. 뱀 같았다. 그녀는 내 양팔을 잡고 방 밖으로 서둘러 몰고 나갔다. 그리고 벽을 따라 기어오르는 멜니버그 가사람들, 에토 추종자들, 사이비 종교 지도자들의 그림이 있는 웅장한 현관홀로 데려갔다.

"빅터!" 벨라 마리가 날카롭게 외쳤다. "아아아, 빅터! 어디 있어? 지금 당장 와!"

"왜 그래?"

오른쪽에서 그의 목소리가 들려와 깜짝 놀랐다. 그가 불쑥 모습을 드러냈다.

"중앙홀을 준비시켜. 이제 줄리를 우리 가족으로 받아들이려고!"

누가 내 뒤로 왔다. 너무 빨라서 뒤를 돌아볼 틈도 없었다. 휙. 탕! 나는 바닥에 그대로 쓰러졌다. 귀에서 울려 퍼지는 웅웅 소리. 관자놀이가 욱신욱신하고 시야가 들락날락했다. 내 주위로 예쁘고 조그만 발목이 빙글빙글 돌며 춤을 췄다. 웅성

웅성 들려오는 애교 섞인 다정한 목소리들.
어둠이 내려앉았다.

55

 코를 찌르는 듯 독한 암모니아 냄새.

 번쩍 정신이 든 나는 코털에 갇혀 뇌까지 뚫고 들어온 그 썩는 냄새를 떨쳐내려 콜록거렸다. 눈꺼풀이 뻑뻑하게 말라 각막에 들러붙어 있었다.

 순백의 하늘하늘한 드레스를 입고 내 앞에 무릎 꿇고 앉은 벨라 마리는 마치 신부 같았다. 머리는 양 갈래로 땋아 끝에 검은색 리본을 묶고 있었다. 그녀가 썩는 냄새가 나는 가루가 든 항아리를 내려놓았다. 그 냄새 때문에 내 정신이 돌아온 듯했다.

 주위를 살폈다. 높은 천장, 대리석 바닥. 우리는 식당 방에 있었다. 테이블과 의자가 치워졌고 블라인드가 모조리 내려져 여기저기 어른거리는 양초 몇 개를 제외하면 온통 깜깜했다.

 두개골이 깨질 듯 욱신거렸다. "내 머리를 쳤어?"

 "그렇게 해야 했어." 그녀가 진심으로 고통스럽다는 듯 미간을 찌푸리며 말했다. "하지만 우린 그러고 싶지 않았어. 내 말 믿어야 해. 우린 정말 마음이 아팠어."

"내가 그랬어." 소피아가 말했다. 그녀는 방 저쪽 끝에 나머지 벨라도나들과 함께 있었다. 모두 새하얀 드레스를 맞춰 입고 머리는 양 갈래로 느슨하게 땋아 머리 위로 올려 묶은 밀크메이드 번 스타일이었다. "내가 킥복싱 수업을 듣고 있어서 힘이 더 들어갔을지도 몰라. 너무 아프지 않아야 할 텐데."

"사실 진짜 심하게 아파." 나는 머리를 문지르려고 손을 올렸다. 뭔가 탁 걸렸다. 아래를 보니 팔이 나무 의자에 쇠사슬로 묶여 있었다.

공포가 밀려와 숨이 턱턱 막혔다. 이게 뭐야? 날 묶어놓은 거야?

"아! 미안해!" 소피아가 흐느꼈다.

"아아, 아프지?" 릴리가 말했다.

"가여워, 줄리가 가여워." 에멀린이 옹알거렸다.

"그래도 걱정 마. 사흘 정도면 나을 거야." 마야가 말했다.

"난 나흘 동안 아팠어." 아나가 말했다. "근데 내가 통증을 잘 못 참아서 그래. 넌 정말 강하잖아, 줄리. 분명 아무 문제 없을 거야."

얌전하게 굴기 위해 온 힘을 긁어모아야 했다. *씨발, 엿 먹어!*가 튀어나오지 않게 참아야 했다.

이즈도 지금 어딘가에 묶여 있을까? 얼마나 무섭고 외로울까. 여기서 나가 그녀를 도와야 한다. 그냥 이 마지막 단계를 끝내야 한다. 그런 다음 탈출하자. 여기 갇혀 있으니 차라리 엿 같은 바다에 뛰어들어 상어한테 갈가리 찢기거나 대왕오징어한테 짓이겨지는 게 더 낫겠다.

"어떻게 하면 가족이 될 수 있어?" 내가 물었다. "난 절실해. 빨리 되고 싶어. 너희 모두를 너무너무 사랑하니까."

"아!" 벨라 마리가 외치면서 풀쩍 뛰어올랐다. "네 열정을 사랑해. 그리고 널 사랑해, 줄리. 그럼 시작하자." 벨라 마리가 방 끝에 놓인 낡은 축음기 쪽으로 스르륵 걸어가 바늘을 조정했다. 모차르트의 레퀴엠 〈콘푸타티스〉가 흘러나왔다.

"빅터!" 그녀가 외쳤다. "니콜라이를 모셔 와."

빅터가 니콜라이의 초상화를 들고 왔다. 그는 그림을 대리석 기둥에 세워놓고 그 앞에 촛불을 놓았다. 니콜라이가 파란색 외눈으로 나를 응시했다. 어른거리는 촛불에 그의 윤곽선이 경련하듯 움찔거렸다.

빅터가 그림 뒤에 섰다.

벨라 마리가 그 액자를 부드럽게 어루만졌다. "니콜라이는 에토에게 처음으로 충성을 맹세한 분이야. 어느 날 밤, 꿈속에서 에토가 메시지를 보냈어. 소중한 것을 바치라고. 그것은 한쪽 눈이었지. 잠에서 깬 니콜라이는 그 지시를 따라야 한다는 걸 깨달았어. 그래서 숟가락을 가져다…" 그녀는 자신의 한쪽 눈을 후벼 파는 시늉을 했다. "그리고 일주일 후, 밭에서 괭이질을 하다가 회중시계를 발견하고 자신의 삶과 우리 모두의 삶을 영원히 바꿔버렸지."

맙소사. 니콜라이는 자길 뭐라고 생각한 거야? 짝퉁 잔 다르크? 그는 아마 농부로 살면서 영양실조와 만성 스트레스에 시달리다 정신병을 앓았을 것이다. 그런데 나쁜 꿈을 한번 꾼 뒤 바보 같은 행운이 따르는 바람에 자신의 혈통 전체를 망상으로 생겨난 종교에 빠져들게 한 것이다.

그리고 지금, 여기에 내가 있게 된 거다. 완벽하다.

벨라 마리가 자기 손바닥을 내 손등에 올렸다. "네가 진정으로 우리 가족이 되려면, 에토에게 네 말을 전하려면, 너도 똑같이 해야 해."

나는 움찔했다. 맥박이 펄떡이며 경고신호를 보냈다. "눈을 파내라고?"

그녀가 기쁜 듯이 짧게 웃었다. "하하."

나머지도 킥킥거렸다. 진짜로 킥킥 소리를 내며 웃었다.

"아니, 아니, 아니야. 자기야. 자기한테 소중한 뭔가를 제물로 내놓겠다고 약속하면 돼. 심장 가까이에 있는 뭔가. 더 귀중한 것을 약속할수록 더 귀중한 보상을 얻게 돼." 그녀의 눈빛은 강렬했다. 진심으로 이걸 믿고 있었다.

"너는? 넌 뭘 바쳤어?"

그녀의 눈빛이 부드러워졌다. 그녀는 자신의 배를 보며 쓰다듬었다. "아버지는 내가 열세 살 때 의식을 치르게 해주셨어. 우연히 초경과 겹친 시기였지. 난 생리 전 증후군이 너무 싫어서 그 고통을 덜려고 자궁을 내놓았어. 그러고 나서 열다섯 살 때 자궁내막증을 진단받았고 일 년 후에 원발성 난소 부전으로 불임 판정을 받았지."

그녀는 숨을 길게 들이쉬고 눈을 감은 채 슬픔에 잠겼다. 나는 그녀가 안젤리크의 소위 제물 바치기 쇼를 지켜보면서 무표정했던 이유가 그 때문인지 궁금했다. "아버지는 내가 한 짓을 알고 제정신이 아니셨어. 나는 경솔하고 미성숙했어. 소원 하나를 빌고 우리 혈통을 끊어버렸으니. 내가 우리 역사의 목을 잘라버린 거야. 하지만 난 고통을 겪고 그걸 덜어내고 싶어 안달 난 아이일 뿐이었지. 난 내가 내놓은 제물이 진정으로 뭘 의미하는지 알지 못했어." 그녀의 목소리는 지친 듯 쉬어 있었다. 달갑지 않게 가슴이 아렸다. 그녀의 상처가 너무 강렬해서 나는 니콜라이의 초상화 앞에서 무장해제된 채 움츠러들었다. 그의 뒤에 드리운 그림자가 불길해 보였다.

"하지만 난 내 실수를 바로잡겠다고 약속했어. 그래서 너희들, 내 사랑하는 자기들을 두게 된 거야. 내 역사를 이어갈 나만의 가족." 그녀가 눈을 뜨고 내 양 어깨에 손을 얹었다. 그리고 마치 딸에게 조언하는 어머니처럼 사랑스럽게 나를 쳐다봤다. "신중하게 생각해. 내가 했던 것처럼 너무 많은 것을 약속하는 실수를 저지르진 마. 네가 뭘 내놓든 에토는 거둬갈 거니까. 보상받는 시기는 우리가 통제할 수 없지만 반드시 돌려받게 돼 있어. 하지만 공물은 큰 것이어야 해. 에토는 너무 작거나 쉬운 건 받아들이지 않아."

주먹 속 손톱이 손바닥을 파고들었다. 내 몸의 모든 부분에 긴장감이 흘렀다. 이걸 끝내고 싶었다. 받아들이기가 너무 버거웠다. "그럼 제물을 어떻게 바쳐야 하는데?"

"그게 에토의 기적이야. 네가 마음속으로 선언하고 의지를 굳히면 에토가 바로 들을 수 있어. 그 대답은 네 영혼으로 선명하고 생생하게 전달될 거야. 너도 알게 될 거야. 나는 그때 꼭 벌새가 가슴속에 들어온 것처럼 떨림 있는 에너지를 느꼈어. 하지만 저마다 느낌은 달라."

"난 부드러웠어. 구름처럼. 솜사탕처럼 달콤했지." 릴리가 말했다.

"난 창의성과 영감에 사로잡혔어. 뭐든지 가능할 것 같았지. 시를 백 편도 지을 수 있을 것 같았다니까!" 아나가 말했다.

"난 아팠어. 갈가리 찢기는 것 같았지. 그러다 죽겠구나 싶었어." 소피아가 말했다.

"난 슬펐어. 에토가 마침내 내 말을 들어줬을 때 난 몇 시간이나 울었어." 마야였다.

"나도 그랬어. 슬픔에 빠져 허우적댔지." 에멀린이 메아리치듯 말했다.

"난 오르가슴." 켈리가 눈을 커다랗게 뜨고 말했다. "난 에토가 내 안에 들어온 걸 느꼈어. 몇 번이나. 승리에 도취된 기분이었어. 밤새도록 팔다리에 부들부들 경련이 일었다니까."

오케이. 그만하면 됐어. 켈리. 정말로 거기까진 알고 싶지 않으니까.

"그럼 니콜라이가 여기 왜 있어?" 내가 물었다. "내가 해야 하는 게 마음속으로 말하는 것뿐이라면."

"격려해주기 위해서지." 벨라 마리가 말했다. "충성을 맹세하고 귀중한 뭔가를 포기하는 건 아주 외롭고 겁나는 일이거든. 그의 초상화가 여기서 자신의 희생이 빚어낸 이 모든 위대함을 너에게 상기시켜줄 거야. 그만한 가치가 있다는 걸 보여줄 거야."

"너희는 가려고?"

"제물을 바치는 건 신성한 과정이야. 그 과정은 오직 너와 에토 사이에서만 진행돼야 해. 가족은 심한 부담감을 줄 수 있기 때문에 그 과정을 지켜볼 수가 없어. 하지만 의식이 마무리됐다는 걸 알기 위해 증인은 반드시 있어야 해." 그녀가 빅터를 가리켰다. "일단 제물을 바치면 그걸 증인에게 알려야 돼. 비밀은 영원히 지켜질 거야."

"잠깐, 그럼 빅터는 너희들이 바친 제물을 다 알고 있단 말이야?"

벨라 마리가 고개를 끄덕였다. "그건 빅터의 아버지, 그리고 그 아버지의 아버지들이 수행해온 의무였어. 빅터가 꼭 지켜야 할 가족의 유산이지."

"발설하면?"

"빅터는 성스러운 불꽃 속에서 폭발할 거야."

나는 웃음을 터뜨렸다. 하지만 벨라 마리는 깜짝 놀라며 얼굴을 찌푸렸다.

"아." 나는 목소리를 가다듬었다. "농담이 아니었구나."

"자기야, 나는 계속 진지하게 이야기하고 있었어. 너한테 세상의 진실을 펼쳐 보이는 거라고. 웃을 일이 아니야."

"그렇구나." 나는 혀를 깨물었다. "미안해."

그녀가 자신의 새하얀 드레스를 쫙쫙 폈다. "괜찮아." 그렇게 말하면서도 그녀는 불쾌한 기운이 역력해 보였다. "이제 너한테 맡길게. 세 사람이 알아서 하도록 해." 그녀가 나와 빅터와 니콜라이를 향해 미소 짓고는 다른 벨라도나들에게 나가자는 손짓을 보냈다. 그녀들은 벨라 마리의 뒤에서 마치 작은 오리 새끼들처럼 행진해가며 손을 흔들었다.

"행운을 빌어." 벨라 마리가 말했다.

"기도할게." 켈리가 말했다.

"넌 곧 가족이 될 거야. 공식적으로. 우리 중 하나가 되는 거야!" 마야가 말했다.

"가족." 에멀린이 덧붙였다.

"머리가 금방 나아야 할 텐데. 안 그러면 내 마음이 정말 아플 거야." 소피아가 말했다. "그래도 넌 여전히 예뻐."

"정말 예뻐." 아나가 앵무새처럼 말했다.

"아름다워. 정말로." 릴리가 말했다.

쾅 닫히는 문소리가 텅 빈 홀을 울렸다.

나는 니콜라이를 쳐다봤다. 해적처럼 애꾸눈이었다. 빅터는 멍하니 먼 벽을 바라보고 있었다.

나는 결박된 부위를 시험해보려고 팔을 들었다. 쇠사슬이 절그럭거리며 내 손목을 잡아당겼다.

한숨이 나왔다.

어쩌다 여기까지 온 걸까? 나는 그저 인플루언서가 되고 싶었을 뿐인데.

니콜라이 뒤에 드리워진 그림자를 응시했다.

악마에게 제물을 바칠 시간이 되었나 보다.

56

"보통 뭘 바쳐?"

빅터의 눈이 스르르 나를 향했다. "말할 수 없어."

나는 눈알을 굴렸다. "맞다. 성스러운 불꽃 속에서 폭발한 댔지. 진짜 그걸 믿어?"

빅터는 내가 그걸 묻는 것조차 짜증 난다는 듯 얼굴을 찌푸렸다. 세뇌당한 거다. 조상 대대로 섹스 토이, 증인 따위로 세뇌되어온 거다. 미개하기 짝이 없었다.

벨라도나들이 엿볼 수 없으니 지금이 그에게서 대답을 얻어낼 유일한 기회일지도 몰랐다. "너 보수는 받고 있어?" 내가 물었다.

"멜니버그 가족을 모시는 것만으로 충분해. 세상에서 가장 영광스러운 일이니까."

우와. 음… 그러니까 그는 말 그대로 노예였다.

"섬 밖으로 나가본 적 있어?"

그가 이를 악물고 대답을 피했다. 침묵이 충분히 흐른 뒤 그가 시선을 바닥으로 던지며 고개를 저었다.

"넌 밖에 나가면 대박일 거야. 너한텐 유럽 백인 남자의 매력이 있으니까. 알렉산더 스카스가드 느낌도 좀 있고."

"알렉산더 스카스가드?"

나는 그 배우가 나온 작품을 읊었다.

"〈타잔〉? 〈빅 리틀 라이즈〉?"

그럼에도 그가 혼란스러운 듯 고개를 갸웃거렸다.

놀라웠다. "여기선 텔레비전도 안 봐? 영화는?"

"미스 멜니버그가 허락하는 것만. 가끔 올림픽을 봐. 우린 올림픽을 정말 좋아하거든." 그래서 올림픽 이야기를 계속했던 거다.

"〈석세션〉은? 〈석세션〉은 봤겠지."

"〈석세션〉이 뭐야?"

이런 젠장. "최고의 드라마인데…." 나는 한숨을 푹 쉬었다. 그걸 설명할 여유가 없었다. 더 중요한 일들이 있었다. "클로이는 어땠어? 클로이가 뭘 바쳤는지 말해줄 수 있어?"

그가 나를 쳐다봤다. "나는 전부 비밀로…."

"알아. 안다고. 성스러운 불꽃이 폭발하는 거. 하지만 클로이는 죽었잖아. 그러니까 엄밀히 따지자면 클로이는 나한테 말하고 싶어도 못해주잖아. 그리고 난 쌍둥이 자매야! 클로이는 내가 알기를 바랐을 거야."

그가 입을 일자로 꾹 다물었다.

나는 고개를 귀엽게 까딱했다. "제발, 응? 난 정말 이게 규칙에 어긋난다고 생각하지 않아. 나는 어쨌든 간에 기본적으로 클로이잖아. 내가 허락해줄게." 나는 발로 그의 정강이를 톡톡 건드렸다.

그가 꼼지락거렸다. 성인 남자를 안절부절못하게 만들고 땀 흘리게 하자니 거의 죄책감이 들 지경이었다. 하지만 어쨌거나. 에토 자체가 진짜가 아니지 않은가. 빅터가 성스러운 불꽃 속에서 폭발할 일은 없다. 그리고 나는 정말로 클로이의 제물을 알고 싶었다. 알아야 했다. 그 대답을 얻으면 모든 것이 제자리를 찾을 것 같다는 느낌이 들었다.

어떻게 해야 마음에 성스러운 규칙이 얼기설기 엮여 있는 사람한테서 정보를 빼낼 수 있을까?

빅터는 계획적으로 지식을 얻을 기회를 박탈당해 조금 모자란 상태지만 그도 인간이잖은가. 분명 그에게도 욕망이 있을 거다. 가진 게 적을수록 더 많은 것을 원하게 되어 있다. 나는 그 법칙을 잘 알고 있다. 그걸 이용해볼 순 없을까? 일단 시도해보자. 잃을 것도 없으니까.

"너한테 제물을 바치는 건 어때?"

그의 눈이 휘둥그레졌다. "나, 나한테?"

"이러면 어때? 클로이가 바친 제물을 알려주면 그 대가로 네가 원하는 걸 뭐든지 줄게."

"뭐든지?"

"응. 목표, 염원, 물건 같은 것 말이야. 뭐든지." 나는 기대치를 높이고 있었지만 그렇다고 그걸 들어줄 계획까지 세우진 않았다. 일단 이 일이 해결되면 그를 다시 만날지도 의문이었다. 거짓말 한두 번쯤 한다고 내 인생에 크게 달라질 일은 없었다.

그는 손톱을 물어뜯으며 열심히 생각했다. 그의 흥분된 모습이 귀여워 보일 정도였다.

"올림픽 메달?"

맙소사. 이렇게 쉽다니. 심지어 그의 소원을 들어줄 수 있을지도 모르겠다. 이베이에 들어가면 복제품들이 돌아다닐 테니. 그는 진짜와 가짜를 구분하지 못할 거다.

"더 좋은 걸 줄게. 난 금메달을 줄 수 있어." 내가 말했다.

그가 성큼 다가왔다. "뭐? 진짜로?"

"그래! 클로이의 제물을 말해주면 금메달을 줄게. 그리고 약속을 못 지키면 에토가 날 성스러운 불꽃 속에 처넣어도 돼. 맹세해."

그는 내내 끄응 신음 소리를 내면서 내 의자 주위를 한 바퀴 돌고 마치 허락을 구하듯 니콜라이를 쳐다봐가며 심각하게 고민했다.

"양부모." 그가 마침내 입을 열었다. 눈을 가늘게 뜨고 곁눈질하는 걸 보니 폭발할까 봐 두려운 모양이었다. 그리고 아무 일도 없자 눈을 제대로 뜨고 움츠린 어깨를 폈다. 그는 주위를 둘러보고 놀라워하며 안도의 한숨을 내쉬었다. "클로이는 반 후센 부부를 제물로 바쳤어."

아.

그래서 반 후센 부부가 뺑소니 사고를 당한 게 자기 잘못이라 생각했구나.

그런데… 그럴 가능성이 있긴 할까?

아니다. 정신 차리자. 우리 부모님도 교통사고로 죽었다. 아무도 부모님을 제물로 바치지 않았는데도. 해마다 수백만 명의 사람들이 같은 방식으로 죽음을 맞이한다. 그리고 어차피 반 후센 부부도 그쯤 됐으면 결국 노환으로 죽었을 거다.

다 우연이다. 확실하다.

빅터가 몸을 쓸어내렸다. 자기가 불꽃이 되지 않았다는 사실에 감사해하는 듯했다.

"봤지?" 내가 말했다. "날 믿어도 돼. 난 네가 안 다칠 줄 알았어. 난 네 편이야. 근데 이 주제가 나왔으니 하는 말인데… 그 벨… 그러니까 다른 사람들이 클로이의 죽음과 관련이 있을까?"

"미스 멜니버그는 가족을 해치지 않아. 절대로." 그는 내가 물어본 것만으로도 불쾌해했다. "하지만 가끔, 에토를 받아들인 후에, 제물을 바친 사람이 죄책감과 후회를 심하게 느끼는 경우도 있긴 해." 그가 더 가까이 다가와 머뭇머뭇 말했다. "멜니버그 부인처럼." 그가 속삭였다. "부인은… 이걸… 시도했었어." 그가 목에 올가미 거는 시늉을 해 보였다.

그러니까, 그냥 뇌졸중과 치매가 아니었던 거다.

"그럼 클로이가… 스스로 극단적 선택을 했을 거란 말이야?"

"극단적 선택?"

맞다. 올림픽만 보는 석기시대 스카스가드에게 인터넷 용어라니. 근데 내가 왜 인터넷상도 아닌데 용어를 자기 검열하고 있지? "자살 말이야." 나는 고쳐 말했다.

그가 어깨를 으쓱했다. "가능한 일이지."

이 섬이 얼마나 끔찍한지 알수록 자살이 점점 이해가 되었다. 어쩌면 반 후센 부부의 사고가 클로이에게 소위 벨라도나 '가족'이라는 게 얼마나 미친 것인지 직시하는 결정적인 순간이 되었을지 모른다. 나라도 이 피상적인 집단에게 오 년이나 속고 살았다면 탈출하기 위해 뭔가 과감한 결단을 내렸을 것이다.

하지만 그녀가 나에게 전화한 이유는 여전히 설명이 안 된다.

인생의 마지막 순간에 그녀가 나에게 했던 말은 *미안해*였다.

그것은 사과였다. 도움을 청하지도 않았다.

왜?

사람이 죽음에 임박하면 눈앞에 지난 삶이 스쳐 지나간다고 들었다. 어쩌면 클로이도 마지막 순간에 나를, 자신의 가족을 떠올렸는지도 모른다.

하지만 무엇을 사과한 걸까?

우리의 어린 시절? 아니다. 그 시절은 사과할 필요가 없다.
그 영상? 그렇다. 그건 말이 된다.

그녀는 벨라 마리에게 세뇌당해 나를 이용하는 영상을 촬영했다. 이 정신 나간 생쥐 먹는 집단에 휩쓸려 마약과 병적 흥분 상태로 정신이 썩어버린 상태에서 말이다. 만약에 정신을 차린 후 자기가 얼마나 나를 끔찍하게 대했는지 깨달았다면? 그녀는 너무 늦기 전에 사과하고 싶었을 것이다.

클로이가 항상 자기밖에 모르는 인플루언서였던 건 아니었다. 그녀는 한때 친절하고 사랑스러웠다.

하지만 연결과 특권에 대한 약속은 외롭고 절박한 순간 사람을 타락시킨다. 끔찍한 일을 저지르도록 부추긴다. 보호받고 있다고 믿었지만 실은 중독일 뿐인 메아리의 방에서 벗어난 후 그녀는 자신이 남긴 상처를 마주하고 후회와 죄책감을 느낀 거다. 그래서 비록 추악한 현실을 마주해야 할지라도 모든 걸 바로잡고 싶었을 것이다.

그래서 내 쌍둥이 언니는 전화해서 사과하고 싶었던 거다. 나와의 일을 바로잡기 위해서.

클로이의 이야기는 오래전에 끝났다. 나는 그녀의 의도가 무엇이었는지, 진실은 끝내 알 수 없다. 내가 아는 건 내가 스스로에게 하는 말뿐이다. 내가 믿는 것.

그리고 그것이 내가 믿고 싶은 현실이다.

하지만 그 가능한 진실을 받아들이자 내 가슴에 죄책감의

구멍이 커다랗게 뚫려버렸다. 그녀의 마지막 말은 사과였다. 그런데… 나는 그녀의 모든 것을 빼앗아버렸다.

나는 정말 끔찍한 인간이다. 지금껏 일어난 모든 일은 내가 받아 마땅한 일이었던 거다. 이 모든 일이 끝나고 나면 나는 클로이의 인생을 두고 떠나야 한다. 나를 위한 새로운 인생을 만들어야 한다. 그녀를 편히 쉬게 내버려둬야 한다.

나는 눈을 감고 심호흡을 했다.

하지만 우선 이 일부터 해결해야 했다. 솔직히 내가 박쥐나 토끼를 씹어 먹지 않아도 돼서 감사할 뿐이다.

내 임무는 간단해 보였다.

나는 가짜 제물을 바쳐야 했다. 하지만 그것은 빅터를 속이기에 충분할 만큼 좋아야 했다. 그는 적어도 일곱 명의 벨라도나들이 제물을 바치는 걸 지켜봤다. 내가 거짓말을 하면 알아차릴 것이다. 그러니 설득력 있는 것을 생각해내야 했다.

뭘 바치지?

내 첫아기? 괜찮긴 한데 안젤리크가 이미 했다. 게다가 나는 악마에게 아류를 바치긴 싫었다.

가족이 괜찮을 것 같은데.

그런데 누굴 바쳐? 사촌? 이모? 둘 다 별론데. 심지어 두 사람을 떠올려도 아무렇지도 않았다. 클로이는 죽었다. 그러니까 나한테 가장 가까운 사람은 벨라도나들이다.

빛줄기가 커튼 사이를 번쩍 지나갔다. 머리 위에서 천둥이

치자 저택 전체가 부르르 진동했다. 바로 그때 〈콘푸타티스〉에서 흘러나오는 북소리가 고조되면서 성대한 합창이 폭풍을 뚫고 솟구쳐올랐다. 심장이 쭉쭉 늘어나면서 미친 듯이 고동쳤다. 불의 환영이 망막을 뒤덮었다. 주황빛 불꽃이 하늘을 핥고 연기 기둥이 치솟고 날카로운 비명이 울려 퍼졌다. 아드레날린이 혈류에 불을 지피고 희열이 가슴을 뚫고 뜨겁게 퍼져나갔다. 그러다 갑자기 아무 예고도 없이 감정이 사라지고 남겨진 나는 숨을 헐떡이며 더 많은 희열을 갈망했다.

눈을 깜빡이며 정신을 차렸다. 빅터의 눈이 흥분으로 빛났다. "네 제물. 에토가 수락했어."

나는 조심스럽게 니콜라이의 초상화를 바라봤다. 그 그림자를.

"미친." 나는 혼잣말하듯 속삭였다.

씨발, 이거 진짜였어?

57

이걸 끝낼 방법.

에토가 실행 명령을 내리기라도 한 듯 갑자기 아주 무서운 계획이 선명하게 떠올랐다. 나는 그 변덕스러운 신의 꼭두각시가 된 것 같았다.

하지만 그럴 리가 없다. 에토는 진짜가 아니다. 에토는 망상과 정신병이 만들어낸 창조물 아닌가. 천둥은 우연이었다. 벨라 마리가 여름 폭풍이 계속되고 있었다고 말하지 않았던가? 그리고 불의 환영은… 내가 만들어낸 악몽 같은 창작품이 분명했다. 아마 벨라도나들을 향한 내 불타는 분노가 현실화된 것이리라. 그리고 그들이 나에게 먹인 약이 핏속에 남아 있던 환각제가 나에게 끔찍한 환영을 보게 했을 것이다. 그렇게 내 머릿속에 들어 있던 불이 폭력적인 환상으로 터져나왔을 뿐 실제 일어난 것이 아니었다. 모든 것이 이성적이고 논리적으로 설명되었다.

에토는 존재하지 않는다. 확실하다.

나는 벨라도나들이 모여서 낄낄거리며 떠드는 웅장한 현

관홀로 갔다. 내 발걸음 소리가 들리자 그녀들은 재잘거림을 멈추고 환하게 웃었다.

"줄리!" 그녀들이 다정하게 내 이름을 부르며 빠른 발레 스텝으로 달려왔다. "다 했어?"

나는 고개를 끄덕였다.

모두 꺅꺅 비명을 지르고 박수를 쳤다.

"어떤 느낌이었어?"

"슬픔?"

"들뜬 행복감?"

"오르가슴?"

"어서, 어서, 말해줘!"

나는 침을 꿀꺽 삼키고 빅터가 그녀들에게 경고할지 궁금해 그를 쳐다봤다. 빅터는 텅 빈, 천 마일 너머를 바라보는 스카스가드 시선 모드로 돌아가 있었다. 그는 에토를, 에토가 받아들인 것을 거역할 수 없었다. 만약 에토가 진짜라면 말이다. 그리고 어쩌면 빅터는 나를 믿고 있을지도 모른다.

벨라도나들이 내 원피스를 붙잡고 내 머리채를 어루만졌다. 그걸 매듭지어 우리를 영원히 한데 묶어두고 싶다는 듯이.

나는 훌쩍훌쩍 흐느꼈다. 그녀들이 침을 꿀꺽 삼켰다.

"있잖아." 나는 부드럽게 말했다. "정말 무서웠어. 정말 정말 무서웠어. 너무 무서워서 난 거의 울 뻔했어."

"오, 세상에!"

"행복한 생각을 해야 해."

"맞아, 맞아. 행복한 생각."

나는 분주하게 움직이는 그녀들의 너머로 벨라 마리를 힐끔 보았다. 그녀는 차분했고 언제나처럼 우아했다. 그녀가 가늘고 뻣뻣한 손가락으로 금발 머리를 쓸어내렸다. 나는 두 팔을 뻗었다. 그녀는 곧장 다가와 나를 안아주었다.

"너무 무서워서 너희들이 필요해. 난 내 가족이 필요해." 나는 그녀의 차갑고 여윈 몸에서 벗어나며 말했다. "오늘 밤 나랑 있어줄래? 날 지켜줄래?"

그녀는 내 냄새를 맡듯, 방금 나를 만진 에토의 향을 맛보고 싶다는 듯 입술을 벌리고 숨을 깊이 들이마셨다. "당연하지, 사랑스러운 줄리. 널 위해서라면 뭐든 할 수 있어. 가족을 위해서라면. 우리가 널 지켜줄 거야. 사랑해." 벨라도나들이 모여들어 내 갈비뼈 주위를 그물 치듯 감싸더니 나를 들어 올려 빙글빙글 돌렸다. "당연하지! 우린 널 사랑해. 우리가 밤새도록 너와 함께 있을 거야." 그녀들은 다정하게 속삭이며 내 방갈로로 돌아갔다. 우리는 침대 위로 쓰러졌다. 몸뚱이들이 싱싱하게 퍼덕거리는 생선들처럼 포개졌다. 내 옆에 둥지를 튼 그녀들이 여린 달걀을 품은 어미 닭처럼 내 머리를 쓰다듬고 축축한 손가락으로 내 팔을 마사지해주었다.

"이제 자자." 그녀들이 말했다.

"잠깐만." 내가 얽힌 손을 빼자 그녀들의 호기심 어린 눈길이 나에게 엉겨 붙었다. 나는 한쪽 구석으로 사라졌다. 잠깐이나마 그녀들과 떨어져 있게 되자 일시적인 안도감이 밀려왔다. 하지만 그녀들이 집단적으로 내쉬는 호흡 소리가 여전히 들려오고 있었다. 마치 집단 명상 중에 다 함께 들숨과 날숨을 맞춰 호흡하는 듯했다. 자물쇠 위로 엄지손가락을 굴리는 동안 내 맥박 소리가 귀에 들리는 듯했다. 나는 기내용 캐리어를 열고 슬리피베어스를 찾았다. 어스레한 저녁 빛이 플라스틱 안전 마개를 비췄다. 조그만 보라색 구미 베어들이 굼뜬 미소를 짓고 나를 바라보고 있었다.

나는 약통을 등 뒤로 하고 걸어 나갔다. "나 너무 무서워. 너희들은 심판받는 듯한 그 느낌을 상상도 못할 거야."

"심판?" 마야가 물었다.

나는 고개를 끄덕였다. "내가 퇴출될 것 같은 느낌이었어."

천둥이 콰쾅 내려쳤다. 모두 헉 놀랐다. 얼굴에 공포가 어리고 입이 떡 벌어졌다. 벨라 마리조차 겁에 질린 표정이었다. 나는 그녀들이 내가 원한 방향으로 반응해준 데 감사하며 열렬히 고개를 끄덕였다. "너무 무서워서 오늘 밤에 잠들 수 없을 것 같아서." 나는 슬리피베어스 약통을 보여주었다. "이걸 먹으면 잠드는 데 도움이 될 거야. 근데…" 나는 침을 삼켰다. "나 혼자만 먹으면 너무 외로울 것 같아." 나는 안전 마개를 제거하고 구미 베어 몇 개를 손바닥에 부었다. 나는 사랑스러운 눈길로 벨라도나들을 바라보았다.

그녀들이 서로 확신 없는 눈길을 주고받았다.

지금 장난해? 새끼 생쥐를 신맛 젤리 먹듯 씹어 먹어 놓고는 정부 규제와 FDA 인증을 받지 않은 약물 찌든 수면 젤리는 안 된다고?

웃기시네.

나는 떨리는 손을 내밀었다.

"이건 안전해." 나는 벨라 마리에게 말했다. 그녀만이 다른 모두를 납득시킬 수 있었다. 나는 그녀에게 다가가 보여주기식으로 젤리 한 개를 먹었다. "레모네이드와 라벤더 맛이 나."

그녀의 눈에 근심이 어렸다.

"제발." 내가 말했다. "난 그냥 너무 외로워. 그리고 너무 슬프고, 너무너무 무서워. 나 혼자 그걸 다 겪고 싶지 않아. 난 우리가 가족이라 생각했어."

벨라 마리가 내 말을 곰곰이 생각하는 듯했다. 마침내 그녀가 고개를 끄덕이고는 젤리 하나를 입에 넣었다. 그걸 본 다른 벨라도나들이 합류했다. 확실하게 하기 위해 내가 말했다. "하나로는 충분하지 않아. 효과를 보려면 두 개를 먹어야 해." 나는 두 번째 젤리를 내 혓바닥에 올렸다. 그녀들은 이미 하나를 씹고 있어서인지 몰라도 아무 의심 없이 두 번째 젤리를 받아들였다.

사실은 이렇다. 젤리 하나면 누구든지 죽은 파리처럼 나가떨어질 수 있었다. 두 개는 거의 치사량에 가까웠다. 특히 처음

접한 이들에게는. 나는 슬리피베어스를 지난 몇 달간 매일 복용했다. 내성을 키워온 거다. 그래서 보통 여섯 개는 먹어야 잠이 들 정도였다. 두 개는 나한테 아무것도 아니었다. 하지만 경험이 없는 사람에게는….

벌써 소피아가 하품을 했다. 하품이 전염병처럼 번졌다. 모두 턱이 빠져라 하품을 하고 눈을 껌뻑껌뻑거렸다.

나도 따라서 하품을 하고 침대로 기어올랐다.

모두 가까이 다가와 팔다리를 뻗어 레이스처럼 내 몸을 감쌌다.

"잘 자." 내가 말했다.

"잘 자." 벨라 마리가 말했다.

"잘 자."

"잘 자."

"잘 자."

"잘 자."

"잘 자."

"잘 즈으…."

그녀들의 호흡이 천천히 잠에 빠져들었다.

나는 깨어 있었다. 그리고 살아 있었다.

맙소사, 이건 시금 실제로 일어나는 일이다.

우선, 이즈부터 찾자.

❺❽

 슬리피베어스가 심각한 (그리고 불법일 수도 있을) 한 방을 날리긴 했지만 조심해서 나쁠 건 없었다. 단 한 명이라도 깨어난다면 끝장이다. 그리고 내가 옳은 일을 하고 있는지 여전히 확신할 수 없었다. 내 생각과 행동이 내 것인지, 에토의 것인지조차 알 수 없었다. (하지만 에토는 진짜가 아니잖아. 그렇지 않은가?)

 심장이 갈비뼈를 세차게 때렸다. 나는 잠든 코브라처럼 움직이는 그녀들의 유연한 팔다리에서 조심스럽게 몸을 빼냈다. 그녀들의 몸을 지나가는 사이 침대가 내 무게에 흔들렸다. 켈리가 신음 소리를 내는 바람에 나는 그대로 얼어붙었다. 전기 충격을 받은 듯 심장이 찌르르했다. 켈리가 맛있는 걸 맛보는 것처럼 입을 쩝쩝거리고 키득거렸다. 키득거림이 전염되듯 그녀들 사이로 퍼져나가자 팔에 소름이 돋았다.

 나는 침대에서 미끄러져 나와 조용히 발끝으로 땅을 디뎠다. 방갈로가 신음하고 있었다. 바람이 이엉을 인 지붕을 때리고 나무 블라인드가 내려진 창 사이로 휘파람 소리를 내고 있었다. 문을 열자 밤공기 사이로 삐걱 소리가 났다. 문을 닫기 전 누가 움직이지 않는지 확인하려 귀를 기울였다.

나지막하게 코 고는 소리와 깊은 잠에 빠져든 숨소리. 천둥치는 내 심장.

나는 천천히 문을 닫으면서 폐 속에 든 공기를 모조리 내보냈다. 감시하는 직원들이 없는지 계속 주위를 살폈다. 그들의 새하얀 치아는 보이지 않았다.

시원한 밤공기에서 안개와 비 냄새가 났다. 나는 줄줄이 늘어선 나무들을 지나 농장에 다다랐다. 그리고 헛간으로 살금살금 들어갔다. 문을 활짝 열어젖히자 녹슨 문이 끼익끽거렸다. 소리를 들은 사람이 있는지 뒤를 살폈다. 보이는 건 밤 풍경뿐이었다.

헛간은 칠흑같이 깜깜했다. 전등 스위치를 찾아 벽을 더듬었지만 찾을 수가 없었다.

손전등으로 쓸 수 있게 휴대폰을 가져왔어야 했다. 흐릿한 형체들만 눈에 들어왔다. 선반, 상자, 방수포. 달을 가린 구름이 빠르게 이동하면서 그림자가 움직였다. 뭔가가 마루를 후다닥 가로질렀다. 생쥐가 떠올라 몸이 부르르 떨렸다. 도낏자루 같아 보이는 기다란 원통이 곁눈에 들어왔다. 도끼를 손에 넣으려 몸을 날렸다. 하지만 정원용 괭이였다.

뒤에서 삐걱 소리가 났다.

누군가 지켜보고 있는 것처럼 목덜미의 털이 곤두서고 따끔거렸다.

쾅! 헛간 문이 닫히면서 벽이 흔들거렸다. 선반에서 먼지가 훅 날려 내 얼굴에 내려앉았다. 심장이 미친 듯이 쿵쾅거렸다. 나는 문을 향해 몸을 돌렸다.

도끼를 쥔 그림자 형체였다. 날카로운 도끼날이 나를 향하고 있었다.

비명을 지르려 했지만 목에서 아무 소리도 새어 나오지 않았다. 심장이 쿵 떨어지고 완전한 공포가 온몸에 밀려들었다.

그 형체가 손을 올렸다. 나는 몸을 움츠리며 상자들 뒤로 숨으려 했다. 하지만 미처 숨기도 전에 전구에 불이 탁 들어왔다. 나방 한 마리가 지이잉거리는 전구에 몸을 날렸다. 타닥, 타닥, 타다닥.

"유령이라도 본 것 같네."

나는 밝기에 적응하려고 눈을 깜빡거렸다.

빅터였다.

나는 공포로 얼어붙어 도끼를 쳐다봤다. 그가 나를 해칠 것 같진 않았다. 내 생각엔 안전한 것 같았다. 우선은.

"어, 어. 그게 난…" 도끼를 가리켰다.

"아! 도끼날을 갈고 치워두려던 참이었어." 그가 내 쪽으로 도끼를 휘두르는 바람에 나는 펄쩍 뛰었다.

"세상에!"

"미안해! 그냥 네가 내 작업물을 한번 보고 싶은가 해서."

"아… 그럴까?" 나는 조금 더 가까이 다가가 도끼날을 살폈다. 새것같이 윤이 나고 거울처럼 빛나는 날에 빅터의 열정적인 표정이 비쳤다.

"정말… 날카로워."

그가 신나게 고개를 끄덕였다. "알다시피 도끼날을 세우려면 기술이 많이 필요하잖아. 두 시간 동안 줄로 갈아냈어. 이제 장작이 버터 잘리듯 잘릴 거야." 그가 더 많은 찬사를 기다리듯 나를 쳐다봤다.

"진짜 대단해." 이 스카스가드 섹스 토이는 내 삶을 한결 수월하게 만들어주었다. 행운이 드디어 내 편이 되었다. "잠깐 빌릴 수 있을까?"

"장작 좀 패려고?"

"뭐 그렇지."

그가 활짝 웃으며 도끼를 내밀었다. 하지만 내가 미처 잡기도 전에 손을 뒤로 빼더니 몇 걸음 물러났다. 그가 고개를 옆으로 기울이고 입술을 일그러뜨렸다. "이걸로 나쁜 짓 하려는 건 아니지, 그치?"

씨발.

"나쁜 짓?" 나는 불안해하며 웃었다. "아니. 나쁜 짓은 전혀 아니야." 사실이었다. 문을 부수고 이즈를 빼내는 건 전혀 나쁜 짓이 아니었다. 대부분의 기준에서 보면 영웅적인 행동이었다.

그가 눈을 가늘게 떴다. "넌 거짓말을 하고 있어." 도끼자루를 쥔 그의 손에 힘이 들어갔다.

빅터는 왜 하필 이 순간에 없던 통찰력을 발휘하는 거야?
"난 그냥 이즈를 돕고 싶을 뿐이야."

그가 고개를 가로저으며 뒤로 물러났다. "벨라 마리가 싫어할 텐데." 그는 이미 문 쪽으로 반이나 가 있었다.

"멈춰!" 하지만 빅터는 멈추지 않았다. 어떡하지? 힘으로 그를 제압할 수는 없었다. 게다가 그는 말 그대로 도끼를 손에 들고 있었다. 그가 막 달려 나가려는 순간 내가 소리쳤다. "클로이의 제물!"

그가 딱 멈췄다.

"넌 수십 년을 이어온 의식을 깨뜨렸어. 벨라 마리가 그리 좋아할 것 같진 않은데."

그가 뻣뻣하게 굳은 몸을 돌려 나를 보았다. 눈빛이 날카로웠다. 턱 근육이 꿈틀거려 관자놀이까지 움찔거렸다.

"벨라 마리가 들으면" 긴장감 때문에 목소리가 갈라졌다. "화낼 거야. 널 없애버릴지도 모르지."

그의 표정이 확 어두워졌다. "그런 나쁜 말은 하는 게 아니지. 난 지금 네가 정말 마음에 안 들어." 그가 나에게 도끼를 겨눴다. 하지만 나는 앞으로 나섰다. 내가 우위에 있다는 직감이 들었다. 빅터는 착한 미소를 지닌 세뇌된 하인이다. 그도 희생자일 뿐이다. 상황을 통제할 방법이 있었다.

"날 막아서면 넌 끝장날 거야." 내가 말했다.

그가 미간을 찌푸렸다. "어떻게?"

"네가 한 모든 말을 자세히 써서 벨라 마리에게 가도록 예약문자를 설정해뒀어. 내일 아침에 문자가 갈 거야." 그런 건 없었다. 하지만 이 석기시대 스카스가드가 알 리 없었다. "그러니까 네가 오늘 밤 날 어떻게 한다 해도 넌 여전히 곤경에 처할 거란 말이지."

반짝반짝 빛나는 땀방울이 그의 잘생긴 윗입술을 적셨다.

"하지만 벨라 마리가 그걸 알 필요는 없어. 네가 날 보내주면, 그리고 도끼를 순순히 내어주면 문자는 삭제할게." 나는 떨리는 손을 도끼 위에 얹었다.

"네가 문자를 삭제했는지 내가 어떻게 알 수 있지?" 그의 목소리에 긴장감이 어려 있었다.

"내가 거짓말을 왜 하겠어? 그리고…" 나는 도끼날을 밀어냈다. 그가 아무 저항 없이 도끼를 내렸다. 내가 뭘 하든 먹혔다. "잊지 마. 에토는 내 제안을 받아들였어. 조만간 벨라 마리와 다른 여자들은 다 없어질 거야." 나는 빅터에게 더 가까이 다가갔다. 그리고 그가 내 긴장감을 눈치채지 못하길 바라며 그의 양쪽 어깨에 손을 올렸다. "벨라 마리가 없어지면 너는 누가 돌봐?"

두려움 때문에 그의 눈이 커다래졌다. 그는 고통으로 고개를 가로저으며 도끼를 떨어뜨렸다. 도끼가 내 발 바로 옆에 떨어졌다. 나는 튀어나오려는 욕을 겨우 참았다.

"하지만 넌 날 믿어도 돼. 이 섬 밖에 내 팬들이 수백만 명이 있어. 내가 만드는 영상 중에는 올림픽보다 조회수가 더 높은 것들도 있다니까."

그가 겁먹은 쥐같이 불안한 표정으로 손톱을 물어뜯었다. "정말로?"

나는 고개를 끄덕였다. "정말로. 그리고 내가 전에도 말하지 않았어? 너한텐 유럽 백인 남자의 매력이 있다고. 우리 둘이 함께한다면 네 잠재력을 폭발시킬 수 있을 거야. 이 일이 다 끝난 뒤에 말이야."

그가 입술을 깨물고 몸을 돌렸다. 벽에 기대 있던 삽의 평평한 면의 먼지를 닦아내더니 자기 모습을 비춰봤다. "정말 그렇게 생각해? 내가 스카스가드처럼 될 수 있을까?"

"그렇다니까! 진짜야. 음, 스카스가드에 가까운 정도는 될 거야. 아마도. 우리가 같이 브랜드를 구축해볼 수 있지." 나는 슬금슬금 도끼로 다가가 그가 자기 외모에 정신이 팔려 있는 틈을 타 그걸 잡았다. 무기를 손에 넣자 한결 안전해진 느낌이었다. 그래도 만일의 경우를 위해 검증을 몇 가지 한 다음 거래를 마무리하기로 했다. "네가 겁먹은 거 알아. 근데 난 다른 것도 알고 있어. 네 생각보다 네가 똑똑하단 거. 넌 너 자신을 믿어야 해. 오늘 밤 날 보내줄지 말지는 네 결정에 맡길게. 내가 널 믿는다는 걸 보여주고 싶어. 내 목숨을 네 손에 맡기는 거야." 나는 그가 나를 믿어주길 바라며 대충 부드러운 육아법을 흉내 냈다. 하지만 만에 하나 비극적인 일을 해야 할 경우를 위해 도끼를 꽉 움켜쥐었다. 나는 도끼가 내 손에서 비누처럼 빠져나갈까 두려웠다.

그가 삽에 비친 내 모습을 쳐다보았다. "벨라 마리한테 말하지 않겠다고 약속할 수 있어?"

"내 입은 봉인됐어. 약속해. 날 믿어."

그가 나를 물끄러미 바라보았다. 나는 진지한 표정으로 턱을 치켜들었다. 그가 한숨을 푹 쉬더니 손바닥으로 자기 눈을 덮었다. "아! 여기 왜 이렇게 어두워. 아무도, 아무것도 볼 수가 없네. 지금 누가 내 옆을 지나가도 전혀 모르겠네!"

59

나는 도끼를 머리 위로 들어올려 자물쇠를 똑바로 내리쳤다. 자물쇠가 바로 부서져 툭 소리를 내며 땅바닥으로 떨어졌다.

방갈로 안에 들어서자 역한 땀과 소변 냄새가 훅 풍겼다.

"이즈?"

신음 소리가 났다.

"이즈!"

그녀의 손목은 침대 프레임에 묶여 있고 입에는 테이프가 덕지덕지 붙어 있었다. "세상에." 대체 이즈한테 무슨 짓을 한 거야? 나는 테이프를 뜯어냈다. "괜찮아?"

그녀는 도끼를 보자 마치 내가 자기를 죽이기라도 할 듯이 눈을 꽉 감고 비명을 질렀다. 나는 도끼를 바닥에 내려놨다. "나야. 널 도우러 왔어."

그녀의 감은 눈이 움찔움찔했다. 그녀가 눈을 천천히 가늘게 떴다. "크, 클로이?"

나는 그 이름을 듣고 잠깐 당황했다. 이즈가 내 비밀을 모른다는 사실을 잊고 있었다.

"아, 그, 그래." 나는 많고 많은 끈 중에 하필 에르메스 실크 스카프로 꽁꽁 묶어놓은 그녀의 손목을 풀어주었다. 이 사람들은 정말 뭐가 잘못된 걸까?

"무, 물 좀 줘." 이즈가 쉰 목소리로 말했다. 나는 욕실로 달려가 컵을 채웠다. 그녀가 물을 벌컥벌컥 들이켰다.

나는 스카프로 그녀의 땀을 닦아주었다. "이게 무슨 일이야?"

그녀는 고개를 절레절레 흔들며 막 울음을 터뜨릴 것처럼 가슴에 손을 얹었다. 빨리 대답을 듣고 싶었지만 그녀가 숨을 고를 시간을 주었다. 나는 침대 옆 램프를 켰다. 불빛이 초췌한 그녀의 얼굴을 비춰주었다. 벌건 눈은 젖었고 갈라진 입술은 피로 얼룩져 있었다. 땀에 절고 기름기가 번들번들하고 침 자국이 말라붙어 있었다. 평소 탱글탱글하게 말려 있던 곱슬머리가 단단한 공 모양으로 머리 옆에 엉켜 있었다.

"다 순식간에 벌어진 일이야." 그녀가 마침내 쉰 목소리로 말을 시작했다. "그날 점심 식사 후에 정말 너희들 옆에 있고 싶지 않더라. 그래서 저녁 식사 때 유선전화로 딸들과 통화를 했지. 통화를 끝낼 즈음엔 마음이 진정돼서 너희들한테 가봐야겠다 싶어졌어. 바보 같게도 내가 과잉 반응을 했나 하는 생각까지 했다니까. 그, 근데 그때 너흴 본 거야…" 이즈가 고개를 절레절레 흔들었다. "뭔가… 이상했어. 다들 춤추고 노래하는데 더 가까이 갈수록 더 그런 느낌이 들었어…. 잘못됐다는 느낌. 에너지가… 그랬어…. 코카인에 취한 좀비들 같았어. 그리고 그 키득거리는 웃음소리가 들렸지! 오, 신이시여, 전부 약에 취해 정신이 나간 것처럼 키득거렸어. 직원들이 서서 지켜보는데, 너희들을 동물원의 동물들 보듯 지켜보는 가운데 말이야. 진짜 소름 끼치게 오싹했어."

나는 손바닥으로 내 이마를 쓸었다. 밖에선 그렇게 보였어?

"전체적으로 분위기가 다 이상했어. 그래서 난 빠져나와 내 방에 숨었지."

그녀가 나를 향해 몸을 돌렸다. "그런데 몇 시간 후에 네 비명 소릴 들은 거야."

"내가?"

그녀가 고개를 끄덕였다. "네가 괜찮은지 가봤는데 문이 잠겨 있었어. 그래서 뒤로 돌아가 프렌치 도어의 널빤지 사이로 들여다봤지. 그런데 네가 침대 위에서 다른 애들한테 둘러싸여 있더라고. 넌 비명을 지르면서 울었고 그 애들이 뭔가를… 외치고 있었어…." 그녀가 나를 힐끔 올려다봤다.

입안이 바싹 말랐다. "뭘 외쳤는데?"

그녀가 고개를 가로저었다. "그건 중요하지 않아. 어쨌든 난 데없이 남자 두 명이 달려들어 날 쓰러뜨렸어. 도와달라고 비명을 질렀는데 누가 내 입을 손으로 틀어막았어."

그러니까 그날 밤 비명을 지른 사람은 이즈였던 거다.

가슴이 후회로 타들어갔다. 이즈가 애타게 도움을 구할 때 나는 다정한 말에 둘러싸여 만족감에 취해 있었다. 점심시간에 이즈가 모욕을 당할 때도 뒷짐 지고 앉아 지켜보기만 했다. 저녁 식사 때 그녀들이 이즈와 나를 비교할 때도 나는 흡족해 했다. 나는 왜 그 모양이었을까?

"정신을 차리고 보니 이렇게 입에 테이프가 붙여진 채 손이 묶여 있었어." 그녀의 목소리에 증오심이 가득했다. 당연히 그럴 만했다.

내 방갈로의 침대 기둥에 있던 흔적이 떠올랐다. 얼마나 오랫동안 이런 일이 있었던 걸까? 얼마나 많은 사람들이 이런 취급을 받았을까? 그리고 벨라도나들. 그녀들은 모두 이 끔찍한 음모에 가담하고 있었다. 내가 그들이 되고 싶었다는 게 믿기지 않았다. 그리고 나도 잠깐 동안 그중 하나였다. 이즈를 가둬 놓고 우리가 얼마나 행복한지를 말하며 뛰어다니고 노래했다는 게 믿기지 않았다. 아무도 죄책감을 느끼지 않았다. 후회나 공감의 기색조차 없었다. 그녀들은 대체 어디가 잘못된 걸까?

누가 끝내지 않으면 이 미친 짓이 얼마나 더 계속될까?

오늘 밤이 시작될 때만 해도 내 마음에 번쩍 들어온 이 일을 끝낼 수 있을지 확신할 수 없었다. 일곱 명의 인간을 제물로 바치겠다는 생각은 잘못된 것이고 절대로 실현되면 안 될 일이었다. 하지만 이제 분명해졌다. 그걸 하지 않으면 깨끗하게 탈출할 수 없다. 어떻게든 이 섬을 나간다 해도 벨라도나들이 살아 있는 한 그들은 필요하다고 믿는 사이코 광신도 짓거리를 계속할 것이다. 더군다나 내 변심이 드러나면, '우리'가 되고 싶고, '가족'이 되고 싶었던 내 마음이 변했단 게 알려지면 저들이 나를 가만 놔둘 리가 없다. 도움을 요청한 이즈도 이렇게 감금할 정도인데 자기들을 배신한 사람에게는 얼마나 끔찍한 악몽을 안겨주겠는가?

가만히 앉아 손가락만 꼼지락거리며 다 잘되기를 바랄 순 없다. 내가 끝내지 않으면 일은 바깥세상으로 더 번져나갈 테고 벨라도나들은 절대로 정의의 심판을 받지 않을 것이다. 확실했다. 멜니버그 가문의 어마어마한 권력을 생각하면 대법원 안에 그들의 악마와 춤을 추는 인간이 있다 해도 전혀 놀랍지 않았다. 심지어 대통령도 한두 명 있을지 모를 일이다. 나는 시스템이 정의를 구현하기를 기다릴 수 없었다. 멜니버그 가 같은 사람들에게는 정의가 적용되지 않으니까. 내가 우위에 있을 때, 아무도 예상치 못하는 지금, 직접 일을 진행해야 했다. 에토가 실제든 아니든 내 편으로 있는 동안. 바로 여기서 끝내야 했다. 지금 당장.

"미안해, 이즈. 널 도와주지 못해서 정말 미안해. 저들이 약을 먹였거나 내 마음을 조종하는 그런 짓을 한 것 같아. 제대로 행동할 수도, 올바로 생각할 수도 없었어. 생쥐를 먹게 만들 때까지도…."

이즈가 얼굴을 찡그렸다. "뭐라고?"

"이야기하자면 길어. 하지만 결국 난 깨어났어." 나는 그 사이 안젤리크에게 일어난 일과 에토에 대한 이야기를 들려주었다.

"넌 아무것도 바치지 않았어, 그치?" 이즈가 물었다.

나는 그녀의 질문을 무시했다. "이즈, 우린 낭비할 시간이 없어. 내가 약을 먹여서 다 재워놨어. 그래서 한동안은 못 깨어날 거야. 우린 빨리 움직여야 해. 너 라이터 있어?"

이즈가 슈트케이스로 비틀비틀 걸어가 앞쪽 지퍼를 열고 라이터를 꺼냈다. 금색 라이터에 달빛이 비쳤다.

나는 라이터를 받았다. "배도 고프고 속도 안 좋겠지만 네 도움이 필요해. 벨라도나들을…" 나는 침을 꿀꺽 삼켰다. 도를 지나치다고 생각하면 어쩌지?

갑자기 이즈가 일어섰다. "뭘 해야 할지 알려줘."

하느님 감사합니다.

60

 밤의 장막 아래 우리는 창고로 쓰이는 나무 헛간에 숨어 들어 라이터 오일을 전부 찾아 내 방갈로로 끌고 왔다. 그리고 아무도 뒤쪽으로 밀고 나갈 수 없게 발코니용 가구들을 전부 프렌치 도어에 쌓아 올렸다.

 "자." 이즈가 손을 털며 말했다. "이제 뭐 하면 돼?"

 나는 이즈에게 전체 계획을 알려주지 않았다. 이즈를 이 일에 끌어들이는 게 옳지 않은 것 같았다. 무엇보다 이 일을 혼자 해야 한다는 느낌이 들었다. 언뜻 본 내 그림 속에도 그녀는 없었다. 벨라도나의 일원으로서도 방화범으로서도.

 인간들을 제물로 바치는 데에 확실한 규칙이 있는 게 아닌 줄은 알고 있다. 인간의 영혼을 힘과 바꾸는 법에 관해 할 수 있는 것과 없는 것을 세세하게 적어놓은 안내서 같은 건 없으니까. (젠장, 나는 아직도 내가 에토인지 나발인지를 믿는지 아닌지조차 모르겠다.) 하지만 살인을 저지를 거라면 제대로 저질러야 한다. 시간도 없고 발가락을 살짝 담가 물 온도를 테스트할 특권도 주어지지 않았다. 살아남을 거라 믿고 곧장 밑바닥까지 뛰어드는 수밖에….

어떤 위험도 감수할 수 없다. 변수가 추가되면 일을 다 망칠지도 모른다.

그리고 어쨌거나 이즈를 이 상황에서 빼는 건 그녀에게도 이로운 일이다. 구조도 되고 범죄도 저지를 필요가 없으니까.

"넌 이 일을 하면 안 돼." 내가 말했다.

이즈가 미간을 찌푸렸다. "무슨 소리야? 불 피워서 구조신호 보내려던 거 아니었어?"

"어…." 나는 라이터 오일을 쳐다봤다. 이어서 방갈로로 시선을 던졌다. "그게…"

그녀가 내 시선을 따라 왔다. 눈이 휘둥그레지더니 이마를 짚었다. 분노로 타올랐던 아드레날린이 걷히고 현실을 깨달은 듯했다. "젠장." 그녀가 속삭였다. "젠장. 젠장. 젠장. 이런 젠장. 너 진짜 쟤들을 해칠 생각은 아니지, 그치?"

"진정해."

"내가 어떻게 진정할 수 있겠어?" 그녀가 목소리를 높였다. "너 지금 불을 질러서…"

"쉿! 다 깨우겠어. 우리, 아, 내가 이걸 막아야 해. 넌 가족이 있잖아. 돌봐야 할 아이들이 있어. 넌 이 시간 이후에 일어나는 일에 엮일 필요 없어. 내가 다 짊어질 수 있어."

"하지만…."

"내가 널 그렇게 묶여 있게 내버려둔 걸 생각하면 이 정도는 해야지." 이즈가 반박하려고 했지만 나는 고개를 가로저었다. "난 괜찮을 거야. 본채 쪽으로 달려가서 불꽃이 보일 때까지 근처에 숨어 있어. 직원들이 알아차리면 불을 끄러 달려나올 거야. 그때 안으로 들어가. 유선전화가 어디 있는지 기억하지?"

그녀가 고개를 끄덕였다.

"응급서비스에 전화를 해. 그리고 어제 CG-484 헬리콥터를 보냈던 그 섬에 불이 나서 추가 지원이 필요하다고 해. 일단 구조대가 온다는 걸 확인하면 그 사람들이 올 때까지 숨어 있어."

"맙소사." 그녀가 서성거리다가 털썩 주저앉아 몸을 웅크리곤 숨을 거칠게 내쉬었다. "이런 일이 벌어지다니 믿기지 않아. 다 말도 안 되는 일이야! 우린 이러면 안 돼."

"아니. 그런 소린 집어치워." 나는 몸을 숙여 그녀의 양 어깨를 잡았다. "무서운 거 알아. 근데 이 방법밖에 없어. 너 진짜 저 여자들이 그런 짓을 다 해놓고 널 내보내줄 거라 생각해? 기적이 일어나서 우리가 이 섬을 떠난다 해도 무사히 사회에 돌아가게 내버려둘 것 같아? 쟤네들이 얼마나 큰 힘을 지녔는지 생각해봐. 우리가 떠들어봤자 여덟 명의 사랑받는 백인 여성의 말을 이길 순 없어."

그녀의 눈빛이 절박해 보였다. "다른 해결책이 있을 거야. 우리가 다 이 문제에서 안전하게 벗어날 또 다른 방법이."

나는 이즈가 뭘 걱정하는지 이해할 수 있었다. 하지만 나는 직감적으로 알았다. 이게 앞으로 나아가기 위한 유일한 방법이었다. "자세히 설명할 순 없지만 난 이렇게 하는 게 옳다는 확신이 들어. 날 믿어." 나는 눈을 크게 뜨고 진심을 담아 단호하게 말했다.

그녀가 눈을 감고 머리카락을 움켜쥐며 신음했다. "이건 진짜 미친 짓이야!"

"나도 알아. 하지만 다른 방법이 없어. 이제 가. 네가 없어진 걸 누가 눈치채기 전에."

그녀가 일어서서 호흡을 가다듬었다. "세상에! 인생 최악의 휴가야." 그리고 앞으로 터덜터덜 걸어 나갔다. 몇 걸음 가다 멈추고 어깨너머로 나를 보았다. "행운을 빌어."

"너도." 나는 그녀가 본관을 향해 달려가는 모습을 지켜보았다.

나는 라이터 오일 두 병을 들고 방갈로 입구 쪽으로 돌아섰다. 그리고 덜덜 떨면서 심호흡했다.

나는 강하다.

나는 용감하다.

나는 전사다.

나는 괜찮을 거다.

나는 안으로 들어갔다.

61

 문 근처에 도끼를 두고 방으로 살금살금 들어갔다. 깊이 잠든 여자들은 쓰디쓴 숨결 아래 달콤한 말들을 중얼거리고 있었다. 나는 그들을 조심스럽게 지나쳐 발코니 가구에 뒷문이 단단히 막혀 있는지 확인하기 위해 프렌치 도어를 힘껏 밀어보았다. 온 힘을 다해도 경첩은 꿈쩍도 하지 않았다. 나는 몸을 바로 하고 긴장된 숨을 내쉬었다.

 이제 돌이킬 수 없다.

 나는 재빨리 방에 라이터 오일을 뿌렸다. 긴장감 때문에 손에 땀이 줄줄 흘러 오일 병을 두 번이나 떨어뜨릴 뻔했다. 나는 모든 곳을 철저하게 적셨다. 벽, 소파, 고급 카펫. 블라인드, 옷장, 옷장 서랍 사이사이까지. 내가 이런 짓을 하다니. 나는 지금 일곱 명의 사람들을 살해하려고 한다. 이게 말이 돼? 하지만 멈출 수 없다. 대신 다음 일을 생각하려 했다. 모든 것이 불타오를 때 무엇을 할지, 어떻게 세상으로 돌아가 내 범죄를 정당화할지 생각했다.

 일을 끝낼 때쯤 어질어질한 부탄 냄새가 코를 찔렀다. 옷은 땀과 라이터 오일로 축축했다. 나는 주머니에 라이터를 넣고 걸어 다니는 내연기관이었다. 액을 뿌리지 않은 곳은 침대뿐이었다. 너무 가까이 다가가면 잠자는 악마들 중 하나가 깨어나 말을 걸까 봐 뿌릴 수가 없었다. 마지막 병을 비우고 발소리를 죽여 옷장으로 갔다. 문을 열자 안에서 센서 등이 켜져 깜깜하던 방안의 조그만 공간을 밝혀주었다. 나는 내 기내용 캐리어에서 자물쇠를 빼냈다. 벨라도나들을 안에 가두기 위해서였다.

침대 시트가 바스락거리는 소리가 들렸다. 신음 소리. 그중 한 명이 움직이는 소리. 심장이 갈비뼈를 쿵쿵 쳤다. 나는 그대로 멈췄다. 숨도 쉬지 못한 채 멈춰 있었다. 구석에 몰린 쥐가 커다랗고 사악한 늑대를 기다리듯이.

"으윽." 벨라 마리였다. "이게 무슨 냄새야?"

나는 문을 쳐다봤다. 지금 불을 붙여야 하나? 불을 붙이고 뛰쳐나갈까?

하지만 벨라 마리가 깨어 있다. 그녀가 불이 번지기 전에 모두를 깨운다면? 일곱 명이 문에 몸을 부딪치면 조악한 기내용 캐리어 자물쇠는 버티지 못할 거다. 불이 시작될 때 대부분이 잠들어 있어야 한다. 그래야 그들이 눈을 떴을 때 폐 속에 연기가 가득 차고 일산화탄소가 호흡관을 막고 발아래 불꽃이 활활 피어올라 도망갈 방법이 없게 된다.

그녀가 침대에서 내려오는 소리가 들렸다. "줄리?"

썩을. 내가 거기 없다는 걸 알아차렸다.

하지만 그녀의 목소리는 새끼를 걱정하는 어미 닭 같았다. 아직 무슨 일이 일어나는지 모르고 있었다. 좋은 생각이 아닌 줄 알면서도 나는 방으로 돌아갔다. "일어났어?" 나는 어둠이 내 얼굴에 드리운 공포와 관자놀이에 번들거리는 땀을 가려주길 바라며 속삭였다.

"자기야, 냄새 안 나?" 그녀가 잠을 떨쳐내려 눈을 비볐다.

뒤통수를 강타하듯 냄새가 훅 끼쳤다. 날카로운 부탄 냄새 때문에 눈앞에서 별이 핑핑 도는 것 같았다. "아니! 아무 냄새도 안 나는데. 다시 자러 가자."

그녀가 미동도 없이 나를 쳐다보았다. 파란 눈이 나를 향해 타올랐다. "왜 살금살금 돌아다니고 있어, 줄리?"

나는 침을 꿀꺽 삼켰다. "이유는 없어. 그냥 다리를 좀 펴야 해서…. 악몽을 꿨거든."

"악몽?"

"응. 정말 지독한 악몽이었어. 퇴출당하고 온갖 일이 다 벌어지더라고. 근데 왜 자다 깼어?" 슬리피베어스가 그녀를 혼수상태에 빠뜨려놨어야 했다.

그녀의 새하얀 치아가 어둠 속에서 빛났다. "자기야, 난 자기의 정신건강을 도우려고 베어스를 삼키는 척한 거야. 안 볼 때 뱉었어. 내가 의료 산업 복합체에 강경하게 반발하는 입장인 거 알잖아. 실망시켜 미안해." 그녀가 나를 향해 발걸음을 떼다가 움찔 놀랐다. 아래를 내려다봤다. 바닥에 흩뿌려진 라이터 오일을 밟은 것이다.

망할.

그녀의 얼굴에 드리운 그림자가 뒤틀렸다. 눈썹이 치켜올라가고 입술이 일그러졌다. 그녀가 발을 들어 우아한 손가락으로 발바닥을 쓸어 냄새를 맡았다. 그러고는 홱 자세를 바로잡더니 쏘는 듯 강렬한 시선으로 내게 다가왔다. 옷장 불빛이 그녀의 날 선 얼굴을 비췄다. "줄리, 라이터 오일로 뭐 하고 있었어?"

"아무것도 아니야." 뒤로 물러나는데 문 옆에 둔 도끼가 떠올랐다. 당장 달려가고 싶었지만 너무 빨리 움직이면 내가 무기를 낚아채기도 전에 그녀의 막대기 같은 팔다리가 날아들 것 같았다.

나는 침을 꿀꺽 삼키고 천천히 움직였다. 입구 쪽으로 조금씩 움직이는 사이 근육이 끽끽거리고 뼈에서 뚝뚝 소리가 났다. 그러는 내내 벨라 마리의 파란 눈에서 시선을 뗄 수 없었다.

"거짓말 마." 그녀의 눈이 인간의 것이 아닐 정도로 커 보였다. 마치 체셔 고양이 같았다. 그녀가 너무 가까이 다가와서 뱃속이 공포로 파도쳤다. 그녀의 달콤한 살냄새가 부탄 냄새를 뚫고 밀려왔다. "우린 가족이야, 기억하지? 가족은 서로 거짓말하지 않아."

"가족을 계속 침대에 묶어둔다고?"

그녀가 딱 멈췄다. 그러고는 온화한 미소를 머금고 고개를 살짝 기울였다. "이즈를 찾았구나?" 목소리가 거슬릴 정도로 가벼워 장난스럽게 들릴 정도였다. 간단한 덧셈을 해냈다고 아장아장 걷는 아기를 칭찬할 때 쓰는 목소리였다. "너도 이해해야해. 우리가 하는 일은 우리 가족을 위한 거야. 사랑에서 우러나온 일이지. 며칠 후면 이즈도 정신을 차릴 거야. 모두 다 그래."

"비인간적이야."

"비인간적? 내가? 비인간적이라고? 자매의 인생을 훔친 사람이 누군데."

나는 움찔했다. 그녀가 그걸 용기라 칭하지 않았었나? "내가 너흴 위해 한 일들 못 봤어? 나는 너희들을 일으켜 세워. 너흴 가족으로 환영해주지. 나는 관대해. 나는 친절해. 나는 아름답고 사랑이 넘치는 사람이야. 원래는 일을 이런 식으로 하지 않는데. 무리하지 않으려고 한 번에 한 명만 들이거든. 근데 내 사랑하는 사촌이 올린 트윗하고 너 때문에 어쩔 수 없었어. 대처를 해야 해서." 그녀가 두 팔을 벌렸다. "그래도 안 늦었어. 우린 다 실수를 저지르니까. 네가 반성하면 다시 널 받아들일 수 있어."

하루 전까지만 해도 그녀가 두 팔을 벌리면 가슴에 따스함이 차올랐다. 하지만 지금은 피가 차갑게 식었다. 나는 한 걸음 물러나며 말했다. "씨, 씨발 꺼져."

그녀는 이제 불빛을 마주하고 있었다. 피부가 창백해 보였다. 그녀가 팔을 떨어뜨리고 한숨을 쉬었다. "클로이의 쌍둥이가 문제를 일으킬 거란 걸 알았어야 했어." 그녀가 골치가 아프다는 듯 말했다. "클로이를 처리하고 나면 말이지."

이가 딱딱 부딪쳤다. "처리라고?"

그녀가 고개를 갸웃하며 작게 '아' 하는 소리를 냈다. "자기, 혹시 멍청해? 클로이는 약물 과다복용 같은 시시한 걸로는 절대 죽지 않아."

"너, 너…" 그 말이 목구멍에 탁 걸렸다. "네가 클로이를 죽였어."

"바보같이 굴지 마. '죽였다'는 너무 극단적인 단어잖아. 난 그냥 클로이의 항우울제와 상극을 이루는 약물을 물에 좀 타서 영원히 잠들 수 있도록 만들어줬을 뿐이야."

숨이 막혔다. 아무렇지도 않게 술술 내뱉는 걸 보니 그런 짓을 저지른 게 한두 번이 아닌 듯했다. "다른 애들도 알아?"

"모두. 안젤리크만 빼고. 안젤리크는 아직 들어온 지 얼마 안 됐고 이제 막 제물을 바친 터라 비밀을 다 공유받는 위치가 아니거든."

안젤리크가 몰라서 다행이었다. 스모어를 만들어 먹던 밤에 그녀가 한 말들은 진짜였을 것이다. 하지만 나는 나머지 벨라도나들이 내내 연기하고 있었다는 사실이 믿기지 않았다. 나 혼자 가면을 쓰고 있는 줄 알았는데 모두 그랬던 거다.

"그리고 어쨌거나." 벨라 마리가 말을 이었다. "네 쌍둥이는 에토가 가져간 것에 죄책감을 느꼈던 것 같아. 반 후센 부부의 교통사고가 반란의 시작이었으니까. 정말 안타까운 일이야. 근데 네가 좋아할 것 같아서 하는 말인데 마지막 순간까지 네 언니는 다정한 사람이었어. 흐음, 뭐, 우리를 협박한 그 짧은 기간을 제외하면 말이야. 어리석게도 기자한테 가면 우릴 다 폭로할 수 있을 줄 알았나 봐."

'제시카 피터스.' 나는 속으로 말했다. 이게 바로 클로이가 말하고 싶어한 이야기였다.

"《더 뉴요커》가 우리와 일한 지가 언젠데. 기사가 나오기도 전에 다 손봐뒀지. 단순한 캐치 앤 킬*이었어." 그녀가 인상을 찌푸렸다. "난 그 용어가 정말 마음에 안 들어. 캐치 앤 킬. 킬. 킬. 킬. 정말 추하잖아. 그 용어는 리브랜딩 돼야 해."

"네가 클로이를 죽였어!"

"그 단어 쓰지 말랬지! 클로이는 내 머리에 총구를 겨누면, 그러니까 가족한테 맞서면 일이 어떤 식으로 끝나는지 알고 있었어. 비명을 지르기 전에 그 소리를 잠재운다. 이건 네가 좀 더 순종적이었으면 내일 아침에 배웠을 우리 가문의 교리야." 그녀가 한숨 쉬었다. "하지만 인정할게. 클로이의 마지막을 지

---

* 언론 매체가 기사를 독점적으로 사들이고 보도하지 않음으로써 그 일과 관련된 인물들의 명예를 보호하는 전략.

키지 않은 건 내 잘못이었어. 맥박이 느려지는 걸 느꼈어. 그래서 끝난 줄 알았지. 난 죽은 이의 얼굴을 좋아하지 않아. 너무 폭력적이고 전혀 예쁘지 않거든. 난 그런 장면은 추천하지 않아. 게다가 난 그날 저녁에 있을 《보그》 화보 촬영을 준비해야 했거든. 아나 윈투어가 여섯 시에 오라고 하면 여섯 시에 가야 하는 거야. 1분도 늦으면 안 돼."

내 몸이 휘청거렸다. 그 모든 일을 어떻게 저토록 가볍게 말할 수 있지? 살인과 《보그》를 연이어 입에 올리는 게 팬케이크에 시럽 올리듯 자연스러웠다.

"물론 너는 계산에 넣지도 않았어." 그녀가 계속 말했다. "근데 네 과거를 보니 에토가 준 선물이 아닐까 싶더라고. 외로움, 죄책감, 커뮤니티와 인정에 대한 욕구까지. 말이 되더라고."

나는 도끼에 아주 가까워져 있었다. 도끼가 내 손가락을 끌어당겼다. 무기가 있다는 것만으로도 말할 힘이 생겼다. "뭐? 그러니까 내가 네 엿 같은 사이비 종교에 넘어갈 만큼 나약해 보였단 소리야? 네 가짜 신한테?"

벨라 마리가 헉 하며 자기 입을 막았다. 방갈로가 바람에 흔들려 신음 소리를 내고 나무 널빤지가 끼익끼익거렸다. "*가짜라고?*" 그녀가 천천히 고개를 저었다. "어쩜 그렇게 아둔할 수 있지? 우리에게 일어난 기적을 못 봤어? 우릴 봐. 우리의 영향력을. 모닥불과 네 이모. 넌 그 변화를 느꼈어, 안 그래?"

내가 그랬다는 게 싫었다. 하지만 그간 일어난 모든 일은 달리 설명할 수 있었다. "벨라도나들은 모두 아름답고 재능 있어. 걔들이 팬들을 끌어들이는 게 그렇게 놀라운 일이야? 네 궤도 안에서 네 인맥과 부에 접근할 수 있다는 점이 걔들의 영향력을 높여줄 수도 있겠지. 합리적이고 이성적인 설명이 수천 가지는 될걸. 모든 인플루언서가 신에게 충성을 맹세하지는 않아."

"안젤리크." 그녀가 바로 코앞으로 다가왔다. "너도 봤잖아. 에토가 안젤리크의 아기를 어떻게 가져갔는지." 그녀에게서 시큼한 입 냄새가 났다.

"안젤리크는 여행 내내 술을 마시고 네가 준 이상한 약을 먹었어. 그나저나 그 약 말인데. 의료 산업 복합체에 반대하는 네 행보와 너무 딴판이잖아."

"그건 자연주의 치유법이야!"

"안젤리크는 씨발, 생쥐까지 먹었어! 그리고 그 엿 같은 이유들을 다 제쳐두더라도 유산은 언제나 일어나는 일이야. 그 모든 게 끔찍한 우연일 수 있다고. 그리고 그런 가슴 아픈 영상을 게시한 뒤로 팔로워를 얻는 건 당연한 거고. 사람들은 눈물 나는 이야기를 갈구하니까!"

"그럼 나는?" 그녀는 이제 필사적이고 추하게 고함쳤다. "나에 대해선 뭐라고 할 건데?"

"사람들은 악마에게 자기 자궁을 바치지 않고도 임신 관련 문제를 겪어!" 내 손끝이 도낏자루에 닿았다.

벨라 마리가 고개를 저었다. "에토는 악마가 아니야!"

"좋아, 그럼 이건 어때? 사람들은 에토에게 씨발 존나 엿 같은 자궁을 바치지 않고도 임신 관련 문제를 겪는다고!"

그녀가 분노로 일그러진 표정으로 송곳니를 드러냈다. "나 같은. 사람들에겐. 아니야!" 그녀가 달려들었다. 그녀가 내 목을 감싸고 조르는 바로 그 순간, 나는 눈을 꼭 감은 채 도끼를 휘둘렀다. 도끼가 뭔가 단단한 것을 찍으면서 그대로 멈춰버렸다. 뜨거운 액체가 내 얼굴에 촤아악 흩뿌려졌다. 눈이 따가웠다. 벨라 마리의 손힘이 약해지더니 내 목에서 떨어져 나갔다. 나는 신음을 뱉으며 도끼를 뽑았다. 앞이 제대로 보이지 않았다.

공기가 쇠 냄새로 뒤덮였다.

나는 눈에 묻은 끈적끈적한 액체를 닦아냈다. 맥박이 튀어나올 듯 펄떡거렸다. 선홍색 손가락을 보고서야 그게 피라는 걸 깨달았다. 벨라 마리의 어깨에 수평으로 거대한 상처가 찍혀 있었다. 상처에서 솟구친 피가 그녀의 어깨와 앙상한 쇄골을 타고 바닥으로 떨어졌다. 공포에 휩싸여 있는 힘껏 내리치지 못한 바람에 완전히 관통하지 못한 것이다.

잠깐 정적이 흘렀다. 세상이 느리게 움직이는 듯했다. 내 마음은 텅 비어버렸다. 우리의 호흡은 무거웠고 서로 조화를 이루지 못했다. 피 튀기는 광경에 다리가 떨리고 힘이 풀렸다. 그녀가 살짝 움직였다. 목을 잡으며 충격으로 꿈틀댔다. 그녀의 손가락 사이로 선홍색 피가 솟구쳤다. 내 눈을 보는 그녀의 동공이 야생동물의 눈처럼 팽창되어 있었다. 그녀가 입을 벌려 비명을 지르려 했지만 나는 소리가 새어 나오기 전에 배에 힘을 주고 그녀의 목을 향해, 내 쌍둥이 언니를 죽인 여자를 향해 다시 도끼를 휘둘렀다. 부드러운 피부, 긴장된 근육, 경추골. 피 묻은 도끼가 반대편으로 뚫고 나가 벽에 피를 흩뿌렸다. 그녀의 몸이 쿵 바닥에 떨어지면서 방갈로 전체가 흔들렸다. 뭔가가 내 발가락 끝을 스치자 숨이 턱 막혔다. 아래를 내려다보았다. 금발 머리. 파란 눈동자. 창백한 피부. 그녀의 머리였다. 벨라 마리의 입이 비명을 지르려다 멈춘 그대로 벌어져 있었고 얼굴은 공포로 얼어 있었다. 그녀가 텅 빈 눈으로, 영혼이 사라진 눈으로, 천장을 응시했다.

맥박이 미친 듯이 뛰고 심장이 질주하듯 펄떡여서 나는 움직일 수도 없고 생각할 수도 없었다. 내 시선은 벨라 마리에게 단단히 묶여버렸다. 손에서 도끼가 미끄러졌다. 도끼날이 타일을 치는 날카로운 소리에 머릿속 스위치가 탁 켜졌다. 마음속에서 소용돌이가 일었다.

벨라 마리.

내가 그랬다. 내가 그녀를 죽였다. 나는 살인자다.

온몸이 땀으로 흠뻑 젖었다. 코로 밀려드는 부탄 냄새 때문에 머리가 띵하고 어지러웠다. 팔다리가 젤리처럼 흐느적거렸다. 토하고 싶었다. 하지만 정신 차려야 한다. 이제 돌이킬 수 없다. 손을 피로 물들인 이상, 벨라 마리를 살해한 이상 그럴 수가 없다. 나는 이걸 끝내야 한다. 지금.

순수한 아드레날린의 힘으로 비틀거리며 따뜻하고 끈적이는 핏물을 철벅철벅 밟고 시체를 건너 침대를 확인하러 갔다.

나머지 벨라도나들은 여전히 잠들어 있었다. 하지만 정신이 깨어나려는지 몸을 움찔거리고 있었다. 나는 남은 의지력을 모조리 끌어모아 한 손으로 주머니에서 라이터를 꺼내고 다른 손으로 자물쇠를 꺼내 들고 벨라 마리의 잘린 머리를 피해 비틀비틀 문으로 향했다. 나는 이즈의 금색 라이터를 탁 열었다. 시원한 금속이 피부에 닿자 마음이 진정되었다. 톱니 모양의 스파크 휠을 엄지손가락으로 굴렸다. 가느다란 파란색과 주황색 불길이 나타났다. 그것을 아까 뿌려놓은 라이터 오일에 던졌다. 눈 깜짝할 사이에 괴물 같은 불길이 폭발하듯 일어나 벨라 마리를 삼켜버렸다. 나는 뒤로 물러나 문을 세게 닫고 자물쇠를 채웠다. 문 경첩 사이로 연기가 소용돌이치듯 새어 나왔다.

자물쇠를 놓을 때쯤 이미 기운이 다해버린 나는 바닥에 털썩 쓰러지고 말았다. 불타는 방갈로에서 멀어지기 위해선 네발로 길 수밖에 없었다. 옷이 벨라 마리의 피로 얼룩져 있어서 내 뒤로 선홍색 길이 생겼다. 이엉을 이어 만든 지붕이 불쏘시개처럼 타올랐다. 노랗게 피어오르는 불길에 밤하늘로 구불구불 피어오르는 검은 연기가 더욱 선명해 보였다. 창문은 밤을 밝히는 등불이 되고, 환하게 불타는 내부로 이어지는 주황색 문이 되었다. 비명 소리가, 목구멍에서 나오는 어떤 소리가 들리는 듯했다. 쾅. 쾅. 쾅. 인간일지도 모른다. 축대가 무너지는 소리일지도 모른다. 다 내 머릿속에서 만들어내는 소리일지도 모른다. 지붕이 무너지면서 길이 열리자 커다란 연기구름이 피어올랐다. 타닥타닥 타들어가는 불길, 춤추는 형체, 신을 위한 모닥불. 제물이 뿜어내는 질식할 듯한 독기. 열기가 내 발끝을 그을렸지만 나는 움직이지 않았다. 포효하는 황금빛 주황색 불길이 방갈로 전체를 집어삼키는 장면을 지켜보았다. 직원들이 달려와 양동이로 물을 퍼부었다. 하지만 이내 포기한 듯 속수무책으로 바라보았다. 그들의 창백한 얼굴에 그을음이 내려앉았다.

시야가 연기로 흐려졌다. 목구멍에서 울음이 아니, 웃음이 비집고 나왔다. 아니, 비명이었나? 정확히 알 수가 없었다.

내가 창조한 포효하는 아름다운 생명체. 일곱 명의 생명을 단숨에 삼켜버린 사악한 괴물을 바라보며 나는 기도했다.

에토가 진짜이기를. 이 모든 게 헛된 일이 아니었기를.

그리고 어둠이 내려앉았다.

62

이틀 뒤

나는 병원 침대에서 쇠사슬에 묶인 채 눈을 떴다. 내 옆에 앉아 반쯤 졸던 경찰이 금속 수갑을 철컹 당기는 소리에 화들짝 놀랐다. 그가 눈을 크게 뜨며 옆에 있는 버튼을 눌렀다.

"무슨 일이에요?" 내가 중얼거렸다. 입안이 바싹 말라 있었다.

하지만 아무 대답도 들리지 않았다. 혼란스러웠다. 꽥꽥 비명을 지르는 듯한 두통이 내 뇌를 갉아먹었다. 머리가 두 동강이 난 것 같았다. 폐가 꽉 죄어들고 통증이 밀려왔다. 숨을 쉴 때마다 그르렁 소리와 함께 기침이 났다. 의사들, 간호사들, 경찰들이 흐릿한 시야에 들어왔다. 그들이 웅얼거리는 소리가 귀를 먹게 할 만큼 거슬렸다. 다정하게 재잘대던 여인들이 떠올랐다.

나는 눈을 감고 다시 잠 속으로 달아났다.

63

2주 뒤

"카메라를 똑바로 보세요."

펑. 빛이 눈앞에서 폭발했다. 나는 눈을 가늘게 떴다. 숨을 들이쉬자 폐가 그르렁거렸다. 의사들은 내가 그렇게 많은 연기를 마시고도 살아남은 것이 행운이라고 했다. 비록 그들이 말하는 행운이 내가 생각하는 행운의 정의와 조금 다른 것 같았지만. 세인트마틴의 어느 병원에서 2주 동안 중환자 치료를 받은 뒤 나는 내 태닝한 피부색과 지독하게 안 어울리는 화려한 주황색 점프 수트를 입은 채 범죄 혐의를 조사받기 위해 비행기에 올랐다. 설명에 따르면 멜니버그 섬이 국제해역에 위치해 있어서 이 사건은 나와 피해자들의 조국인 미국법을 따라야 했다. 누구든 위대한 미합중국에 대해 조금이라도 안다면 우리가 총, 흰머리독수리, 자유를 사랑하고, *최첨단* 교도소 시설을 갖추고 있다는 걸 알 거다. 그중 비인도적이거나 거부감을 주는 게 어디 있냔 말이다!

그러니까, 그렇지 않다. 특별히 행운인 것 같지가 않다.

"왼쪽으로 도세요."

잿빛 벽돌 벽을 향해 왼쪽으로 도는데 손목에 채워진 금속 수갑이 쨍그랑거렸다. 셀피가 아니라 머그샷을 찍는데도 나도 모르게 뺨을 쪽 빨아들이고 혀끝을 입천장에 바짝 붙여 턱선을 날렵하게 했다. 어쨌든 이 사진이 유출되기라도 한다면 섹시해 보이는 편이 낫지 않겠나 싶었다.

또다시 불빛이 펑 터졌다.

"이제 오른쪽으로 도세요."

펑. 불빛.

"좋아요, 줄리 씨. 이제 옆방에 가도 돼요."

나를 줄리라 불러서 깜짝 놀랐다.

그렇다. 세상은 내가 내 쌍둥이의 신분을 훔쳤고 내가 줄리 챈이라는 사실을 알고 있었다. 그리고 나는 상상도 못한 인물이 나를 폭로했다는 걸 알게 되었다.

이즈.

이즈 말이다.

엿 같은 아일라 해리스.

자길 사이코패스들한테서 구해주고 살해당하는 것과 살인자가 되는 것까지 막아줬는데 내가 기절해 있는 사이 나를 밀고한 거다. 사이비 집단의식에서 벨라도나들이 나를 줄리라 불렀다는 그녀의 주장에 따라 경찰들은 손쉽게 퍼즐을 풀어낼 수 있었다. 마음 한편으론 그녀의 배신에 화를 내고 싶었다. 하지만 그 모든 일을 겪고 손에 피를 묻히고 나니 다 체념한 상태가 되어 더 이상 분노 같은 날 선 감정이 생기지 않았다.

그래도 가끔 이즈를 그냥 방갈로에 내버려뒀다면 어떻게 됐을까 하는 생각할 때가 있다.

나는 경찰서 뒤쪽에 있는 방으로 안내되었다. 법원에서 지정한 국선변호사가 나를 기다리고 있었다. 사이즈가 너무 큰 우중충한 갈색 격자무늬 블레이저를 입고 헤어라인이 꼭 맥도날드 노란 로고 같아 보이는 남자였다. 그는 계속 주먹에 대고 헛기침을 해가며 목청을 가다듬었다. 그 앞에 노란색 서류 파일이 한 무더기 쌓여 있었다. 방 안에 묵은 커피 냄새가 가득했다.

그가 일어서서 손을 내밀어 악수를 청했다. "데이비드라고 합니다? 변호를 맡은 국선변호사입니다?" 목소리에 힘이 없었고 문장마다 마치 질문하듯 말끝을 올렸다.

나는 테이블 건너편에 팔짱을 끼고 앉았다.

그가 어색하게 손을 떨구고 자리에 앉았다. "그럼, 어, 그럼 기소된 건들을 빠르게 훑어볼까요?" 그가 서류 파일을 앞으로 옮겨 그중 하나를 열었다. "여기 보면… 신원 사기, 사법 방해, 절도, 방화, 일급살인 여덟 건…"

"잠깐만요." 나는 팔짱을 풀고 몸을 앞으로 기울였다. 벨라 마리, 켈리, 소피아, 릴리, 아나, 마야, 에멀린. 일곱 명의 여자.

일곱 명의 죽음. "여덟 건이라고요? 여덟일 리가 없어요."

그가 서류를 보더니 한 줄을 가리켰다. "바로 여기, 여덟 건이라고 나와 있는데요?"

"그럴 리가. 내가 죽… 화재로 죽은 사람은 일곱 명뿐이라고요."

"흐음, 제가 보기엔, 음…." 그가 수북한 서류 더미를 뒤져 또 다른 파일을 하나 꺼냈다. 그러다 실수로 커피를 엎고 말았다. 검은색 플라스틱 뚜껑이 탁 열리면서 짙은 갈색 내용물이 바닥으로 쏟아졌다. "아, 안 돼." 그는 몸을 숙여 흘린 커피를 닦으려 했다. 하지만 닦을 것이 없었다. "어, 치워줄 사람을 불러올게요?" 그가 방을 나갔다.

나는 눈을 감고 지친 한숨을 내쉬며 피오나가 다른 변호사를 찾을 때까지 데이비드를 너무 오래 상대하지 않아도 되기를 빌었다.

딱 한 번 허용된 전화 통화를 직원과 한다는 건 애처롭고 창피한 일이었다. 그날은 내 곁에 아무도 없다는 사실이 고통스럽게 다가왔다. 이미 뉴스에서 섬 학살을 대대적으로 보도한 터라 피오나가 나와 일하는 걸 두려워할까 봐 걱정이었다. 하지만 놀랍게도 피오나는 흥미를 보이며 전화를 받았다. 운명의 장난인지 피오나는 실화 범죄의 광팬이었고 줄리 챈의 비서라고 떠들고 다닐 수만 있다면 나를 위해 계속 일하겠다고 했다. 인플루언서와 A급 유명인의 비서야 널리고 널렸지만 대량 살인 혐의자의 비서는 세상에 한 명뿐이니까! 인지도가 큰 무기가 되는 시대 아니겠는가.

나는 텅 빈 방 한구석에 있는 보안 카메라를 쳐다봤다. 그 검은 눈이 나를 응시하고 있었다.

홀로 남겨진 지 지독하게 오래된 것 같았지만 시계가 없어서 정확히 얼마가 지났는지 알 수 없었다. 5분일 수도 있었고 30분일 수도 있었다. 불안하고 좀이 쑤셔 서류 파일에서 서류를 꺼내 데이비드가 갈겨 쓴 메모들을 모조리 읽었다. 내 범죄에 대한 세부 사항과 방화 이전의 사건들 그리고 잿더미에서 발견된 일곱 명의 희생자 명단. 그런데 그 페이지의 맨 아래에 이런 문구가 있었다. 피고인은 쌍둥이 자매인 클로이 반 후센을 일급살인한 혐의로 기소되었다.

나는 그 문구를 읽고 또 읽고 또 읽고 또 읽었다. 단어들이 이해되지 않았다. 쌍둥이 자매인 클로이 반 후센을 일급살인한. 쌍둥이 자매인 클로이 반 후센을 일급살인한. 쌍둥이 자매인 클로이 반 후센을 일급살인한.

뭐가 어째?

그 혐의에 뇌가 부글부글 끓어올랐다. 몸이 부들부들 떨려 금속 수갑이 크리스마스 종처럼 짤랑거렸다. 병원에 있는 동안 나는 유죄를 인정할 생각이었다. 벨라도나들의 죽음에서 내가 빠져나갈 길은 없었다. 나는 말 그대로 벨라 마리의 피를 덮어쓰고 있었다. 하지만 클로이를 죽였다고? 말 같지도 않은 소리. 엿이나 먹으라지.

다 우연일 뿐이다. 끔찍한 우연.

이 문제를 바로잡아야 한다. 나는 클로이 반 후센을 죽이지 않았다.

마침내 문이 열렸을 때 나는 데이비드에게 진실을 말할 일념으로 문을 향해 몸을 홱 틀었다. 하지만 문으로 성큼성큼 들어오는 사람은 짠하도록 서툰 국선변호사가 아니었다. 몸에 잘 맞는 남색 바지 정장을 차려입은 키 큰 여자였다. 붉은색 머리카락은 뒤로 단단히 묶어 공 모양으로 깔끔하게 말려 있었다. 그녀는 하이힐을 딸각거리며 바닥에 고인 커피를 지나 철제 테이블 위에 묵직한 가죽 가방을 척 내려놓았다.

그러고는 자기소개도 하기 전에 의자를 잡아당겨 내 맞은편에 앉더니 내 눈을 똑바로 쳐다보았다. "이렇게 해서 줄리 씨를 여기서 빼낼 거예요."

64

섀넌은 이기기 위해서라면 물불 가리지 않는 저돌적인 변호사였다. 그리고 그녀는 정말로 이기는 변호사였다. 피오나는 비서들 사이의 비밀 정보망을 통해 그녀를 알게 되었다. 3년 전 섀넌은 부인 살해 혐의로 (명백한 살해로) 기소된 금융업자 건을 맡아 일했다. 모든 증거가 부인의 치정을 밝혀낸 남편을 향했다. 하지만 섀넌은 반대 심문에서 증인들이 법원에 제출된 증거와 모순되는 진술을 하게 만드는 마법을 발휘했다.

그녀는 일급살인을 과실치사로 감형시키고 원래 예상되던 15년에서 종신형 선고 대신 3년의 사회봉사명령을 받아냈다.

몸값이 엄청났지만 그녀는 자신의 가치를 이미 증명해냈다. 나는 대리인을 위한 서류에 서명했고 그녀는 놀라울 정도로 적은 보석금으로 조건부 석방을 받아냈다. 인기 많은 8인의 여성 살해를 포함한 내 범죄 혐의를 놓고 볼 때 주황색 죄수복도 입지 않고 내, 아니 클로이의 아파트에 앉아 있을 수 있다는 건 기적이었다. 이제 나는 걸리적거리는 검은색 GPS 모니터를 발목에 차고 변호사와 변호사 보조들이 분주히 오가는 가택연금을 견디고 있었다.

내 시선이 휴대폰을 감춰둔 침대 옆 협탁을 맴돌고 있었다. 휴대폰을 못 본 지 한 달이 되었다. 그렇다. 한 달 말이다. 4주. 30일. 아니, 31일째였다. 휴대폰을 멀리한 이유는 두려움 때문이었다. 사람들이 온라인에서 나를 난도질할 게 뻔했다. 이미 약해질 대로 약해진 정신 상태에 타격을 추가할 필요는 없었다.

소셜미디어를 벗어나 있는 동안 나 자신이 얼마간 정화된 느낌이었다. 마음이 느긋해졌고 내 몸에 더 귀 기울이는 법을 배웠고 집중력도 커졌다.

신경 수용체가 자가 치유되고 있는 듯했다. 하지만… 그 날씬한 금속 재질의 휴대폰이 계속 나를 유혹했다. 나는 손바닥에 느껴지는 무게감과 손끝에 와닿는 그 연결성을 갈망했다. 사랑. 커뮤니티.

스윽 좀 본다고 뭐 크게 잘못되겠어?

"줄리 씨?"

나는 섀넌을 돌아봤다. "죄송해요. 마음이 딴 데 가 있었어요."

그녀는 클립보드를 들고 내 맞은편에 앉아 있었다. "집중하는 게 중요해요. 법정에서 그렇게 딴 데 정신을 팔고 있으면 안 되니까요. 배심원들은 그걸 신뢰할 수 없는 행동으로 받아들일 거예요."

"그렇겠네요. 죄송합니다."

섀넌은 재판 준비를 위해 내 이야기를 훈련시키고 있었다. 아주 어렵진 않았다. 사이비 종교 활동과 세뇌에 관한 내 주장은 경찰이 섬을 샅샅이 수색해 엄청난 양의 독성 향정신성 식물을 발견하고 진주처럼 새하얀 치아를 지닌 세뇌된 노예군단을 찾아내면서 입증되었다.

심지어 두 사람이 내 변호를 위한 증언에 동의했다. 오 년 동안 섬에 감금되어 있었다고 주장하는 벨라 마리의 엄마와, 그들이 사이비 종교 집단이었다는 것이 사실이며 자신이 이틀 동안 감금되었고 우리의 생명이 정말 위험했다는 사실을 증언하기로 한 이즈였다. (경찰은 안젤리크를 심문했지만 지금까지 그녀는 모든 것에 묵비권을 행사하고 있었다.) 섀넌은 나에게 유리하게 작용하는 이 모든 증거를 바탕으로 벨라도나 살인을 정당방위로 몰고 갈 수 있다고 말했다. 나는 위협적인 상황을 탈출하려 했을 뿐이었다. 나는 살아남기 위해 죽여야 했다.

에토 얘기를 하면 '진실'이 흐려졌다. 내가 에토에게 벨라도나들을 바치겠다고 한 일을 고백하면 살인 의도를 드러내는 것이 되어 정당방위를 위한 주장이 파괴될 터였다. 법정에서 에토에 관한 질문이 나오면 어깨를 으쓱하며 모르쇠로 일관하라는 지시가 주어졌다. 다행히 방화의 배경이 악의적인 동기였는지 정당방위였는지 밝혀줄 사람은 아무도 살아 있지 않았.

물론 빅터가 있었다. 하지만 마지막으로 들은 소식에 따르면 빅터는 심문을 위해 미국으로 이송된 뒤 지금껏 그 아베크롬비&피치 모델 같은 입술을 꾹 다물고 있는 듯했다.

까다로운 부분은 내 쌍둥이 문제였다.

벨라 마리가 클로이를 죽였다고 실토했지만 그녀가 죽었기 때문에 증거가 없었다. 그리고 내가 클로이의 아파트에 나타나 우연히 그녀의 시체를 발견하고 곧장 경찰에게 클로이인 척 거짓말을 한 뒤 몇 달 동안 죄책감도 없이 신분을 바꿔 산 것은 당연히 훌륭한 일이 아니다. 내 행동은 좋은 그림을 만들어내지 못했다. 외부에서 보면 내가 클로이의 신분을 훔치려고 살인을 계획했다고 주장할 만한 근거가 되었다.

"좋아요. 처음부터 다시 단계별로 살펴봅시다." 섀넌이 말했다.

"슈퍼푸드에서 일을 마치고 집에 걸어가고 있을 때 클로이에게 전화가 왔어요."

"통화로 무슨 이야기가 오갔나요?"

통화를 한 증거는 있지만 녹화된 내용은 없었다. 법정에서는 오직 내 증언만 이어질 터였다. "호흡이 곤란한 듯했어요. 그리고 계속 저에게 뭔가를 사과했어요. 실수였다고 했어요. 그러다 마지막 숨을 쉬면서…" 나는 숨을 들이쉬며 설득력 있어 보이려 애썼다. "그게 벨라 마리의 잘못이라고 말했어요." 그게 내가 감옥을 벗어날 황금 티켓이었다.

물론 전문증거*라서 기록에서 삭제될지도 모르지만 일단 배심원들 귀에 들어가기만 해도 머릿속에서 지우기 힘든 증거가 될 터였다.

"클로이가 사망한 그 주에 줄리 씨가 이틀간 휴가를 낸 것이 사실인가요?"

"네."

"현장에 있던 구조대원은 피해자가 사망한 지 며칠 되었지만 부검이 이뤄지지 않아 정확한 사망 시각은 불분명하다고 기록했습니다. 건물의 보안 카메라 영상도 줄리 씨와 줄리 씨의 쌍둥이 자매를 구분할 수 없기 때문에 명확하지 않습니다. 줄리 씨가 휴가를 낸 기간 동안 뉴욕에 가서 쌍둥이 자매를 죽였을 가능성이 있을까요?"

"뭐라고요?" 나는 소리쳤다. "그런 일은 없어요!"

"진정해요. 목소리를 높이지 말아요. 이건 그냥 검찰 측에서 주장할 만한 내용일 뿐이에요."

폐에서 덜컥거리는 소리가 들렸다. 안간힘을 다해 기침하고 싶은 충동을 억눌러야 했다. 보안 카메라 문제가 나를 자극했다. 클로이가 CCTV에 언제라도 등장할 수 있고 나로 오인될 수 있기 때문에 내가 뉴욕에 있었다는 사실을 부인할 수 없을 것이다. 정말 이상한 일이다. 세상으로 가는 잠금장치를

* 다른 사람에게 전해 들은 것을 법원에 진술하는 증거.

열어준 내 얼굴이 나를 몰락시킬지도 모른다니 말이다. 벨라 마리는 건물 근처 카메라에 찍히지 않았다. 사건이 발생한 시기에 후문 비상구 근처 카메라들이 '오작동'하는 일이 벌어졌기 때문이었다. 벨라 마리가 손본 게 분명했다.

"아니요." 나는 체념한 채 말했다.

"줄리 씨가 클로이의 시신을 화장해달라고 요청했다는 게 사실인가요?"

"네."

"사망 시각이 확인되지 않았다는 걸 알고 계셨나요?"

"그 사실을 알았으면 절대 화장하지 않았을 거예요."

섀넌은 타임라인에 대해 날카롭게 파고들면서 내가 다른 사람을 시켜 클로이의 휴대폰으로 나에게 전화하게 만들진 않았는지, 왜 부검을 요청하지 않았는지 등등을 캐물었다. 인내심이 필요한 숨 막히는 과정이었다.

"클로이의 시신을 발견한 뒤 왜 신분을 가로채기로 했나요?" 그녀가 계속했다.

이것이 계획의 두 번째 부분이었다. "시신을 발견했을 때 저는 클로이가 어떻게 죽었는지 진실을 밝혀야 했기 때문에 신분을 가장했던 것뿐이에요. 마지막 통화에서 클로이가 벨라 마리를 언급한 뒤로 뭔가 잘못됐다는 느낌이 들었어요. 벨라 마리가 어떻게든 관련이 있겠다 싶었죠. 경찰이 도착했을 때 저는 제 쌍둥이의 원한을 갚아야 했기 때문에 신분을 속였어요. 벨라 마리 같은 백인 여성은 일반적인 방법으로는 법의 심판을 받지 않을 테니까요. 훌륭한 목적을 위한 잔인한 수단이었던 거예요. 저는 살인자가 아닙니다. 저는 진실을 추구하는 사람이에요. 저는 제 방식대로 정의를 추구합니다."

"음… 좋아요. 그럼 그 부분을 더 살펴보고 좀 자연스럽게 다듬어야겠어요. 진실이라기보다 이야기를 들려주는 것처럼 들리거든요. 그래도 시작이 좋네요."

"진실이에요." 나는 섀넌에게 그것 말고는 아무 말도 하지 않았다. 그녀는 내 편이 되어줘야 했다.

"진실이 아니라고 하지 않았어요. 그냥 다듬어보자고 했을 뿐이죠."

그녀의 의심스러운 어조에 씁쓸해졌다. 인정받고 싶다는 생각이 커지면서 후회가 밀려와 다리를 달달 떨었다. 벨라도 나들을 죽이지 않았다면 어떻게 됐을까? 그냥 눈감고 그들의 기류를 받아들였더라면?

"줄리 씨는 진실을 밝히기 위해 신분을 바꿨다고 했어요. 하지만 줄리 씨가 클로이로서 아주 거리낌 없이 행복하게 지내왔다는 증거가 있어요. 진실을 찾으려 했다면 왜 계속 브랜드와 계약을 맺고 협찬 콘텐츠를 만들었죠?"

아, 그것은 이모가 내 인생에 도움이 된 유일한 순간이었다. "이모가 제 진짜 신분을 폭로하겠다며 저를 갈취했어요. 이모한테 돈을 줘야 했어요. 그래서 언니를 위한 진실을 계속

찾기 위해 협찬을 받은 거예요."

그때 이상한 불 의식을 했지만 이모는 (불행히도) 살아 있었다. 이모의 현재 상황으로 보아 차라리 죽고 싶어할지도 모르겠지만. 진짜 신분이 밝혀진 뒤 나는 경찰에게 내가 클로이를 죽이지 않았다는 증거가 담긴 중요한 녹취록이 이모에게 있다고 말했다. 거기엔 갈취 증거도 포함되어 있었기 때문에 이모는 녹취록을 내놓지 않으려 했고 결국 수색 영장이 발부되어 집을 조사했다.

경찰은 녹취록뿐만 아니라 이모의 다른 경미한 범죄 전력도 밝혀냈고 지금 이모는 갈취, 범죄 방조, 그 밖에 여러 위반 혐의로 조사를 받고 있었다. 이모는 내가 두렵다며 연락을 끊어버렸다! 이모가 나를? 이게 가능하다고?

어쨌든 나는 이모 덕분에 인플루언서로 살던 시기에 내가 했던 행동을 정당화할 수 있었다.

"여기 이메일 증거에…"

똑똑 노크 소리가 들렸다. 변호사 보조가 아파트 문을 열자 피오나가 한 남자와 함께 들어왔다. 남자는 망치 하나를 쥐고 있었다. 그의 시선은 바닥을 향해 있고 날카롭게 각진 턱을 제외한 얼굴의 대부분이 검은색 야구모자에 가려져 있었다.

"누구시죠?" 샤넌이 몸을 홱 돌려 일어나더니 남자를 쫓아내려 했다. "등록되지 않은 손님은 들어오실 수 없어요."

"인터넷을 수리하러 왔어요." 그가 피오나를 힐끔 보고는 긴장감 어린 간절한 미소를 지어 보였다.

    심장이 툭 떨어졌다. 나는 그 미소를 어디서든 알아볼 수 있었다. 승인의 신호를 갈망하는 표정.

    빅터다.

65

"저 사람은 여기 있으면 안 돼요." 섀넌이 거실을 이리저리 서성이며 말했다. 우리는 나머지 팀원들을 모두 돌려보냈다.

나는 빅터를 쳐다봤다. 그는 내 침대에 무릎을 모으고 앉아 있었다. 어찌어찌 피오나와 연락이 닿은 빅터는 우리가 섬에서 나가면 내가 도와주기로 약속했다는 말을 전했고 피오나는 한 치의 의심도 없이 그 말을 믿었다. 아마 빅터의 얼굴에 홀딱 넘어가 의심할 겨를도 없었을 것이다. 피오나의 형편없는 보안 개념을 걱정해야 했지만, 뭐 어쩌겠는가, 생각해보면 빅터가 여기 있는 게 좋은 일일지도 모른다.

"법원의 감독하에 있지 않을 때 증인과 이야기하면 안 돼요." 섀넌이 말을 이었다. "이 일 때문에 아주 심각하게 곤란해질 수 있다고요."

"딱 몇 분이면 돼요. 기껏해야 몇 분인걸요. 빅터가 우릴 도울 수 있겠다는 느낌이 들어요."

좀 더 설득한 끝에 겨우 섀넌의 허락을 받아냈다. 나는 침대 위 빅터 옆에 앉아 그의 어깨에 한 손을 올렸다. "어떻게, 지낼 만해?"

빅터가 잠깐 고개를 가로젓다가 입술을 깨물었다. 그러고는 눈물을 줄줄 쏟았다. 흐느끼는 사이사이 몇 마디 웅얼거렸는데 나는 무슨 말인지 알아듣느라 애를 먹었다. "안… 좋아…. 다, 다 죽어버렸어! 너… 너도 가버렸고."

성인 남자가 우는 모습을 본 적이 없는 데다 빅터가 그렇게 큰 소리로 우는 건 완전히 예상 밖의 일이었다. 나는 달리 뭘 해야 할지 몰라서 어색하게 그의 등을 토닥여 주었다. "알아. 미안해. 난 진짜 말 그대로 갇혀 있었어."

그가 세 살배기 애처럼 손등으로 흐르는 콧물을 닦았다. 나는 찡그리지 않으려 애쓰며 몸을 숙여 티슈 상자를 건넸다. 그는 티슈 한 장을 뽑았지만 사용하지 않은 채 몇 초 더 대놓고 엉엉 울다가 딸꾹거리며 안정을 찾았다. "어떻게 해야 할지 모르겠어. 사람들이 계속 질문하고, 내가 괜찮은지, 벨라 마리가 나한테 나쁜 짓을 했는지 물어보는데… 뭐라고 대답해야 할지 모르겠어. 나는 그게 나쁘다고 생각해본 적이 없었어. 난 그냥 내가 맡은 일을 했을 뿐이야. 시키는 대로 했던 거라고. 하지만 나쁜 일이었을까? 사람들이 그러니까 그런가 싶어. 모르겠어. 너무 혼란스러워. 난 어떻게 해야 해?"

"지금 나한테 묻는 거야?"

"그럼 누구한테 물어보겠어? 이제 나한텐 너밖에 없어. 네가 도와준다고 약속했잖아."

나는 어떻게 해야 너무 충격적이지 않게 그를 실망시킬 수 있을지 고민하며 한숨을 쉬었다. 내가 어떻게 이 남자를 도울 수 있겠는가? 하지만 그를 실망시키고 싶지 않았다. 나는 절망적이고 혼란스러운 마음을 느낄 수 있었다. 그는 외롭고 희망도 없고 자신이 알던 모든 것을 잃었다. 그는 주인을 잃은 훈련된 개다. 그리고 이제 그에게는 나밖에 없다….

나.

나는 내 안에 전염병처럼 번지는 잔인성을 인지하면서도 멈추지 않았다.

"내가 널 도울 수 있어."

그의 번쩍 뜬 눈에 희망이 가득 차 보였다. "정말이야?"

"응. 경찰들이 너한테 하는 질문을 다 도와줄게. 그리고 그 뒤에도 모든 걸 다 도와줄 거야. 내가 섬에서 약속했던 대로 올림픽 메달도 가져다주고 스카스가드 아류 아이콘이 되도록 널 키워줄게. 단, 그러려면 내가 말하는 걸 네가 다 해줘야만 해. 그러니까 모든 것 말이야."

그가 내 손을 붙들고 열렬하게 고개를 끄덕였다. 나는 내 피부에 닿는 그의 마른 콧물 자국을 애써 무시했다. "고마워. 정말 고마워!"

나는 그의 머리를 토닥여 주고 텔레비전을 켰다. 첫 채널에 〈스폰지밥〉이 나오고 있었다. 그 영상이 그를 사로잡은 듯했다.

거실로 나와 섀넌에게 속삭였다. "우린 빅터를 이용할 수 있어요. 빅터는 내 편이에요."

"그걸 어떻게 확신하죠?"

"확신할 수 있어요. 빅터는 세뇌되어왔고…" 나는 섀넌에게 몸을 더 가까이 기울였다. "섬에서 제가 그를 조금 조종해뒀거든요. 제가 자기를 도와줄 유일한 사람이라 확신하고 있어요. 빅터는 저를 믿어요. 그리고 사이비 교도 중 하나가 우리 편이면 우리한테 유리하지 않나요?"

섀넌이 고개를 가로저었다. "그가 어디로 튈지 알 수 없잖아요. 보장할 수가 없…"

침실에서 빅터가 만화를 보면서 새하얗고 가지런한 치아를 빛내며 맑고 우렁차게 웃었다. 섀넌의 눈이 휘둥그레졌다. "하아." 그녀가 집게손가락으로 자기 턱을 톡톡 쳤다. "어쩌면 줄리 씨 말이 맞을지도 모르겠네요."

*

일주일 후. 피오나와 나는 텔레비전 앞에 앉아 있었다. 섀넌은 소파 옆에 팔짱 끼고 서서 숨을 들이마셨다가 입으로 내뱉으며 긴장을 달랬다.

우리가 간절히 기다리던 프로그램이 시작되었다. 백발의 남자가 벽돌 벽을 배경으로 앉아 있었다. "안녕하세요. 키스모리슨입니다. 〈NBC 데이트라인〉 생방송에 오신 것을 환영합니다. 오늘 모신 손님은 빅터라는 이름으로만 알려진 이번 세기 가장 큰 뉴스의 중심에 서 있는 분이십니다."

카메라가 빅터를 비췄다. 그는 유행에 뒤처진 초라한 갈색 스웨터를 입었는데 시청자의 공감을 불러일으킬 의도가 분명했지만 파우더를 바른 그의 얼굴 때문에 오히려 모델 같아 보였다. 그의 칼라 아래 언뜻 보이는 파란색 줄은 2010년 밴쿠버 올림픽 복제 금메달로 내가 이베이에서 사준 것이었다.

이전까지 우리는 언론의 요청을 받아들인 적이 없었다. 섀넌은 내 말이 나에게 불리하게 작용할 수 있기 때문에 스포트라이트를 피하라고 조언해주었다. 하지만 매력적인 백인 남성보다 더 대중의 신뢰를 얻는 것은 없었기에 우리는 빅터를 내보내기로 했다.

하지만 위험성은 있었다. 섀넌은 증인이 언론을 통해 이야기하는 것은 바람직하지 않다고 했다. 심지어 빅터가 법원에서 징계를 받을지도 모른다고 했다. 하지만 판사가 이 사건을 예민하게 다루었고 그저 목소리를 내려고 애쓰는 무고한 사이비 종교의 희생자를 처벌하는 일은 대중에게 나쁘게 비칠 수 있기 때문에 심각한 영향은 없을 거라 보고 도박을 한 것이었다. 빅터는 기껏해야 나를 위해 증언할 기회를 잃을 뿐이겠지만 사이비 종교 활동을 증언해줄 다른 모든 멜니버그 가의 하인들을 고려할 때 빅터를 내보낼 가치는 충분해 보였다.

법은 법적인 문제 못지않게 홍보도 중요하다. 긍정적으로 언론 폭풍을 일으키고 일찍 여론의 심판대를 세우는 것이 우리의 승리를 여는 열쇠가 될 터였다. "요즘에는 배심원들을 완벽하게 격리하는 게 불가능해요." 섀넌이 나에게 말했다. "온라인에서 정보가 퍼져나가는 속도를 보면 우연히 기사를 훑거나 지나가다 무슨 소리라도 들을 수밖에 없거든요. 그런 식으로 어렴풋이 저장된 메시지는 잠재의식에 각인돼 판결에 영향을 줄 수 있지요. 우리가 카드를 제대로 쓴다면요."

인터뷰를 지켜보는데 팽팽한 긴장감이 감돌았다. 생방송이다 보니 한 번의 실수로 게임이 끝나버릴 수도 있었다. 프로그램은 우리의 예상대로 시작되었다. 키스가 섬에 관해 연설을 이어가며 시청자들에게 최신 뉴스와 법정 소송에 관한 개요를 전했다. 그는 이어서 빅터에게 질문했다. *섬 생활은 어땠나요? 거기 학교가 있었나요? 배운 내용에 의문을 품었던 적은 없었습니까?* 빅터는 우리가 훈련시킨 핵심 문구들을 적절히 섞어가며 대답했다. 거기엔 세뇌, 미친 사이비 종교 이야기, 감금, 성적 쾌락을 위한 그루밍과 멜니버그 가의 다른 범죄 활동 등에 대한 세부 사항이 포함되어 있었다. 빅터는 대체로 구구절절한 설명 없이 진실이 자연스럽게 드러나게 했다. 그의 솔직한 답변으로 볼 때 멜니버그 가의 그 어떤 잘못도 부정하기 힘들었다. 여기까지 빅터는 아주 잘해주고 있었다. 우리의 지시를 철저하게 따랐고 진행자에게도 놀라울 정도로 친절한 태도를 보였다. 진행자는 그의 잘생긴 외모와 열정적인 미소에 매료된 듯했다. 빅터는 할 일을 지시받는 데 길들여져 있는 것 같았다.

한 시간 동안 진행되는 프로그램이 절반쯤 지날 무렵 키스는 나에 대해 질문했다. "줄리 챈의 첫인상은 어땠습니까?" 나는 주먹을 불끈 쥐었다. 긴장감에 땀이 삐질삐질 났다.

"저는 클로이가 사실은 줄리라는 걸 전혀 몰랐어요. 벨라 마리는 자기가 클로이에게 한 짓을 우리에게 말해주지 않았거든요."

"이상해 보이진 않았나요? 줄리가 의심스러웠던 적은 없었나요?"

"눈치채지 못했어요. 섬에 손님들이 올 때마다 저는 들떠 있었거든요. 다른 얼굴을 볼 일이 거의 없었으니까요." 그 말에 키스가 동정심을 비치며 고개를 절레절레 흔들었다. "아마 그래서 주의 깊게 살피지 않았을 거예요."

"강요된 성관계가 섬에서 맡은 역할 중 하나였다고 말씀하셨죠. 실례가 되는 줄은 알지만 시청자분들께서 알고 싶어하실 것 같아 질문드립니다. 줄리 챈과도 관계를 강요당했나요?"

"스트레스 완화를 위해 서비스를 한번 제안한 적이 있었는데 거절하더군요."

"정말입니까?" 키스는 놀란 듯했다.

"네." 빅터가 시선을 무릎으로 떨어뜨렸다. "제 인생 처음으로 장난감이 아니라 인간 대우를 받은 거예요." 그가 심호흡을 하고 천천히 말을 이었다. "그 순간 저는 뭔가 달라질 수 있다는 걸 깨달았습니다. 세상에는 자기들의 이익을 위해 저를 이용하지 않는 줄리 같은 사람들이 있다는 걸 알게 되었죠."

우리가 훈련시킨 말이 아니었다. 그것은 빅터의 진심 어린 감정에서 나온 말이었다. 그 말을 듣는 사이 나는 죄책감에 휩싸였다.

그런데 그때 피오나가 소리쳤다. "우리가 플랫폼을 다 장악했어! 인기 급상승 중이야!"

"긍정적인 댓글도 있어요." 섀넌이 믿기지 않는다는 목소리로 말했다.

심장이 흥분으로 펄떡거렸다. "봐도 돼?" 피오나가 자기 휴대폰을 건넸다. 나는 실시간 트윗을 스크롤했다. 동정심이 소용돌이처럼 휘몰아쳤다. 빅터는 인터넷이 목마르게 기다려온 가장 섹시한 희생자가 되어 있었다.

그의 말이 사실이라면 줄리는 아무 잘못도 없어. 그런 말들이 셀 수 없이 반복되고 있었다. (그렇긴 해도 상당 부분은 이런 내용이었다. 빅터는 너무 섹시해! 빅터를 그냥 놔두다니 줄리는 성인이 분명해! 빅터는 언제든지 그네에서 날 가져도 돼! 난 다 줄 수 있어!)

나는 넘기고 넘기고 넘기며 모든 긍정의 물결을 흡수했다. 나를 옹호하는 그 물결이 내 가슴을 뚫고 들어와 온 내장에 녹아들었다.

마침내 휴대폰에서 눈을 떼고 빅터를 봤을 때 그가 미리 연습한 대사를 시작하려는 듯 카메라를 응시했다.

"섬의 진실을, 한때 집이라 여겼던 곳의 진실을 알게 된 지금 저는 갈 곳을 잃었습니다. 하지만 한 가지만큼은 확실히 압니다. 줄리가 저의 해방자라는 사실을요. 줄리는 우리 모두를 해방시켜준 사람입니다."

〈데이트라인〉 인터뷰가 성공을 거두고 나자 더 이상 참을 수가 없었다.

나는 모두 퇴근하고 나면 침대 옆 협탁에서 휴대폰을 꺼내 충전기에 꽂고 전원을 켰다. 배경화면이 생기를 띠자마자 잠금화면에 알림이 쏟아졌다.

나는 소셜미디어부터 확인했다.

인스타그램에서 클로이의 계정은 무려 2백만 명의 신규 팔로워를 확보했다. 댓글 창은 배신자나 거짓말쟁이를 뜻하는 뱀 이모티콘으로 넘쳐났지만 의외로 지지하는 목소리도 있었다. 일부 클로이 크루들은 심지어 줄리 주얼즈로 이름을 바꾸기도 했다. 충성스러운 멤버들은 이렇게 말했다. 줄리가 계정을 운영하고 나서야 보기 시작했어요. 나는 항상 줄리의 팬이었어요. 빅터의 말이 사실이라면 줄리에게 아무 잘못도 없다고 생각해요. 유튜브 조회수는 폭발적이었다. 사람들은 내 콘텐츠를 줄기차게 보면서 의심스러운 점이 발견되는 특정 구간에 타임 스탬프를 찍었다. (안타깝게도 나는 범죄 혐의로 유튜브의 파트너 프로그램에서 축출된 상태라 조회수가 폭발해도 한 푼도 받지 못했다.) 전반적으로 모든 플랫폼에서 참여도가 5천 퍼센트 이상 증가했다.

나를 지지하는 계정까지 있었다.

그러니까 나 말이다.

줄리 챈을 지지하는 계정들. 틱톡 사운드에 맞춰 편집한 내 영상들. 내 행동을 정당화하려는 레딧 게시글들. 어그로를 끄는 내 사진으로 도배된 인스타그램.

한 인터넷 사용자는 이렇게 말했다. 나는 여성의 권리를 지지하고 여성의 잘못도 지지한다.

사람들이 나를 사랑한다. (나는 음모론을 주장하는 인터넷의 음지에서 재림 예수가 되어 있었다. 그들이 주장하던 악마 같은 엘리트 집단 음모론을 내가 검증해버린 것이었다. 음모론은 내 영역이 아니었지만, 그러거나 말거나 그들은 내 가장 열렬한 지지자가 되었다.)

나는 사람들의 압도적인 지지에 놀라고 매료되었다. 그중에는 〈데이트라인〉 인터뷰가 방송되기 전에 지지를 보낸 사람들도 많았다.

섀넌은 언론에서 벌어지는 일에 대한 정보를 조금씩 흘려주었다. 이를테면 멜니버그 가문의 일부 멤버들이 나에게 맞서는 공개 비방 캠페인을 벌이고 내 주장에 반박하기 위해 '줄리 킬드 클로이' 음모론을 주도했다는 소식이었다. 나는 멜니버그 가문이 언론을 쥐고 흔들까 봐 걱정되었다. 힘 있는 자들은 언제나 역사를 다시 쓸 수 있으니까.

하지만, 많은 주류 언론 매체가 멜니버그 가에 지지를 보내 거나 미온적인 태도를 취하고 있긴 해도 (아마 멜니버그 가문의 자본이 굴러 들어가기 때문일 거다.) 아무도 몇몇 호기심 많은 콘텐츠 크리에이터들의 활동을 조종할 수는 없었다.

한 예로, 누군가 유튜브에 벨라도나와 그녀들이 끼친 해악에 관한 4부짜리 다큐 시리즈를 만들었다. (3천만 조회수를 기록했다!) 그 크리에이터는 벨라 마리의 역사에 깊이 파고들었고 철저한 인터넷 추적을 통해 그녀가 상처 입힌 세상의 민낯을 공개했다. 사이비 종교는 멜니버그 역사에서 하나의 각주에 불과했다. 그들이 연루된 기나긴 범죄 행각의 목록은 독재자 지원, 민주적으로 선출된 개발도상국들의 지도자 제거 지원, 여러 차례에 걸친 경제 붕괴 조장, 고위층 탈세 행각, 의심스러운 사망 사건(정치인 암살 같은?)을 포함해 끝도 없이 이어지고 있었다. (수 세기에 걸쳐 권력을 휘두르다 보면 악행을 저지를 시간이 차고 넘치기 마련이다.) 이 다큐 시리즈는 벨라도나들을 파헤치는 수많은 후속 영상들을 촉발해 그녀들의 가장 악명 높은 순간을 세상에 드러나게 했다. 일부 인터넷 탐정들은 심지어 더 나아가 멜니버그 가 조상들의 사진을 조사하고 그들과 어울렸던 인물들을 찾아내고 비행 기록까지 뒤져 섬을 방문한 사람들을 확인했다. 그 과정에서 여러 정치인, 유명인, 그리고 대법관들까지 멜니버그 가문과 오랜 세월 친분을 맺어왔다는 사실이 밝혀졌다.

섀넌은 법원이 멜니버그 가와 관련이 없는 판사들의 명단을 긁어모으느라 애를 먹고 있다고 했다. 그것은 어린 남자아이를 건드리지 않은 가톨릭 사제의 명단을 만드는 것만큼이나 어려운 일이었다. 그 모든 게 시간이 남아도는 인터넷 진실 탐구자들 덕분이라니 놀라울 따름이었다.

그들 때문에 벨라 마리와 벨라도나들은 인터넷 최대의 악인들이 되었고 나는 어쩌다 보니 불쌍한 어린 희생양이 되어 있었다. 내가 공교롭게도 고아에 학대받고 자란 데다 자매까지 잃은 완벽하게 서글픈 이야기를 가졌기 때문이다.

거기에다 기록적인 조회수를 기록한 〈데이트라인〉 에피소드는 생각보다 여러 방면에서 큰 도움이 됐다. 생방송이 나온 뒤 세 시간 만에 모든 영상 플랫폼에 수많은 클립이 업로드되었고 각각 수천만 조회수를 기록하고 수천 개의 댓글이 달렸다. 한 번의 인터뷰로 빅터는 내 대중적 이미지를 희생자에서 해방자로 바꿔놓았다. 누군가 내가 너무 예쁘기 때문에 감옥에 갈 수 없다고 주장하며 Change.org에 청원을 하기도 했는데 무려 50만 명이 그 청원에 서명했다.

이메일을 클릭하면 시나리오 작가들과 영화제작자들에게서 온 수백 개의 요청 메일이 내 수신함을 가득 채우고 있었다. 그들은 내 경험을 바탕으로 영화나 시리즈를 제작하고 싶다며 내 지적재산권을 사고 싶어했다. 수백만 달러가 제시되었다. 전기 작가들과 출판 관계자들은 내가 다음 베스트셀러를 집필할 생각이 있는지 궁금해했다. (이즈는 이미 자기 이야기를 다룬 책 계약에 서명한 듯했다.)

나는 각 이메일에 온 정성을 다해 답하고 피오나에게 에이전트에 연락해 *줄리 챈의 실화*에 입찰 경쟁을 시작할 수 있는지 알아보게 했다.

문득 실감이 났다.

나는 인플루언서가 된다는 것의 의미를 초월해 있었다. 나는 더 이상 불안정한 인터넷의 수면 위에서 노를 저어가며 몇 초 동안의 관심과 힘의 쌀알을 좇을 필요가 없었다. 나는 사람들이 헤엄쳐 찾아오는 등대가 되어 있었다.

사람들은 내 이야기로 영상 에세이와 팟캐스트를 제작했다. 주류 방송사와 대형제작사 거물들이 내 이름으로 쇼를 만들고 싶어했다. 하지만 그동안 충분히 이 세계에 발을 담그고 있었기에 이 정도는 알 수 있었다. 내가 믿을 수 있는 사람은 오직 나 자신뿐이라는 사실 말이다.

지금 세상은 나를 보고, 내 이야기를 듣고, 내 빛을 따르고 싶어했다. 이것은 이런 상황이 아니었다면 밝혀지지 않았을 진실로 그들을 안내할 기회였다. 줄리 챈을 이해할 틀을 내가 직접 빚어낼 기회였다.

그 힘은 내게, 바로 내 손끝에 있었다.

67

섀넌이 소셜미디어를 멀리하라고 조언했다. 보는 것은 괜찮지만 게시물을 올리는 건? *나쁘고, 나쁘고, 나쁜* 아이디어라고 했다.

"사람들이 아직은 주시하고만 있어요." 그녀가 말했다. "줄리 씨가 언니의 신분을 도용한 줄은 알지만 사건이 혼란스러운 데다 NBC 인터뷰가 더해져 그 문제가 부각되지 않을 뿐이죠. 만약 줄리 씨가 목소리를 내면 관심이 집중될 테고 그 여파가 어떨지는 예측할 수가 없어요. 제발 부탁인데 줄리 씨와 내 정신건강을 위해서 소셜미디어를 멀리해주세요." 어쩌고저쩌고 주저리주저리 잔소리를 늘어놓았다.

섀넌은 훌륭한 변호사다. 환상적이다. 하지만 섀넌이 소셜미디어에 대해 뭘 알겠는가? 죽어라 스크롤링을 해대는 우리 같은 인간들과 달리 로스쿨 교과서에 코 박고 사는 사람인데.

모든 것이 달라졌다.

나는 얼마간 바깥세상에 접속하지 못하는 이도 저도 아닌 중간 지대에 갇혀 있었다. 굴욕과 혐오가 두려워 내 유일한 영향력의 원천인 휴대폰을 멀리했다. 하지만 이제 나는 내 눈으로 보고 말았다. 폭포수처럼 쏟아지는 나를 향한 응원의 물결을.

나.

일곱 명의 인간을, 일곱 명의 놀랍도록 아름답고, 힘 있고, 인기 있는 백인 여성들을 불태워 죽인 나. 아나, 켈리, 소피아, 에멀린, 릴리, 마야 그리고 벨라 마리. 내 손으로 일곱 명을 죽였다. 그 혐의에 클로이를 포함한다면 모두 여덟 명이다. 하지만 세상은 나를 욕하고 비난하지 않는다. 비난은커녕 나는 집착의 대상이 되었다. 사람들은 나에게 굶주린 듯 군침을 흘린다.

이 사랑은 초자연적이다. 감히 말하건대 이건 거의 불가능한 일이다.

생각하면 할수록 더 명확해진다.

다른 설명이 있을 수 있을까?

이것은 일곱 목숨과 맞바꿔 받은 상이다. 자유와 행복의 약속이 전달된 것이다. 하지만 이건 아직 시작에 불과하다. 에토는 그렇게 인색하지 않을 것이다. 일곱 명의 영혼에 대한 대가가 고작 몇백만 팔로워와 조회수 증가라고? 맞다. 그랬지. 니콜라이는 하찮은 파란색 눈 하나로 왕조와 같은 가문을 얻었지.

나는 안다. 더 많은 게 올 거다. 더 받아야 한다. 난 더 많은 걸 받을 자격이 있다. 그런데, 내 시간이 점점 소중해지고 법정에 출두할 날짜가 다가오는데, 가만히 누워 감이 떨어지기를 기다리라고? 지금은 하늘을 향해 손을 뻗어 그걸 붙잡아야 할 때다.

나는 인스타그램, 트위치, 유튜브, 틱톡 라이브에서 동시에 스트리밍을 하기로 했다. (선물 받기 기능은 당연히 활성화시켰다.) 5분 만에 모든 플랫폼에서 시청자 수가 10만이 넘었다. 나는 전 세계에서 트렌딩된다. 모두가 내 고백을 기다리고 있다. 10분 만에 20만. 곧이어 60만. 숫자가 계속 늘어난다. 선물이 쏟아진다. 댓글이 너무 빨리 달려 읽을 수가 없다. 나는 그날, 불의 밤과 같은 빛에 휩싸인다. 경이롭고 성스럽고 강력한 흥분, 도파민과 아드레날린이 내 혈관 속에 바로 스며든다.

이거다. 오늘 나는 빛을 향해 걸어 들어갈 것이다. 클로이 반 후센이 아니라 줄리 챈으로.

내 흔적을 남길 시간이다. 마침내 내가 통제권을 잡았다.

나는 휴대폰 카메라를 응시했다.

"짚고 넘어가야 할 사실이 한 가지 있어요. 저는 제 쌍둥이 자매를 죽이지 않았습니다."

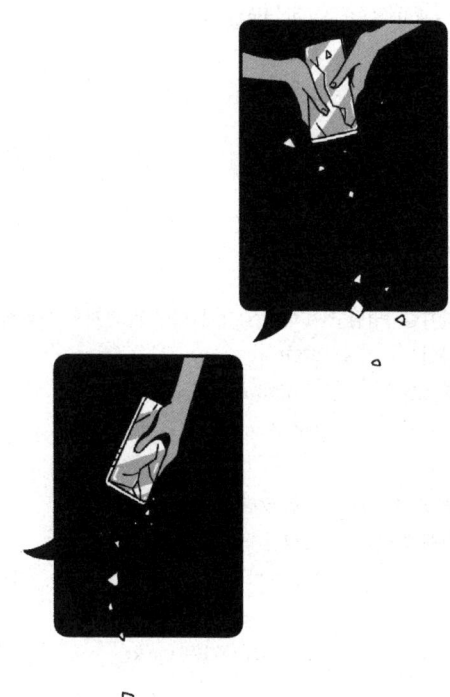

J가
죽었대

1판 1쇄 인쇄	2025년 7월 25일
1판 4쇄 발행	2025년 9월 22일
지은이	리안 장
옮긴이	김영옥
발행인	박현진
본부장	김태형
책임편집	고혜원
책임마케팅	이유림
오리지널사업팀	이지향, 김가연, 나은경, 박지수, 이민해, 이유진, 한미리
디자인	박연미
일러스트	권서영(@tototatatu)
제작	세걸음
펴낸 곳	㈜kt 밀리의서재
출판등록	2017년 1월 5일(제2017-000008호)
주소	서울특별시 마포구 양화로45, 18층(서교동 메세나폴리스 세아타워)
메일	contents@millie.town
홈페이지	http://www.millie.co.kr
ISBN	979-11-6908-481-9 (03840)